子規選集 1

子規の三大随筆

墨汁一滴
仰臥漫録
病牀六尺

長谷川櫂＝編

増進会出版社

編集委員――粟津則雄・大岡信・長谷川櫂・和田克司
装画＝正岡子規「草花帖」より
装幀――菊地信義

三宅雪嶺撮影の病床の子規

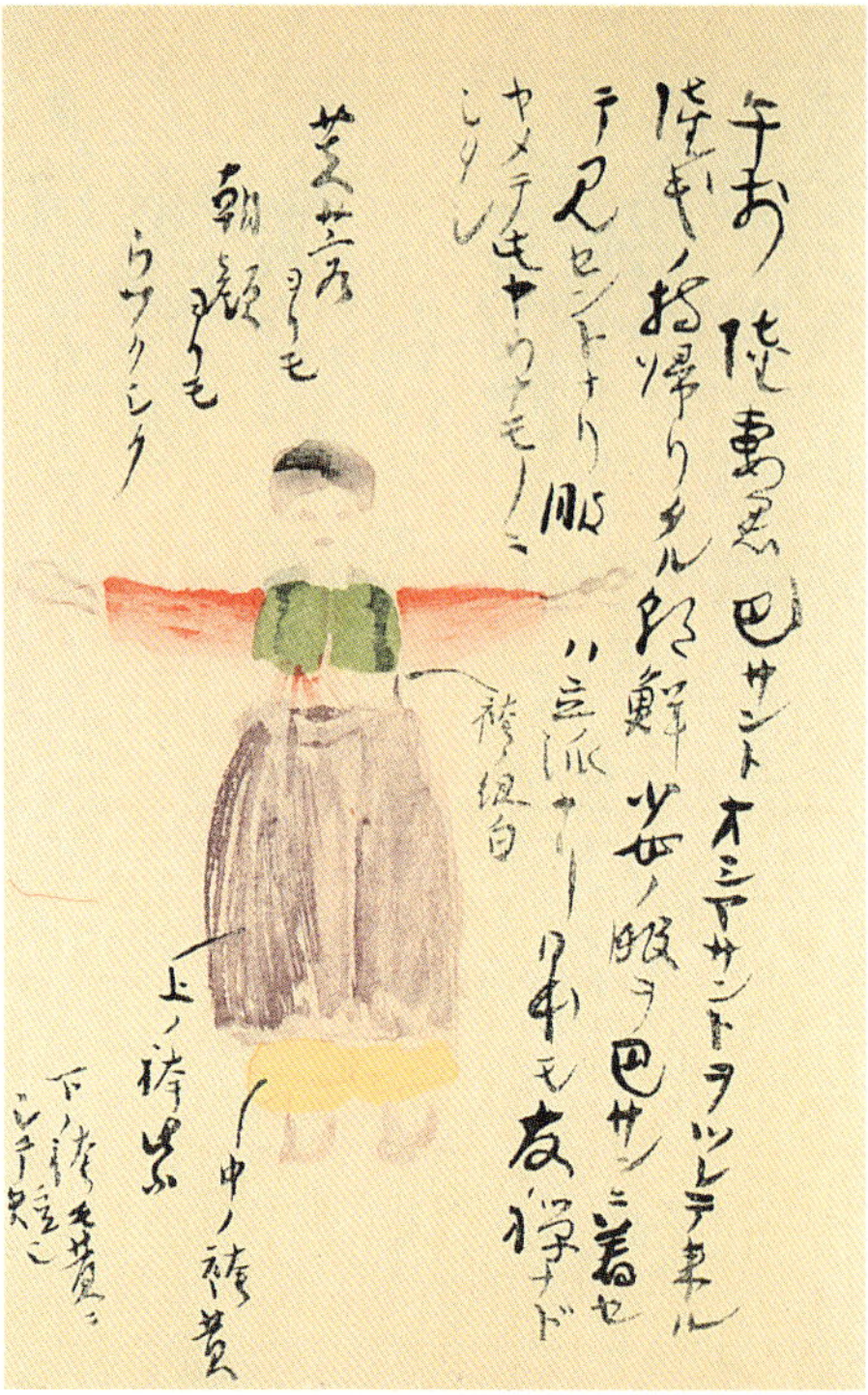

韓国服「仰臥漫録」明治34年9月5日より

正岡裟羅さんが着る複製の韓国服
（裟羅さんは子規の妹律の養子正岡忠三郎の孫）

陸羯南の娘巴さんが着た韓国服（実物）

朝皃ヤ絵ノ具ニジンデ繪ヲ成サズ
朝顔ヤ絵ミカクウチニ萎レケリ
此句既ニアルカ
朝顔ノシボマヌ秋トナリニケリ
蕣ノ一輪ザシニ萎レケリ

朝顔「仰臥漫録」明治34年9月13日より

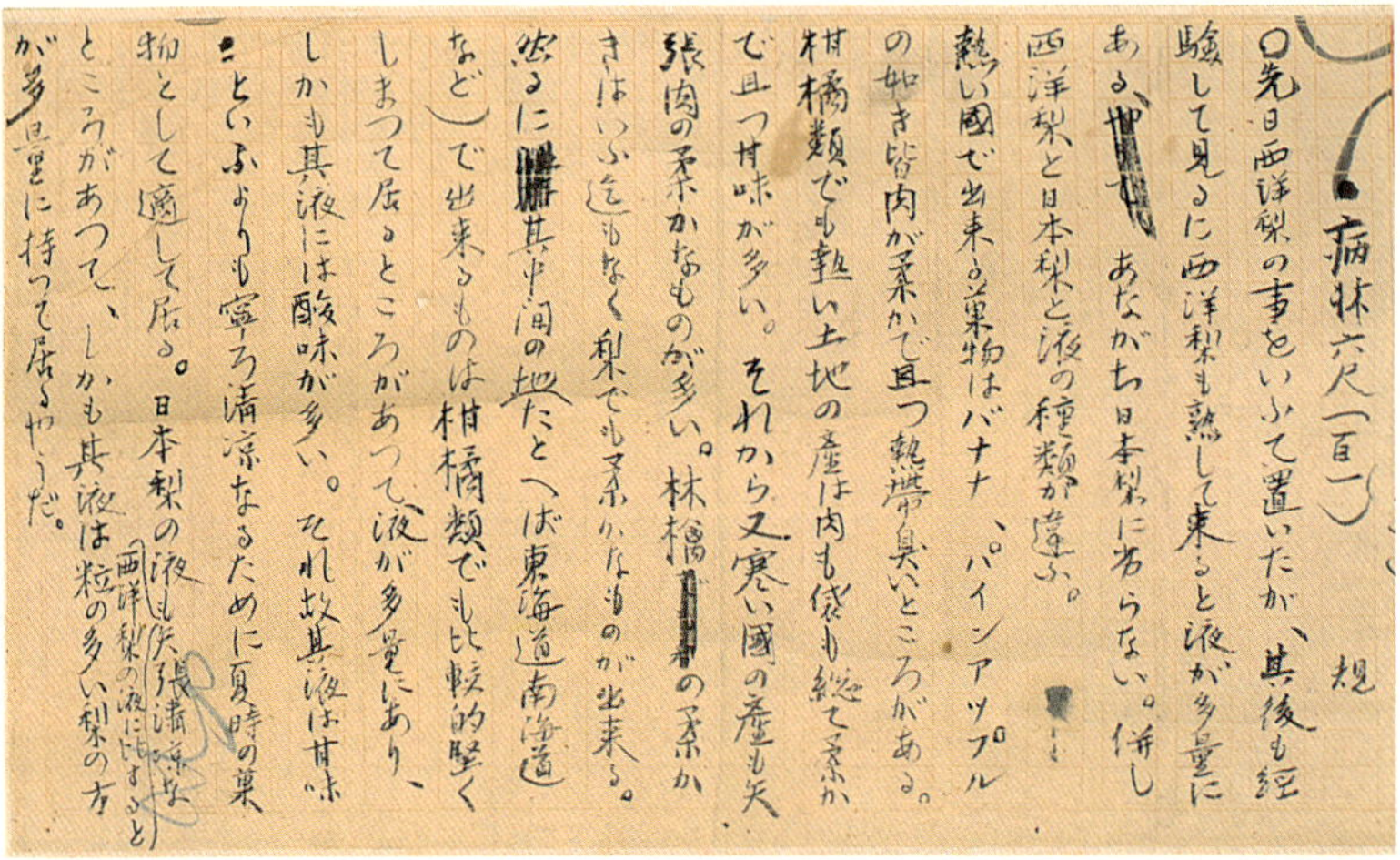
病牀六尺（百一）　規

〇先日西洋梨の事をいふて置いたが、其後も經驗して見るに西洋梨も熟して來ると液が多量にある。あながち日本梨に劣らない。併し西洋梨と日本梨と液の種類が違ふ。熱い國で出來る菓物はバナナ、パインアツプルの如き皆肉が柔かで且つ熱帶臭いところがある。柑橘類でも熱い土地の産は肉も袋も総て柔かで且つ甘味が多い。それから又寒い國の産も矢張肉の柔かなものが多い。林檎の柔かきはいふ迄もなく梨でも柔かなものが出來る。然るに其中間の地（たとへば東海道南海道など）で出來るものは柑橘類でも比較的堅くしまつて居るところがあつて液が多量にあり、しかも其液には酸味が多い。それ故其液は甘味といふよりも寧ろ淸涼なるために夏時の菓物として適して居る。日本梨の液も矢張淸涼な（西洋梨の液に比すると）ところがあつて、しかも其液は粒の多い梨の方が多量に持つて居るやうだ。

原稿「病牀六尺」

盆栽「仰臥漫録」明治34年9月12日より

子規選集1　子規の三大随筆　目次

人名索引　458

書名・篇名索引　468

事項索引　299

凡例

一、この『子規選集』は子規の文学、思想、生活を現代人が理解しやすいように、講談社版『子規全集』等を底本として、テーマごとに新たな視点から編纂したものである。

一、子規の精髄となる主だった随筆、俳句、短歌、漢詩、文学論などを抽出して各巻を構成し、書簡、年譜、子規論などには既存の版に収められていない論考や資料をも配することで子規研究の歴史的な成果を汲み上げることに努めた。

一、俳句・短歌などの韻文、随筆・俳論などの散文ともに、読みやすい表記とするために、左記のような整理を行った。

一、代名詞、副詞、接続詞などの多くを漢字からひらがなに改めた。

一、漢字は人名などの一部を除き、常用漢字で置き換えられるものは新字体とした。

一、漢字の送り仮名や句読点は底本に従うことを原則とした。

一、散文・手紙などは現行の仮名遣いに改めた。ただし、韻文や古典からの引用部分などは旧仮名遣いのままとした。

一、常用外漢字、人名、動物・植物名、現在では馴染みの薄い時代的な言葉や用語などの多くに読み仮名を補った。韻文の読み仮名は現行の仮名遣いとした。

一、現在ではその使用が認め得ない差別的な用語については、子規の文学を成立させた時代背景を考慮し、また底本に従う原則のもとでそのまま掲載した箇所がある。

墨汁一滴

明治三十四年（一九〇一）一月十六日から七月二日まで新聞『日本』に百六十四回にわたって連載された。

病める枕辺《まくらべ》に巻紙状袋《じょうぶくろ》など入れたる箱あり、その上に寒暖計を置けり。その寒暖計に小《ちい》さき輪飾《わかざり》をくりつけたるは病中いささか新年をことほぐの心ながら歯朶《しだ》の枝の左右にひろごりたるさまもいとめでたし。その下に橙《だいだい》を置き橙に並びてそれと同じ大きさほどの地球儀を据えたり。この地球儀は二十世紀の年玉なりとて鼠骨《そこつ》の贈りくれたるなり。直径三寸の地球をつくづくと見てあればいささかながら日本の国も特別に赤くそめられてあり。台湾の下には新日本と記したり。朝鮮、満州、吉林《きつりん》、黒龍江《こくりゅうこう》などは紫色の内にあれど北京《ペキン》とも天津《てんしん》とも書きたる処《ところ》なきはあまりに心細き思いせらる。二十世紀末の地球儀はこの赤き色と紫色とのいかに変りてあらんか、そは二十世紀初《はじめ》の地球儀の知るところに非《あら》ず。とにかくに状袋箱の上に並べられたる寒暖計と橙と地球儀と、これわが病室の蓬莱《ほうらい》なり。

枕べの寒さ計《ばか》りに新年の年ほぎ縄を掛けてほぐかも　（一月十六日）

一月七日の会に麓《ふもと》のもて来《こ》しつとこそいとやさしく興《きょう》あるものなれ。長き手つけたる竹の籠《かご》の小く浅きに木の葉にやあらん敷きなして土を盛り七草をいささかばかりずつぞ植えたる。一草ごとに三、四寸ばかりの札を立て添えたり。正面に亀野座《かめのざ》という札あるは菫《すみれ》のごとき草なり。こは仏《ほとけ》の座《ざ》とあるべきを縁喜物《えんぎもの》なれば仏の字を忌みたる植木師のわざなるべし。その左に五行《ごぎょう》とあるは厚き細長き葉のやや白みを帯びたる、こは春になれば黄なる花の咲く草なり、これら皆寸にも足らず。その後に植えたるには田平子《たびらこ》の札あり。はこべらのことか。真後《まうしろ》に芹《せり》と薺《なずな》とあり。薺は二寸ばかりも伸びてはや蕾《つぼみ》のふふみたるもゆかし。右側に植えて鈴菜《すずな》とあるは丈《たけ》三寸ばかり小松菜のたぐいならん。真中に鈴白《すずしろ》の札立てたるは葉五、六寸ばかりの赤蕪《あかかぶら》にて紅《くれない》の根を半ば土の上にあらわしたるさまことにきわだちて目もさめなん心地する。『源語《げんご》』『枕草子《まくらのそうし》』などにもあるべき趣《おもむき》なりかし。

あら玉の年のはじめの七くさを籠《かご》に植ゑて来《こ》し病めるわがため（一月十七日）

この頃根岸倶楽部《ねぎしクラブ》より出版せられたる根岸の地図は大槻《おおつき》博士の製作に係《かか》り、地理の細精《さいせい》に考証の確実なるのみならず我ら根岸人にとりてはいと面白く趣あるものなり。我らの住みたる処《ところ》は今 鶯《うぐいす》横町《よこちょう》といえど昔は狸《たぬき》横町といえりとぞ。

田舎路はまがりくねりておとずるる人のたずねわぶることわが根岸のみかは抱一《ほういつ》が句に「山茶《さざん》花《か》や根岸はおなじ垣つづき」また「さざん花や根岸たづぬる革ふばこ」また一種の風趣《ふうしゅ》ならずや。さるに今は名物なりし山茶花、かん竹《ちく》の生垣もほとほとその影をとどめず今めかしき石煉《いしれん》瓦《が》の垣さえ作り出《い》でられ名ある樹木はこじ去られ古《いにし》えの奥州路《おうしゅうじ》の地蔵などもてはやされしも取りのけられ鶯の巣は鉄道のひびきにゆりおとされ水雞《くいな》の声も汽笛にたたきつぶされ、およそ風致という風致は次第に失せてただ細路のくねりたるのみぞ昔のままなり云々《うんぬん》と博士は記《しる》せり。中にも鶯横町はくねり曲りてことに分りにくき処《ところ》なるに尋ね迷いて空《むな》しく帰る俗客もあるべしかし。

（一月十八日）

蕪村《ぶそん》は天明《てんめい》三年十二月二十四日に没したれば節季《せっき》の混雑の中にこの世を去りたるなり。しかるにこの忌日《きじつ》を太陽暦に引き直せば西洋紀元千七百八十四年一月十六日金曜日に当るとぞ。すなわち翌年の始《はじめ》に没したることとなるなり。

（一月二十日）

伊勢山田の商人《あきんど》勾玉《こうぎょく》より小包送りこしけるを開き見ればくさぐさの品をそろえて目録一枚添えたり。

祈平癒呈《へいゆをいのりてていす》　　二
御両宮《ごりょうぐう》之真境《しんきょう》（古版《こはん》）　　五
御神楽《おかぐら》之図（地紙《じがみ》）　　六
五十鈴《いすず》川口《かわくち》のはぜ（薬という丑《うし》の日に釣る）　　一
高倉山のしだ
いたつきのいゆといふなる高倉の御山《みやま》のしだぞ箸《はし》としたまへ

辛丑《かのとうし》のはじめ　大内人勾玉

まじめなる商人なるを思えば折にふれてのみやびもなかなかにゆかしくこそ。（一月二十二日）

病床苦痛に堪えずあがきつうめきつ身も世もあらぬ心地なり。傍《かたわ》らに二、三の人あり。その内の一人、人の耳ばかり見て居るとよっぽど変だよ、など話して笑う。我は健《すこや》かなる人は人の耳など見るものなることを始めて知りぬ。（一月二十三日）

年頃苦《くるし》みつる局部の痛《いたみ》のほかに左横腹の痛《いたみ》去年《こぞ》より強くなりて今ははや筆取りて物書くあたわざるほどになりしかば思うこと腹にたまりて心さえ苦しくなりぬ。かくては生けるかいもなし。はたいかにして病の床《とこ》のつれづれを慰めてんや。思いくし居るほどにふと考え得たるところありてついに墨汁一滴《ぼくじゅういってき》というものを書かましと思いたちぬ。こは長きも二十行を限《かぎり》とし短きは十行五行あるは一行二行もあるべし。病の間《ひま》をうかがいてその時胸に浮びたること何にてもあれ書きちらさんには全く書かざるには勝《まさ》りなんかとなり。されどかかるわらべめきたるものをことさらに掲げて諸君に見《まみ》えんとにはあらず、朝々《ちょうちょう》病の床にありて新聞紙を披《ひら》きし時わが書ける小文章に対していささか自ら慰むのみ。

筆《ふで》禿《ち》びて返り咲くべき花もなし

（一月二十四日）

去年の夏頃ある雑誌に短歌のことを論じて鉄幹《てつかん》、子規《しき》と並記し両者同一趣味なるかのごとくいえり。吾以為《おもえ》らく両者の短歌全く標準を異《こと》にす、鉄幹是《ぜ》ならば子規非《ひ》なり、子規是ならば鉄幹非なり、鉄幹と子規とは並称すべき者にあらずと。すなわち書を鉄幹に贈って互《たがい》に歌壇の敵となり我は『明星《みようじよう》』所載の短歌を批評せんことを約す。けだし両者を混じて同一趣味のごとく思える者のために妄《もう》を弁《べん》ぜんとなり。爾後《じご》病床寧日少《ねいじつすくな》く自ら筆を取らざること数月未《いま》だ前約を果さざるに、このこと世に誤り伝えられ鉄幹、子規不《ふ》可並称《かへいしよう》の説をもって尊卑軽重《そんぴけいちよう》に因《よ》るとなすに至る。しかれどもこれらの事件は他の事件と連絡して一時歌界の問題となり、甲論乙駁喧擾《こうろんおつばくけんじよう》を極めたるは世人《せじん》をしてや歌界に注目せしめたるものあり。新年以後病苦ますます加わりことに筆を取るに悩む。ついに前約を果すあたわざるを憾《うら》む。もし墨汁一滴の許す限りにおいて時に批評を試《こころ》むるの機を得んかなお幸《さいわい》なり。

（一月二十五日）

俳句界は一般に一昨年の暮より昨年の前半に及びて勢《いきおい》を逞《たくまし》うし後半はいたく衰えたり。わが短歌会は昨年の夏より秋にかけていちじるく進みたるが冬以後一頓挫《とんざ》したるがごとし。こはもとより伎倆《ぎりよう》の退きたるにあらず、されど進まざるなり。吾見るところにては短歌会諸子は今に至りて一の工夫もなく変化もなくただ半年前に作りたる歌の言葉をあそここ取り集めてわずかに新作となしつつあるには非《あらざ》るか。かくいう我もその中の一人なり。さはれ我は諸子に向って強《し》いて反省せよとはいわず。反省する者は反省せよ。立つ者は立て。行く者は行け。もし心労《つか》れ眼《まなこ》眠たき者は永き夜の眠《ねむり》を貪《むさぼ》るに如《し》かず。眠《ねむり》さめたる時浦島《うらしま》の玉くしげくやしくも世はすでに次の世と代りあるべきかいかん。

（一月二十七日）

人に物を贈るとて実用的の物を贈るは賄賂《わいろ》に似て心よからぬことあり。実用以外の物を贈りたるこそ贈りたる者は気安くして贈られたる者は興深《きよう》けれ。今年の年玉とて鼠骨《そこつ》のもたらせしは何々ぞ。三寸の地球儀、大黒《だいこく》のはがきさし、夷《えびす》の絵はがき、千人児童の図、八幡太郎《はちまんたろう》一代記の絵草紙《えぞうし》など。いとめずらし。これを取りかをひろげてしばらくは見くらべ読みこころみなどするに贈りし人の趣味は自《おのず》から この取り合せの中にあらわれて興尽くることを知らず。

年 玉 を 並 べ て 置 く や 枕《まくら》 も と

（一月二十八日）

一本の扇子《せんす》をもって自在に人を笑わしむるを業《わざ》とせる落語家の楽屋は存外厳格にして窮屈なるものなりとか聞きぬ。芳菲山人《ほうひさんじん》の滑稽家《こっけいか》たるは人の知るところにして、狂歌に狂文に諧謔百出《かいぎやくひやくしゆつ》尽くるところを知らず。しかもその人極めてまじめにしていつも腹立てて居るかと思わるるほどなり。わが俳句仲間において俳句に滑稽趣味を発揮して成功したる者は漱石《そうせき》なり。漱石最もまじめの性質にて学校にありて生徒を率いるにも厳格を主として不規律に流るるを許さず。紫影《しえい》の文章俳句常に滑稽趣味を離れず。この人またはなはだまじめの方にて、大口《おおぐち》をあけて笑うことすらあまり見うけたることなし。これを思うに真の滑稽は真面目《まじめ》なる人にして始めてなしあたうものにやあるべき。

古《いにしえ》の蜀山《しょくさん》、一九《いっく》は果していかなる人なりしか知らず。俳句界第一の滑稽家として世に知られたる一茶《いっさ》は必ずまじめくさりたる人にてありしなるべし。

（一月三十日）

人の希望は初め漠然として大きく後ようやく小さく確実になるならいなり。わが病床における希望は初めより極めて小さく、遠く歩行《ある》き得ずともよし、庭の中だに歩行き得ば、といいしは四、五年前のことなり。その後一、二年を経て、歩行き得ずとも立つことを得ば嬉《うれ》しからん、と思いしだにあまりに小さき望《のぞみ》かなと人にも言いて笑いしが一昨年の夏よりは、立つことは望まず座るばかりは病の神も許されたきものぞ、などかこつほどになりぬ。しかも希望の縮小はなおここに止《とど》まらず。座ることはともあれせめては一時間なりとも苦痛なく安らかに臥《ふ》し得ばいかに嬉しからん、とはきのう今日のわが希望なり。小さき望かな。もはやわが望もこの上は小さくなり得ぬほどの極度にまで達したり。この次の時期は希望の零《ゼロ》となる時期なり。希望の零となる時期、釈迦《しゃか》はこれを涅槃《ねはん》といい耶蘇《ヤソ》はこれを救いとやいうらん。

（一月三十一日）

『大鏡《おおかがみ》』に花《か》山《ざん》天皇の絵かき給《たま》うことを記して

さは走り車の輪には薄墨にぬらせ給ひて 大《おおき》さのほどやなど しるしには墨をにほはせ給へりし。げにかくこそかくべかりけれ。あまりに走る車はいつかは黒さの程やは見え侍《はべ》る。また筍《たけのこ》の皮を男のおよび毎《ごと》に入れてめかかうして児《ちご》をおどせば顔赤めてゆゆしうおぢたるかた云々《うんぬん》

などあり。また俊頼《としより》の歌の詞書《ことばがき》にも

大殿《おおとの》より歌絵《うたえ》とおぼしく書たる絵《かい》をこれ歌によみなして奉《たてまつ》れと仰《おおせ》ありければ、屋《や》のつまに女《おんな》をとこに逢《あ》ひたる前に梅花風《かぜ》に従ひて男の直衣《のうし》の上に散りかかりたるに、をさなき児《ちご》むかひ居て散りかかりたる花を拾ひとるかた有所《あるところ》をよめる

などあるを見るに古《いにしえ》の人は皆実地《じっち》を写さんとつとめたるからに趣向にも画法にもさまざま工夫して新しき画《え》を作りにけん。土佐《とさ》派、狩野《かのう》派などいう流派盛《さかん》になりゆき古の画を学び師の筆を模《も》するに至りてまた画に新趣味ということなくなりたりと覚ゆ。こは画の上のみにはあらず歌もしかなり。

（二月一日）

吾筆を取ることが不自由になりしより後は誰か代りて書く人もがなと常に思えりしがこの頃馬琴《ばきん》が『八犬伝《はっけんでん》』の某巻に付記せる文を見るに、初めに自己が失明のこと、草稿を書くに困難なることなど述べ、次に

文渓堂及貸本屋《ぶんけいどうまた》などいふ者さへ聞知りて皆うれはしく思はぬは無く為に代写すべき人を索《もとむ》るに意に称《かな》ふさる者のあるべくもあらず云々《うんぬん》

とあるを見れば当時における馬琴の名望位地《めいぼういち》をもってしてもなお思うままにはならずと見えたり。

なおその次に

吾孫興邦《わがおきくに》はなほ乳臭《ちのか》机心《つくえごころう》失せず。かつ武芸を好める本性なれば係《かか》る幇助《たすけ》になるべくもあらず。

他が母は人並ににじり書もすれば教て代写させばやとやうやうに思ひかへしつ、第百七十七回

の中音音が大茂林浜にて再生の段より代筆させて一字毎に字を教へ一句毎に仮名使を誨るに婦

人は普通の俗字だも知るは稀にて漢字雅言を知らず仮名使てにをはだにも弁へず扁旁すらこ

ろ得ざるにただ言語をのみもて教へて写する吾苦心はいふべうもあらず。況て教を承て写く者

は夢路を辿る心地して困じて果はうち泣く云々

など書ける、この文昔はただよそのあわれとのみ見しが今は一々身にしみてわが上のこととなりお

わんぬ。されど馬琴は年老い功成り今まさに『八犬伝』の完結を急ぎつつあるなり。わが身の未だ

発端をも書きあえず早くすでに大団円に近づかんとするともとより同日に論ずべくもあらず。

（二月二日）

○伊藤圭介没す九十余歳。　英国女皇崩ず八十余歳。　李鴻章逝く七十余歳。

○星亨訴えられ、　鳩山和夫訴えられ、　島田三郎訴えらる。

○朝汐負け、　荒岩負け、　源氏山負く。

○神田の歳の市に死傷あり。　大阪の十日夷に死傷あり。　大学第二医院の火事に死傷あり。

○背痛み、臀痛み、横腹痛む。

（二月三日）

節分に豆を撒くは今もする人あれどそれすら大方はすたれたり。ましてそのほかのことはいうも

おろかなり。わが郷里（伊予）にて幼き時に見覚えたる様はなおおかしきこと多かり。その日になれば男女《なんにょ》の乞食ども、女はお多福《だふく》の面を被《かぶ》り、男は顔手足すべて真赤に塗り額に縄の角を結び手には竹のささらを持ちて鬼にいでたちたり。お多福まず屋敷の門《かど》の内に入り、手に持てる升《ます》の豆を撒くまねしながら、御繁昌様《ごはんじようさま》には福は内鬼は外、という。この時鬼は門外にありてささらにて地を打ち鬼にもくれねば這入《はい》ろうか、と叫ぶ。そのいでたちの異様なるにその声さえ荒々しければ子供心にひたすら恐ろしく、もし門の内に這入り来《き》なばいかがはせんと思い惑えりしこと今も記憶に残れり。鬼外にありてかくおびやかす時、お多福内より、福が一しょにもろてやろ、という。かくして彼らは餅《もち》、米、銭など貰《もら》い歩行《ある》くなり。やがてその日も夕《ゆうべ》になれば主人は肩衣《かたぎぬ》を掛け豆の入りたる升を持ち、まず恵方《えほう》に向きて豆を撒き、福は内鬼は外と呼ぶ。それより四方に向い豆を撒き福は内を呼ぶ。これと同時に厨《くりや》にては田楽《でんがく》を焼き初む。味噌《みそ》の臭《におい》に鬼は逃ぐとぞいうなる。撒きたる豆はそを蒲団《ふとん》の下に敷きて寝《いぬ》れば腫物出《はれものい》づとて必ず拾うことなり。豆を家族の年の数ほど紙に包みてそれを厄払《やくばらい》にやるはいずこも同じことならん。たらの木に鰯《いわし》の頭さしたるを戸口戸口に挿《はさ》むが多けれど柊《ひいらぎ》ばかりさしたるもなきにあらず。それも今はた行わるるやいかに。

（二月四日）

節分の夜に宝舟の絵を敷寝《しきね》して初夢をうらなうことわが郷里のみならず関西一般に同様なるべし。東京にては一月二日の夜に宝舟を売りありくこそ心得ね。しかしこれも古き風俗と見え、『滑稽太《こっけいた》平記《へいき》』という書《ふみ》に

回禄以後麁相成家居《そそうなるいえい》に越年して

去年《こぞ》たちて家居もあらた丸太かな　卜養《ぼくよう》

宝の船も浮ぶ泉水　玄札《げんさつ》

此《この》宝の船は種々《くさぐさ》の宝を船に積《つみ》たる処《ところ》を画《え》に書《かき》、回文《かいぶん》の歌を書添へ元日か二日の夜しき寝《ね》して悪《あ》しき夢は川へ流す呪事《まじないごと》なりとぞ、又年越《としこし》の夜も敷事有故《しくことあるゆえ》に冬季とも云《いい》たり、しかるに二つある物は前の季に用《もちゆ》る行年《ゆくとし》をとらんためなれば此《この》理近かるべしと云《いえ》るも有《あり》、されども玄札老功《ろうこう》たり既にする時は如何《いかん》とも春たるべしとも云るも有けり

と記せり。「元日か二日の夜」とあれば昔は二日の夜と限りたるにも非《あらざ》るか。　（二月五日）

節分にはなおさまざまのことあり。わが昔の家に近かりし処《ところ》に禅宗寺《でら》ありけるが星を祭るとて燭《しょく》あまたともし大般若《だいはんにゃ》の転読とかをなす。本堂の檐《のき》の下には板を掲げて白星、黒星、半黒星などを画《えが》き各人来年の吉凶を示す。我も立ち寄りて珍しげに見るを常とす。一人の幼き友が我は白星なり、とて喜べば他の一人が、白星は善過《よ》ぎてかえって悪きなり半黒こそよけれ、などいう。我もそを聞きて半黒を善きもののように思いしことあり。またこの夜四辻《よつつじ》にきたなき犢鼻褌《ふんどし》、炮烙《ほうろく》、火吹竹《ひふきだけ》など捨つるもあり。犢鼻褌の類《たぐい》を捨つるは厄年の男女その厄を脱ぎ落すの意とかや。それも手に持ち袂《たもと》に入れなどして往きたるは効《こう》なし、腰につけたるままにて往き、懐より手を入れて解き落すものぞ、などいうも聞きぬ。炮烙を捨つるは頭痛を直す呪《まじない》、火吹竹は瘧《おこり》の呪とかいえどたしかならず。

四十二の古ふんどしや厄落し　（二月六日）

わが国語の字書は『言海《げんかい》』の著述以後ようように進みつつあれどもなお完全ならざるはいうに及ばず。わが友竹村黄塔《こうとう》（鍜《きたう》）は常に眼をここに注ぎ一生の事業として完全なる一大字書を作らんとは彼が唯一の望《のぞみ》にてありき。その字書は普通の国語のほかに各専門語を網羅しかつ各語の歴史すなわちその起原及び意義の変遷をも記さんとするものなり。されど資力なくしてはこの種の大事業を成就《じょうじゅ》し得ざるをもって彼は字書編纂《へんさん》の約束をもって一時書肆《しょし》冨山房《ふざんぼう》に入りしかど教科書の事務に忙殺せられて志を遂ぐるあたわず。ついにここを捨てて女子高等師範学校の教官となりしは昨年春のことなりけん。ついで九月始めて肺患に罹《かか》り後《のち》赤十字社病院に入り療養を尽《つく》し効《こう》もなく今年二月一日に亡き人の数には入りたりとぞ。社会のために好《よき》字書の成らざりしを悲《かなし》まんか。わが二十年の交《まじわり》一朝《いっちょう》にして絶えたるを悲まんか。はた我に先だって彼の逝きたるは彼も我も世の人もつゆ思いもうけざりしをや。

わが旧師河東《かわひがし》静渓《せいけい》先生に五子あり。黄塔はその第三子なり。出でて竹村氏を嗣《つ》ぐ。第四子は可全《ぜん》。第五子は碧梧《へきご》桐《とう》。黄塔三子あり皆幼《おさなし》。　（二月七日）

雑誌を見る時我読む部分と読まざる部分とあり。我読まざる部分は小説、新体詩、歌、俳句、文学の批評、政治上の議論など。我読む部分は雑録、歴史、地理、人物月旦《げったん》、農業工業商業等の一部なり。新体詩は四句ほど読み、詩は圏点《けんてん》の多きを一首読み、随筆は二、三節読みて出来加減をためすことあり。俳句は一句か二句試《こころみ》に読むこともあれど歌は読みてみんと思いたることもあらず。

（二月八日）

近日わが貧厨《ひんちゅう》をにぎわしたる諸国の名物は何々ぞ。大阪の天王寺《てんのうじ》蕪《かぶ》、函館の赤蕪《あかかぶら》、秋田のはたはた魚、土佐のザボン及び柑《かん》類、越後の鮭《さけ》の粕漬《かすづけ》、足柄《あしがら》の唐黍餅《とうきびもち》、五十鈴川《いすずがわ》の沙魚《はぜ》、山形ののし梅、青森の林檎《りんご》羊羹《ようかん》、越中《えっちゅう》の干柿《ほしがき》、伊予の柚柑《ゆこう》、備前《びぜん》の沙魚、伊予の緋《ひ》の蕪及び絹皮ザボン、大阪のおこし、京都の八橋煎餅《やつはしせんべい》、上州《じょうしゅう》の干饂飩《ほしうどん》、野州《やしゅう》の葱《ねぎ》、三河《みかわ》の魚煎餅、石見《いわみ》の鮎《あゆ》の卵、大阪の奈良漬、駿州《すんしゅう》の蜜柑《みかん》、仙台の鯛《たい》の粕漬、伊予の鯛の粕漬、神戸の牛のミソ漬、下総《しもうさ》の雉《きじ》、甲州の月《つき》の雫《しずく》、伊勢の蛤《はまぐり》、大阪の白味噌《みそ》、大徳寺《だいとくじ》の法論味噌《ほろ》、薩摩《さつま》の薩摩芋《いも》、北海道の林檎、熊本の飴《あめ》、横須賀の水飴、北海道の鯑《はららご》、そのほかアメリカの蜜柑とかいうはいと珍しきものなりき。

（二月九日）

十返舎一九《じっぺんしゃいっく》の『金草鞋《かねのわらじ》』という絵草子《えぞうし》二十四冊ほどあり。こは三都をはじめ六十余州の名所霊蹟《れいせき》巡覧記ともいうべき仕組《しくみ》なれど作者の知らぬ処《ところ》を善《よ》きほどに書きなしたるものなれば実際を写し出さぬはもちろん、驚くべき誤《あやまり》も多かるがごとし。試《こころみ》に四国八十八カ所廻《めぐ》りの部を見るに岩屋山海岸《がんおくざんかいがん》寺《じ》という札所《ふだしょ》の図あり、その図断崖《だんがい》の上に伽藍《がらん》聳《そび》えその傍《かたわら》は海にして船舶を多く画《えが》けり。こは海岸寺《じ》という名より想像して画きたりと思わるれど、その実この寺は海浜《かいひん》より十里余も隔《へだ》りたる山の奥の奥にあるなり。寺の称《しょう》をかくいうゆえはここを詠《よ》みし歌に、松の風を波の音と聞きまがえて海浜にある思いす、というようなる意の歌あるに因《よ》るとか聞きたれど歌は忘れたり。

この寺の建築は小きものなれどここの地形は深山の中にありてあるいは千仭《せんじん》の危巌《きがん》突兀《とつこつ》として奈落を踏み九天を支うるがごときもあり、あるいは絶壁、屏風《びょうぶ》なす立ちつづきて一水《いっすい》潺々《せんせん》と流るる処もあり、とにかくこの辺無双の奇勝として好事家《こうずか》の杖《つえ》を曳《ひ》くもの少からず。

（二月十日）

朝起きて見れば一面の銀世界、雪はふりやみたれど空はなお曇れり。余もおくれじと高等中学の運動場に至れば早くすでに集まりし人々、各級各組そこここに打ち群れて思い思いの旗、フラフを翻《ひるがえ》し、祝憲法発布、帝国万歳など書きたる中に、紅白の吹き流しを北風になびかしたるはことにきわだちていさましくぞ見えたる。二重橋の外に鳳輦《ほうれん》を拝みて万歳を三呼したる後《のち》余はまた学校の行列に加わらず、芝の某《なにがし》の館《やかた》の園遊会に参らんとて行く途《みち》にて得たるは『日本』第一号なり。その付録にしたる憲法の表紙に三種の神器を画きたるは、今より見ればこそ幼稚ともいえ、その時はいと面白しと思えり。それより余は館に行きて仮店太神楽《かりみせだいかぐら》などの催しに興の尽くる時もなく夜深《よふ》けて泥の氷りたる上を踏みつつ帰りしは十二年前の二月十一日のことなりき。十二年の歳月ははなはだ短きにもあらず『日本』はいよいよ健全にして我は空しく足なえとぞなりける。その時生れ出でたる憲法は果してよく歩行し得るや否《いな》や。

（二月十一日）

『日本』へ俳句寄稿に相成《あいなりそうろう》候諸君へ申上《もうしあげ》候。筆硯《ひっけん》ますます御清適《ごせいてき》の結果として小生の枕辺《ちんぺん》に玉稿《ぎょっこう》の山を築きこの冬も大約《おおかた》一万句に達し候事まことに御出精《ごしゅっせい》の次第とかつ喜びかつ賀《が》し奉《たてまつ》り候。しかるところ玉稿拝読致《いたしそうろう》候に御句《おんく》の多き割合に佳句の少きは小生の遺憾《いかん》とするところにして『日本』の俳句欄も投句のみをもって塡《うず》めかね候場合も不少《すくなからず》候。選抜の比例を申候わんに十分の一以上の比例を取り候は格堂《かくどう》、寒楼《かんろう》ら諸氏の作に候。その他は百分の一に当らざるものすら有之《これあり》候。多作第一とも称すべき八重桜《やえざくら》氏は毎季数千句を寄せられ一題の句数大方《おおかた》二十句より四、五十句に及び候。されどその句を見るにいたずらに多きを貪《むさぼ》るもののごとく平凡陳腐の句も剽窃《ひょうせつ》の句も構わずやたらに排列《はいれつ》せられたるはやや厭《いと》わしく感じ申候。また一題百句など数多《あまた》寄せらるる人も有之候。一題百句は第一期の修行として極めて善《よ》きことなれどその中より佳句を抜き出すことははなはだ困難なるべく、ましてその題が火燵《こたつ》、頭巾《ずきん》、火鉢《ひばち》、蒲団《ふとん》の類《たぐい》なるにおいては読まずしてその句の陳腐なること知れ申候。ゆえにかようなる場合においては初めの十句ほどを読みその中に佳句なくば全体に佳句なきものとして没書致すべく候。小生も追々《おいおい》衰弱に赴き候に付《つき》二十句の佳什《かじゅう》を得るために千句以上を検閲せざるべからずとありては到底病脳の堪《こら》うるところに非《あら》ず候。なにとぞ御自身御選択の上御寄稿被下《くだされ》候《そうろうよう》様希望候。以上。

（二月十二日）

毎朝包帯の取換《とりかえ》をするに多少の痛みを感ずるのが厭《いや》でならんから必ず新聞か雑誌か何かを読んで痛さを紛《まぎ》らかして居る。痛みが烈《はげ》しい時は新聞を睨《にら》んで居るけれど何を読んで居るのか少しも分らないというようなこともあるがまた新聞の方が面白い時はいつの間にか時間が経過して居ることもある。それで思い出したが昔関羽《かんう》の絵を見たのに、関羽が片手に外科の手術を受けながら本を読んで居たので、手術も痛いであろうに平気で本を読んで居るところを見ると関羽は馬鹿に強い人だと小供心にひどく感心して居たのであった。ナアニ今考えてみると関羽もやはり読書でもって痛さをごまかして居たのに違いない。

（二月十三日）

徳川時代のありとある歌人を一堂に集め試《こころみ》にこの歌人に向《むか》いて、昔より伝えられたる数十百の歌集の中にて最も善《よ》き歌を多く集めたるは何の集ぞ、と問わん時、そは『万葉集』なり、と答えん者賀茂真淵《かものまぶち》を始め三、四人もあるべきか。その三、四人の中にはあまり世人《せじん》に知られぬ平賀元義《ひらがもとよし》という人も必ず加わり居るなり。次にこれら歌人に向いて、しからば我々の歌を作る手本として学ぶべきは何の集ぞ、と問わん時、そは『万葉集』なり、と躊躇《ちゆうちよ》なく答えん者は平賀元義一人なるべし。万葉以後一千年の久しき間に万葉の真価を認めて万葉を摸倣《もほう》し万葉調の歌を世に残したる者実に備前《びぜん》の歌人平賀元義一人のみ。真淵のごときはただ万葉の皮相を見たるに過ぎざるなり。世に羲之《ぎし》を尊敬せざる書家なく、杜甫《とほ》を尊敬せざる詩家なく、芭蕉《ばしよう》を尊敬せざる俳家なし。しかも羲之に似たる書、杜甫に似たる詩、芭蕉に似たる俳句に至りては幾百千年の間《かん》絶無にして稀有《けう》なり。歌人の万葉におけるはこれに似てこれよりも更にはなはだしきものあり。彼らは万葉を尊敬し人丸《ひとまろ》を歌聖とすることにおいて全く一致しながらも毫《ごう》も万葉調の歌を作らんとはせざりしなり。この間においてただ一人の平賀元義なる者出《い》でて万葉調の歌を作りしはむしろ不思議には非《あらざ》るか。彼に万葉調の歌を作れと教えし先輩あるに非ず、彼の万葉調の歌を歓迎したる後進あるに非ず、しかも彼は卓然《たくぜん》として世俗の外に立ち独り喜んで万葉調の歌を作り少しも他を顧《かえり》みざりしはけだし心に大《おお》いに信ずるところなくんばあらざるなり。

（二月十四日）

天下の歌人挙《こぞ》って古今調を学ぶ、元義笑って顧《かえり》みざるなり。天下の歌人挙って『新古今』を崇拝す、元義笑って顧ざるなり。しこうして元義独り万葉を宗《むね》とす、天下の歌人笑って顧ざるなり。かくのごとくして元義の名はその万葉調の歌とともに当時衆愚の嘲笑《ちょうしょう》の裏《うち》に葬られ今は全く世人に忘られおわらんとす。

忘られおわらんとする時平賀元義なる名は昨年の夏羽生《はにゅう》某によりて岡山の新聞紙上に現されぬ。しかれどもこの時世に紹介せられしは「恋の平賀元義」なる題号の下に奇矯《ききょう》なる歌人、潔癖ある国学者、恋の奴隷としての平賀元義にして、万葉以来唯一の歌人としての平賀元義には非《あらざ》りき。幸《さいわい》にして備前児島《こじま》に赤木格堂《あかぎかくどう》あり。元義かつてその地某家《ぼうけ》に寄寓《きぐう》せし縁故をもって元義の歌の散逸せるものを集めて一巻となしその真筆《しんぴつ》十数枚とかの羽生某の文をも併《あわ》せて余に示す。ここにおいて余は始めて平賀元義の名を知るとともにその歌の万葉調なるを見て一たびは驚き一たびは怪《あや》しみぬ。けだし余は幾多の歌集を見、幾多の歌人につきて研究したる結果、真個《しんこ》の万葉崇拝者をただ一人だに見出だすあたわざるに失望し、歌人のふがいなく無見識なるはほとんど罵詈《ばり》にも値せずと見くびり居る時に当りて始めて平賀元義の歌を得たるをもって余はむしろ不思議の感を起したるなり。まぬけのそろいともいうべき歌人らの中に万葉の趣味を解する者は半人もなきはずなるにそも元義は何に感じてかかく万葉には接近したる。ここほとんど解すべからず。

（二月十五日）

元義の歌は醇乎《じゅんこ》たる万葉調なり。ゆえに『古今集』以後の歌のごとき理屈と修飾との厭《いと》うべきものを見ず。また実事実景に非《あらざ》れば歌に詠《よ》みしことなし。ゆえにその歌真摯《しんし》にして古雅《こが》毫《ごう》も後世織巧《せんこう》嫵媚《ぶび》の弊に染まず。今数首を抄して一斑《ぱん》を示さん。

天保八年三月十八日自彦崎至長尾村途中《ひこさきよりながおむらにいたるとちゅう》

うしかひの子らにくはせと天地《あめつち》の神の盛りおける麦飯《むぎいい》の山

五月三日望逢崎《おうさきをのぞむ》

柞葉《ははそば》の母を念《おも》へば児島《こじま》の海逢崎《おうさき》の磯浪《なみ》立ちさわぐ

五月九日過藤戸浦《ふじとのうらをすぐ》

あらたへの藤戸の浦に若和布《わかめ》売るおとひをとめは見れど飽かぬかも

逢崎賞月《おうさきにつきをしょうす》

まそかがみ清き月夜《つくよ》に児島の海逢崎山に梅の散る見ゆ

望父峰《ちちのみねをのぞむ》

父の峰雪ふりつみて浜風の寒けく吹けば母をしぞ思ふ

小田渡口《おだのわたりのくち》

古《いにしえ》のますらたけをの渡りけん小田の渡りを吾《あれ》も渡りつ

神崎博之宅《かんざきひろゆきたく》に小飲《しょういんす》二首

ここにして紅葉《もみじ》を見つつ酒飲めば昔の秋し思ほゆるかも

盃《さかずき》に散り来《こ》もみぢ葉みやびをの飲む盃に散り来もみぢ葉　（二月十六日）

元義の歌

児島備後三郎大人《こじまびんごさぶろううし》の詩の心を

吾大君《おおきみ》ものなおもほし大君の御楯《みたて》とならん我なけなくに

失題

大君の御門国守《みかどくにもり》まなり坂月《つき》面白しあれ独り行く（御門国守まなり坂は皆地名）

高島の神島山を見に来れば磯まの浦に鶴《たず》さはに鳴く

妻ごみに籠《こも》りし神の神代《かみよ》より清《すが》の熊野に立てる雲かも

うへ山は山風寒しちちの実《み》の父の命の足冷ゆらしも

三家郷八幡大神の大御行幸《おおみゆき》を拝み奉りて

掛《かけ》まくも文《あや》に恐《かしこ》き、いはまくも穴に尊き、広幡《ひろはた》の八幡《やはた》の御神《みかみ》、此《この》浦の行幸《いでまし》の宮に、八百日日《やおかび》は有といへども、八月《はつき》の今日を足日《たるひ》と、行幸して遊び坐《いま》せば、神主《かみぬし》は御前に立ちて、幣帛《みてぐら》を捧《ささ》げ仕《つか》ふれ、真子《まなご》なす御神の子等は、木綿《ゆう》あさね髪結《ゆ》ひ垂《た》らし、胸乳《むなぢ》をしあらはし出《い》だし、裳緒《もひも》をばほとに押し垂れ、歌ひ舞ひ仕へまつろふ、今日の尊さ

十一月三日芳野村看梅作歌《よしのむらにてうめをみてつくれるうた》

板倉と撫川《なずかわ》の郷《さと》の、中を行く芳野の川の、川岸に幾許所開《ここらさける》は、誰栽《たがうえ》し梅にかあるらん、十一月《しもつき》の月の始《はじめ》を、早も咲有流《さきたる》

（二月十七日）

元義の歌

送大西景枝《おおにしけいしをおくる》

真金《まがね》吹く吉備《きび》の海に、朝なぎに来依《きよ》る深海松《ふかみる》、夕なぎに来依る○みる、深みるのよせて来《こ》し君、○みるのよせ来し君、いかなれや国へかへらず、ちちのみの父を思へか、いとこやの妹《いも》を思へか、剣太刀《つるぎたち》腰に取佩《とりは》き、古《いにしえ》の本《ふみ》を手《た》にぎり、国へかへらず〔伏せ字＝俣《また》〕

十二月五日御野郡の路上にて伊予の山を見てよめる歌 并《ならびに》短歌

百足《ももた》らず伊予路を見れば、山の末島の崎々、真白にぞみ雪ふりたれ、並立《なみたち》の山のことごと、見渡《みわたし》の島のことごと、冬といへど雪だに見えぬ、山陽《かげとも》の吉備の御国は、住《すみ》よくありけり

反歌

吹風ものどに吹《ふ》くなり冬といへど雪だにふらぬ吉備の国内《くぬち》は

（二月十八日）

元義の歌には妹《いも》または吾妹子《わぎもこ》の語を用いる極めて多し。ゆえに吾妹子先生の諢名《あだな》を負えりとぞ、けだし元義は熱情の人なりしをもって婦女に対する愛の自《おのずか》ら詞藻《しそう》の上にあらわれしも多かるべく、彼が事実以外のことを歌に詠《よ》まざりきというに思い合せても吾妹子の歌は必ず空想のみにも非《あらざ》るべし。『古今集』以後空想の文字に過ぎざりし恋の歌は元義に至りて万葉の昔に復《かえ》り再び基礎を感情の上に置くに至れり。吾妹子の歌左に

失題

妹《いも》と二人暁《あかとき》露に立濡れて向《むか》つ峰上《おのえ》の月を看《み》るかも

妹が家の向《むかい》の山はま木の葉の若葉すずしくおひいでにけり

鴨山《かもやま》の滝津《たきつ》白浪《しらなみ》さにつらふをとめと二人見れど飽かぬかも

久方《ひさかた》の天《あま》つ金山《かなやま》加佐米《かさめ》山《やま》雪ふりつめり妹は見つるや

（二月十九日）

元義吾妹子《わぎもこ》の歌

遊于下原《しもはらにあそぶ》

石上《いそのかみ》ふりにし妹《いも》が園の梅見れどもあかず妹が園の梅

正月晦日《みそか》

皆人の得がてにすちふ君を得て吾率寝《わがいぬ》る夜は人な来《きた》りそ

自玉島至下原途中《たましまよりしもはらにいたるとちゆう》

矢かたをうち出《いで》て見れば梅の花咲有山辺《さけるやまべ》に妹が家見ゆ

河辺渡口《かわべのわたしのくち》

若草の妻の子故に川辺《かわべ》川しばしば渡る嬬《つま》の子故に

自下原至篠沖村路上《しもはらよりしのおきむらにいたるろじよう》

吾妹子《わぎもこ》を山北《そとも》に置きて吾《わが》くれば浜風寒し山南《かげとも》の梅

夜更けて女のもとに行きて

在明《ありあけ》の月夜《つくよ》をあかみ此園《このその》の紅葉《もみじ》見に来《き》つ其《その》戸令開《ひらかせ》

従児島還一宮途中《こじまよりいちのみやにかえるとちゆう》

妹に恋ひ汗入《あせり》の山をこえ来れば春の月夜に雁《かり》鳴きわたる

失題

妹が家の板戸押《おし》ひらき吾《わが》入れば太刀の手上《たがみ》に花散りかかる

夕闇の通《みち》は暗けど吾妹子に恋ひてすべなみ出《いで》てくるかも

遠くともいそげ大まろ吾妹子に早見もせまくほしき此文《このふみ》

吾妹児《わぎもこ》破都婆那乎《はつばなを》許多食雞良詩《ここだくいけらし》昔見四従《むかしみしより》肥坐二雞林《こえましにけり》

讃岐《さぬき》の国に渡りける時吉備《きび》の児島の逢崎にて

逢崎は名にこそありけれはしけやし吾妹《わぎも》が家は雲井かくりぬ

美作《みまさか》に在《あり》ける時故郷の酒妓《しゅぎ》のもとより文《ふみ》おこせければ

春の田をかへすがへすも妹が文見つつし居れば夜ぞあけにける

妹《いも》に関する歌は実に元義の歌の過半を占め居るなり。

（二月二十日）

元義の熱情は彼の不平とともに澆《そそ》ぎ出《いだ》されて時に狂態を演ぜしこと無きに非《あらざ》るも、元来彼は堅固《けんご》なる信仰と超絶せる識見の上に立ちて自己の主義を守るを本文としたる者にして、決して恋の奴隷となりて終るがごとき者に非ず。されぱその歌に吾妹子《わぎもこ》の語多きに対してますらおの語多きがごときまたもって彼が堂々たる大丈夫《だいじょうふ》をもって自ら任じたるを知るに足る。ますらおの歌

西蕃漢張良賛《せいばんかんのちょうりょうさん》

言《こと》あげて雖称《ほむとも》つきじ月の没《い》る西の戎《えびす》の大丈夫《ますらお》ごころ

望加佐米山《かさめやまをのぞむ》

高田の加佐米の山のつむじ風ますらたけをが笠吹きはなつ

自庭妹郷至松島途中《にわせのさとよりまつしまにいたるとちゅう》

大井川朝風寒み大丈夫《ますらお》と念《おも》ひてありし吾ぞはなひる

遊于梅園《ばいえんにあそぶ》

丈夫《ますらお》はいたも痩《や》せりき梅の花心つくして相見つるから

失題

天地《あめつち》の神に祈りて大丈夫《ますらお》を君にかならず令生《うませ》ざらめや

鳥が鳴くあづまの旅に丈夫が出立将行《いでたちゆかん》春ぞ近づく

石竹《なでしこ》もにくくはあらねど丈夫の見るべき花は夏菊の花

業合大枝《なりあいおおえ》を訪ふ

弓柄《ゆつか》とるますらをのこし思ふこととげずほとほとかへるべきかは

元義は妹《いも》といわでもあるべき歌に妹の語を濫用《らんよう》せしと同じく丈夫《ますらお》といわでもあるべき歌に丈夫の語を濫用せり。かくのごときものすなわち両面における元義の性情をあらわしたるものにほかならず。

（二月二十一日）

元義は大丈夫《ますらお》をもって、日本男児をもって、国学者をもって自ら任じたるべく、詠歌《えいか》のごときはもとよりその余技に属せしものならん。古学に対する彼の学説は必ず大いに聞くべきものありしならんも、今日において遺稿などのそれを徴《ちょう》するに足るもののなきは遺憾《いかん》なり。今その歌について多少その主義を表したりと思うものを挙げんに

失題

おほらかに思ふな子ども皇祖《すめおや》の御書《みふみ》に載《の》れる神の宮処《みやどころ》

喩高階騰麿《たかしなのあがりまろをたとう》

菅《すが》の根の長き春日を徒《いたずら》に暮らさん人は猿にかもおとる

題西蕃寿老人画《せいばんのじゅろうじんのがにだいす》

ことさへぐ国の長人《ながひと》さかづきに其《そ》が影うつせ妹《いも》にのません

和安田定三作《やすだていぞうのさくにわす》

今日よりは朝廷《みかど》たふとみさひづるや唐国人《からくにびと》にへつらふなゆめ

備中闇師城《くらしき》に学舎をたてて漢文よませらるるときて

暗四鬼《くらしき》の司人等《つかさびとたち》ねがはくは皇御国《すめらみくに》の大道《おおみち》を行け

失題

大君《おおきみ》の御稜威《みいつ》加賀《かが》焼日之本《やくひのもとに》荷狂業須流奈《たわざするな》痴廼《おその》漢人《からびと》

（二月二十二日）

以上挙ぐるところをもって元義の歌のいかなるかはほぼこれを知ることを得べし。元義は終始万葉調を学ばんとしたるがためにその格調の高古《こうこ》にしていささかの俗気なきとともにその趣向は平淡にして変化に乏しきの感あり。されど時としては情の発するところ格調のいかんを顧《かえりみ》るに遑《いとま》あらずしてやや異様の歌となることなきに非ず。例

高階謙満宅宴飲《たかしなゆずりまろのたくにてえんいんす》

天照《あまてらす》皇御神《すめらみかみ》も酒に酔ひて吐き散らすをば許したまひき

述懐

大《おお》な牟《む》遅《ち》神《かみ》の命《みこと》は袋負《お》ひをけの命は牛かひましき

失題

足引《あしびき》の山中治左《じさ》が佩《は》ける太刀《たち》神代《かみよ》もきかずあはれ長太刀

五番町石橋の上で我《わが》○○をたぐさにとりし我妹子《わぎもこ》あはれ〔伏せ字＝麻羅《まら》〕

弥兵衛《やひょうえ》が十《と》つかの剣《つるぎ》遂《つい》に抜きて富子《とみこ》を斬《き》りて二《ふた》きだとなす

弥兵衛がこやせる屍《かばね》うじたかれ見る我さへにたぐりすらしも

吾独《ひとり》知るとまをさばかむろぎのすくなひこなにつらくはれんか

弓削《ゆげ》破《は》只名《ただな》二《に》社《こそ》在《あり》雞《け》列《れ》弓削《ゆげ》人《びと》八《は》田《た》乎《を》婆《ば》雖作《つくれど》弓八《ゆみは》不削《けずらず》

これらの歌多くは事に逢うて率爾《そつじ》に作りしものなるべく文字の排列《はいれつ》などには注意せざりしがために歌としては善《よ》きも悪《わろ》きもあれどとにかく天真爛漫《らんまん》なるところに元義の人物性情は躍如《やくじょ》としてあらわれ居るを見る。

（二月二十三日）

羽生《はにゅう》某の記するところに拠《よ》るに元義は岡山藩中老池田勘解由《かげゆ》の臣《しん》平尾新兵衛長治《ながはる》の子、壮年にして沖津氏の厄介人《やっかいにん》（家の子）となりて沖津新吉直義（退去の際元義と改む）と名のりまた源猫彦と号したり。弘化四年四月三十一日（三十日の誤《あやまり》か）藩籍を脱して（この時年三十六、七）四方に流《りゅう》寓《ぐう》し後ついに上道郡《じょうとう》大多羅《おおたら》村の路傍《ろぼう》に倒死《とうし》せり。こは明治五、六年のことにして六十五、六歳なりきという。

格堂《かくどう》の写し置ける元義の歌を見るに皆天保《てんぽう》八年後の製作に係《かか》るがごとく天保八年の歌はすでに老成して毫《ごう》も生硬渋滞のところを見ず。されば元義が一家の見識を立てて歌の上にも悟るところありしは天保八年頃なりしなるべく弘化四年を三十六、七歳とすれば天保八年はそれ二十六、七歳に当るべし。されど弘化四年を三十六、七歳として推算すれば明治五、六年は六十二、三歳に当る訳なればここに記する年齢には違算《いさん》ありて精確のものに非《あらざ》るがごとし。

（二月二十四日）

元義の岡山を去りたるは人を斬《き》りしためなりともいい不平のためなりともいう。

元義は片足不具なりしため夏といえどもその片足に足袋《たび》を穿《うが》ちたり。よって沖津の片足袋という諢名《あだな》を負いたりという。

元義には妻なく時に婦女子に対して狂態を演ずることあり。晩年磐梨《いわなし》郡某社の巫女《みこ》のもとに入夫《にゅうふ》のごとく入りこみて男子二人を挙げしが後長子《ちょうし》は窃盗《せっとう》罪にて捕えられ次子もまた不肖の者にて元義の稿本《こうほん》などは散佚《さんいつ》して尋ぬべからずという。

元義には潔癖あり。毎朝歯を磨くにも多量の塩を用い厠《かわや》用の紙さえも少《すくな》からず費すがごとき有様なりしかば誰も元義の寄食し居《お》るを好まざりきという。

元義は髪の結い方に好みありて数里の路を厭《いと》わずある髪結師《かみゆいし》のもとに通いたりという。

元義ある時刀の鞘《さや》があやまって僧の衣に触れたりとて漆《うるし》の剝《は》ぐるまでに鞘を磨きたりというは必ずしも潔癖のみにはあらず彼の主義としてひたぶるに仏教を嫌いたるがためなるべし。

元義は藤井《ふじい》高尚《たかなお》の門人業合大枝《なりあいおおえ》を訪いて、志を話さんとせしに大枝は拒みて逢わざりきという。

元義には師承《ししょう》なく弟子なしという。

元義に万葉の講義を請いしに元義は人丸《ひとまろ》の太子《たいし》追悼の長歌を幾度も朗詠して、歌は幾度も読めば自《おのずか》ら分るものなり、といいきという。

脱藩の者は藩中に住むを許さざりしが元義は黙許の姿にて備前の田舎に住みきという。

元義の足跡は山陰、山陽、四国の外に出でず。京にも上りしことなしという。

以上事実の断片を集めみば元義の性質と境遇とはほぼこれを知るを得《う》べし。国学者としての元義は知らず、少くとも歌につきてかほどの卓見を有せる元義が一人の同感者を持たざりしを思い、その境遇のかほどに不幸なりしを思い、その不平のいかに大なりしやを思い、その不平を漏らすところなきを思い、しこうして後に婦女に対するその熱情を思わば時に彼の狂態を演ずるものむしろ憐《あわれ》むべく悲しむべきにあらずや。

（二月二十五日）

格堂《かくどう》の集録せる元義の歌を見るに短歌二百余首、長歌十余首あり。この他は存否知るべからず。元義の筆跡を見るに和様《わよう》にあらずむしろ唐様《からよう》なり。多く習いて得たる様にはあらでただ無造作に書きなせるものから大字も小字も一様にして渋滞のところを見ず。上手にはあらねど俗気なし。

万葉以後において歌人四人を得たり。源実朝《みなもとのさねとも》、徳川宗武《とくがわむねたけ》、井手曙覧《いであけみ》、平賀元義《ひらがもとよし》これなり。実朝と宗武は貴人に生れてともに志を伸ばすあたわざりし人、曙覧と元義はもとより賤《いや》しききわにていずれも世に容《い》れられざりし人なり。宗武の将軍たるあたわざりしに引きかえ実朝が名のみの将軍たりしはなお慰むるに足るとせんか、しかもついに天年《てんねん》を全《まっと》うするに至らざりしは千古の惨事《さんじ》とすべし。元義の終始不遇なるに対して曙覧が春嶽《しゅんがく》の知遇を得たるは晩年やや意を得たるに近し、しかも二人ともに王家の臣《しん》たるあたわざりしは死してもなお遺憾《いかん》あるべきにや。

曙覧は汚穢《おわい》を嫌わざりし人、されど身のまわりは小奇麗《こぎれい》にありしかと思わる。元義は潔癖の人、されど何となくきたなき人には非《あらざ》りしか。

四家の歌を見るに、実朝と宗武とは気高くして時に独造《どくぞう》のところある相《あい》似たり。ただし宗武の方、覇気《はき》やや強きがごとし。曙覧は見識の進歩的なるところ、元義の保守的なるに勝《まさ》れりとせんか、ただし伎倆《ぎりょう》の点において調子を解する点において曙覧はついに元義に如《し》かず。ゆえに曙覧の歌の調子ととのわぬが多きに反して元義の歌はほとんど皆調子ととのいたり。されど元義の歌はその取るところの趣向材料の範囲あまりに狭きに過ぎて従って変化に乏しきは彼の大歌人たるあたわざる所以《ゆえん》なり。彼にしてもし自《みずか》ら大歌人たらんとする野心あらんかその歌の発達はもとよりここに止《とど》まらざりしや必せり。その歌の時に常則を脱するものあるは彼に発達し得べき材能の潜伏しありしことを証して余《あまり》あり。惜《おし》いかな。

(二月二十六日)

近来雑誌の表紙を模様色摺《いろずり》となしかつ用紙を舶来紙《はくらいし》となすこと流行す。体裁上の一進歩となす。雑誌『目不酔草《めざましぐさ》』の表紙模様不折《ふせつ》の意匠に成る。面白し。ただし何にでも梅の花や桜の花をくっつけるは不折の癖と知るべし。

雑誌『明星《みようじよう》』は体裁の美麗《びれい》なること普通雑誌中第一のものなりしがついに廃刊せし由《よし》気の毒の至《いたり》なり。今廃刊するほどならば最後の基本金募集の広告なからましかば死際《しにぎわ》一層花を添えたらんかと思う。是非なし。

雑誌『精神界』は仏教の雑誌なり。始《はじめ》に髑髏《どくろ》を画《えが》きてその上に精神界の三字を書す。その様何とやら物質的に開剖《かいぼう》的に心理を研究する意かと思われて仏教らしき感起らず。髑髏の画のやや精細なるにも因《よ》るならん。

雑誌『みのむし』は伊賀より出《い》づる俳諧の雑誌なり。表紙に芭蕉《ばしよう》の葉を画けるにその画拙《つたな》くしてどうやら蕪《かぶら》の葉に似たるよう思わる。蕪村《ぶそん》流行のこの頃なれば芭蕉翁《おう》も蕪村化したるにやといと可《お》笑《か》し。

雑誌『太陽』の陽の字のつくり時に易《えき》に従《したが》うものあり。そんな字は字引になし。

(二月二十七日)

『日本』へ寄せらるる俳句を見るに地方地方にて俳句の調《しらべ》にもその他のことにも多少の特色あり、従って同地方の人は万事おかしきほどに似よりたるものあり。同一の俳句または最も善《よ》く似たる俳句が同地方の人二人の稿にほとんど同時に見出ださるることなどしばしばあれど、この場合にはいずれを原作としいずれを剽窃《ひょうせつ》とせんかほとほと定めかねて打ち捨つるを常とす。総じてその地方の俳句会盛《さかん》なる時はその会員の句皆面白く俳句会衰うる時はあるだけの会員悉《ことごと》く下手になること不思議なるほどなり。

句風以外の特色をいわんか、鳥取の俳人は皆四方太流《しほうだ》の書体巧《たくみ》なるに反して、取手《とりで》（下総《しもうさ》）辺の俳人はきたなき読みにくき字を書けり。出雲《いずも》の人はむやみに多く作る癖ありて、京都の人の投書は四、五十句より多からず。大阪の人の用紙には大阪紙《おおさかがみ》と称《とな》うるきめ粗き紙多く、能代《のしろ》（羽後《うご》）の人は必ず馬鹿に光沢多き紙を用いる。越中《えっちゅう》の人に限りて皆半紙を二つ切《ぎり》にしたるを二つに折りて小《ちい》さく句を書くなり。はがきに二句か三句認《したた》めあるはいずれの地方に限らず初心なる人の必ずすることなり。

（二月二十八日）

黄塔《こうとう》まだ世にありし頃余が書ける漢字の画《かく》の誤《あやまり》を正しくれしことあり。それより後よりより余も注意して字引をしらべ見るに余らの書ける楷書《かいしょ》は大半誤れることを知りたれば左に一つ二つ誤りやすき字を記して世の誤を同じくする人に示す。

菫謹勤などの終りの横画は三本なり。二本に書くは非《ひ》なり。活字にもこの頃二本のものを拵《こしら》えたり。

達の字の下のところの横画も三本なり、二本に非ず。

切の字の偏《へん》は七なり。土偏に書く人多し。

助の字の偏は且《しゃ》なり。目偏に書く人多し。

痲摩磨魔などの中の方を林の字に書くは誤なり。この頃活字にもこの誤字を拵えたれば注意あるべし。

兎兔ともに四角の中の画を外まで引き出すなり。活字を見るに兎《と》の字は正しけれど兔《めん》の字はことさらに二画に離したるが多し。しかしこれらは誤というにも非《あらざ》るか。

「つか」という字は冢塚にして豕《いのこ》に点を打つなり。しかるに多少漢字を知る人にして冡塜のごとく冖の上に一を引く人多し。されど冡塜《ぼうほう》皆東韻《とういん》にして「つか」の字にはあらず。

全愈などの冠《かんむり》は入なり。人冠に非ず。

分貧などの冠は八なり。人にも入にも非ず。

神祇の祇の字は音「ぎ」にして示偏《しめすへん》に氏の字を書く。普通に祇（氏の下に一を引くもの）の字を書くは誤なり。祗は音「し」にして祗候《しこう》などの祗なり。

廢は広く「すたる」の意に用いる。疒《やまい》だれの癈は不具の人をいう。いずくにでも疒だれの方を用いる人多し。

●正誤　前々号墨汁一滴にある人に聞けるまま雑誌『明星』廃刊の由《よし》記したるに、廃刊にあらずただ今印刷中なり、と与謝野《よさの》氏より通知ありたり。余はこの雑誌の健在を喜ぶとともにたやすく人言《じんげん》を信じたる粗相《そそう》とを謝す。

（三月一日）

二月二十八日　晴。朝六時半病床眠起《ねむりよりおく》。家人《かじん》暖炉を焚《た》く。新聞を見る。昨日帝国議会停会を命ぜられし時の記事あり。包帯を取りかう。粥《かゆ》二碗《わん》を啜《すす》る。梅の俳句を閲《けみ》す。

今日は会席料理のもてなしを受くる約あり。水仙を漬物の小桶《こおけ》に活《い》けかえよと命ずれば桶なしという。さらば水仙も竹の掛物も取りのけて雛《ひな》を祭れと命ず。古紙雛《ふるかみびな》と同じ画《え》の掛物、傍《かたわら》に桃と連翹《れんぎょう》を乱れさす。

左千夫来《さちおきた》り秀真《ほつま》来り麓《ふもと》来る。左千夫は大きなる古釜を携え来りて茶をもてなさんという。釜の蓋《ふた》は近頃秀真の鋳《い》たるものにしてつまみの車形《くるまのかたち》は左千夫の意匠なり。麓は利休手簡《りきゅうしゅかん》の軸を持ち来りて釜の上に掛く。その手紙の文に牧渓《もっけい》の画《え》をほめて

我見ても久しくなりぬすみの絵のきちの掛物幾代《いくよ》出ぬらん

という狂歌を書けり。書法たしかなり。

左千夫茶立つ。余も菓子一つ薄茶一碗。

五時頃料理出《い》づ。麓主人役を勤む。献立左のごとし。

味噌汁は三州《さんしゅう》味噌の煮漉《にごし》、実《み》は嫁菜《よめな》、二椀代《か》う。

鱠《なます》は鯉《こい》の甘酢、この酢の加減伝授なりと。余は皆喰《く》いて擂山葵《すりわさび》ばかり残し置きしが茶の料理は喰い尽して一物を余さぬものとの掟《おきて》に心づきて俄《にわか》に当惑し山葵を味噌汁の中にかきまぜて飲む。大笑いとなる。

平《ひら》は小鯛《こだい》の骨抜四尾、独活《うど》、花菜《はなな》、山椒《さんしょう》の芽、小鳥の叩《たた》き肉。
肴《さかな》は鰈《かれい》を焼いて煮たるようなるもの鰭《ひれ》と頭《かしら》と尾とは取りのけあり。
口取《くちとり》は焼玉子、栄螺《さざえ》（?）栗、杏《あんず》及び青き柑《かん》類の煮たるもの。
香の物は奈良漬の大根。

飯と味噌汁とはいくらにても喰《く》い次第、酒はつけきりにて平《ひら》と同時に出しかつ飯かつ酒とちびちびやる。飯は太鼓飯つぎに盛りて出しおのおの椀にて食う。後《のち》の肴を待つ間は椀に一口の飯を残しおくものなりと。余はついに料理の半《なかば》を残して得《え》喰わず。飯終りて湯桶《ゆとう》に塩湯を入れて出《いだ》す。余は始めての会席料理なれば七十五日の長生《ながいき》すべしとて心覚《こころおぼえ》のため書きつけおく。

点灯後茶菓《さか》雑談。左千夫、その釜に一首を題せよという。余問う、湯のたぎる音いかん。左千夫いう、釜大きけれど音かすかなり、波の遠音《とおね》にも似たらんかと。すなわち

題釜《かまにだいす》

氷解けて水の流るる音すなり　　子規

（三月二日）

料理人帰り去りし後に聞けば会席料理のたましいは味噌汁にある由《よし》、味噌汁の善悪にてその日の料理の優劣は定まるといえば我らの毎朝吸う味噌汁とは雲泥の差あるこというまでもなし。味噌を選ぶはもちろん、ダシに用いる鰹節《かつおぶし》は土佐節の上物《じょうもの》三本くらい、それも善《よ》き部分だけを用いる、それゆえ味噌汁だけの価《あたい》三円以上にも上るという。（料理はすべて五人前宛《ずつ》なれど汁は多く拵《こしら》えて余

す例《ためし》なれば一鍋の汁の価と見るべし）その汁の中へ、知らざることとはいえ、山葵《わさび》をまぜて啜《すす》りたるはあまりに心なきわざなりと料理人も呆《あき》れつらん。この話を聞きて今更に臍《ほぞ》を噬《か》む。

茶の道には一定の方式あり。その方式をつくりたる精神を考《かんが》うれば皆相当の理《ことわり》あることなれどただその方式に拘《こだわ》るために伝授とか許しとかいうことまで出来《いでき》てついに茶の活趣味《かっしゅみ》は人に知られぬこととなりたり。茶道はなるべく自己の意匠《いしょう》によりて新方式を作らざるべからず。その新方式といえども二度用いれば陳腐に堕《お》つることあるべし。ゆえに茶人の茶を玩《もてあそ》ぶは歌人の歌をつくり俳人の俳句をつくるがごとく常に新鮮なる意匠を案出し臨機応変の材を要す。四畳半の茶室ははなはだ妙なり。されど百畳の広間にて茶を玩ぶの工夫もなかるべからず。掛軸と挿花《そうか》と同時にせずというも道理あることなり。されど掛軸と挿花と同時にするの工夫もなかるべからず。室《へや》の構造装飾より茶器の選択に至るまで方式にかかわらず時の宜《よろ》しきに従うを賞玩《しょうがん》すべきことなり。

何事にも半可通《はんかつう》という俗人あり。茶の道にても茶器の伝来を説きて価の高きを善しと思える半可通少《すくな》からず。茶の料理なども料理として非常に進歩せるものなれど進歩の極、堅魚節《かつおぶし》の二本と三本とによりて味噌汁の優劣を争うに至りてはいわゆる半可通のひとりよがりに堕ちてあまり好ましきことにあらず。すべて物は極端に走るは可なれどその結果の有効なる程度に止《とど》めざるべからず。

茶道に配合上の調和を論ずるところは俳句の趣味に似たり。茶道は物事にきまりありて主客おのおのそのきまりを乱さざるところははなはだ西洋の礼に似たりとある人いう。

（三月三日）

誤りやすき字左に

盡は書畫の字よりは横画一本少きなり。聿《いつ》のごとく書くは誤れり。行書《ぎょうしょ》にて聿のごとく書くことあれどもその場合には四個の点を打たぬなり。

逸と寛とには点あり。この点を知らぬ人多し。

學覺などいう「かく」の字と與譽などいう「よ」の字とは上半《じょうはん》の中のところ異なり。しかるに両者を混同して書けるものたとえば學の字の上半を與《よ》の字のごとく書けるもの書籍の表題などにも少からず。

内兩ともに入《にゅう》を誤りて人に書くが多し。

喬の夭《よう》を天に誤り、聖閏の壬《じん》を王に誤るが多し。

傘は人冠に人四個に十なり。しかるに十字の上にも中にも横の棒を引くこと古きよりの習いと見えたり。

吉の士《さむらい》を土に誤り書くもの多し。

舍は人冠に舌なり。されど人冠に土に口を書きし字も古き法帖《ほうじょう》に見ゆ。

臼の下のところは一を引くなり。兒も同じ。されどこの一の棒の中を切りて二画に書くは書きやすきためにや。

鼠（ねずみ）の上のところは臼《うす》なり。しかるにこの頃鼠《ろう》の字を書く人あり。後者は蠟獵臘などの字の旁《つくり》にて「ろう」「りょう」の音なり。

易は日に勿なり。賜の字、惕の字など皆同じ。されど陽揚腸場楊湯など陽韻《よういん》に属する字の旁は昜《えき》の字の真中に横の棒を加えたるなり。

頼獺瀬懶などの旁は負なり頁《おおがい》に非ず。

「ちり」は塵なり。しかるに艸冠《くさかんむり》をつけて藆の字を書く人あり。後者は艸名《そうめい》（よもぎの訓あり）ならん、「ちり」の字にはあらず。こは塵《ちり》の草体《そうたい》が艸冠のごとく見ゆるより誤りしか。

解は角に刀に牛なり。牛の字を井に誤るが多し。

漢字廃止論のあるこの頃かかる些少《さしょう》の誤謬《ごびゅう》を正すなど愚の至りなりと笑う人もあるべし。されど一日なりとも漢字を用いる上は誤《あやまり》なからんを期するは当然のことなり。いわんや国文に漢字を廃するも漢字は永久に滅びざるをや。ただしかかることは数十年慣れ来《きた》りし誤を一朝に改めんとすれば非常に困難を覚ゆれど初め教えらるる時に正しき字を教えこまるれば何の困難もなきことなり。小学校の先生たちなるべく正しき字を教えたまえ。

（三月四日）

誤りやすき字左に

段鍛は「たん」にして假蝦鰕霞遐は「か」なり。段と叚《か》と偏《へん》もつくりも異なるを混同して書く人多し。

蒹葭は「あし」「よし」の類《たぐい》なるべし。葭簀《よしず》張《ばり》の葭も同字なり。しかるに近頃葭の字を用いる人あり。後者は字引に「むくげ」とあるはたしかならねど「よし」にあらざるはもちろんなり。

「おき」は沖なり。しかるにこの頃は二水《にすい》の冲の字を用いる人多し。両字とも水深の意なきにあらねどわが邦《くに》にて「おき」の意に用いるは字義より来《きた》るに非ずしてむしろ水の真中という字の組立より来るに非《あらざ》るか。

汽車の汽を瀛と書く人多し。字引に汽は水气《すいき》なりとあるを福沢翁《ふくざわおう》の見つけ出して訳字に当てたるなりと。瀛の字もあれど意義異なり。

四の字の中は片仮名のルの字のごとく右へ曲ぐるなり。讀贖などのつくりの中のところも四を書くなり。されど賣の字の中のところは四の字に非ず。右の曲ぐることなく真直に引くなり。いささかの事ゆえどうでも善《よ》けれどただ讀（とく）のつくりが賣（ばい）の字に非ることを知るべし。

奇の字の上のところは大の字なり。奇の字を字引で引かんとならば大の部を見ざるべからず。されど立の字のごとく書くも古き代《よ》よりのことなるべし。

逢蓬峯は「ほう」にして降絳は「こう」なり。終りのところ少し違えり。

姫（ひめ）の字のつくりは臣に非ず。

士と土、爪《つめ》と瓜《うり》、岡と罔《もう》、齊と齋、戊《ぼ》と戍《じゅつ》、これらの区別は大方知らぬ人もなけれど商（あきない）と啇（音テキ）、班（わかつ）と斑（まだら）の区別はなお知らぬ人少からず。

以上挙げたる誤字の中にも古くより書きならわして一般に通ずるものは必ずしも改むるにも及ばざるべし。ただし甲の字と乙の字と取り違えたるは是非とも正さざるべからず。

甲の字と乙の字と取り違えたる場合は致し方なけれどある字の画を誤りたる場合はこれを印刷に

付する時は自《おのずか》ら正しき活字に直るゆえ印刷物には誤字少き訳なり。けだし活字の初《はじめ》は『康熙字典《こうきじてん》』によりて一字一字作りたりといえば活字は極めて正しきものにてありき。しかるに近来出来たる活字は無学なる人の杜撰《ずさん》に作りしものありと見えて往々偽字《ぎじ》を発見することあり。せめては活字だけにても正しくして世の惑《まどい》を増さざるようしたきものなり。

（三月五日）

自分は子供の時から湯に入ることが大嫌いだ。熱き湯に入ると体がくたびれてその日は仕事が出来ぬ。一日汗を流して労働した者が労働がすんでから湯に入るのはいかにも愉快そうで草臥《くたびれ》が直るであろうと思われるがその他の者で毎日のように湯に行くのは男にせよ女にせよ必ずなまけ者にきまって居る。ことに楊枝《ようじ》をくわえて朝湯に出かけるなどというのは堕落の極である。東京の銭湯はあまり熱いから少しぬるくしたら善《よ》かろうとも思うたがいっそ銭湯などは罷《や》めてしもうて皆々冷水摩擦をやったら日本人も少しは活溌《かっぱつ》になるであろう。熱い湯に酔うて熟柿《じゅくし》のようになって、ああ善い心持だ、などというて居る内に日本銀行の金貨はどんどんと皆外国へ出て往《いっ》てしまう。

（三月六日）

自分が病気になって後ある人が病床のなぐさめにもと心がけて鉄網《かなあみ》の大鳥籠《おおとりかご》を借りて来てくれたのでそれを窓先に据えて小鳥を十羽ばかり入れておいた。その中にある水鉢の水をかえてやるとすべての鳥が下りて来て争うて水をあびる様が面白いので病床からながめて楽《たの》しんで居る。水鉢を置いてまだ手を引かぬ内にヒワが一番先に下りて浴びる。浴び様も一番上手だ。ヒワが浴びるのは勢いが善《よ》いので目《ま》たたく間に鉢の水を半分くらい羽ではたき散らしてしまう。そこでほかの鳥は残りの乏しい水で順々に浴びなくてはならぬようになる。それを予防するつもりでもあるまいが後にはヒワがまず浴びようとするとキンバラが二羽で下りて来てヒワを追い出し二羽並んで浴びてしまう。その後でジャガタラ雀《すずめ》が浴びる。キンカ鳥も浴びる。カナリヤも浴びる。しばらくは水鉢のほとりには先番後番《さきばんあとばん》と鳥が詰めかけて居る。浴びてすんだ奴《やつ》は皆高いとまり木にとまってしきりに羽ばたきして居る。その様が実に愉快そうに見える。考えてみると自分が湯に入ることが出来ぬようになってからもう五年になる。

（三月七日）

余は漢字を知る者に非ず。知らざるがゆえに今更に誤字に気のつきしほどのことなれば余の言うところ必ず誤《あやまり》あらんとあやぶみしが果してある人より教《おしえ》をたまわりたり。因《よつ》て正誤かたがたこれを載せ併《あわ》せてその好意を謝す。

（略）懶瀬獺嬾等の旁《つくり》は負なり頁《おおがい》にあらずとせられ候《そうら》えども負にあらず貟の字にて貝の上は刀に候。勝負の負とは少しく異なり候。右等の字は剌《らつ》より音生じ候。また聖の下は壬にあらず王（音テイ）に候。呈望等皆同様に御座候。右些細《ささい》のことに候えども気付たるまま（一老人投《とうず》）

またある人より

（略）菩《ぼ》薩薩摩《さつさつま》の薩は字原「薛《せつ》」なり。博愛堂『集古印譜《しゅうこいんぷ》』に薩摩国印は薛……とあり。訳経《やつきよう》師《し》が仮釈《かりしやく》にて「辞」に二点添付したるを元明《げんみん》より産の字に作り字典は「薩」としあるなり。唐には決して産に書せず云々《うんぬん》。

右の誤は字典にもあり麑島人《かごしま》も仏教家も一般に知らであれば正したき由《よし》いいこされたり。

（三月八日）

雑誌『日本人』に「春」を論じて「わが国は旧《も》と太陰暦を用い正月をもって春の初めとなししが」云々とあり。語簡《かん》に過ぎて解しかぬる点もあれど昔は歳《とし》の初《はじめ》すなわち正月元旦をもって春の初となしたりとの意ならん。陰暦時代には便宜上一、二、三の三カ月をもって春とし四、五、六の三カ月をもって夏となし、ないし秋冬も同例に三カ月宛《ずつ》を取りしこというまでもなし。されど陰暦にては一年十二カ月に限らず十三カ月なることも多ければその場合には四季の内いずれか四カ月を取らざるべからず。これがために気候と月日と一致せず去年の正月初と今年の正月初といたく気候の相違を来《きた》すに至るをもって陰暦時代にても厳格にいえば歳の初を春の初とはなさず立春（冬至後約四十五日）をもって春の初と定めたるなり。その証《あかし》は古くより年内立春などいう歌の題あり、『古今集』開巻第一に

年の内に春は来にけり一年《ひととせ》を去年《こぞ》とやいはむ今年とやいはむ

とあるもこのことなり。この歌の意は歳の初と春の初とは異なりされぱいずれを計算の初となすべきかと疑えるものなればこれを裏面より見ればこの頃にても普通には便宜上の歳の初を春の初とな

したることとなるべし。されど朝廷の儀式にも特に立春の日を選びてすることあり。『公事根源《くじこんげん》』に

　供若水《わかみずをそなう》

　立春日

若水といふ事は去年御生気の方の井をてんして蓋《ふた》をして人に汲《くま》せず春立つ日主水司《もんどのつかさ》内裏《だいり》に奉《たてまつ》れば朝餉《あさがれい》にて之《これ》をきこしめすなり荒玉の春立つ日之《これ》を奉れば若水とは申すにや云々《うんぬん》

とあるを見ても知るべし。平民社会にては立春の儀式ということは知らねど節分（立春前一夜）の儀式は種々ありて今日に至るまでその幾分を存せり。中にもこの夜おのおのの年齢の数に一つ増したるだけの熬豆《いりまめ》を紙に包みて厄払《やくばらい》に与え来年の厄を払わしむるがごときは明《あきら》かに立春をもって計算の初となし立春に入ることによりて新《あらた》に齢《よわい》一つを加うるものと定めたるを見るべし。（陰暦の正月元日は立春に最も近き朔日《ついたち》を取りたるものなれば元日と立春と十五日以上の差違あることなし。されど元日前十五日立春の年と元日後十五日立春の年とを比較すれば気候に三十日の遅速あり）

右のごとく昔は歳初と春初と区別あるがごとくなきがごとく曖昧《あいまい》に過ぎ来《きた》りしが明治に至り陽暦の頒布《はんぷ》とともに陰暦は公式上廃せられたれば両者は断然と区別せられて一月一日は毎年冬季中に来るものと定まれり。この際に当りて春夏秋冬の限界については何らの規定するところなければ余は依然として立春、立夏、立秋、立冬をもって四季の限界とする説に従い居るなり。元来この立春、立夏等の節は陰暦時代にも用いられたれどその実月の盈虧《えいき》には何らの関係もなくかえって太陽の位置より算出せしものなればこれを太陽暦と並び用いて毫《ごう》も矛盾せざるのみならず毎年ほぼ同一の日に当るをもって記憶にもはなはだ便利あり。

雑誌『日本人』の説は西洋流に三、四、五の三カ月を春とせんとのことなれどもわが邦《くに》には二千年来の習慣ありてその習慣上定まりたる四季の限界を今日に至りたちまち変更せられては気候の感厚き詩人文人に取りて迷惑少からず。されど細かにいえば今日までの規定も習慣上に得たる四季の感と多少一致せざるかの疑なきに非ず。もっとも気候は地方によりて非常の差違あり、ことにわが邦のごとく南北に長き国は千島《ちしま》のはてと台湾のはてと同様に論ずべきにあらねど試《こころみ》に中央東京の地についていわんに（京都も大差なかるべし）立春（二月四日頃）後半月くらいは寒気強くして冬の感去らず。立秋（八月八日頃）後半月くらいは暑気強くして秋の感起らず。また菊と紅葉とは古来秋に定めたれど実際は立冬（十一月八日頃）後半月くらいの間に盛なり。ゆえに東京の気候をもっていわんには立春も立夏も立秋も立冬も十五日宛《ずつ》繰り下げてかえって善きかと思わるるなり。されば西洋の規定と実際は大差なき訳となる。しかしながらこは私《わたくし》に定むべきことにもあらねばむろん旧例に依《よ》るを可とすべきか。（西洋の規定は東京よりはやや寒き地方より出《い》でし規定に非《あらざ》るか）

（三月九日）

自個の著作を売りて原稿料を取るは少しも悪《あし》きことに非ず。されどその著作の目的が原稿料を取るということよりほかに何もなかりしとすれば、著者の心の賤《いや》しきことというまでもなし。近頃出版せられたる秋竹《しゅうちく》の『明治俳句』は果して何らの目的をもって作りたるか。秋竹は俳句を善《よ》くする者なり。俳句に堪能《かんのう》なる秋竹が俳句の集を選びたるは似つかわしきことにして、素人《しろうと》の杜撰《ずさん》なるものと同日に見るべからず。されど秋竹は始めより俳書編纂《へんさん》の志ありしか、近来俳句に疎遠なる秋竹が何ゆえに俄《にわか》に俳句編纂を思い立ちたるか。この句集がいかなる手段によって集められしかは問うところに非ず。この書物を出版するにつき、秋竹が何ゆえに苦しき序文を書きしかは余の問うところに非ず。もし余の邪推を明《あきらか》にいわば、秋竹は金もうけのためにこの編纂を思いつきたるならん。秋竹もし一点の誠意をもって俳句の編纂に従事せんか、その手段のいかんにかかわらずこれを賛成せん。されど余は秋竹の腐敗せざるかを疑うなり。さはれ余は個人として秋竹を攻撃せんとには非《あ》らず。今の新著作かくのごときもの十の九に居るゆえに特に秋竹を仮《か》りていうのみ。（三月十日）

漢字廃止、羅馬字《ローマ》採用または新字製造などの遼遠《りようえん》なる論は知らず。余は極めて手近なる必要に応ぜんために至急新仮字《かな》の製造を望む者なり。その新仮字に二種あり。一は拗音促音《ようおんそくおん》を一字にて現わし得《う》るようなるものにして例せば茶の仮字を「ちや」「チヤ」などのごとく二字に書かずして一字に書くようにするなり。「しよ」（書）「きよ」（虚）「くわ」（花）「しゆ」（朱）のごとき類《たぐい》皆同じ。促音は普通「つ」の字をもって現わせどもこは仮字を用いずして他の符号を用いるようにしたしと思う。しかし「しゆ」「ちゆ」等の拗音の韻文上一音なると違い促音は二音なればその符号をしてやはり一字分の面積を与うるも可ならん。

他の一種は外国語にある音にしてわが邦《くに》になきものを書きあらわし得る新字なり。

これらの新字を作るは極めて容易のことにしてほとんど考案を費さずして出来得べしと信ず。試にいわんか朱の仮字は「し」と「ユ」または「ゆ」の二字を結びつけたるごときものを少し変化して用い、著の仮字は「ち」と「ヨ」または「よ」の二字を結びつけたるを少し変化して用いるがごとくこの例をもって他の字をも作らば名は新字といえどその実旧字の変化に過ぎずして新《あらた》に新字を学ぶの必要もなく極めて便利なるべしと信ず。また外国音の方は外国の原字をそのまま用いるかまたは多少変化してこれを用い、五母音の変化を示すためには速記法の符号を用いるかまたは拗音の場合に言いしごとく仮字をくっつけても可なるべし。とにかくに仕事は簡単にして容易なり。かつ新仮字増補の主意は、強制的に行わぬ以上は、誰一人反対する者なかるべし。余は二、三十人の学者たちが集まりて試に新仮字を作りこれを世に公にせられんことを望むなり。　（三月十一日）

不平十カ条

一、元老の死にそうで死なぬ不平
一、いくさの始まりそうで始まらぬ不平
一、大きな頭《かしら》の出ぬ不平
一、郵便の消印が読めぬ不平
一、白米小売相場の容易に下落せぬ不平
一、板ガラスの日本で出来ぬ不平
一、日本画家に油絵の味が分らぬ不平

一、西洋人に日本酒の味が分らぬ不平
一、野道の真直《まつすぐ》について居らぬ不平
一、人間に羽の生えて居らぬ不平

（三月十二日）

多くの人の俳句を見るに自己の頭脳をしぼりてしぼり出したるはまことに少く、新聞雑誌に出たる他人の句を五文字ばかり置きかえて何知らぬ顔にてまた新聞雑誌へ投書するなり。一例を挙げていわば

○○○○○裏 の 小 山 に 上 り け り

という十二字ありとせんに初《しよ》五に何にても季の題を置きて句とするなり。「長き日の」「のどかさの」「霞《かす》む日の」「炉塞《ろふさ》いで」「桜咲く」「名月や」「小春日の」等そのほかいかなる題にても大方つかぬというはなし。実に重宝なる十二字なり。あるいは

灯《ひ》 を と も す 石《いし》 灯《どう》 籠《ろう》 や ○○○○○

という十二字を得たらば「梅の花」「糸柳」「糸桜」「春の雨」「夕涼み」「庭の雪」「夕時雨《しぐれ》」などそのほか様々なる題をくっつけるなり。あるいは

広 目 屋 の 広 告 通 る ○○○○○

という十二字ならば「春日かな」「日永かな」「柳かな」「桜かな」「暖き」「小春かな」などを置くなり。これがためにはかねてより新聞雑誌の俳句を切り抜き置き、いざ句作という時にそれをひろげ

てあちらこちらを取り合せ十句にても百句にても立《たち》どころに成るをただちにこれを投書として郵便に付す。選者もしその陳腐剽窃《ひょうせつ》なることを知らずして一句にても二句にてもこれを載すれば投句者は鬼の首を獲《え》たらんごとくに喜びて友人に誇り示す。かくのごとき模倣《もほう》剽窃の時期は誰にも一度はあることなれど幾年経てもこの泥棒的境涯を脱し得ざる人あり。気の毒のことなり。（三月十三日）

今日は病室の掃除だというので昼飯後寝床を座敷の方へ移された。この二、三日は右向になってての仕事が過ぎたためでもあるかようやく減じて居た局部の痛《いたみ》がまた少し増して来たので座敷へ移ってからは左向に寝て痛所をいたわって居た。いつもガラス障子の室《へや》に居たから紙障子に松の影が写って居るのも趣《おもむき》が変って初めは面白かったがついにはそれも眼に入らぬようになってただ痛ばかりがチクチクと感ぜられる。いくら馴《な》れてみても痛むのはやはり痛いので閉口して居ると、六つになる隣の女の子が画《え》いたという画《え》を内《うち》の者が持《もっ》て来て見せた。見ると一尺ばかりの洋紙の小切《こぎれ》に墨で画いてある。真中に支那風の城門（もちろん輪郭ばかり）を力ある線にて真直に画いて城楼《じょうろう》の棟には鳥が一羽とまって居る。この城門の粉本《ふんぽん》は錦絵《にしきえ》にあったかも知らぬが、その城楼の窓のところを横に三分して「オ、シ、ロ」の三字が一区画に一字ずつ書いてあるのは新奇の意匠に違いない。実に奇想だ。それから城門の下には猫が寝て居る。その上に「ネコ」と書いてある。輪郭ばかりであるがたしかに猫と見える。猫の右側には女の立って居るところが画いてあるが、お児髷《ちごまげ》で振袖《ふりそで》で下駄はいてしかも片足を前へ踏み出して居るところまで分る。帯も後側《うしろがわ》だけは画いてある。城門の左側には自分の名前が正しく書けて居る。見れば見るほど実に面白い。城門に猫に少女という無意識の配合も面白いが棟の上に烏が一羽居るところは実に妙で、最も高いところに烏が囀《さえず》って居て最も低いところに猫が寝て居る意匠などは古今の名画というても善《よ》い。見て居る内に余は興に乗って来たのでただちに朱筆を取ってまず城楼の左右に日の丸の旗を一本宛《ずつ》画いた。それから猫に赤い首玉を入れて鈴をつけて、女の襟と袖口と帯とに赤い線を少し引いて、頭には総《ふさ》のついた釵《かんざし》を一本着《つ》けた。それから左の方の名前の下に裸人形の形をなるべく子供らしく画いて、最後に小鳥の羽をチョイと赤くした。さてこの合作の画を遠ざけて見ると墨と朱と善く調和して居る。うれしくてたまらぬ。そこで乾菓子《ひがし》や西洋菓子の美しいのをこの画に添えて、御褒美《ごほうび》だというて隣へ持たせてやった。

(三月十四日)

散歩の楽《たのしみ》、旅行の楽、能楽演劇を見る楽、寄席《よせ》に行く楽、見せ物興行物を見る楽、展覧会を見る楽、花見月見雪見等に行く楽、細君を携えて湯治《とうじ》に行く楽、紅灯緑酒《こうとうりょくしゅ》美人の膝《ひざ》を枕《まくら》にする楽、目黒の茶屋に俳句会を催して栗飯の腹を鼓《こ》する楽、道灌山《どうかんやま》に武蔵野《むさしの》の広きを眺めて崖端《がけはな》の茶店に柿をかじる楽。歩行の自由、坐臥《ざが》の自由、寝返りの自由、足を伸す自由、人を訪う自由、集会に臨む自由、厠《かわや》に行く自由、書籍を捜索する自由、癇癪《かんしゃく》の起りし時腹いせに外へ出て行く自由、ヤレ火事ヤレ地震という時に早速飛び出す自由。——すべての楽、すべての自由はことごとく余の身より奪い去られてわずかに残る一つの楽と一つの自由、すなわち飲食の楽と執筆の自由なり。しかも今や局部の疼痛劇《とうつうはげ》しくして執筆の自由はほとんど奪われ、腸胃ようやく衰弱して飲食の楽またその過半を奪われぬ。アア何を楽に残る月日を送るべきか。

耶蘇《ヤソ》信者 某《なにがし》 一日余の枕辺《まくらべ》に来《きた》り説いて曰《いわ》く、この世は短いです、次の世は永いです、あなたはキリストのおよみ返りを信ずることによって幸福でありますと。余は某の好意に対して深く感謝の意を表する者なれども、いかんせん余が現在の苦痛あまり劇しくして未だ永遠の幸福を謀《はか》るに暇《いとま》あらず。願《ねがわ》くは神まず余に一日の間《ひま》を与えて二十四時の間《あいだ》自由に身を動かしたらふく食を貪《むさぼ》らしめよ。しこうして後におもむろに永遠の幸福を考えみんか。

●正誤　関羽《かんう》外科の療治の際は読書にあらずして囲碁なりと。

（三月十五日）

名前ばかり聞きたる人の容貌《ようぼう》をとあらんかくあらんと想像するは誰もすることなるがさてその人に逢うて見ればいずれも意外なる顔つきに驚かぬはあらず。この頃破笛《はてき》の日記を見たるに左の一節あり。

東京鳴球《めいきゅう》氏より郵送せられし子規《しき》先生の写真及び蕪村《ぶそん》忌の写真が届きしは十日の晩なり。余は初めて子規先生の写真を見て実に驚きたり。多年病魔と戦ってこの大業を成したるの勇気は凛乎《りんこ》として眉宇《びう》の間《かん》に現われ居れどもその枯燥《こそう》の態《たい》は余をして無遠慮にいわしむれば全く活《い》きたる羅漢《らかん》なり。『日本』紙上連日の俳句、和歌時に文章いかにしてこの人より出《い》づるかを疑うまでに余は深き感に撃たれたり。

蕪村忌写真中余の面識ある者は鳴球氏一人のみ。前面の虚子《きよし》氏はもっともったいぶって居るかと思いしに一向無造作なる風采《ふうさい》なり。鳴雪翁《めいせつおう》は大老人にあらずして還暦には今一ト昔もありそうに思わる。独り洋装したるは碧梧桐《へきごとう》氏にして眼鏡の裏に黒眸《こくぼう》を輝かせり。他の諸氏の皆年若《としわか》なるには一驚を喫したり。

去る頃ある雑誌に「竹の里人が禿頭《はげあたま》を振り立てて」など書ける投書あるを見たり。竹の里人を六十、七十の老人と見たるにや。もしこれらの人の想像通りに諸家の容貌を描き出さしめば更に面白からん。

（三月十六日）

誤りやすき字につきてある人は盡の上部は聿《いつ》なり閏《じゅん》の中は王なりなど『説文《せつもん》』を引きて論ぜられ、不折《ふせつ》は古碑《こひ》の文字古法帖《こほうじょう》の文字などを目《ま》のあたり示して全内吉などの字の必ずしも入にあらず必ずしも士にあらざることを説明せり。かく専門的の攻撃に遇《あ》いては余ら『康熙字典《こうきじてん》』くらいを標準とせし素人《しろうと》先生はその可否の判断すらなしかねて今は口をつぐむよりほかなきに至りたり。なお誤字につきて記するところあらんとせしが何となくおじ気《け》つきたればもはや知った風の学者ぶりは一切為《な》さざるべし。

漢字の研究は日本文法の研究のごとく時代により人により異同変遷《へんせん》あるをもって多少の困難を免れず。『説文』により古碑の文字により比較考証してその正否を研究するは面白き一種の学問ならんもそは専門家のことにして普通の人のよくするところにあらず。普通の人が楷書《かいしょ》の標準として見んはやはり『康熙字典』にて十分ならん。ただ余が先にあまり些細《ささい》なることを誤謬《ごびゅう》といいしゆえにこの攻撃も出《い》で来しなればそれらは取り消すべし。されど甲の字と乙の字と取り違えたるほどの大誤謬（祟タタルを崇アガムに誤るがごとき）は厳しくこれを正さざるべからず。

付記。ある人より舎の字は人冠に舌に非ず人冠に干に口なる由《よし》いいこされ、またある人より協議の協を恊に書くは誤れる由いいこされたり。

（三月十七日）

宝引（ほうびき）ということ俳句正月の題にあれど何のことと知らずただ福引の類《たぐい》ならんと思いてありしがこの頃虹原《こうげん》の説明を聞きて疑《うたがい》解けたり。虹原の郷里（羽前《うぜん》）にてはホッピキと称《とな》えて正月には今もして遊ぶなりと。その様は男女十人ばかり（男三分女七分くらいなるが多く、下婢《かひ》下男などもまじることあり）ある家に打ち集い食物または金銭を賭《か》け（善《よ》き家にては多く食物を賭け一般の家にては多く金銭を賭くとぞ）くじを引いてこれを取るなり。くじは十人ならば四、五尺ばかりの縄十本を用意し、親となりたる者一人その縄を取りてその中の一本に環《わ》または二文銭または胡桃《くるみ》の殻などを結びつく。これを胴ふぐりという。これ当りくじなり。親は十本の縄の片端は自分の片手にまといい他の一端を前に投げ出す。元禄《げんろく》頃の句に

宝引のしだれ柳や君が袖《そで》　失名

とあるは親が縄を持ちながら胴ふぐりを見せじとその手を袖の中に引っこめたるところを形容したるにや。かくて投げ出したる縄をおのおの一本ずつ引きてその中《うち》胴ふぐりを引きあてたる者がその

場の賭物を取る。その勝ちたる者代りて次の親となる定めにて、胴ふぐり親の手に残りたる時はこれを親返りというとぞ。

保昌《やすまさ》が力引くなり胴ふぐり　其角《きかく》
宝引や力ぢや取れぬ巴どの　雨青
時宗《ときむね》が腕の強さよ胴ふぐり　沾峩《せんが》

などいう句は争うて縄を引張るところをいえるなるべく

宝引やさあと伏見《ふしみ》の登り舟　山隣《さんりん》
という句はおのおのが縄を引くところを伏見の引舟の綱を引く様に見立てたるならん。
宝引に夜を寝ぬ顔の朧《おぼろ》かな　李由《りゆう》
宝引の花ならば昼を蕾《つぼみ》かな　遊客
などいう句あるを見れば宝引はおもに夜の遊びと見えたり。そのほか宝引の句

宝引に蝸牛《かぎゆう》の角をたたくなり　其角
投げ出すや己《おのれ》引き得し胴ふぐり　太祇《たいぎ》
宝引や和君《わぎみ》裸にして見せん　嘯山《しょうざん》
宝引や今度は阿子《あこ》に参らせん　之房《しぼう》
宝引の宵は過ぎつつ逢はぬ恋　几董《きとう》
結神《むすびのかみ》

宝引やどれが結んであらうやら　李《り》　流《りゅう》

（三月十八日）

病室の三方には襖《ふすま》が十枚あって茶色の紙で貼《は》ってあるがその茶色も銀の雲形も大方はげてしもうた。左の方の柱には古笠《ふるがさ》と古蓑《ふるみの》とが掛けてあって、右の方の暖炉《だんろ》の上には写真板の手紙の額が黒くなって居る。北側の間半《けんはん》の壁には坊さんの書いた寒山《かんざん》の詩の小幅《しょうふく》が掛って居るが極めて渋い字である。どちらを見てもはなはだ陰気で淋《さび》しい感じであった。その間へ大黒様の状さしを掛けた。病室が俄《にわか》に笑い出した。

（三月十九日）

頭の黒い真宗坊さんが自分の枕元《まくらもと》に来て、君の文章を見ると君は病気のために時々大問題に到《とう》著《ちゃく》して居ることがある、というた。それは意外であった。

病床に日毎餅《もち》食ふ彼《ひ》岸《がん》かな

（三月二十日）

露《ろ》伴《はん》の『二日物語』というが出たから久しぶりで読んでみて、露伴がこんなまずい文章（趣向にあらず）を作ったかと驚いた。それを世間では明治の名文だの修辞の妙を極めて居るだのと評して居る。各人批評の標準がそんなに違うものであろうか。

（三月二十一日）

三日後の天気予報を出してもらいたい。

（三月二十二日）

大阪の雑誌『宝船』第一号に、蘆陰舎百堂《ろいんしゃひゃくどう》なる者が三世夜半亭《やはんてい》を継ぎたりと説きその証《あかし》として「平安夜半翁三世浪花《なにわ》蘆陰舎」と書ける当人の文を挙げたり。されどこはいみじき誤《あやまり》なり。「夜半翁三世」というは蕪村《ぶそん》より三代に当るということにて「三世夜半亭」ということに非ず。もし三世夜半亭の意ならば重ねて蘆陰舎という舎号を書くはずもあるまじ。思うにこの人大魯《たいろ》の門弟にて蕪村の又弟子に当るにやあらん。

（三月二十三日）

加賀大聖寺《だいしょうじ》の雑誌『虫籠《むしかご》』第三巻第二号出《い》づ。裏画《うらえ》「初午《はつうま》」は道三《どうさん》の筆なる由《よし》実にうまいものなり。ただ蕪村《ぶそん》の句の書き様はやや位置の不調子を免れざるか。

右雑誌の中「重箱楊枝《ようじ》」と題する文の中に

俳諧に何々顔という語は、盛《さかん》に蕪村や太祇《たいぎ》に用いられた、そこで子規《しき》君も多分この二人の新造語であろうとまで言われたが、これは少し言いすごしである。元禄二年板《ばん》の其角《きかく》十七条に、付《つけ》句《く》の例として

宿 札 に 仮 名 づ け し た る と は れ 顔

と書けり。

とある、恐らくこの辺からの思いつきであろう。

余はさることをいいしや否や今は忘れたれどももし言いたらばそは誤《あやまり》なり。何々顔という語は俳諧に始まりたるに非ずして古く『源氏物語』などにもあり、「空《そら》も見知り顔に」といえる文

句を挙げて前年『ホトトギス』随問随答欄に弁じたることあり。されば連歌《れんが》時代の発句《ほっく》にも

又や鳴かん聞かず顔せば時鳥《ほととぎす》　宗《そう》長《ちょう》

などあり。なお俳諧時代に入りても元禄より以前に

ふぐ干《ぼし》や枯《かれ》なん葱《ねぎ》の恨み顔　子《し》英《えい》

というあり。こは天和三年刊行の『虚栗《みなしぐり》』に出でたる句なり。そのほか元禄にも何々顔の句少なからず。

寺に寝て誠顔なる月見かな　芭《ば》蕉《しょう》
苗《なわ》代《しろ》やうれし顔にも鳴く蛙　許《きょ》六《りく》
蓮《はす》踏みて物知り顔の蛙かな　卜柳
雛《ひな》立《たて》て今日ぞ娘の亭主顔　硯《けん》角《かく》

などその一例なり。ちなみにいう。太祇にも蕪村にも几董《きとう》にも「訪《と》はれ顔」という句あるは其角の付句より思いつきたるならん。

(三月二十四日)

羽後能代《うごのしろ》の雑誌『俳星』は第二巻第一号を出せり。為山《いざん》の表紙模様は蕗《ふき》の林に牛を追う意匠斬新《ざんしん》にしてしかも模様化したるところ古雅、妙いうべからず。

破笛《はてき》『ホトトギス』の瓦当《がとう》募集に応じ今またこの雑誌の裏画を画く。前日『虫籠』に出《い》だしたる「猿芝居」のごとき小品文の上乗《じょうじょう》なるものなり。その多能《たのう》驚くべし。もし俳句の上に一進歩あらば

更に妙ならん。

南瓜《なんか》道人《どうじん》『俳星』の首《はじめ》に題して曰《いわ》く

風流たる蛸《たこ》公子。また春潮に浮かれ来《きた》る。手を握って妾《しょう》が心かなしむ。君が疣何ぞ太甚《はなは》だひややかなる。

と。笑わざるを得ず。

月兎《げっと》の「比翼蓙《ひよくござ》」につきて『俳星』に論あり。されどこは見ようによることか。もし道修町《どしょうまち》の薬屋の若旦那《わかだんな》新護《しんご》花嫁を迎えし喜びに祝の句を集めて小冊子となしこれを知人に配るとすれば風流の若旦那たるを失わず。もし大阪の俳人月兎、物《もの》もあろうに己が新婚の句をわざわざ活版屋の小僧に拾わせて製本屋の職工に綴《と》じさせてその得意さを世間に披露したりとすればはなはだ心ばせの卑しき俳人といわざるを得ず。

（三月二十五日）

ある日左千夫《さちお》鯉《こい》三尾を携え来りこれを盥《たらい》に入れてわが病床の傍《かたわら》に置く。いう、君は病に籠《こも》りて世の春を知らず、ゆえに今鯉を水に放ちて春水四沢《しゅんすいしたく》に満つる様を見せしむるなりと。いと興ある言いざまや。さらば吾も一句ものせんとて考うれど思うように成らず。とやかくと作り直し思い更《か》えてようよう十句に至りぬ。さはれ数は十句にして十句にあらず、一意を十様に言いこころみたるのみ。

春水の盥《たらい》に鯉《こい》の喩喁《あぎと》かな

盥浅く鯉の背見ゆる春の水

鯉の尾の動く盥や春の水
頭並ぶ盥の鯉や春の水
春水の盥に満ちて鯉の肩
春の水鯉の活きたる盥かな
鯉多く狭き盥や春の水
鯉の吐く泡や盥の春の水
鯉の背に春水そそぐ盥かな
鯉はねて浅き盥や春の水

（三月二十六日）

先日短歌会にて、最も善《よ》き歌は誰にも解せらるべき平易なるものなりと、ある人は主張せしに、歌は善き歌になるに従いいよいよこれを解する人少《すくな》きものなり、と他の人はこれに反対しついに一場の議論となりたりと。愚かなる人々の議論かな。文学上の空論はまたしても無用のことなるべし。何とて実地につきて論ぜざるぞ。まず最も善きという実地の歌を挙げよ。その歌の選択恐らくは両者一致せざるべきなり。歌の選択すでに異《こと》にして枝葉の論をなしたりとて何の用にか立つべき。蛙は赤きものか青きものかを論ずる前にまず蛙とはどんな動物をいうかを定むるが議論の順序なり。田の蛙も木の蛙もともに蛙の部に属すべきものならば赤き蛙も青き蛙も両方ともにあるべし。我は解しやすきにも善き歌あり解しがたきにも善き歌ありと思うはいかに。

（三月二十七日）

廃刊せられたりといい伝えたる『明星』は廃刊せられしにあらでこのたび第十一号は恙《つつが》なく世に出でたり。相変らず勿体《もったい》なきほどの善《よ》き紙を用いたり。かねての約《やく》に従い短歌の批評を試《こころみ》んと思うに数多くしていずれより手を着《つ》けんかと惑わるるにまず有名なる落合氏のより始めん。

わづらへる鶴の鳥屋《とや》みてわれ立てば小雨ふりきぬ梅かをる朝

「煩《わずら》へる鶴の鳥屋」とあるは「煩へる鳥屋の鶴」とせざるべからず。原作のままにては鶴を見ずして鳥屋ばかり見るかの嫌いあり。次に病鶴《びょうかく》と梅との配合は支那伝来の趣向にて調和善けれどそこへ小雨を加えたるははなはだ不調和なり。むしろ小雨の代りに春雪を配合せば善からん。かつ小雨にしても「ふりきぬ」という急劇なる景色の変化を現わしたるは、他の病鶴や梅やの静かなる景色に配合して調和せず、むしろ初めより降って居るの穏《おだや》かなるに如《し》かず。次に「梅かをる朝」という結《けっ》句《く》は一句としての言い現わし方も面白からず、全体の調子の上よりこの句への続き具合も面白からず。このことを論ぜんとするにはこの歌全体の趣向に渉《わた》って論ぜざるべからず。そはこの歌はいかなる場所の飼鶴《かいづる》を詠《よ》みしかということ、すなわち動物園かはた個人の庭かということとなり。もし個人の庭だとすれば「見てわれ立てば」という句似あわしからず、「見てわれ立てば」というはどうしても動物園の見物らしく思わる。もし動物園を詠みしものとすれば「梅かをる朝」という句似あわしからず。「梅かをる朝」というは個人の庭の静かなる景色らしくして動物園などの騒がしき趣《おもむき》に受け取られず。もしまた動物園とか個人の庭とかに関係なくただ漠然とこれだけの景色を摘《つま》み出して詠みたるものとすればそれでも善けれど、しかしそれならば「見てわれ立てば」というがごとき作者の位置を明瞭《めいりょう》に現わす句はなるべくこれを避けてただ漠然とその景色のみを叙せざるべからず。もしこの趣向の中に作者をも入れんとならば動物園か個人の庭かをも明瞭にならしむべし。これ全体の趣向の上より結句に対する非難なりき。次にこの結句を「小雨ふりきぬ」という切れたる句の下に置きて独立句となしたるところに非難あり。かくのごとき佶屈《きっくつ》なる調子も詠みようにて面白くならぬにあらねどこの歌にてはいたずらに不快なる調子となりたり。かように結句を独立せしむるには結《むすび》一句にて上《かみ》四句に匹敵するほどの強き力なかるべからず。

法師らが髯《ひげ》の剃《そ》り杭《くい》に馬つなぎいたくな引きそ「法師なからかむ」（万葉十六）

という歌の結句に力あるをみよ。新古今に「ただ松の風」といえるもこの句一首の魂なればこそ結に置きたるなれ。しかるに「梅かをる朝」にては一句軽くして全首の押《おさ》えとなりかぬるよう思わる。まずこの歌の全体を考えみよ。こは病鶴と小雨と梅が香と取り合せたる趣向なるがその景色の内にて最も目立つものは梅が香にあらずして病鶴なるべし。しかるに病鶴は一首の初めちょっと置かれて客たるべき梅の香が結句に置かれしゆえ尻《しり》軽くして落ちつかぬなり。せめて病鶴を三、四の句に置かばこの尻軽を免れたらん。一番旨《うま》い皿を初めに出しては後々に出る物のまずく感ぜらるるゆえに肉汁を初《はじめ》に、フライまたはオムレツを次に、ビステキを最後に出すなり。されど濃厚なるビステキにてひたと打ち切りてはかえって物足らぬゆえ更に付物《つけもの》として趣味の変りたるサラダか珈琲《コーヒー》菓物《くだもの》の類《たぐい》を出す。歌にてもいかに病鶴が主なればとて必ず結句の最後に病鶴と置くべしとにはあらず。

病鶴を三、四の句に置きて「梅かをる朝」というごときサラダ的一句を添うるは悪きこともなかるべけれどそうなりしところでこの「梅かをる朝」という句にては面白からず。この結一句の意味は判然と分らねどこれにては梅の樹見えずして薫《かおり》のみするもののごとし。さすれば極めてことさらなる趣向にて他と調和せず。何ゆえというに梅が香は人糞《じんぷん》のごとき高き香にあらねばやや遠き処《ところ》にありてこれを聞くには特に鼻の神経を鋭くせずば聞えず。もしスコスコと鼻の神経を無法に鋭くし心をこの一点に集めて見えぬ梅を嗅《か》ぎ出したりとすればほかのもの（病鶴や小雨や）はそっちのけとなりて互《たがい》に関係なき二カ条の趣向となりおわらん。かつ「梅かをる朝」とばかりにてはさるむずかしき鼻の所作《しょさ》を現わし居らぬなり。もしまた梅の花が見えて居るのに「かをる」といいたりとすればそは昔より歌人の陥り居りし穴を未だ得出《えいで》ずに居るものなり。元来人の五官の中にて視官と嗅官《きゅうかん》とを比較すれば視官の刺撃《しげき》せらるること多きは論をまたず。梅を見たる時に色と香といずれが強く刺撃するかといえば色の方強きが常なり。ゆえに「梅白し」といえばそれより香の連想多少起れどもただ「梅かをる」とばかりにては今梅を見て居るところと受け取れずしてかえって梅の花は見えて居らで薫のみ聞ゆる場合なるべし。しかるに古《いにしえ》よりこれを混同したる歌多きは歌人が感情の言い現わし方に注意せざる罪なり。この歌の作者は果していずれの意味にて作りたるか。次に最後の「朝」、この朝の字をここに置きたるが気にくわず。元来この歌に朝という字がどれほど必要……図に乗ってあまり書きしゆえ筋《すじ》痛み出し、止《や》め。

こんな些細《ささい》なことを論ずる歌よみの気が知れず、などいう大文学者もあるべし。されどかかる微

細なるところに妙味の存在なくば短歌や俳句やは長い詩の一句に過ぎざるべし。（三月二十八日）

『明星』所載落合氏の歌

いざや子ら東鑑《あずまかがみ》にのせてある道はこの道はるのわか草

この歌一読、変な歌なり。まず第一句にて「子ら」と呼びかけたれば全体が子らに対する言葉なるべしと思いきや言いかけは第四句に止《とど》まり第五句は突然と叙景の句を出したり。変な歌といわざるを得ず。あるいは第五句もまた子らにいいかけたる言葉と見んか、いよいよ変なり。また初《はじめ》に「いざや」とあるは子らを催す言葉なれどもこの歌一向に子らを催して何をするとも言わず。どうしても変なり。この歌のために謀《はか》るに最上の救治策は「いざや子ら」の一句を省くに如《し》かず。代りに「いにしへの」とか何とか置くべし。さすれば全体の意味通ずるゆえ少々変なれども大した変にもならざるか。そはとにかくに前の歌の結句といいこの歌の結句といい思いきりて佶屈《きっくつ》に詠《よ》まるるところを見れば作者も若返りていわゆる新派の若手とともに走りッこをもやらるる覚悟と見えて勇ましとも勇ましきことなり。次の歌は

亀の背に歌かきつけてなき乳母《うば》のはなちし池よふか沢の池

いよいよ分りにくき歌となりたり。この歌くり返して読むほどますます分らず、どうしても裏面に一条の小説的話説でもありそうに思わるるなり。まずこの歌の趣向につきて起るべき疑問を列挙せんか。第一、この歌の作者の地位に立つべき者は少年なるか少女なるか、かつその少年か少女か

はいかなる身分の人なるか。第二、亀の背に歌書きたるは何のためか、いたずらの遊びか、何かのまじないか、あるいは紅葉題詩《こうようだいし》という古事にならいて亀に恋の媒《なかだち》でも頼みたる訳か。第三、乳母はいかなる素性の女にて、どれほどの教育ありしか。第四、乳母の死にしは何年前にして、病死か、はた自殺か。第五、乳母の死と亀のことと何らの関係なきかあるか。およそこれらのことをたしかめたる後に非ざればこの歌の評に取り掛るあたわず。もしそんな複雑なことも何もあらずただこの表面だけの趣向とすればまるで狐につままれたような趣向なり。なぜというに亀の背に歌かくということすでに不思議にして本気の沙汰《さた》と思われぬに、しかもその歌の書き主が乳母であることいよいよ不思議なり。普通には無学文盲にていろはすら知らぬが多き乳母の中にて特に歌よみの乳母を持ち出したるは何ゆえぞ。はたその乳母がすでに死んで居るに至っては不思議というも愚《おろか》なる次第なり。されどかかる野暮《やぼ》評はしばらく棚に上げてずっと推察したところで、池を見て亡き乳母を懐《おも》うというある少女の懐旧の歌ならんか。仮にそれとして結句ばかりを評すれば「深沢の池」とばかりにては固有名詞か普通名詞かそれも判然せず、気ぬけのしたるように思わる。普通名詞としてはむろん面白からず。小説的固有名詞なりとすれば乳母の名も「おたよ」とか「おふく」とかありたき心地す。以上はこの歌を小説的の趣向として見て評したるものなれど、もし深沢の池は実際の固有名詞にして亀に歌書くなどいう事実もあるものとすれば更に入口を変えて評せざるべからず。しかしあまり長くなるゆえに略す。

（三月二十九日）

『明星』所載落合氏の歌

簪《かざし》もて深さはかりし少女子《おとめご》のたもとにつきぬ春のあわ雪

簪《かんざし》にて雪の深さをはかるときは畳算《たたみざん》とともに、ドド逸《いつ》中の材料らしくいやみおおくしてここには適せざるがごとし。「はかりし」とここには過去になりおれど「はかる」と現在にいうが普通にあらずや。「つきぬ」とは何の意味かわからずあるいはクッツクの意か。それならば空よりふる雪のクッツキたるか下につもりたる雪のクッツキたるか、いずれにしても穏かならぬようなり。結句に始めて雪をいえる歌にして第二句に「ふかさ」といえるは順序顚倒《てんとう》ししかもその距離遠きはあまり上手なるよみ方にあらず。

（三月三十日）

『明星』所載落合氏の歌

舞姫が底にうつして絵扇《えおうぎ》の影見てをるよ加茂《かも》の河水

この歌は場所明かならず。もとより加茂川付近ということだけは明かなれどこの舞姫なる者がいかなるところに居るか分らぬなり。舞姫は、河岸に立ちて居るか、水の中に立ちて居るか、舟に乗りて居るか、河中に置ける縁台の上に居るか、水上にさし出したる桟敷《さじき》などの上に居るか、または水に臨む高楼《こうろう》の欄干《らんかん》にもたれて居るか、または三条か四条辺の橋の欄干にもたれて居るか、別にくわしいことを聞くに及ばねど橋の上か家の内か舟の中かくらいは分らねば全体の趣向が感じに乗らぬなり。次に第二句の始《はじめ》に「底」という字ありて結句に「加茂の河水」と順序を顚倒したるは前の雪の歌と全く同一の覆轍《ふくてつ》に落ちたり。「うつして」といいて「うつれる」といわざるはことさらにうつして遊ぶことをいえるなるべく、このことさらなるところに厭味《いやみ》あり。この種の厭味は初心の少年ははなはだ好むことなるが、作者も好まるるにや。「見てをるよ」というも少しいかがわしき言葉にて「そうかよ」と悪洒落《わるじゃれ》でもいいたくなるなり。

（三月三十一日）

『明星』所載落合氏の歌

むらさきの文宮《ふばこ》の紐《ひも》のかたかたをわがのとかへて結びやらばいかに

「わがのと」とは「わがの紐と」ということなるべけれど我の紐ということ十分に解せられず。わが文宮《ふばこ》の紐か、わが羽織の紐か、わが瓢簞《ひょうたん》の紐か、はたその紐の色は赤か青か白か黒か、もしまた紫ならば同じ濃さか同じ古さか、それらも聞きたくなきにはあらねど作者の意はさる形の上にあらずして結ぶというところにあるべく、この文宮はもとより恋人の文を封じ来れるものと見るべければ野暮評は切りあげて、ただ我らのごとき色気なき者にはこの痴なるところを十分に味《あじわ》い得ざることを白状すべし。一つ気になることは結ばれたるかたかたの紐はよけれど、それがために他のかたかたの紐の解かれたるは縁喜《えんぎ》悪きにあらずや。売卜《ばいぼく》先生をして聞かしめば「この縁談初め善《よ》く末わろし狐が川を渉《わた》りて尾を濡《ぬ》らすというかたちなり」などいわねば善いがと思う。

（四月一日）

『明星』所載落合氏の歌

君が母はやがてわれにも母なるよ御手《みて》とることを許させたまへ

男女のなからいか義兄弟の交りかいずれとも分らねど今の世に義兄弟というような野暮もあるまじく、ここは男女の中なること疑いなし。男女の中としたところで、この歌は男より女に向《むか》いていえるものか女より男に向いていえるものか分らず。昔ならばやさしき女の言葉とも見るべけれど今の世は女よりも男の方にやさしきにやけたるが多ければ、ここも男の言葉と見るが至当なるべし。「御手とる」とは日本流に手を取りて傍《かたわら》より扶《たす》くる意にや。西洋流に握手の礼を行う意にや。日本流ならば善けれどもし西洋流とすれば母なる人の腕が（老人であるだけ）抜けはせずやと心配せらるるなり。それから今一つ変に思わるるは母なる人の手を取ることの許可を母その人に請《こ》わずしてかえってその人の娘たる恋人に請いしことなり。されど手を取るということ及びかくいいし場合明《めい》瞭《りょう》ならざれば詳しく評せんに由なし。

この身もし女なりせでわがせことたのみてましを男らしき君

「せで」は「せば」の誤植なるべし。「女にて見たてまつらまし」など『源氏物語』にあるより翻案したるか。されどそれは男の形のうつくしきを他の男よりかく評せるなり。しかるにこの歌は男の男らしきを側の男よりほめて「君はなかなか男らしくて頼もしい奴だ、僕が女ならとうから君に惚《ほ》れちょるよ」などいうのであるから殺風景にして少しも情の写りようなし。前者は女的男を他の男が評することとゆえ至極《しごく》もっともと思わるれど、この歌のごときは男的男を他の男が評することゆえあまり変にして何だかいやな気味の悪い心持になるなり。畢竟《ひっきょう》この歌にて「男らしき」という形容詞を用いたるが悪《わろ》きにて、かかる形容詞はなくてもすむべく、また他の詞《ことば》を置きてもよかりしならん。

（四月二日）

『明星』所載落合氏の歌

まどへりとみづから知りて神垣《かみがき》にのろひの釘《くぎ》をすててかへりぬ

この種の歌いわゆる新派の作に多し。趣向の小説的なるものを捕えてこれを歌に詠《よ》みこなすことは最も難きわざなるにただ歴史を叙するごとき筆法に叙し去りて中心もなく統一もなき無趣味の三十一文字となし自ら得たりとすること初心の弊《へい》なり。この歌もまた同じ病に罹《かか》りたるがごとし。まずこの歌の作者の地位に立つべき者はのろい釘の当人と見るべきか、もし当人が自分のことを叙すとせば「すててかへりぬ」というごとき他人がましき叙しようあるべからず。また傍観者の歌とせんか、秘密中の秘密に属するのろい釘を見ることもことさらめきて誠《まこと》しからず、はた「惑へりと自ら知りて」とその心中まで明瞭に見抜きたるもあるべきことならず。されど場合によりては小説家が小説を叙するごとく、秘密なる事実はもちろん、その心中までも見抜きて歌に詠むこと全くなきにあらねどそは至難のわざなり。この歌のごとく「すててかへりぬ」と結びては歴史的すなわち雑報的の結末となりて美文的すなわち和歌的の結末とはならず。つまりこの歌は雑報記者が雑報を書きたるごときものにして少しも感情の現れたるところなし。これではまず歌の資格を持たぬ歌ともいうべきか。釘を捨てて帰るなどいうこともずいぶん変的な想像なれど一々に論ぜんはうるさければ省くこととすべし。妄評妄評死罪死罪。

（四月三日）

春雨の朝からショボショボと降る日はまことに静かで小淋《こさび》しいようで閑談に適して居るから、こういう日に傘さして袖濡《そでぬ》らしてわざわざ話しに来たという遠来の友があると嬉《うれ》しかろうがそういうことは今まであったことがない。今日も雨が降るので人は来ず仰向《あおむけ》になってぼんやりと天井を見ていると、張子《はりこ》の亀もぶら下っている、芒《すすき》の穂の木兎《みみずく》もぶら下っている、駝鳥《だちょう》の卵の黒いのもぶら下っている、ぐるりの鴨居《かもい》には、菅笠《すげがさ》が掛っている、蓑《みの》が掛っている、瓢《ひさご》の花いけが掛っている。枕《まくら》元《もと》を見ると箱の上に一寸ばかりの人形が沢山並んでいる、その中にはお多《た》福《ふく》も大黒《だいこく》も恵比寿《えびす》も福助《ふくすけ》も裸子《はだかご》も招き猫もあって皆笑顔をつくっている。こんなつまらぬ時にこういうオモチャにも古笠などにも皆足が生えて病床のぐるりを歩行《ある》き出したら面白いであろう。

（四月四日）

恕堂《じょどう》がある日大きな風呂敷包《ふろしきづつみ》を持て来て余に、音楽を聴くか、というから、余は、どんな楽器を持て来たのだろうと危《あや》ぶみながら、聴く、と答えた。それから瞳《ひとみ》を凝《こら》して恕堂のすることを見ていると、恕堂は風呂敷を解いて蓄音器を取り出した。この器械は余は始《はじめ》て見たので、一尺ほどのラッパが突然と余の方を向いて口を開いたようにしていたのもおかしかった。それからまた箱の中から竹の筒《つつ》を六、七寸に切ったようなものを取り出した。これが蠟《ろう》なので、この蠟の表面に極めて微細な線がついておるのは、これが声の痕《あと》であるそうな。これを器械にかけてねじをかけると、ひとりでにブルブルブルブルといい出す。この竹の筒のようなものが都合《つごう》十八あったのを取り更え取り更《か》えてかけてみたが、過半は西洋の歌であるので我々にはよくわからぬ。しかし日本の唱歌などに比べると調子に変化があって面白く感じる。日本のは三つほどの内に越後獅子《えちごじし》の布を晒《さら》すところじゃというのが一つあった。それははなはだ面白かった。西洋の歌の中にラフィング・ソング（笑歌）と題するのがあって、何のことだかわからぬが、調子は非常な急な調子で、ところどころに笑い声が這入《はい》っている歌であった。これは笑い声に巧みなという評判の西洋音楽師が吹き込んだんだそうで今試《こころみ》にこの歌を想像してみると、

鴉《からす》が五、六羽飛《とん》で来て、権兵衛の頭に糞《ふん》かけた。アッハハ、ハッハ、アッハハハ
神鳴り四、五匹ゴロゴロゴロ、雲の上からスッテンコロコロ、物ほし台にひかかった。太鼓が破れて滅茶滅茶だ。アッハハ、ハッハ、アッハハハ
猫屋の婆さん四十島田、猫の子十四産み居った。白猫黒猫三毛猫山猫招き猫。アッハハ、ハッハ、アッハハハ

というようにも聞えた。しかし原作がこんなに俗であるかどうかそれは知らぬ。（四月五日）

故陸奥宗光《むつむねみつ》氏と同じ牢舎《ろうしゃ》に居た人に、陸奥はどんな人か、と問うたら、眼から鼻へ抜けるような男だ、という答であった。今生きて居る人にも眼から鼻へ抜けるほどの利口者といわれて居るのが二、三人はある。自分も一度こういう人に逢うて、眼から鼻へ抜ける具合を見たいものだ。

（四月六日）

この頃は左の肺の内でブツブツブツブツという音が絶えず聞える。これは「彿《ぶつ》彿彿彿」と不平を鳴らして居るのであろうか。あるいは「仏仏仏仏」と念仏を唱えて居るのであろうか。あるいは「物物物物」と唯物説《ゆいぶつせつ》でも主張して居るのであろうか。

（四月七日）

僕は子供の時から弱味噌《よわみそ》の泣味噌《なきみそ》と呼ばれて小学校に往《いっ》てもたびたび泣かされて居た。たとえば僕が壁にもたれて居ると右の方に並んで居た友だちがからかい半分に僕を押して来る、左へよけようとすると左からも他の友が押して来る、僕はもうたまらなくなる、そこでその際足の指を踏まれるとか横腹をやや強く突かれるとかいう機会を得てただちに泣き出すのである。そんな機会はなくても二、三度押されたらもう泣き出す。それを面白さに時々僕をいじめる奴があった。しかし灸《きゅう》を据える時は僕は逃げも泣きもせなんだ。しかるに僕をいじめるような強い奴には灸となると大騒ぎをして逃《にげ》たり泣いたりするのが多かった。これはどっちがえらいのであろう。

（四月八日）

一　人間一匹

右返上《へんじょう》申候但《ただし》時々幽霊となって出られ得る様以特別御取計可被下《とくべつをもってとりはからいくださるべく》候也

明治三十四年月日

何　が　し

地水火風《ちすいかふう》御中

（四月九日）

余の郷里にては時候が暖かになると「おなぐさみ」ということをする。これは郊外に出て遊ぶことで一家一族近所合壁《がっぺき》などの心安き者が互《たがい》にさそい合せて少きは三、四人多きは二、三十人もつれ立ちて行くのである。それにはまず各自各家に弁当かまたはその他の食物を用意し午刻《ごこく》頃より定めの場所に行きて陣取る。その場所は多く川辺の芝生にする。川が近くなければ水を得ることが出来ぬからである。また川辺には適当な空地があるからでもある。そこに毛氈《もうせん》や毛布を敷いて坐《すわ》り場所とする、敷物が足らぬ時には重箱などを包んである風呂敷をひろげてその上に坐る。石ころの上へ坐って尻《しり》が痛かったり、足の甲を茅針《つばな》につつかれたりするのも興がある。ここを本陣としておいて食時《しょくじ》ならば皆ここに集まって食う、それには皆弁当を開いてどれでも食うのでもとより彼我《ひが》の別はない。茶は川水を汲《く》んで来て石の竈《かまど》に薬缶《やかん》掛けて涌《わ》かすので、食い尽した重箱などはやはりその川水できれいに洗《あろ》うてしまう。大きな砂川で水が清くて浅くて岸が低いと来て居るから重宝で清潔でそれで危険がない。実にうまく出来て居る。食事がすめばサア鬼ごとというので子供などは頬《ほっ》ぺたの飯粒も取りあえず一度に立って行く。女子供は普通に鬼事《おにごと》か摘草《つみくさ》かをやる。それで夕刻まで遊んで帰るのである。余の親類がこぞって行く時はいつでも三十人以上で、子供がその半《なかば》を占めて居るからにぎやかなことは非常だ。一度先生につれられて詩会をこういう芝生で開いたこともあった。まことに閑静でよかった。しかし男ばかりの詩会などは特別であって、普通には女子供の遊びときまって居る。半日運動して、しかも清らかな空気を吸うのであるから、年中家に籠《こも》って居る女にはどれだけ愉快であるか分らぬ。もとよりその場所は町の外で、大方《おおかた》半里ばかりの距離の処《ところ》で、そこら往来の人などには見えぬ処である。歌舞伎座《かぶきざ》などへ往《い》って悪い空気を吸うて喜んで居る都の人は夢にも知らぬことであろう。

（四月十日）

虚子《きよし》曰《いわく》、今まで久しく写生の話も聞くし、配合ということも耳にせぬではなかったが、この頃話を聴いている内に始《はじめ》て配合ということに気が付いて、写生の味を解したように思われる。規《き》曰《いわく》。僕は何年か茶漬を廃しているので茶漬に香の物という配合を忘れていた。

（四月十一日）

我試《こころみ》に「文士保護未来夢」という四枚続《つづきえ》の画《え》をかいてみようか。

第一枚は、青年文士が真青な顔して首うなだれて合掌《がっしょう》して坐《すわ》って居る。その後《うしろ》には肩に羽のある神様が天《あめ》の瓊矛《ぬぼこ》とでもいいそうな剣《つるぎ》を提《さ》げて立って居る。神様は次のごとく宣告する。汝可憐《なんじかれん》なる意気地《いくじ》なき、心臓の鼓動しやすき、下腹のへこみやすき青年文士よ、汝の生るること百年ばかり早過ぎたり、今の世は文士保護論のわずかに芽《め》出《だ》したる時にして文士保護の実の行わるる時にあらず、我汝が原稿を抱いて飯にもありつけぬ窮境を憐《あわれ》んで汝を一刀両断せんとす、汝出直して来《きた》れ。

第二枚は、文士の首は前に落ちて居るところで、斬《き》られたる首の跡から白い煙が立って居る。その煙がまいらせ候《そろ》という字になって居て、その煙の末に裸体美人がほのかに現われて居る。神様の剣の尖《さき》からは紫色の血がしたたってそのしたたりが恋愛文学という字になって居る。

第三枚は、芝居の舞台で、舞台の正面には「嗚呼《ああ》明治文士之墓」という石碑が立って居る。墓のほとりには菫《すみれ》が咲いて居て、墓の前の花筒には白百合《しらゆり》の枯れたのが挿《さ》してある。この墓の後から西洋風の幽霊が出て来るので、この幽霊になった俳優が川上音二郎《かわかみおとじろう》五代の後胤《こういん》というのである。さてこの幽霊がここで大《おおい》に文士保護の演説をすると、見物は大喝采で、金貨や銀貨をむやみに舞台に向って投げる、投げた金貨銀貨は皆飛んで往《いっ》て文士の墓へひっついてしまう。

第四枚は、大宴会の場で、正面の高い処に立って居るのが川上音二郎五代の後胤である。彼は次のごとく演説する、このたび「明治文士」という演劇大入《おおいり》につき当世の文士諸君を招いていささか粗酒を呈するのである、明治文士の困難はすなわち諸君の幸福と化したのである、明治文士の灑《そそ》いだる血は今諸君杯中《はいちゅう》の葡萄酒《ぶどうしゅ》と変じたのである、明治文士は飯の食えぬものときまって居たが、今は飯の食えぬ者は文士になれというほどになった、明治文士は原稿を抱いて餓死したものだが今は文士保護会へ持って行けばどんな原稿も価《あたい》よく買うてくれる、それがために原稿の価が騰貴《とうき》して原稿取引所で相場をやるまでになった、云々《うんぬん》。拍手喝采堂《どう》に満ちて俳優万歳、文士万歳を連呼する。

（四月十二日）

美しき花もその名を知らずして文にも書きがたきはいと口惜し。甘くもあらぬ駄菓子の類《たぐい》にも名物めきたる名のつきたらむは味のまさる心地こそすれ。

（四月十三日）

左千夫《さちお》いう、俳句に畑打《はたうち》という題が春の季になり居ること心得ず、畑を打ち返すは秋にこそあれ、春には畑を打ち返す必要なきなり、もし田を打ち返すことならばそれは春やや暖くなる頃に必ずするなり、云々。我この言《げん》を聞いて思いみるに、こは田打《たうち》を春の季としたるが始めにて、後に畑打をも同じことのように思い誤りたるならんか。連歌《れんが》の発句《ほっく》にも

すき返せ草も花咲く小田の原　紹巴《じようは》
山川のめぐり田かへす裾輪《すそわ》かな　同
濁りけり山田やかへす春の水　同

など田をかえすということはすでにいえり。その後寛文《かんぶん》頃の句に

沼津にて
ぬまつくや泥田をかへす鱣島《うなぎしま》　俊治

これも田をかえすと詠《よ》めり。しかるに元禄に入りて「あら野」に左の三句あり。

動くとも見えで畑打つ麓《ふもと》かな　去来《きよらい》
万歳をしまふて打てる青田かな　昌碧《しようへき》
子を独《ひとり》もりて田を打孀《やもめ》かな　快宣《かいせん》

その中《うち》他の二句は皆田を打つとあるに去来ばかりのは畑打つとあり、あるいはこの句などが俑《よう》を作りたるにやあらん。

このほか元禄の句にて畑打とあるは

畑打に替へて取つたる菜《な》飯《めし》かな　　嵐《らん》雪《せつ》

ちらちらと畑打つ空や南風　　好風

などなり。それより後世に至れば至るほど田打という句少くなりて畑打という句多くなりたるがごとし。

かく田打と畑打とが誤り置かれたる理由いかんというに大方《おおかた》次のごとくなるべし。関東北国などにては秋の収穫後、田はそのままに休ませあるゆえ春になりてそを打ち返すものなれど、関西にては稲を刈りたる後の田は水を乾《かわか》して畑となし麦などを蒔《ま》くならいなれば春になりても打ち返すべき田なきなり。麦を刈りて後その畑を打ち返して水田となすことはあれどそは夏にして春にあらず、それゆえ関西の者には春季に田を打つということかえって合点《がてん》行かず、何とはなしに畑打と思い誤りたるものならん。されど古来誤り詠みたる畑打の句を見また我々が今まで畑打と詠み来りたる心を思うに、もとより田と畑とを判然と区別して詠めるにもあらず、ただ厳寒の候も過ぎ春暖くなるにつれて百姓どもの野らに出て男も女も鍬《くわ》ふりあぐる様ののどかさを春のものと見たるに過ぎず。さはれ左千夫の実験談は参考の材料として聞き置くべき値《あたい》あり。

（四月十四日）

ガラス玉に金魚を十ばかり入れて机の上に置いてある。余は痛《いたみ》をこらえながら病床からつくづくと見て居る。痛いことも痛いが綺麗なことも綺麗じゃ。

（四月十五日）

筋《すじ》の痛を怺《こら》えて臥《ふ》し居れば昼静かなる根岸の日の永さ

　パン売の太鼓も鳴らず日の永き

上野は花盛《はなざかり》学校の運動会は日ごと絶えざるこの頃の庵《いお》の眺《ながめ》

　松杉や花の上野の後側

把栗《はりつ》鼠骨《そこつ》が一昨年わが病を慰めたる牡丹《ぼたん》去年《こぞ》は咲かずて

　三年目に蕾《つぼみ》たのもし牡丹の芽

窓前の大鳥籠《おおとりかご》には中に木を栽《う》えて枝々に藁《わら》の巣を掛く

　追込の鳥早く寝る日永かな

毎日の発熱毎日の蜜柑《みかん》この頃の蜜柑はやや腐りたるが旨《うま》き

　春深く腐りし蜜柑好みけり

隣医瓢《ひさご》を花活《はないけ》に造り椿《つばき》を活けて贈り来る滑稽《こっけい》の人なり

　ひねくり者ありふくべ屋椿とぞ呼べる

焚《た》かねば邪魔になる暖炉《だんろ》取除《とりの》けさせたる次の朝の寒さ

　暖炉取りて六畳の間の広さかな

歯の痛《いたみ》三処に起りて柔かき物さえ嚙《か》みがてにする昨今

　筍《たけのこ》に虫歯痛みて暮の春

ある人苔《こけ》を封じ来《きた》る、こは奈良春日《かすが》神社《じんじや》石灯籠《いしどうろう》の苔なりと

苔を包む紙のしめりや春の雨

(四月十六日)

鼠骨《そこつ》が使《つかい》をよこしてブリキのカンをくれというからやったら、そのカンの中へ御《み》くじを入れて来た。まず一本引いて見たらば、第九十七凶というので、その文句は

霧罟重楼屋《むころうおくにかさなり》　佳人水上行《かじんすいじようにゆく》
白雲帰去路《はくうんききよのみち》　不見月波澄《げつぱのすむをみず》

というのであった。この文句の解釈が出来んので、それから後毎日考えてもう三十日も考え続けて居るが今に少しも解釈の手掛《てがかり》が出来ぬ。

(四月十七日)

今日は朝よりの春雨やや寒さを覚えて蒲団《ふとん》引被《ひきかぶ》り臥《ふ》し居り。垣根の山吹《やまぶき》ようように綻《ほころ》び、盆栽の桃の花は西洋葵《せいようあおい》と並びて高き台の上に置かれたるなどガラス越に見ゆ。午後は体もぬくもりことに今日は痛《いたみ》もうすらぎたれば静かに俳句の選抜など余念なき折から、本所《ほんじよ》の茶博士より一封の郵書来りぬ。披《ひら》き見れば他の詞《ことば》はなくて

擬墨汁一滴《ぼくじゆういつてきにぎす》

左

総じて物にはたらきなきは面白からず。されどもはたらき目だちて表に露《あらわ》れたるはかえっていやしきところあり。内にはたらきありて表ははたらきなきようなるがことにめでたきなり。

道《どう》入《にゅう》の楽《らく》の茶椀や落椿

春雨のつれづれなるままの戯《たわぶれ》にこそ、と書きたり。時に取りていとおかし。（四月十八日）

おかしければ笑う。悲しければ泣く。しかし痛《いたみ》の烈《はげ》しい時には仕様がないから、うめくか、叫ぶか、泣くか、または黙ってこらえて居るかする。その中で黙ってこらえて居るのが一番苦しい。盛んにうめき、盛んに叫び、盛んに泣くと少しく痛が減ずる。（四月十九日）

諸方より手紙被下《くだされ》候《そうろう》諸氏へ一度に御返事申上《もうしあげ》候。小生の病気につきいろいろ御注意被下、あるいは深山にある何やらの草の根を煎《せん》じて飲めば病たちどころに直るといわるるもあり、あるいは何がしの神を信ずれば病気平癒疑《うたがい》なしといわるるもあり、あるいはこの病に利く奇体の灸点《きゅうてん》あり幸《さいわい》にその灸師ただ今田舎より上京中なれば来てもろうてはいかがなどいわるるもあり、あるいは某医師は尋常の医師に非ず、従ってその療法もまた尋常療法に非ず、某将軍深くこれを信ず、君こ の人に診察させてはいかがなどいわるるもあり、あるいは某医師の養生法は山師流の養生法に非ず、わが家族の一人は現にこの法を用いて十年の痼疾《こしつ》とみに癒《い》えたる例あり、君も試みてはいかがなどいわるるもあり、中には見ず識《し》らずの人も多きにわざわざ書を寄せられてとかくの御配慮に預《あずか》ることまことに難有《ありがたき》次第とそぞろ感涙に沈み申候。しかしながら遠地の諸氏はもちろん、在京の諸氏すら小生の容態《ようだい》を御存じなき方多きゆえかえって種々の御心配を掛け候ことと存候。小生の病気は単に病気が不治の病なるのみならず病気の時期がすでに末期に属しもはやいかなる名法《めいほう》もいかなる妙薬も施すの余地無之《これなく》神様の御力もあるいは難及《およびがたき》かと存居《ぞんじおり》候。小生今日の容態は非常に複雑にして小生自身すら往々誤解致居《いたしおる》次第ゆえとても傍人には説明難致《いたしがたく》候えどもまず病気の種類が三種か四種か有之《これあり》、発熱は毎日、立つことも坐《すわ》ることも出来ぬはもちろん、この頃では頭を少し擡《もた》ぐることも困難に相成《あいなり》、また疼痛《とうつう》のため寝返り自由ならず蒲団の上に釘付《くぎづけ》にせられたる有様に有之候。疼痛烈《はげ》しき時は右に向きても痛く左に向きても痛く仰向《あおむけ》になりても痛く、まるで阿《あ》鼻叫喚《びきょうかん》の地獄もかくやと思わるるばかりのことに候。かつ容態には変化極めて多く、今日明日を計らず今朝今夕を計らずという有様にて、この頃は引続いてよろしいと申《もう》すようなことは無之《これなく》、それゆえ人に容態を尋ねられたる時答辞に窮し申候。「この頃は善《よ》い方です」とは普通に人に答うる挨拶《あいさつ》なれども何の意味もなき語に有之候。一時的容態はかく変化多けれども一年の容態をいえば昨年は一昨年よりも悪く、今年は昨年よりも悪きこと歴々として事実に現れ居候。かくのごとき次第ゆえ薬も灸もその他の療養法もせっかく御教被下候《おおしえくだされ》ことながら小生には難施《ほどこしがたき》ことと御承知可被下《くださるべく》候。ただ小生唯一の療養法は「うまい物を喰《く》う」に有之候。この「うまい物」というは小生多年の経験と一時の情況とに因《よ》りて定まるものにて他人の容喙《ようかい》を許さず候。珍しきものは何にてもうまけれど刺身は毎日くうてもうまく候。くだもの、菓子、茶など不消化にてもうまく候。朝飯は喰わず昼飯はうまく候。夕飯は熱が低ければうまく、熱が高くても大概喰い申候。容態あらまし如此《かくのごとくに》候。　（四月二十日）

前日記したる御籤《みくじ》の文句につきある人より『三世相』の中にある「元三大師御鬮鈔《がんざんだいしみくじしょう》」の解なりとて全文を写して送られたり。その中に佳人水上行《かじんすいじょうにゆく》を解して

かじんすいじょうにゆくとはうつくしき女の水の上をあゆむがごとくわがなすほどのことはあやうく心もとなしとのたとえなり

とあり。不見月波澄《げつぱのすむをみず》を解して

きりふかく月を見ざればせめてみずにうつるかげなりとも見んとすれどなみあればみずのうえの月をも見ることなしとなり

とあり。その次に

○病人はなはだあやうし○悦事《よろこびごと》なし○失物《うせもの》出がたし
○待人《まちびと》きたらず…………○生死《しょうじ》あやうし…………

などあり。適中したること多し。前年神戸病院を退きて故郷に保養しつつありし際衰弱はなはだしかりしがある日勇を鼓《こ》して郊外半里ばかりの石手寺《いしでじ》を見まいぬ。その時本堂の縁に腰かけて休みつつその傍《かたわら》に落ちありし紙片を拾い拡げ見たるにこの寺の御籤の札なり。凶の籤にして中に大病あり命にはさわりなし、などいえる文句あり、善《よ》く当時の事情に適中し居たり。かかることもあるにより《ぼくぜい》て卜筮などに対する迷信も起るならん。

（四月二十一日）

自分の俳句が月並調に落ちては居ぬかと自分で疑わるるが何としてよきものかと問う人あり。答

えていう、月並調に落ちんとするならば月並調に落つるがよし、月並調を恐るるというは善く月並調を知らぬゆえなり、月並調は監獄のごとく恐るべきものに非ず一度その中に這入《はい》って善くその内部を研究ししかして後に娑婆《しゃば》に出《い》でなば再《ふたた》び陥る憂《うれい》なかるべし、月並調を知らずしていたずらに月並調を恐るるものはいつの間にか月並調に陥り居る者少からず、試《こころみ》に蒼虬《そうきゅう》、梅室《ばいしつ》の句を読め。

(四月二十二日)

何人《なんぴと》の忘れ置きけん枕元《まくらもと》に尾形光琳《おがたこうりん》伝と書ける一葉摺《いちようずり》のものあり。三、四十行の短文にして末に、明治三十四年四月文学博士重野安繹《しげのやすつぐ》選、と書けり。思うにこの頃光琳ら四家の展覧会とかありといえばその辺の引札《ひきふだ》の類《たぐい》ならんか。それにしても

その画く所花卉翎毛《かきれいもう》山水人物　悉《ことごと》く金銀泥《きんぎんでい》を用いて設色するに穠艶妍媚《じようえんけんび》ならざるはなく而《しか》も用《よう》筆箇淡《ひっかんたん》にして一種の神韻《しんいん》あり

とあるがごときあまり杜撰《ずさん》なるべし。用筆箇淡の四字は光琳の画を形容し得ざるのみならずむしろ光琳風のごとき画の感じを少しも含まざるなり。何はともあれ光琳の画の第一の特色は他諸家の輪郭的なるに反して没骨《もっこつ》的なるところにあり、しかしてこの用筆箇淡の四字が果して没骨画に対する批評と見るを得《う》べき語なるか、何人も恐らくはしか思わざるべし。選者もまたそんなことを考えたるにはあらで筆の先にてゴマカシたるや必せり。あるいは

また茶道を千宗佐《せんそうさ》に受けて漆器の描金《びょうきん》に妙を得硯箱《すずりばこ》茶器の製作に巧みなり

とあるがごとき少しも意を解せず。この文にて見ると光琳は茶を習いしため蒔絵《まきえ》が上手になりたることと聞ゆ。『論語』を習いに往《いっ》たら数学が上手になったというごとき類《たぐい》にて狐《きつね》を馬に載せたる奇論法なり。もし二句何の関係もなきものならば何ゆえに続けて書けるか分らず。そのほか怪しげなること多し。選者夢中の作とおぼし。何にもせよ今の世に光琳の名を世にひろめんとする者、画を知らぬ漢文書きに頼みてその伝を書かしむるなど馬鹿なことなり。

(四月二十三日)

昨夜の夢に動物ばかり沢山遊んで居る処に来た。その動物の中にもう死期が近づいたかころげまわって煩悶《はんもん》して居る奴がある。すると一匹の親切な兎《うさぎ》があってその煩悶して居る動物の辺に往《いっ》て自分の手を出した。かの動物はただちに兎の手を自分の両手で持って自分の口にあて嬉《うれ》しそうにそれを吸うかと思うと今までの煩悶はやんではなはだ愉快げに眠るように死んでしもうた。またほかの動物が死に狂いに狂うて居ると例の兎は前と同じことをする、その動物もまた愉快そうに眠るように死んでしまう。余は夢がさめて後いつまでもこの兎のことが忘られない。

(四月二十四日)

碧梧桐《へきごとう》いう、

山吹やいくら折っても同じ枝　　子規

山吹や何がさはつて散りはじめ　　同

の二句は月並調にあらずやと。抱琴《ほうきん》いう、

鶯《うぐいす》や婿《むこ》に来にける子の一間《ひとま》　太祇《たいぎ》

は月並調に非ずやと。挿雲《そううん》いう、

初午《はつうま》はおのれが遊ぶ子守かな　挿雲

の句は月並調に陥り居らずやと。以上の句人のも自分のも余は月並調に非ずと思う。余が月並調と思える句は左のごとき句なり。

二日《ふつか》灸《きゆう》和尚《おしよう》固《もと》より灸の得手《えて》　碧梧桐

草餅《くさもち》や子を世話になる人のもと　挿雲

手料理の大きなる皿や洗ひ鯉《ごい》　失名

など月並調に近きよう覚ゆ。古人の句にても

七草や余所《よそ》の聞えも余り下手　太祇

七草や腕の利《き》きたる博奕《ばくち》打《うち》　同

帰り来る夫のむせぶ蚊遣《かやり》かな　同

など月並調なり。芭蕉《ばしよう》の

春もややけしきととのふ月と梅　芭蕉

なども時代の上よりいえば月並調の一語をもって評し去ること気の毒なれど今日より見ればむろん月並的の句なり。もと月並調という語は一時便宜のため用いし語にて、理屈の上より割り出だしたる語にあらねばその意義ははなはだ複雑にしてかつ曖昧《あいまい》なり。されど今一、二の例につきていわんか、

前の「山吹や何がさはつて」の句をその山吹を改めて

夕 桜 何 が さ は つ て 散 り は じ め

となさば月並調となるべし。こは下《しも》七五の主観的形容が桜に適切ならぬためことさらめきて厭味《いやみ》を生ずるなり。また「二日灸和尚固より」の句を

二 日 灸 和 尚 は 灸 の 上 手 な り

となさば月並臭気なかるべし。こは言葉遣いのいかんによりて月並調になりもしまたならずにも済むなり。二日灸という題もと月並的臭気を含めるに、その上に「和尚固より灸の得手」というごとく俗調を乗気《のりき》になって用いしゆえ俗に陥りしなり。極めて俗なることを詠《よ》むに雅語《がご》を用いて俗に陥らぬようにすること天明《てんめい》諸家の慣手段《かんしゅだん》なり。また「帰り来る夫の咽《むせ》ぶ」というは趣向のきわどきところに厭味あるものなれば全く趣向を変えねば月並調を脱するあたわざるべし。「帰り来る」も「夫」も「むせぶ」も皆厭味を含めり。よくよくの月並的趣向なり。

付記。少し変な句を月並調かと思う人多けれどそは誤《あやまり》なり。月並にはかえって変な語、変な句法などは排斥《はいせき》するなり。月並は表面はなはだもっともらしくして底に厭味あるもの多し。変な句は月並調に非ずと知るべし。

(四月二十五日)

ある人に向《むか》いて短歌の趣向材料などにつきて話すついでにいう、「松葉の露」という趣向と「桜花の露」という趣向とを同じように見られたるは口惜し。余が去夏《きょか》松葉の露の歌十首をものしたる

は古人の見つけざりし場所、あるいは見つけても歌化せざりし場所を見つけ得たるものとして誇りしなり。もし花の露ならば古歌にも多くあり、また旧派の歌人も自称新派の歌人も皆喜んで取るところの趣向にして陳腐中の陳腐、厭味《いやみ》中の厭味なるものなり。試《こころみ》に思え「松葉の露」といえばたちどころに松葉に露のたまる光景を目に見れども「花の露」とばかりにては花は目に見えて露は目に見えずただ心の中にて露を思いやるなり。ここにおいてか松葉の露は全く客観的となり、花の露は半ば主観的となり、両者その趣《おもむき》を異にす。しかるに花の露を形容するに、松葉の露を形容するがごとき客観的形容を用いたりとて実際の感は起らぬこと論をまたず。例すれば「花に置く露の玉」といいても花の露は見えぬゆえ玉という感は起らず。「花の白露」といいても色の白は実際見えぬゆえやはり主観的に思いやらざるべからず。風が花を揺《うご》かして露の散る時、そのほか露の散る時は始めて露の見ゆる心地すれど、それも露の見ゆるにはあらでむしろ露が物の上に落つる音を聞きて知るくらいのことならん。音なればこれも普通の客観的のものならざるはいうまでもなし。古《いにしえ》の歌よみはもとより咎《とが》むるにも直《あた》らず。今の歌よみにして、これほどに客観と主観との区別ある両種の露を同じように見られたることかえすがえすも口惜し。

(四月二十六日)

不折《ふせつ》、鳥羽僧正《とばそうじょう》の画《え》につきて言えりしに対して茅堂《ぼうどう》は不折の説を駁《ばく》する一文を投ぜり。茅堂不折両氏ともに親しく交際する仲なれば交際上どちらに贔屓《ひいき》もなけれども画のことにつきては茅堂は不折の向うを張《はっ》てこれが反対説を主張するほどの資格を持たずと思う。この際における論の当否はしばらくおく、平生《へいぜい》茅堂が画における観るに観察の粗なる嗜好《しこう》の単純なる到底一般素人《しろうと》の域を脱するあたわざるがごとし。詳《つまびら》かに言えば茅堂は写生の何たるをもよく解せざるべく、鳥羽僧正の写生の伎倆《ぎりよう》がどれだけに妙を極めたるかも解せざるべく、ただその好きな茶道より得たる幽玄簡単の一趣味を標準として、写生何かあらん、鳥羽僧正の画毫《えごう》も幽玄のところなしあまり珍重すべきものに非ず、など容易に判断し去りたることならん。茅堂もし画のことを論ぜんとならば今少し画のことを研究してしこうして後に論ぜられたきものなり。楽焼《らくやき》主義ノンコ趣味をもって鳥羽僧正の画を律せんとするは瓢簞《ひょうたん》をもって鯰《なまず》を押《おさ》うるの類《たぐい》か。

（四月二十七日）

夕餉《ゆうげ》したためおわりて仰向《あおむけ》に寝ながら左の方を見れば机の上に藤《ふじ》を活《い》けたるいとよく水をあげて花は今を盛りの有様なり。艶《えん》にもうつくしきかなとひとりごちつつそぞろに物語の昔などしぬばるるにつけてあやしくも歌心なん催されける。この道には日頃うとくなりまさりたればおぼつかなくも筆を取りて

瓶《かめ》にさす藤の花ぶさみじかければたたみの上にとどかざりけり
瓶にさす藤の花ぶさ一ふさはかさねし書《ふみ》の上に垂れたり
藤なみの花をし見れば奈良のみかど京のみかどの昔こひしも
藤なみの花をし見れば紫の絵の具取り出で写さんと思ふ
藤なみの花の紫絵にかかばこき紫にかくべかりけり

瓶にさす藤の花ぶさ花垂れて病の床に春暮れんとす
去年《こぞ》の春亀戸《かめいど》に藤を見しことを今藤を見て思ひいでつも
くれなゐの牡丹《ぼたん》の花にさきだちて藤の紫咲きいでにけり
この藤は早く咲きたり亀井戸《かめいど》の藤咲かまくは十日まり後
八入《やしおり》折の酒にひたせばしをれたる藤なみの花よみがへり咲く

おだやかならぬふしもありがちながら病のひまの筆のすさみは日頃稀《まれ》なる心やりなりけり。おかしき春の一夜や。

（四月二十八日）

春雨霏々《しゅんうひひたり》。病床徒然《びょうしょうとぜんたり》。天井を見れば風車五色《ごしき》に輝き、枕辺《まくらべ》を見れば瓶中《へいちゅう》の藤《ふじ》紫にして一尺垂れたり。ガラス戸の外を見れば満庭の新緑雨に濡《ぬ》れて、山吹《やまぶき》は黄ようやく少く、牡丹《ぼたん》は薄紅《うすくれない》の一輪まず開きたり。やがて絵の具箱を出させて、五色、紫、緑、黄、薄紅、さていずれの色をかくべき。

（四月二十九日）

病室のガラス障子より見ゆる処《ところ》に裏口の木戸あり。木戸の傍《かたわら》、竹垣の内に一むらの山吹あり。この山吹もとは隣なる女《め》の童《わらわ》の四、五年前に一寸ばかりの苗を持ち来て戯れに植えおきしものなるが今ははや縄もてつがぬるほどになりぬ。今年も咲き咲きてすでになかば散りたるけしきをながめてうたた歌心起りければ原稿紙を手に持ちて

裏口の木戸のかたへの竹垣にたばねられたる山吹の花
小縄もてたばねあげられ諸枝《もろえだ》の垂れがてにする山吹の花
水汲《く》みに往来《ゆきき》の袖《そで》の打ち触れて散りはじめたる山吹の花
まをとめの猶《なお》わらはにて植ゑしよりいく年経《とせへ》たる山吹の花
歌の会開かんと思ふ日も過ぎて散りがたになる山吹の花
我庵《いお》をめぐらす垣根隈《くま》もおちず咲かせ見まくの山吹の花
あき人も文くばり人も往きちがふ裏戸のわきの山吹の花
春の日の雨しき降ればガラス戸の曇りて見えぬ山吹の花
ガラス戸のくもり拭《ぬぐ》へばあきらかに寝ながら見ゆる山吹の花
春雨のけならべ降れば葉がくれに黄色乏しき山吹の花

粗笨鹵莽《そほんろもう》、出たらめ、むちゃくちゃ、いかなる評も謹《つつし》んで受けん。吾はただ歌のやすやすと口に乗りくるがうれしくて。

（四月三十日）

病床で絵の写生の稽古《けいこ》するには、モデルにするものはそこらにある小い器か、そうでなければいけ花か盆栽の花かくらいでほかに仕方がない。その範囲内で花や草を画いて喜んで居ると、ある時不折《ふせつ》の話に、一つの草や二つ三つの花などを画いて絵にするには実物より大きいくらいに画かなくては引き立たぬ、ということを聞いて嬉《うれ》しくてたまらなかった。俳句を作る者はことに味《あじわ》うべき教《おしえ》である。

（五月一日）

『宝船』第一巻第二号の召波《しようは》句集小解《しようかい》を読みて心づきしこと一つ二つ

紙子《かみこ》きて嫁が手利《てきき》をほほゑみぬ

「老情がよく現われている」との評なれど余はこの句は月並調に近きものと思う。

反椀《そりわん》は家にふりたり納豆汁

「古くなって木が乾くに従い反《そ》って来る」とあれども反椀は初《はじめ》より形の反った椀にて、古くなって反った訳には非《あらざ》るべし。

あたためよ瓶子《へいし》ながらの酒の君

この句に季ありや。もし酒をあたたむるが季ならばそれは秋季なるべし。あるいは連句中の雑《ぞう》の句などに非ずや。

河豚《ふぐ》しらず四十九年のひが事よ

四十九年の非を知るとは『論語』にあるべし。「ひが事」の「ひ」の字は「非」にかかりたるなり。

佐殿《すけどの》に文覚《もんがく》鰒《ふぐ》をすすめけり

「比喩《ひゆ》に堕《お》ちているから善《よ》くない」とあれどもこの句の表面には比喩なし。裏面には比喩の面影あるべし。

無縁寺の夜は明けにけり寒《かん》ねぶつ

寒念仏というのは無縁の聖霊《しょうりょう》を弔うために寒中に出歩行《である》くものなればこの句もむろん寺の内で僧の念仏し居る様には非るべし。

此《この》 村 に 長 生 多 き 岡 見 か な

「老人が沢山来て岡見をしている」のではなく老人の多い目出《めで》たい村を岡見していることならん。付けていう、碧梧桐《へきごとう》近時召波の句を読んで三歎す。余も未だ十分の研究を得ざれども召波の句の趣向と言葉とともにはたらき居ること太祇《たいぎ》、蕪村《ぶそん》、几董《きとう》にも勝るかと思う。太祇、蕪村一派の諸家その造詣《ぞうけい》の深さ測るべからざるものあり。暁台《きょうたい》、闌更《らんこう》、白雄《しらお》等の句ついに児戯のみ。（五月二日）

ある人いう勲位官名の肩書をふりまわして何々養生法などいう杜撰《ずさん》の説をなし世人を毒するは医界の罪人といわざるべからず、世には山師流の医者も多けれどただ金もうけのためとばかりにてその方法の無効無害なるはなお恕《じょ》すべし、日本人は牛肉を食うに及ばずなど言う牽強付会《けんきょうふかい》の説をつくりちょっと旧弊家丁髷《ちょんまげ》連を籠絡《ろうらく》し、蜜柑《みかん》は袋ともに食えとか、芋《いも》の養分は中よりも外皮に多しとか、途方もなき養生法をとなえて人の腸胃を害すること驚き入ったる次第なり、故幽谷翁《ゆうこくおう》なども一時この説に惑《まど》いて死期を早められたりと聞けり、とにかく勲位官名あるために惑わさるる人も多きにやあらん。世人は薬剤官を医者のごとく思う人あれど薬剤官は医者に非ず、かつその薬剤官の名さえ十分の資格もなくて恩恵的にもらいたるもありといえばあてにはならぬことなり云々《うんぬん》。

先頃手紙してこの養生法を余に勧めたる人あり。その時引札《ひきふだ》ようのものをも共に贈られたり。養生法の引札《ひきふだ》すらすでに変てこなるに、その上に引札の末半分は三十一文字に並べられたる養生法の訓示をもって埋められたるを見ていよいよ山師流のやり方なることを看破《かんぱ》せり。世の中に道徳の歌、教育の歌、あるいはこの養生法の歌のごときもの多くあれどかかる歌など作る者に真の道徳家、真の教育家、真の医師ありし例なきことなり。今ある人の説を聞いて余の推測の違わざるを知れり。

(五月三日)

しいて筆を取りて

佐保神《さほがみ》の別れかなしも来ん春にふたたび逢はんわれならなくに
いちはつの花咲きいでて我目《わがめ》には今年ばかりの春行かんとす
病む我をなぐさめがほに開きたる牡丹《ぼたん》の花を見れば悲しも
世の中は常なきものと我愛《め》づる山吹《やまぶき》の花散りにけるかも
別れ行く春のかたみと藤波の花の長ふさ絵にかけるかも
夕顔《ゆうがお》の棚つくらんと思へども秋待ちがてぬ我いのちかも
くれなゐの薔薇《うばら》ふふみぬ我病いやまさるべき時のしるしに
薩摩下駄《さつまげた》足にとりはき杖《つえ》つきて萩《はぎ》の芽摘《つ》みし昔おもほゆ
若松の芽だちの緑長き日を夕かたまけて熱いでにけり
いたつきの癒ゆる日知らにさ庭べに秋草花の種を蒔《ま》かしむ

心弱くとこそ人の見るらめ。

（五月四日）

岩手の孝子《こうし》何がし母を車に載せ自ら引きて二百里の道を東京まで上り東京見物を母にさせけるとなん。事新聞に出《い》でて今の美談となす。

たらちねの母の車をとりひかひ千里も行かん岩手の子あはれ
草枕《くさまくら》旅行くきはみさへの神のいそひ守らさん孝子の車
みちのくの岩手の孝子名もなけど名のある人に豈《あに》劣らめや
下り行く末の世にしてみちのくに孝の子ありと聞けばともしも
世の中のきたなき道はみちのくの岩手の関を越えずありきや
春雨はいたくなふりそみちのくの孝子の車引きがてぬかも
みちのくの岩手の孝子文に書き歌にもよみてよろづ代迄《まで》に
世の中は悔いてかへらずたらちねのいのちの内に花も見るべく
うちひさす都の花をたらちねと二人し見ればたぬしきろかも
われひとり見てもたぬしき都べの桜の花を親と二人見つ

（五月五日）

新華族新博士の出来るごとに人は、またか、といいて眉《まゆ》を顰《ひそ》むるが多し。こは他人の出世を妬《ねた》む心より生ずる言葉にていとあさまし。余はむしろ新華族新博士のますます多くいよいよふえんことを望むなり。されどこれも裏側より見たる嫉妬《しっと》心といわばいうべし。

博士もお盃《さかずき》の巡り来るがごとく来るものとすれば俗世間にて自分より頭の上にある先輩の数を数えて順番の来るを待つべきなり。雪嶺《せつれい》先生なども今頃お盃を廻されては「辞するほどの価値もない」とでも言わねばなるまじ。しかし新博士には博士号をあまり有難がらぬ人もたまにあるべけれど新華族になるほどの人華族を有難がらぬはなかるべし。宮内省と文部省との違うためか、実利と虚名とのためか、学識なきと学識あるとのためか。

（五月六日）

五月五日にはかしわ餅《もち》とて槲《かしわ》の葉に餅を包みて祝うことといずこも同じさまなるべし。昔は膳夫《ぜんぷ》をかしわでと言い歌にも「旅にしあれば椎《しい》の葉に盛る」ともあれば食物を木の葉に盛りしこともありけんを、今の世に至りてなお五日のかしわ餅ばかりその名残《なごり》をとどめたるぞゆかしき。かしわ餅の歌をつくる。

椎の葉にもりにし昔おもほえてかしはのもちひ見ればなつかし
白妙《しろたえ》のもちひを包むかしは葉の香をなつかしみくへど飽かぬかも
いにしへゆ今につたへてあやめふく今日のもちひをかしは葉に巻く
うま人もけふのもちひを白かねのうつはに盛らずかしは葉に巻く
ことほぎて贈る五日のかしはもち食ふもくはずも君がまにまに
かしは葉の若葉の色をなつかしみここだくひけり腹ふくるるに

九重《ここのえ》の大宮人《おおみやびと》もかしはもち今日はをすかも賤《しず》の男《お》さびて
常にくふかくのたちばなそれもあれどかしはのもちひ今日はゆかしも
みどり子のおひすゑいはふかしは餅われもくひけり病癒《い》ゆかに
色深き葉広《はびろ》がしはの葉を広みもちひぞつつむいにしへゆ今に

（五月七日）

碧梧桐《へきごとう》いう、

手料理の大きなる皿や洗ひ鯉《ごい》

の句には理屈めきたる言い廻しもなきに何ゆえに月並調なるか。余いう、月並調というは理屈めきたる言廻しをのみいうに非ず、この句手料理も大きなる皿もともに俗なり、全体俗にして一点の雅趣なきものもまた月並調とはいう、もし洗い鯉に代うるに初松魚《はつがつお》をもってせんか、いよいよもって純粋の月並調となるべし。碧梧桐いう、手料理といい料理屋というは常に我々の用いるところ、何がゆえにこの語あれば月並調というか。余いう、そは月並派の仲間入《いり》でもなさばただちに分ることなり、まず月並の題に初松魚という題出《い》でたりとせよ、この題を得たる八公熊公《はちこうくまこう》の徒はなかなかもって「朝比奈《あさひな》の曾我《そが》を訪《と》ふ日や初松魚」などいう句の味を知る者に非ず、大概は著物《きもの》を質に置くとか手料理で一杯やるとかいうようなきまり文句を並べて出すなり、そういう句に飽きたる我らはもはや手料理という語を聞いたばかりにて月並臭気を感ずるようになれり。しかし手料理という語あればいつでも月並調なりというにはあらず。

付けていう。手料理という語は非常なる月並臭気を感ずれども料理屋という語には臭気なし。これは月並派にて手料理の語を多く用いれども料理屋という語を用いぬゆえなり。かかることは実際について知るべく、理をもって推すべからず。（五月八日）

今になりて思い得たることあり、これまで余が横臥《おうが》せるにかかわらず割合に多くの食物を消化し得たるは咀嚼《そしやく》の力与《あずか》って多きに居りしことを。嚙《か》みたるが上にも嚙み、和《やわ》らげたるが上にも和らげ、粥《かゆ》の米さえ嚙み得らるるだけは嚙みしがごとき、あながち偶然の癖にはあらざりき。かく嚙み嚙みたるためにや咀嚼に最も必要なる第一の臼歯《きゆうし》左右ともにようように傷《そこな》われてこの頃は痛み強く少しにても上下の歯をあわすこと出来がたくなりぬ。かくなりては極めて柔《やわら》かなるものも嚙まずに吞《の》み込まざるべからず。嚙まずに吞み込めば美味を感ぜざるのみならず、腸胃ただちに痛みて痙攣《けいれん》を起す。ここにおいて衛生上の栄養と快心的の娯楽と一時に奪い去られ、衰弱とみに加わり昼夜悶々《もんもん》、たちまち例の問題は起る「人間は何がゆえに生きて居らざるべからざるか」

さへづるやから臼《うす》なす、奥の歯は虫ばみけらし、はたつ物魚をもくはえず、木の実をば嚙みても痛む、武蔵野の甘菜《あまな》辛菜《からな》を、粥汁にまぜても煮ねば、いや日けに我つく息の、ほそり行くかも
下総《しもうさ》の結城《ゆうき》の里ゆ送り来し春の鶉《うずら》をくはん歯もがも
菅《すが》の根の永き一日《ひとひ》を飯《いい》もくはず知る人も来ずくらしかねつも（五月九日）

ある人いう、『宝船』第二号に

やはらかに風が引手《ひくて》の柳かな　鬼史《きし》

銭《ぜに》金《かね》を湯水につかふ桜かな　月兎《げつと》

の二句あり、月並調にあらずや。答、二句ともに月並調に非ず、柳の句俚語《りご》を用いたるゆえ月並調らしく見ゆれど実際月並派にてはかく巧《たくみ》に、思いきって、得《え》いわぬなり、桜の句も

銭金を湯水につかふ松の内

とでもなさば月並調となるべし、「桜かな」という五文字は月並派にては得置かぬなり。

（五月十日）

根岸《ねぎし》に移りてこのかた、ことに病の床にうち臥《ふ》してこのかた、年々春の暮より夏にかけてほととぎすというものの声しばしば聞きたり。しかるに今年はいかにしけん夏も立ちけるにまだおとずれず。剝製《はくせい》のほととぎすに向《むか》いて我思うところを述ぶ。この剝製の鳥というは何がしの君が自ら鷹狩《たかがり》に行きて鷹に取らせたるをわがためにかく製して贈られたるものぞ。

竜岡《たつおか》に家居る人はほととぎす聞きつといふに我は聞かぬに

ほととぎす今年は聞かずけだしくも窓のガラスの隔てつるかも

逆剝《さかはぎ》に剝ぎてつくれるほととぎす生けるが如《ごと》し一声もがも

うつ抜きに抜きてつくれるほととぎす見ればいつくし声は鳴かねど
ほととぎすつくれる鳥は目に飽けどまことの声は耳に飽かぬかも
置物とつくれる鳥は此里《このさと》に昔鳴きけんほととぎすかも
ほととぎす声も聞かぬは来馴《きな》れたる上野の松につかずなりけん
我病みていの寝らえぬにほととぎす鳴きて過ぎぬか声遠くとも
ガラス戸におし照る月の清き夜は待たずしもあらず山ほととぎす
ほととぎす鳴くべき月はいたつきのまさるともへば苦しかりけり

歌は得るに従いて書く、順序なし。

（五月十一日）

五月十日、昨夜睡眠不足、例のごとし。朝五時家人を呼び起して雨戸を明《あ》けしむ。大雨。病室寒暖計六十二度。昨日は朝来《ちょうらい》引き続きて来客あり夜寝時《しんじ》に至りしため墨汁一滴を認《したた》むるあたわず、因《よ》って今朝つくらんと思いしも疲れて出来ず。新聞も多くは読まず。やがてわずかに睡気を催す。けだし昨夜は背の痛《いたみ》強く、終宵《しゅうしょう》体温の下りきらざりしようなりしが今朝醒《さ》めきりしにやあらん。熱さむれば痛も減ずるなり。

睡《ねむ》る。目さませば九時半頃なりき。やや心地よし。ほととぎすの歌十首に詠《よ》み足し、明日の俳句欄にのるべき俳句とともに封じて、使《つかい》して神田《かんだ》に持ちやらしむ。

十一時半頃午餐《ごさん》を喰《く》う。松魚《かつお》のさしみうまからず半人前をくう。牛肉のタタキの生肉少しくう、これもうまからず。歯痛は常にも起らねど物を嚙《か》めば痛み出すなり。粥《かゆ》二杯。牛乳一合、紅茶同量、菓子パン五、六個、蜜柑《みかん》五個。

神田より使帰る。命じおきたる鮭《さけ》のカン詰を持ち帰る。こはなるべく歯に障《さわ》らぬものをとて択《えら》びたるなり。

『週報』応募の牡丹《ぼたん》の句の残りを検す。

寝床の側の畳に麻もて簞笥《たんす》の環《かん》のごときものを二つ三つ処々《ところどころ》にこしらえしむ。畳堅《かと》うして畳針透《とお》らずとて女ども苦情たらだらなり。こはこの麻の環を余の手のつかまえどころとして寝返りを扶《たす》けんとの企《くわだて》なり。この頃体の痛み強く寝返りにいつも人手を借るようになりたれば傍《かたわら》に人の居らぬ時などのためにかかる窮策を発明したる訳なるが、出来てみれば存外《ぞんがい》便利そうなり。

包帯《ほうたい》取替にかかる。昨日は来客のため取替せざりしかば膿《うみ》したたかに流れ出て衣を汚せり。背より腰にかけての痛《いたみ》今日は強く、軽く拭《ぬぐ》わるるすら堪えがたくして絶えず「アイタ」を叫ぶ。はては泣くこと例のごとし。

浣腸《かんちょう》すれども通ぜず。これも昨日の分を怠りしため秘結《ひけつ》せしと見えたり。進退谷《きわ》まりなさけなくなる。再び浣腸す。通じあり。痛けれどうれし。この二仕事にて一時間以上を費す。終る時三時。

着物二枚とも着かう、下着はモンパ、上着は綿入。シャツは代えず。

三島神社祭礼の費用取りに来る。一匹《ぴき》やる。

包帯かえ終りて後体も手も冷えて堪えがたし。にわかに灯炉《とうろ》をたき火鉢をよせ懐炉《かいろ》を入れなどす。

包帯取替の間始終右に向き居りしゆえ背のある処痛み出しもはや右向を許さず。よって仰臥《ぎょうが》のままにて牛乳一合、紅茶ほぼ同量、菓子パン数箇をくう。家人マルメロのカン詰をあけたりとて一片《ひときれ》持ち来《きた》る。

豆腐屋蓑笠《みのかさ》にて庭の木戸より入り来る。

午後四時半体温を験《けん》す、三十八度六分。しかも両手なお冷《ひやや》か、この頃は三十八度の低熱にも苦《くる》しむに六分とありては後刻の苦《くるし》みさこそと思われ、今の内にと急ぎてこの稿を認《したた》む。さしあたり書くべきこともなく今日の日記をでたらめに書く。仰臥のまま書き終る時六時、先刻より熱発してはや苦しき息なり。今夜の地獄思うだに苦し。

(五月十二日)

雨は今朝よりふりしきりてやまず。庭の牡丹《ぼたん》は皆散りて、西洋葵《せいようあおい》の赤き、おだまきの紫など。

(五月十三日)

今日は闕《けつ》。ただし草稿三十二字余が手もとにあり。

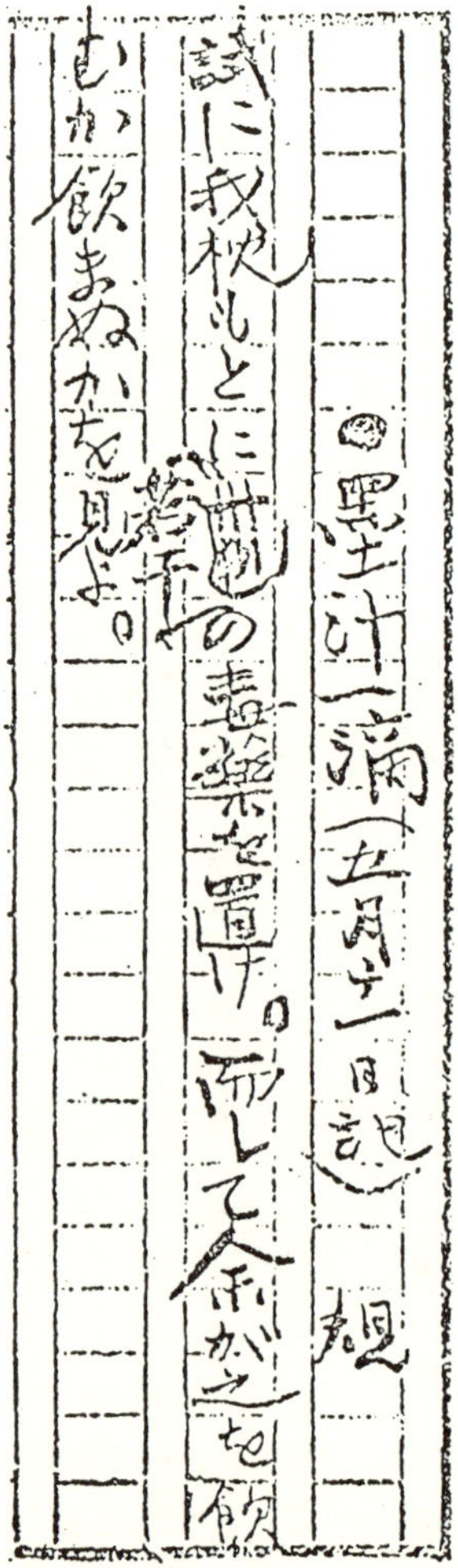
墨汁一滴（五月十一日記）

松の若緑は一尺もあろうと思うのがズンズンと上へ真直《まっすぐ》に伸びて行く。杉の新芽は小《ちいさ》いのがいくつ出ても皆下へぶら下ってしまう。それでも丈《たけ》くらべしては到底松は杉に及びはせぬ。

（五月十四日）

五月はいやな月なり。この二、三日ようやく五月心地になりて不快に堪えず。頭もやもや考《かんがえ》少しもまとまらず。

夢の中では今でも平気に歩行《ある》いて居る。しかし物を飛びこえねばならぬとなるといつでも首を傾ける。この頃の天気予報の当らぬにも驚く。

体の押されて痛い時はほかに仕方がないから、物に触れぬように空中にフワリと浮きたいと思う、空気の比重と人間の比重とを同じにして。

去年の今頃はいざるようにして次の間くらいへは往《ゆ》かれたものが今年の今は寝返りがむつかしくなった。来年の今頃は動かれぬようになって居るであろう。

先日余の引いた凶の鬮《くじ》を穴守様《あなもりさま》で流してもろうたとわざわざ鼠骨《そこつ》の注進。

筍《たけのこ》が掘ってみたい。

日光新緑を射て驟雨《しゅうう》一過、快。緑のぬれぬれしたる中を鴉《からす》一羽葉に触れそうに飛んで行く。

付記、後で見れば文体一致せず。頭のわるい証《あかし》なり。

（五月十五日）

今日は朝から太鼓がドンドンと鳴って居る。根岸《ねぎし》のお祭なんである。お祭というとすぐに子供の時を思い出すが、余がまだ十か十一くらいのことであったろう、田舎に郷居《さとい》して居た伯父《おじ》の内《うち》へお祭で招かれて行く時に余は懐剣《かいけん》をさして往《いっ》た。これは余の内には頑固な風が残って居て、男は刀をさすべきであるが今となってはそれも憚《はばか》りであるから、せめて懐剣でもさして往くが善《よ》いというので母の懐剣を貸されたのである。余はそれが嬉《うれ》しいので、伯父の内へ往て後独り野道へ出て何かこの懐剣で切ってみたいと思うてついにとめ紐《ひも》を解いてしもうた。そこでその足元にあった細い草を一本つかんでフッと切るともとより切るほどの草でもなかったので力は余って懐剣の切先《きっさき》は余が左足の足首のところを少し突き破った。子供心に当惑して泣く泣く伯父の内まで帰ると果して母にさんざん叱《しか》られたことがあった。その時の小さい疵《きず》は長く残って居てそれを見るたびに昔を忍ぶ種と

なって居たが、今はその左の足の足首を見ることが出来ぬようになってしもうた。（五月十六日）

痛くて痛くてたまらぬ時、十四、五年前に見た吾妻村《あずまむら》あたりの植木屋の石竹畠《せきちくばたけ》を思い出してみた。

（五月十七日）

『春夏秋冬』序

『春夏秋冬』は明治の俳句を集めて四季に分《わか》ち更に四季の各題目によりて編みたる一小冊子なり。

『春夏秋冬』は俳句の時代において『新俳句』に次ぐものなり。

『新俳句』は明治三十年三川《さんせん》の依托《いたく》により余の選抜したるものなるが明治三十一年一月余は同書に序して

（略）元禄にもあらず天明にもあらず文化にもあらずもとより天保《てんぽう》の俗調にもあらざる明治の特色は次第に現れ来《きた》るを見る（略）しかもこの特色はある一部に起りて漸次《ぜんじ》に各地方に伝播《でんぱ》せんとするものこの種の句を『新俳句』に求むるも多く得がたかるべし。『新俳句』は主として模倣時代の句を集めたるにはあらずやと思わる（略）ただし特色は日を逐《お》うて多きを加う。昨集むるところの『新俳句』は刊行に際する今すでにそのいくばくか幼稚なるを感ず。刊行しおえたる明日は果していかに感ぜらるべき。云々《うんぬん》

といえり。果して『新俳句』刊行後『新俳句』を開いて見るごとに一年は一年より多くの幼稚と平

凡と陳腐とを感ずるに至り今は『新俳句』中の佳什《かじゆう》を求むるに十の一だも得るあたわず。ここにおいて新《あらた》に俳句集を編むの必要起る。しかれども『新俳句』中の俳句は今日の俳句の基礎をなせるものよろしく相参照すべきなり。

『新俳句』編纂《へんさん》より今日に至るわずかに三、四年に過ぎざれどもその間におけるわが一個または一団体が俳句上の経歴は必ずしも一変再変に止《とど》まらず。しかも一般の俳句界を概括してこれを言えば「蕪村《ぶそん》調成功の時期」とも言うべきか。

蕪村崇拝の声は早くもすでに明治二十八、九年の頃に盛《さかん》なりしかど実際蕪村調とおぼしき句の多く出《い》でたるは明治三十年以後のことなるべし。しかして今日蕪村調成功の時期というも他日より見ればいかなるべきかもとより予《あらかじ》め知るあたわず。

太祇《たいぎ》、蕪村、召波《しようは》、几董《きとう》らを学びし結果はただに新趣味を加えたるのみならず言い廻しに自在を得て複雑なる事物をよく料理するに至り、従いてこれまで捨てて取らざりし人事を好んで材料となすの異観を呈せり。これ余がかつて唱道したる「俳句は天然を詠ずるに適して人事を詠ずるに適せず」という議論を事実的に打破したるがごとし。

『春夏秋冬』は最近三、四年の俳句界を代表したる俳句集となさんと思えり。しかも俳句切抜帳に対して択《えら》ばんとすれば俳句多くして紙数に限りありついに茫然《ぼうぜん》としてなすところを知らず。かろうじて択び得たるものまた到底俳句界を代表し得るものに非ず。されどももし『新俳句』を取ってこれと対照せばその差ただに五十歩百歩のみならざるべし。

明治三十四年五月十六日　　　　　　　　　　獺祭書屋主人《だっさいしょおくしゅじん》

（五月十八日）

『春夏秋冬』凡例

一　『春夏秋冬』は明治三十年以後の俳句を集め四季四冊となす。

一　各季の題目は時候、人事、天文、地理、動物、植物の順序に従う。時候は立春、暮春《ぼしゅん》、余寒《よかん》、暖《あたたか》、麗《うらら》、長閑《のどか》、日永《ひなが》の類《たぐい》をいう。人事は初午《はつうま》、二日灸《ふつかきゅう》、涅槃会《ねはんえ》、畑打《はたうち》、雛祭《ひなまつり》、汐干狩《しおひがり》の類をいう。天文は春雪、雪解、春月、春雨、霞《かすみ》、陽炎《かげろう》の類をいう。地理は氷解、水ぬるむ、春水、春山の類をいう。動物は大略獣《けもの》、鳥、両棲爬虫類《りょうせいはちゅうるい》、魚、百虫の順序を用いる。植物は木を先にし草を後にす、木は花木を先にし草は花草を先にす。

一　新年はこれを四季のほかとし冬の部の付録とす。その他は従来の定規《じょうぎ》に従う。

一　選択の標準は第一佳句、第二流行したる句、第三多《おお》くの選に入りし句等の条項に拠《よ》る。

（五月十九日）

痛むにもあらず痛まぬにもあらず。雨しとしとと降りて枕頭《ちんとう》に客なし。古き雑誌を出して星野博士の「守護地頭考《しゅごじとうこう》」を読む。十年の疑《うたがい》一時に解《と》くるうれしさ、冥土《めいど》への土産《みやげ》一つふえたり。

（五月二十日）

余は閻魔《えんま》の大王の構えて居る卓子《テーブル》の下に立って

「お願いでござりまする。

というと閻魔は耳を擘《つんざ》くような声で

「何だ。

と答えた。そこで私は根岸《ねぎし》の病人何がしであるがもはや御庁《おんちよう》よりの御迎《おむかえ》が来るだろうと待って居ても一向に来んのはどうしたものであろうか来るならいつ来るであろうかそれを聞きに来たのである、と訳《わけ》を話して丁寧《ていねい》に頼んだ。すると閻魔はいやそうな顔もせずただちに明治三十四年と五年の帖面《ちようめん》を調べたが、そんな名は見当らぬということで、閻魔先生少しやっきになって珠数玉《じゆずだま》のような汗を流して調べた結果、その名前はすでに明治三十年の五月に帳消しになって居るということが分った。それからその時の迎《むかえ》に往《いつ》たのは五号の青鬼であるということも書いてあるのでその青鬼を呼んで聞いてみると、その時迎に往たのは自分であるが根岸の道は曲りくねって居るのでとうとう家が分らないで引っ返して来たのだ、という答であった。次に再度の迎に往たという十一号の赤鬼を呼び出して聞いてみると、なるほどその時往たことは往たが鶯《うぐいす》横町という立札の処まで来ると町幅が狭くて火の車が通らぬから引っ返した、という答である。これを聞いた閻魔様ははなはだ当惑顔に見えたので、傍《かたわら》から地蔵様が

「それでは事のついでにもう十年ばかり寿命を延べてやりなさい、この地蔵の顔に免じて。

などとしゃべり出された。余はあわてて

「滅相《めっそう》なこと仰《おっ》しゃりますな。病気なしの十年延命なら誰しもいやはございません。この頃のように痛み通されては一日も早くお迎の来るのを待って居るばかりでございます。この上十年も苦《くるし》められてはやるせがございません。

閻王《えんおう》はすぐに余に同情をよせたらしく

「それならば今夜すぐ迎をやろ。

といわれたのでちょっと驚いた。

「今夜はあまり早うございますな。

「それでは明日の晩か。

「そんな意地のわるいことをいわずに、いつとなく突然来てもらいたいものですな。

閻王はせせら笑いして

「よろしい、それでは突然とやるよ。しかし突然という中には今夜も含まれて居るということは承知して居てもらいたい。

「閻魔様。そんなにおどかしちゃあ困りますよ。（この一句菊五《きくご》調）

閻王からからと笑《わろ》うて

「こいつなかなか吾儘《わがまま》ッ子じゃわい。（この一句左団《さだん》調）

拍子木《ひょうしぎ》

幕

（五月二十一日）

遠洋へ乗り出して鯨《くじら》の群を追い廻すのは壮快に感ぜられるが佃島《つくだじま》で白魚舟《しらうおぶね》が篝焚《かがりた》いて居る景色などははなはだ美しく感ぜられる。太公望《たいこうぼう》然として百本杭《ひゃっぽんぐい》に鯉《こい》を釣って居るのも面白いが小《ちい》さい子が破れた笊《ざる》を持って蜆《しじみ》を掘《ほっ》て居るのも面白い。しかし竹の先に輪をつけて臭い泥溝《どろどぶ》をつついてアカイコ（東京でボーフラ）を取っては金魚の餌《えさ》に売るという商売に至っては実に一点の風流気《ふうりゅうけ》もない。それでも分類するとこれもやはり漁業という部に属するのだそうな。

（五月二十二日）

漱石《そうせき》が倫敦《ロンドン》の場末の下宿屋にくすぶって居ると、下宿屋の髪《かみ》さんが、お前トンネルという字を知ってるか、だの、ストロー（藁《わら》）という字の意味を知ってるか、などと問われるのでさすがの文学士も返答に困るそうだ。この頃伯林《ベルリン》の灌仏会《かんぶつえ》に滔々《とうとう》として独逸《ドイツ》語で演説した文学士なんかにくらべると倫敦の日本人はよほど不景気と見える。

（五月二十三日）

病床に寝て一人聞いて居ると、垣の外でよその妻君《さいくん》の立話がおもしろい。

あなたネ提灯《ちょうちん》を借りたら新しい蠟燭《ろうそく》をつけて返すのがあたりまえですネそれをあなた前の蠟燭も取ってしまう人がありますヨ同じことですけれどもネそういったようなことがネ……なぞとどっかの悪口をいって居る。今の政治家実業家などは皆提灯を借りて蠟燭を分捕《ぶんどり》する方の側だ。もっともずうずうしいやつは提灯ぐるみに取ってしまって平気で居るやつもある。

提　灯　を　返　せ　返　せ　と　時鳥《ほととぎす》

（五月二十四日）

余は『春夏秋冬』を編むに当り四季の題を四季に分《わか》つに困難せり。そは陽暦を用いる地方（または家）と陰暦を用いる地方（または家）と両様ありてそれがために季の相違を来《きた》すこと多ければなり。たとえば

陽暦を用いれば

春｛灌仏《かんぶつ》　端午《たんご》

夏｛七夕　盂《う》蘭《ら》盆《ぼん》会《え》

秋｛十夜《じゅうや》、御命講《おめいこう》　芭《ば》蕉《しょう》忌《き》

冬｛新年　やぶ入

陰暦を用いれば

春｛新年　やぶ入

夏｛灌仏　端午

秋｛七夕　盂蘭盆会

冬｛十夜、御命講　芭蕉忌

のごときものにして東京は全く新暦を用い居れど地方にては全く旧暦に従い居るもありまたは半ば新暦を用い半ば旧暦を用い居るもあり。この際に当りて東京に従わんか地方に従わんかは新旧暦いずれが全国の大部分を占め居るかを研究しての後ならざるべからず。余はこのことにつきて未《いま》だ研究するところあらざれども恐らくは「新年」の行事ばかりは新暦を用いる者全国中その過半に居るべしと信じこれを冬の部に付けたり。その他は旧歳時記《さいじき》の定むるところに従えり。ただしこは類別

上の便宜をいうものなれば実地の作句はその時の情況によりて作るべく、四季の名目などに拘《こだわ》るべきに非ず。

（五月二十五日）

『近古名流手蹟《しゆせき》』を見ると昔の人は皆むつかしい手紙を書いたもので今の人にははなはだ読みにくいが、これは時代の変遷で自《おのずか》らこうなったのであろう。今の人の手紙でも二、三百年後に『近古名流手蹟』となって出た時にはその時の人はむつかしがって得《え》読まぬかも知れぬ。それからもう一時代後のことを想像して明治百年頃の名家の手紙が『近古名流手蹟』となって出たらどんなものであろうか。その手紙というものは恐らくは片仮名、平仮名、羅馬《ローマ》字などのごたごたと混雑したものでとても今日の我々には読めぬような書きようであろうと思われる。

（五月二十六日）

羽後能代《うごのしろ》の方公《ほうこう》手紙をよこしてその中にいう

御著『俳諧大要』に言水《ごんすい》の

姨《うば》捨てん湯婆《たんぽ》に燗《かん》せ星月夜

の句につきて「湯婆に燗せとは果して何のためにするにや」云々《うんぬん》と有之候《これありそうろう》その湯婆につき思い当れるは当地方にて銚子《ちようし》のことをタンポと申候ことにてお銚子持って来いをタンポ持って来いと申候これにて思うに言水の句も銚子のことをいえるにて作者の地方かまたは信州地方の方言を用いたるには非《あらざ》るかと存《ぞんじ》候云々《うんぬん》

この解正しからん。

（五月二十七日）

今は東京の小学校で子供を教えて居る人の話に、東京の子供は田舎の子供に比べると見聞の広いことは非常なものであるが何事をさせても田舎の子よりは鈍で不器用である、たとえば半紙で帳面を綴《と》じさせてみるに高等科の生徒でありながらほとんど満足に綴じ得る者はない。これには種々な原因もあろうがすべてのことが発達して居る東京のことであるから百事それぞれの機関が備《そなわ》って居て、田舎のように一人で何もかもやるというような仕組でないのもその一原因であろう、これは子供のことではないが余は東京に来て東京の女が魚の料理をなし得ざるを見て驚いた、けれども東京では魚屋が魚の料理をすることになって居るからそれで済んで行く、済んで行くから料理法は知らぬのである、云々との話であった。道理のある話でよほど面白い。自分も田舎に住んだ年よりは東京に住んだ年の方が多くなったので大分東京じみて来て田舎のことを忘れたが、なるほど考えてみると田舎には何でも一家の内でやるから雅趣のあることが多い。洗濯はもちろん、着物も縫う、機《はた》も織る、糸も引く、明日は氏神《うじがみ》のお祭じゃというので女が出刃庖刀《でばほうとう》を荒砥《あらと》にかけていささか買《こ》うてある鯛《たい》の鱗《うろこ》を引いたり腹綿《はらわた》をつかみ出したりする様は思い出してみるほど面白い。しかし田舎もだんだん東京化するから仕方がない。

（五月二十八日）

その先生のまたいうには、田舎の子供は男女に限らず唱歌とか体操とかいう課をいやがるくせがあるに東京の子供は唱歌体操などを好む傾きがある、ということであった。これらも実に善《よ》く都鄙《とひ》の特色をあらわして居る。東京の子は活潑《かっぱつ》でおてんばで陽気なことを好み田舎の子は陰気でおとなしくてはでなことをはずかしがるという反対の性質がすでに萌芽《ほうが》を発して居る。こういう風であるから大人になって後東京の者は愛嬌《あいきょう》があってつき合いやすくて何事にもさかしく気がきいて居るのに反して田舎の者ははなはだどんくさいけれどしかし国家の大事とか一世の大事業ということになるとかえって田舎の者に先鞭《せんべん》をつけられ東京ッ子はむなしくその後塵《こうじん》を望むことが多い。一得一失。

（五月二十九日）

東京に生れた女で四十にもなって浅草《あさくさ》の観音様を知らんというのがある。嵐雪《らんせつ》の句に

五十にて四谷《よつや》を見たり花の春

というのがあるから嵐雪も五十で初めて四谷を見たのかも知れない。これも四十くらいになる東京の女に余が筍《たけのこ》の話をしたらその女は驚いて、筍が竹になるのですかと不思議そうにいうて居た。この女は筍も竹も知って居たのだけれど二つのものが同じものであるということを知らなかったのである。しかしこの女らは無知文盲だから特にこうであると思う人も多いであろうが決してそういうわけではない。余が漱石《そうせき》とともに高等中学に居た頃漱石の内《うち》をおとずれた。漱石の内は牛込《うしごめ》の喜久《きく》井町《いちょう》で田圃《たんぼ》からは一丁か二丁しかへだたっていない処である。漱石は子供の時からそこに成長したのだ。余は漱石と二人田圃を散歩して早稲田《わせだ》から関口の方へ往《いっ》たが大方六月頃のことであったろう、

そこらの水田に植えられたばかりの苗がそよいで居るのはまことに善《よ》い心持であった。この時余が驚いたことは、漱石は、我々が平生喰《く》うところの米はこの苗の実であることを知らなかったということである。都人士《とじんし》の菽麦《しゅくばく》を弁ぜざることは往々この類である。もし都の人が一疋《ぴき》の人間になろうというのはどうしても一度は鄙住居《ひなずまい》をせねばならぬ。

（五月三十日）

わずかにでた南京豆《なんきんまめ》の芽が豆をかぶったままで鉢の中に五つばかり並んで居る。渾沌《こんとん》。

（五月三十一日）

ガラス玉に十二四の金魚を入れておいたらある同じ朝に八匹いっしょに死んでしまった。無惨。

（六月一日）

この頃碧梧桐《へきごとう》の俳句一種の新調をなす。その中に「も」の字最も多く用いらる。たとえば

桐《きり》の木に鳴く鶯《うぐいす》も茶山かな　　碧梧桐

の類《たぐい》なり。その可否はしばらくおき、碧梧桐が一種自家の調をなすはさすがに碧梧桐たる所以《ゆえん》にして余はこの種の句を好まざるも好まざるゆえをもってこれを排斥《はいせき》せんとは思わず。しかるに俳人の中には何がな新奇を弄《ろう》し少しも流行におくれまじとする連中ありて早くすでにこの「も」の字を摸《も》せんとするはその敏捷《びんしょう》その軽薄実に驚くべきなり。近日ある人はがきをよこしていう、前日投書し

たる句の中に

いちご売る世辞よき美女や峠茶屋

とありしは「美女も」の誤《あやまり》につき正しおく、一字といえどもおろそかにはなしがたきゆえわざわざ申し送る云々《うんぬん》とあり。これ碧梧桐調を摸する者と覚えたり。碧梧桐調は専売特許のごときものいち早くこれを摸して世に誇らんとするは不徳義といわんか不見識といわんかましてその句が平々凡々「も」の一字によりて毫《ごう》も価《あたい》を増さざるをや。一字といえどもおろそかにはなしがたきなどいうは老練の上にあるべし、まだ東西も知らぬ初学の上にては生意気にも片腹痛き言分《いいぶん》というべきなり。一字の助字《じょじ》「や」と「も」とがどう間違いたりとて句の価にいくばくの差をも生ずるものにあらず、そんな出過ぎた考《かんがえ》を起そうよりもまず大体の趣向に今少し骨を折るべし。大体の趣向出来たらばその次は句作の上に前後《ぜんご》錯雑《さくざつ》の弊《へい》なきよう、言葉の並べ方すなわち順序に注意すべし。かくして大体の句作出来たらばその作は肝心なる動詞形容詞等の善《よ》くこの句に適当し居るや否やを考えみるべし。これだけに念を入れて考うれば「てにをは」のごとき助字はその間に自らきまるものなり。出鱈目《でたらめ》の趣向、出鱈目の句作にことさらに「も」の一字を添えて物めかしたるいやみ加減は少しひかえてもらいたきものにこそ。

（六月二日）

先日牡丹《ぼたん》の俳句を募集したる時「ぼうたん」と四字に長くよみたる句のほとんど過半数を占めたるは実に意外なりき。いつの間にかく全国にこの語がひろがりけんと驚かるるのみ。されどこの語余には耳なれぬゆえいずれの句も皆変に感じたり。ある人いう蕪村《ぶそん》すでにこの語を用いたれば何の差支《さしつかえ》もあるまじと思いて我らも平気に使い居たるなり云々《うんぬん》。余いう。蕪村すでに用いたればこれを用いることにつき余が嘴《くちばし》を容《い》るべきにあらず、しかしながら蕪村は牡丹の句二十もある中に「ぼうたん」と読みたるはただ一句あるのみ。しかもその句は

ぼうたんやしろがねの猫こがねの蝶《ちょう》

という風変りの句なり、これを見れば蕪村も特にこの句にのみ用いたるがごとく決して普通に用いたるにあらず。それを蕪村が常に用いたるがごとく思いて蕪村がこの語を用いたりなどいう口実を設けこれを濫用《らんよう》すること蕪村は定めて迷惑に思うなるべし、このことは特に蕪村のために弁じおく。

（六月三日）

募集の俳句は句数に制限なければとて二十句三十句四十句五十句六十句七十句も出す人あり。出す人の心持はこれだけに多ければどれか一句はぬかれるであろうということなり。ゆえにこれを富《とみ》鬮《くじ》的応募という。かようなる句は初め四、五句読めば終《おわり》まで読まずともその可否は分るなり。いな一句も読まざる内に佳句《かく》なきことは分るなり。およそ何の題にて俳句を作るも無造作に一題五、六十句作れるほどならば俳句は誰にでもたやすく作れるまことにつまらぬものなるべし。そんなつまらぬ俳句の作りようを知ろうより糸瓜《へちま》の作り方でも研究したがましなるべし。

（六月四日）

松宇氏《しょうう》来《きた》りて蕪村《ぶそん》の文台《ぶんだい》というを示さる。天《あま》の橋立《はしだて》の松にて作りけるとか。木理《もくり》あらく上に二見《ふたみ》の岩と扇子《せんす》の中に松とを画《え》がけり。筆法無邪気にして蕪村若き時の筆かとも思わる。文台の裏面には短文と発句《ほっく》とありて宝暦五年蕪村と署名あり。その字普通に見るところの蕪村の字といたく異なり。宝暦五年は蕪村四十一の年なれば蕪村の書方《しょほう》も未《いま》だ定まりおらざりしにや。しばらく記して疑を存す。

（六月五日）

この頃の短夜《みじかよ》とはいえど病ある身の寝られねば行灯《あんどん》の下の時計のみ眺めていと永きここちす。

午前一時、隣の赤児泣く。

午前二時、遠くに鶏聞ゆ。

午前三時、単行の汽《き》罐車《かんしゃ》通る。

午前四時、紙を貼《は》りたる壁の穴わずかにしらみて窓外の追込籠《おいこみかご》に鳥ちちと鳴く、やがて雀《すずめ》やがて鴉《からす》。

午前五時、戸をあける音水汲《く》む音世の中はようように音がちになる。

午前六時、靴の音茶碗《ちゃわん》の音子を叱《しか》る声拍手の声善の声悪の声千声万響《せんせいばんきょう》ついに余の苦痛の声を埋め終る。

（六月六日）

俳句を作る人大体の趣向を得て後言葉の遣い方をおろそかにするゆえ主意の分らぬようになるが

多し。

浮いて居る小便桶《おけ》や柿の花

という句のごときは作者の意は柿の花が小便桶に浮いて居るつもりなるべけれどこのいいようにては小便桶が水にでも浮いて居るように見えるなり。この例の句投書の中にははなはだ多し。付けていう、浮いて居るを散って居ると直してもやはり分らぬなり。

（六月七日）

『心の花』に大塚氏の日本服の美術的価値という演説筆記がある。この中に西洋の婦人服と日本の婦人服とを比較して最後の断案が

始終動いて居る優美の挙動やまた動くにつれて現われて来る変化無限の姿を見せるという点で日本服はドウしても西洋服に勝《まさ》って居ります

としてある。これは「運動を見せる」ことの多いという理屈から推《お》して日本服は西洋服よりも美なりと断定せられたのであろうか。万一そういう次第ならばそれは不都合な論であると思う。いうまでもなく我々が物の美醜を判断するのは理屈の上からではなく、ただ感情の上からである。いかに理屈づめに出来上がったものでも感情が美と承知せぬからは美とはいわれぬ。「運動を見せる」とかいうことを仮に衣服の美の標準としたところでしこうして日本服が余計にその美を現すように出来て居ると理屈の上で判断せられたところで、さて感情の方でそれを美と感じなければ美といわれぬのは当然である。論者は果して感情の上でまず美と感ぜられてしかして後にこの理屈を開析《かいせき》し出

されたのであろうか。

論者もし感情の上からまず日本女服の美を感ぜられたとならば余の感情は論者のと一致して居らぬということを告白せねばならぬ。西洋日本両様の婦人服を取ってどっちが善《よ》いかといわれても、それはちょっといいかぬることであるが、しかし「運動を見せる」とかいう理屈一点張で日本服をもって勝れりとするのは感服が出来ぬ。まして「運動を見せる」ということは一方よりいえば日本服にはビラビラした部分が多いということで、さてそのビラビラした部分が多い日本服には「だらりとして取締のない」という欠点があるのだ。そこへ行くと西洋服の方は善くしまりがついて居る。しまりがあるというてもいわゆる「運動を見せる」部分がないというのではない。胴で細く引きしめた反対に裾《すそ》は思いきって広げてある。日本服の全体がだらりとして居るのとは趣《おもむき》が違う。「運動を見せる」とかいうのも善いけれど、美な運動を見せてくれなければ困る。日本服には美な運動も見えるけれど醜な運動も見える。すなわち運動する部分（袖《そで》とか裾とか）が自由に出来て居るだけは運動のために醜な形を現す場合が多いのも必然である。

純粋の美の上からいえばそんなものであるが、実際衣服は半《なか》以上必要に迫られてその制が自《おの》ら定《ずか》まったものであるから、それをいわずに日本服と西洋服を比較するというのはいかに理論上とはいえ無理な話である。現に論者は運動というけれどその運動ということは歩行とか舞踏とかいうことから出て来たのでそれは西洋人を主としての議論である。日本では中流以上の女は舞踏歩行はもちろん、真直《まっすぐ》に立って居る場合すら少《すくな》いのであるから「運動を見せる」という一点で日本服を論ずるのは斟酌《しんしゃく》をせねばならぬところがある。日本の女は坐《すわ》って居るのが普通だから衣服も坐れるように造らねばならぬ。美の上からいえば日本服は立っても坐っても美なように造らねばならぬというむずかしい条件がある。（西洋服は膝《ひざ》を折って坐る必要はない）西洋服は裾の部分に装飾が多いに反して、日本服には袖の部分に装飾が多いのは皆膝を折《おっ》て坐るという必要より出て来たのである。それだから立った時の形を比較して西洋服をほめ日本服をおとすのは残酷である。（しかしこの論者のは日本服をほめるのだから別だ）

（六月八日）

熱高く身苦し。初めは呻吟《しんぎん》、中頃は叫喚《きょうかん》、終りは吟声《ぎんせい》となり放歌となり都々《どど》一端《いつは》唄謡《うた》曲仮声《こわいろ》片々《へんぺん》寸々《すんずん》また継また続　倏忽《しゅっこつ》変化自《みずか》ら測るあたわず。一夜例のごとく発熱、詩のごとく偈《げ》のごとき囈語《げいご》一句二句重　畳《ちょうじょう》して来《きた》る、一たび口を出《い》づればまた記するところなし。中につきてわずかに記するところの一、二句を取り補うて四句となす。ただ解すべく解すべからざるところ奇妙。

星落白蓮池《ほしはおつびゃくれんち》。　池塘草色斉《ちとうそうしょくひとし》。
行々不逢仏《ゆきゆきてほとけにあわず》。　一路失東西《いちろとうざいをうしなう》。

（六月九日）

東京にすばしこき俳人あり。運坐《うんざ》の席に出て先輩の句に注意しまたどのような句が多数の選に入るかを注意しその句を書きつけ帰りただちにその句の特色を模倣してむしろ剽窃《ひょうせつ》して東京の新聞雑誌に投じまたは地方の新聞雑誌に投じただその後《おく》れんことを恐る。一般の世人はまたその模倣を模倣しその剽窃を剽窃しかくしてその特色はたちまち天下に広がり原句未《いま》だ世に出《い》でざる先にすでに陳腐に属し、たとえこれを世に出《いだ》すも誰も返り見る者なきに至る。これでは俳句界にも専売特許局がほしくなるなり。

（六月十日）

病室の片側には綱を掛けて陸中小坂《りくちゅうこさか》の木同より送り来《こ》し雪沓《ゆきぐつ》十種ばかり、そのほかかんじき蓑《みの》帽子など掛け並べ、そのつづきには満州にありしという曼陀羅《まんだら》一幅、極彩色にて青き仏赤き仏様々の仏達を画《え》がきしを掛け、ガラス戸の外は雨後《うご》の空心よく晴れて庭の緑したたらんとす。昨日歯齦《はぐき》を切りて膿汁《うみじる》ついえ出《い》でたるためにや今日は頬《ほお》のはれも引き、身内の痛みさえ常よりは軽く堪えやすき今日のただ今、半杯のココアに牛乳を加え一匕《ひときじ》また一匕、これほどの心よさこの数十日絶えてなきことなり。

（六月十一日）

植木屋二人来て病室の前に高き棚を作る。日おさえの役は糸瓜《へちま》殿夕顔《ゆうがお》殿に頼むつもり。

碧梧桐《へきごとう》来て謡曲二番謡《うた》い去る。曰《いわ》く清経《きよつね》曰く蟻通《ありどおし》。

（六月十二日）

日本の牛は改良せねばならぬというから日本牛の乳は悪いかというと、少しも悪いことはない、ただ乳の分量が少《すく な》いから不経済であるというのだ。また牛肉は悪いかというとこれも、牛肉は少しも悪いことはないのみならず神戸牛と来たら世界の牛の中で第一等の美味であるのだ、それをなぜ改良するかというに今の日本牛では肉の分量が少いのに食物は割合に多く食うからつまり不経済であるというのだ。

西洋いちごよりは日本のいちごの方が甘味が多い、けれども日本のいちごは畑につくって食卓に上すように仕組まれぬからついに西洋種ばかり跋扈《ばっこ》するのだ。桜の実でも西洋のよりは日本の方が小《ちいさ》いが甘味は多い、けれども日本では桜の実をつくって売るというものがないのでこの頃では西洋種の桜の実がそろそろ這入《はい》って来た。

余の郷里四国などにても東京種《だね》の大根を植える者がある。もし味の上からいえば土地固有の大根の方が甘味が多いのであるけれど東京大根は二倍大の大きさがあるから経済的なのであろう。

何でも大きなものは大味で、小さなものは小味だ。うまみからいうと小いものの方が何でもうまい。余の郷里にはホゴ、メバルなどいう四、五寸ばかりの雑魚《ざこ》を葛《かずら》に串《つらぬ》いて売って居る。そういうのを煮て食うと実にうまい。しかし小骨が多くて肉が少くて、食うのに骨の折れるようなわけだから料理に使うことも出来ず客に出すことも出来ぬ。

日本は島国だけに何もかも小さく出来て居る代りにいわゆる小味などいううまみがある。詩文でも小品短篇が発達して居て絵画でも疎画略筆《そがりやくひつ》が発達して居る。しかし今日のような世界一家という有様では不経済なことばかりして居ては生存競争で負けてしまうから牛でも馬でもいちごでも桜んぼでも何でもかでも輸入して来て、小いものを大きくし、不経済的なものを経済的にするのは大賛成であるが、それがために日本固有のうまみを全滅することのないようにしたいものだ。

それについて思い出すのは前年やかましかった人種改良問題である。もし人種の改良が牛の改良のように出来るものとすれば幾年かの後ち《の》に日本人は西洋人に負けぬような大きな体格となり力も強く病もなく一人で今の人の三人前も働くような経済的な人種になるであろう。しかしその時日本人固有の稟性《ひんせい》のうまみは存して居るであろうか、何だか覚束《おぼつか》ないようにも思われる。

（六月十三日）

『日本人』に「試験」という問題が出て居たので端《はし》なく試験という極めて不愉快な事件を想い起した。

余は昔から学校はそれほどいやでもなかったが試験という厭《いや》なことのあるためついには学校という語がすでに一種の不愉快な感を起すほどになってしもうた。

余が大学予備門の試験を受けたのは明治十七年の九月であったと思う。この時余は共立学校（今の開成《かいせい》中学）の第二級でまだ受験の力はない、ことに英語の力が足らないのであったが、場馴《ばな》れのために試験受けようじゃないかという同級生が沢山あったのでもとより落第のつもりで戯《たわむ》れに受けてみた。用意などは露もしない。ところが科によると存外たやすいのがあったが一番困ったのは果して英語であった。活版摺《ずり》の問題が配られたので恐る恐るそれを取って一見すると五問ほどある英文の中で自分に読めるのはほとんどない。第一に知らない字が多いのだから考えようもこじつけようもない。この時余の同級生は皆片隅の机に並んで座って居たが（これは始《はじめ》より互《たがい》に気脈を通ずる約束があったためだ）余の隣の方から問題中のむつかしい字の訳を伝えて来てくれるので、それで少しは目鼻が明《あ》いたような心持がして善い加減に答えておいた。その時ある字が分らぬので困って居ると隣の男はそれを「幇間《ほうかん》」と教えてくれた、もっとも隣の男も英語不案内の方で二、三人隣の方から順々に伝えて来たのだ。しかしどう考えても幇間ではその文の意味がさっぱり分らぬのでこの訳は疑わしかったけれど自分の知らぬ字だから別に仕方もないので幇間と訳しておいた。今になって考えてみるとそれは「法官」であったのであろう、それを口伝えに「ホーカン」というたのが「幇間」と間違《まちご》うたので、法官と幇間の誤《あやまり》などは非常の大滑稽《こっけい》であった。

それから及落の掲示が出るという日になって、まさかに予備門（一ツ橋外）まで往《いっ》てみるほどの心頼みはなかったが同級の男が是非行こうというので行《いっ》てみると意外のまた意外に及第して居た。かえって余らに英語など教えてくれた男は落第して居て気の毒でたまらなかった。試験受けた同級生は五、六人あったが及第したのは菊池《きくち》仙湖《せんこ》（謙二郎）と余と二人であった。この時は試験は屁《へ》のごとしだと思うた。

こんな有様で半《なかば》は人の力を借りて入学してみると英語の力が乏しいので非常の困難であった。それもそのはず共立学校では余はようよう高橋（是清《これきよ》）先生にパーレーの『万国史』を教えられて居たくらいであった。それで十七年の夏休みの間は本郷町の進文学舎とかいうところへ英語を習いに往った。本はユニオン読本の第四で先生は坪内《つぼうち》（雄蔵《ゆうぞう》）先生であった。先生の講義は落語家の話のようで面白いから聞く時は夢中で聞いて居る、その代り余らのような初学な者には英語修業の助け

にはならなんだ。（これは『書生気質《しょせいかたぎ》』が出るより一年前のことだ）

とにかくに予備門に入学が出来たのだから勉強してやろうというので英語だけは少し勉強した。もっとも余の勉強というのは月に一度くらい徹夜して勉強するので毎日の下読《したよみ》などはほとんどして往かない。それで学校から帰って毎日何をして居るかというと友と雑談するか春水《しゅんすい》の人情本でも読んで居た。それでも時々は良心に咎《とが》められて勉強する、その法は英語を一語一語覚えるのが第一の必要だというので、洋紙の小片《こぎれ》に一つ宛《ずつ》英語を書いてそれを繰り返し繰り返し見ては暗記するまでやる。しかし月に一度くらいの徹夜ではとても学校で毎日やるだけを追っ付いて行くわけにはいかぬ。

ある時何かの試験の時に余の隣に居た人は答案を英文で書いて居たのを見た。もちろん英文なんかで書かなくても善《よ》いのをその人は自分の勝手ですらすらと書いて居るのだから余は驚いた。この様子では余の英語の力は他の同級生とどれだけ違うか分らぬのでいよいよ心細くなった。この人はその後間もなく美妙斎《びみょうさい》として世に名のって出た。

しかし余の最も困ったのは英語の科でなくて数学の科であった。この時数学の先生は隈本《くまもと》（有《あり》尚《ひさ》）先生であって数学の時間には英語よりほかの語は使われぬという制規であった。数学の説明を英語でやるくらいのことは格別むつかしいことでもないのであるが余にはそれが非常にむつかしい。つまり数学と英語と二つの敵を一時に引き受けたからたまらない。とうとう学年試験の結果幾何学の点が足らないで落第した。

（六月十四日）

余が落第したのは幾何学に落第したというよりもむしろ英語に落第したという方が適当であろう。それは幾何学の初《はじめ》にあるコンヴァース、オッポジトなどということを英語で言うのが余には出来なんだのでそのほか二行三行のセンテンスは暗記することも容易でなかったくらいに英語が分らなかった。落第してからは二度目の復習であるから初《はじめ》のようにない、よほど分りやすい。コンヴァースやオッポジトを英語でしゃべるくらいは無造作に出来るようになったが、惜《おし》いことにはこの時の先生はもう隈本先生ではなく、日本語ずくめの平凡な先生であった。しかしこの落第のために幾何学の初歩が心に会得せられ、従ってこの幾何学の初歩に非常に趣味を感ずるようになり、それにつづいては、数学は非常に下手でかつ無知識であるけれど試験さえなくば理論を聞くのも面白いであろうという考《かんがえ》を今に持って居る。これは隈本先生の御陰かも知れない。

今日は知らないがその頃試験の際にズルをやる者は随分沢山あった。ズルとは試験の時に先生の眼を偸《ぬす》んで手控を見たり隣の人に聞いたりすることである。余も入学試験の時に始めてその味を知ってから後はズルをやることを何とも思わなんだが入学後二年目くらいにふと気がついて考えてみるとズルということは人の力を借りて試験に応ずるのであるから不正な上に極めて卑劣なことであると始めて感じた。それ以後はいかなる場合にもズルはやらなかった。

明治二十二年の五月に始めて喀血《かっけつ》した。その後は脳が悪くなって試験がいよいよいやになった。明治二十四年の春哲学の試験があるのでこの時も非常に脳を痛めた。ブッセ先生の哲学総論であったが余にはその哲学が少しも分らない。一例をいうとサブスタンスのレアリテーはあるかないかというようなことがいきなり書いてある。レアリテーが何のことだか分らぬにあるかないか分るはずがない。哲学というものはこんなに分らぬものなら余は哲学なんかやりたくないと思うた。それだから滅多に哲学の講義を聞きにも往かない。けれども試験を受けぬわけにはいかぬから試験前三日というに哲学のノート（蒟蒻板《こんにゃくばん》に摺《す》りたる）と手帳一冊とを携えたまま飄然《ひょうぜん》と下宿を出て向島《むこうじま》の木母寺《もくぼじ》へ往た。この境内に一軒の茶店があって、そこの上《かみ》さんは善く知って居るから、こうこうで二、三日勉強したいのだが百姓家《や》かどこか一間借りてくれまいか、と頼んでみた。すると上《かみ》さんのいうには二、三日なら手前どもの内の二階が丁度明《あ》いて居るからお泊りになっても善いというので大喜びでその二階へ籠城《ろうじょう》することにきめた。

それから二階へ上って蒟蒻板のノートを読み始めたが何だか霧がかかったようで十分に分らぬ。哲学も分らぬが蒟蒻板も明瞭《めいりょう》でない、おまけに頭脳が悪いと来ているから分りようはない。二十頁も読むともういやになって頭がボーとしてしまうから、すぐに一本の鉛筆と一冊の手帳とを持って散歩に出る。外へ出ると春の末のうららかな天気で、桜は八重も散ってしもうて、野道にはげんげんが盛りである。何か発句《ほっく》にはなるまいかと思いながら畦道《あぜみち》などをぶらりぶらりと歩行《ある》いて居るとその愉快さはまたとはない。脳病なんかは影も留めない。一時間ばかりも散歩するとまた二階へ帰る。しかし帰るとくたびれて居るのですぐに哲学の勉強などに取り掛る気はない。手帳をひろげて半出来の発句を頻《しき》りに作り直してみたりする。この時は未《ま》だ発句などは少しも分らぬ頃であるけれどそういう時の方がかえって興が多い。つまらない一句が出来ると非常の名句のように思うてむやみに嬉《うれ》しい時代だ。あるいはくだらない短歌などもひねくってみる。こんな有様で三日の間に紫字のノートをようよう一回半ばかり読む、発句と歌が二、三十首出来る。それでもその時の試験はどうかこうかごまかして済んだ。もっともブッセという先生は落第点はつけないそうだから試験がほんとうに出来たのだかどうだか分った話じゃない。

（六月十五日）

明治二十四年の学年試験が始まったがだんだん頭脳が悪くなって堪えられぬようになったからついに試験を残して六月の末帰国した。九月には出京して残る試験を受けなくてはならぬので準備をしようと思うても書生のむらがって居るやかましいところではとても出来そうもないから今度は国から特別養生費を支出してもろうて大宮の公園へ出掛けた。万松楼《ばんしょうろう》という宿屋へ往《い》ってここに泊ってみたが松林の中にあって静かな涼しいところで意外に善《よ》い。それにうまいものは食べるし丁度萩《はぎ》の盛りというのだから愉快で愉快でたまらない。松林を徘徊《はいかい》したり野逕《のみち》を逍遥《しょうよう》したり、くたびれると帰って来て頻《しき》りに発句を考える。試験の準備などは手もつけない有様だ。この愉快を一人で貪《むさぼ》るのは惜《おし》いことだと思うて手紙で竹村黄塔《たけむらこうとう》を呼びにやった。黄塔も来て一、二泊して去った。それから夏目《なつめ》漱石《そうせき》を呼びにやった。漱石も来て一、二泊して余も共に帰京した。大宮に居た間が十日ばかりで試験の準備は少しも出来なかったが頭の保養には非常に効験があった。しかしこの時の試験もごまかして済んだ。

　この年の暮には余は駒込《こまごめ》に一軒の家を借りてただ一人で住んで居た。極めて閑静なところで勉強には適して居る。しかも学課の勉強は出来ないで俳句と小説との勉強になってしもうた。それで試験があると前二日くらいに準備にかかるのでその時は机の近辺にある俳書でも何でもことごとく片付けてしまう。そうして机の上には試験に必要なるノートばかり置いてある。そこへ静かに坐《ざ》をしめてみると平生乱雑の上にも乱雑を重ねて居た机辺《きへん》が清潔になって居るで何となく心持が善い。心持が善くて浮き浮きすると思うと何だか俳句がのこのこと浮《うか》んで来る。ノートを開いて一枚も読まぬ中に十七字が一句出来た。何に書こうもそこらには句帳も半紙も出してないからラムプの笠《かさ》に書きつけた。また一句出来た。また一句。あまり面白さに試験なんどのことは打ち捨ててしもうて、とうとうラムプの笠を書きふさげた。これが灯火十二カ月というので何々十二カ月ということはこれから流行《はや》り出したのである。

　こういう有様で、試験だから俳句をやめて準備に取りかかろうと思うと、俳句がしきりに浮んで来るので、試験があるといつでも俳句が沢山に出来るということになった。これほど俳魔に魅入られたらもう助かりようはない。明治二十五年の学年試験には落第した。リース先生の歴史で落第しただろうという推測であった。落第もするはずさ、余は少しも歴史の講義聴きに往かぬ、聴きに往《いっ》ても独逸《ドイツ》人の英語少しも分らぬ、おまけに余は歴史を少しも知らぬ、その上に試験にはノート以外のことが出たというのだから落第せずには居られぬ。これぎり余は学校をやめてしもうた。これが試験のしじまいの落第のしじまいだ。

余は今でも時々学校の夢を見る。それがいつでも試験で困《くる》しめられる夢だ。（六月十六日）

名古屋を境界線としてこれより以東以北の地は毎朝飯をたいて味噌汁《みそしる》をこしらえる。これより以西以南の地は朝は冷飯《ひやめし》に漬物で食う。これは気候寒暖の差から起ったことであろう。

（六月十七日）

東京中の鼠《ねずみ》を百万匹として毎日一万匹宛《ずつ》捕るとすれば百日にて全滅する理屈だ。しかし百日の内に子を産んで行くとすれば実際はいつなくなるか分らぬ。何にしろ一旦《いったん》始めたのだから鼠の尽きるまでやってみるが善《よ》いであろう。

頭の白い鼠や黒い鼠もちと退治《たいじ》るが善い。

（六月十八日）

先頃の『葯房漫艸《やくぼうまんそう》』に美のことを論じて独りぎめになっては困るというようなことを書いてあったと思う。余の考《かんがえ》では美の判断は二人ぎめでも三人ぎめでもない、やはり独りぎめよりほかはない、ただ独りぎめに善いのと悪いのといろいろある。

（六月十九日）

『俳星』に虚明《きょめい》の「お水取」という文があって奈良の二月堂の水取りのことが細《くわ》しく書いてある。余はこれを読んでうれしくてたまらぬ。京阪地方にはこのような儀式や祭が沢山にあるのだから京阪の人は今の内になるべく細しくその様を写して見せてもらいたい。その地の人は見馴《みな》れて面白くもなかろうがまだ見ぬ者にはそれがどれほど面白いか知れぬ。ことにかようなことは年々すたれて行くから今写しておいた文は後にはその地の人にも珍しくなるであろう。京都の壬生《みぶ》念仏や牛祭の記は見たこともあるがそれも我々のごとき実地見ぬ者にはまだ分らぬことが多い。葵祭《あおいまつり》、祇園祭《ぎおんまつり》などは陳腐なゆえでもあろうがかえって細しく書いたものを見ぬ。大阪にも十日夷《とおかえびす》、住吉《すみよし》の田植などいうことがある。奈良に薪能《たきぎのう》が今でもあるなら是非見て来て書いてもらいたい。御忌《ぎょき》、御影供《みえいく》、十《じゅう》夜《や》、お取越《とりこし》、御命講《おめいこう》のようなことでも各地方のを写して比較したら面白いばかりでなく有益であろうと思われる。

（六月二十日）

ある人諸官省の門番の横着《おうちゃく》なるを説く。鳴雪翁曰《めいせつおういわ》く彼をして勝手に驕《おご》らしめよ、彼はこの場合におけるよりほかに人に向って驕るべき場合を持たざるなり、この心をもって我は帽を脱いで丁寧に辞誼《じぎ》すればすなわち可なり、と。けだし有道者《ゆうどうしゃ》の言。

（六月二十一日）

学校で歴史の試験に年月日を問うような問題が出る。こんなことは必要があればだんだんに覚えて行く。学校時代に無理に覚えさせせようとするのは愚なことだ。

（六月二十二日）

刺客はなくなるものであろうかなくならぬものであろうか。

（六月二十三日）

板垣伯岐阜《いたがきはくぎふ》遭難の際は名言を吐いて生き残られたので少し間《ま》の悪いところがあった。星《ほし》氏の最期は一言もないのではなはだ淋《さび》しい。願わくは「ブルタス、汝《なんじ》もまた」というような一句があると大《おおい》に振《ふる》うところがあったろう。

（六月二十四日）

中村不折《ふせつ》君は来《きた》る二十九日をもって出発し西航の途《と》に上らんとす。余は横浜の埠頭場《はとば》まで見送ってハンケチを振って別《わかれ》を惜《おし》むことも出来ずはた一人前五十銭くらいの西洋料理を食いながら送別の意を表する訳にもゆかず、やむをえず紙上に悪口《あっこう》を述べていささかその行《こう》を壮《そう》にすることとせり。

余の始めて不折君と相見しは明治二十七年三月頃のことにしてその場所は神田《かんだ》淡路町《あわじちょう》小日本新聞社の楼上《ろうじょう》にてありき。初め余の新聞『小日本』に従事するや適当なる画家を得《う》ることにおいて最も困難を感ぜり。当時の美術学校の生徒のごときは余らの要求を充《み》たすあたわず、そのほか浮世画工を除けば善くも悪くも画工らしき者ほとんど世になかりしなり。この時に際して不折君を紹介せられしは浅井氏なり。始めて君を見し時のことを今より考うればほとんど夢のごとき感ありて、後来余の意見も趣味も君の教示によりて幾多の変遷を来《きた》し、君の生涯もまたこの時以後、前日と異なる逕路《けいろ》を取りしを思えばこの会合は無趣味なるがごとくにしてその実前後の大関鍵《だいかんけん》たりしなり。その時の有様をいえば、不折氏はまず四、五枚の下画《したえ》を示されたるを見るに水戸《みと》弘道館《こうどうかん》等の画にて二寸くらいの小さき物なれど筆力勁健《けいけん》にして凡《ぼん》ならざるところあり。しこうしてその人を見れば目つぶらにして顔おそろしく服装は普通の書生の著《き》たるよりも遥《はる》かにきたなきものを著たり、この顔この衣にしてこの筆力あるところを思えばこの人は尋常の画家にあらずとまでは即座に判断し、その画はもらい受けて新聞に載することとせり。これ君の画が新聞にあらわれたる始なり。

その頃新聞に「骸骨《がいこつ》物語」とかいう続き物ありしがある時これに画を挿《はさ》まんとてその文の大意を書きこの文にはまるような画をかいてもらいたしと君に頼みやりしに君はただちにその画をかいて送りこしたり。この時の骸骨雨宿りの画は意匠の妙といい筆力の壮といい社中の同人を駭《おどろ》かしたるものなり。余がこれまでの経験によるに画工に向って注文するところ往々にしてその主意を誤られ、よし誤られざるも十カ条の注文の中わずかに三、四カ条の条件を充《み》たさするをもって満足せざるべからざる有様なりき。しかるに不折君に向っての注文は大主意《だいしゅい》だに説明しおけば些《さ》末《まつ》のことはいわずとも痒《かゆ》きところに手の届くように出来るなり、否《いな》余ら素人の考《かんがえ》の及ばざるところまで一々巧妙の意匠を尽せり。ここにおいて余はようやく不折君を信ずるの深きとともに君を見るの遅きを歎《たん》じたり。これより後また新聞の画に不自由を感ずることなかりき。

（六月二十五日）

されどなお余は不折君に対して満たざるところあり、そは不折君が西洋画家なることなり。当時余は頑固なる日本画崇拝者の一人にして、まさかに不折君がかける新聞の挿画をまでも排斥するほどにはあらざりしも、油画につきては絶対に反対しその没趣味《ぼっしゅみ》なるを主張してやまざりき。ゆえに不折君に逢《あ》うごとにその画談を聴きながら時に弁難攻撃をこころみそのたびごとに発明すること少からず。ついには君の説くところをもって今まで自分の専攻したる俳句の上に比較してその一致を見るに及んでいよいよ悟るところ多く、半年を経過したる後はやや画を観るの眼を具《そな》えたりと自ら思うほどになりぬ。この時はもはや日本画崇拝にもあらず油画排斥にもあらず、画はかくのごときもの画家はかくのごときものと大方に知りて見れば今までただ漠然と善しといい悪しといいしわが判断は十中八、九までその誤れるを発見し、併《あわ》せて今まで画家に対する待遇の無礼なりしを悔ゆるに至れり。もとより初より画家なりとて毫《ごう》も軽蔑したるにはあらねど画家の職分に対しては誤解し居たり。余は画家に向《むか》いて注文すべき権利を有し画家は余の注文に応じてかくべき義務を有すと思えりしははなはだしき誤解なり。これけだし当時の浮世画工をのみ知りたる余には無理ならぬ誤解なりしなるべく、今もなお一般の人はこの誤解に陥り居るもののごとし。

明治二十七年の秋上野に例の美術協会の絵画展覧会あり、不折君と共に往きて観る。その時参考品御物《ぎよぶつ》の部に雪舟《せっしゅう》の屏風《びょうぶ》一双《そう》（琴棋《きんき》書画を画《えが》きたりと覚ゆ）あり。素人眼にはまことにつまらぬ画にて、雪舟崇拝と称せし当時の美術学校派さえこれを凡作と評したるほどなりしが、不折君はややしばし見て後頻《しき》りに賛歎《さんたん》してやまず、これほどの大作雪舟ならばこそなし得たれ到底凡人の及ぶところに非ずといえり。かくて不折君は余に向《むか》いて詳《つまびらか》にこの画の結構布置《けっこうふち》を説きこれだけの画に統一ありて少しも抜目《ぬけめ》なきところさすがに日本一の腕前なりとて説明詳細なりき。余この時始めて画の結構布置ということにつきて悟るところあり、独りうれしくてたまらず。

二十八年の春金州《きんしゅう》に行きし時は不折君を見しより一年の後なれば少しは美ということも分る心地

せしにぞ新《あらた》に得たる審美眼をもって支那の建築器具などを見しはいかに愉快なりしぞ。金州より帰りて後同年秋奈良に遊び西大寺《さいだいじ》に行く。この寺にて余の坐《すわ》り居たる傍《かたわら》に二枚折の屏風ありて墨画あり。つくづく見て居るにその趣向は極めて平凡なれどその結構布置善く整い崖樹《がいじゅ》と遠山《えんざん》との組合せの具合など凡筆にあらず。無落款《むらっかん》なりければ誰が筆にやと問いしに小僧答えて元信《もとのぶ》の筆といい伝えたりという。さすがに余の眼識は誤らざりけりと独り心に誇りてやまず。余が不折君のために美術の大意を教えられしことは余の生涯にいくばくの愉快を添えたりしぞ、もしこれなくば数年間病床に横《よこた》わる身のいかに無聊《ぶりょう》なりけん。

(六月二十六日)

余が知るより前の不折君は不忍池畔《しのばずのちはん》に一間の部屋を借りそこにて自炊しながら勉強したりという。その間の困窮はたとうるにものなく一粒の米、一銭の貯《たくわえ》だになくて食わず飲まずに一日を送りしことも一、二度はありきとぞ。その他は推して知るべし。『小日本』と関係深くなりて後君は淡路町《あわじちょう》に下宿せしかば余は社よりの帰りがけに君の下宿を訪い画談を聞くを楽《たのしみ》とせり。君いう、今は食うことに困らぬ身となりしかば十分に勉強すべしと。すなわち毎日草鞋《わらじ》弁当にて綾瀬《あやせ》あたりへ油画の写生に出かけ、夜間は新聞の挿画《さしえ》など画く時間となり居たり。君が生活の状態はこの時以後ようやく固定してついに今日の繁栄を致ししものなり。

君が服装のきたなきと耳の遠きとは君が常職を求むるあたわずして非常の困窮に陥りし所以《ゆえん》なるが、余ら相識《あいし》るの後も一般の人は君を厭《いと》いあるいは君を軽蔑し、余ら傍《かたわら》にありて不折君に対しはなはだ気の毒に思いしことも少からず。されど君が画における伎倆《ぎりょう》は次第にあらわれ来り何人もこれに対しての賞賛を首肯《しゅこう》せざるあたわざるほどになりぬ。達磨《だるま》百題、犬百題、その他何十題、何五十題というがごとき、あるいは瓦当《がとう》その他の模様の意匠のごとき、いよいよ出でていよいよ奇に、滾々《こんこん》としてその趣向の尽きざるを見て、素人も玄人《くろうと》も舌を捲《ま》いて驚かざるはなし。

君の犬百題などを画くや、意匠に変化多く、材料の豊富なるは言うまでもなけれど、中にも歴史上の事実多きを見て、世人《せじん》は余らの窃《ひそ》かに材料を供給するに非《あらざ》るかを疑えり。しかしこは誤りたる推測なり。余は毫《ごう》も君に材料を与えざるのみかかえって君の説明によりて歴史上の事実を教えられしこと少からず。とはいえ君は決して博学の人にあらず読書の分量はあまり多からざるを信ず。しこうしてかくのごとく多方面にわたりて材料を得る者は平素万事に対して注意のふかきに因《よ》らずばあらず。君のごとく注意の綿密にしてかつ範囲の広きはけだし稀《まれ》なり。

画く者は論ぜず、論ずる者は画かず。君のごとく画家にしてかつ論客なるは世に少し。もし不折君の説を聞かんと欲せば一たび君を藤寺《ふじでら》横丁の画室に訪え。質問未だ終らざるに早くすでに不折君の滔々《とうとう》として弁じ初むるを見ん、もし傍より妨げざる限りは君の答弁は一時間も二時間も続くべし、しかもその言うところ条理井然《せいぜん》として乱れず実例あるものは実例（絵画の類）につきて一々に指示す。通例画家が言うところの漠然として要領を得ざるの比に非ず。余が君のために教えられて何となく悟りたるように思うも畢竟《ひっきょう》君の教えようのうまきに因る。

（六月二十七日）

各自専門の学芸技術に熱心なる人は少《すくな》くもあらねど不折君の画における程ど熱心なるは少かるべし。いつ逢《お》うてもいつまで語ってもいやしくも人に逢いてこれと語らば終始画談をなして倦《う》まず、筆あらばすぐに筆を取って戯画を画きあるいは説明のために種々の画をかく。時を嫌わず処《ところ》を択《えら》ばず宴会の席にても衆人の中にても人は酒を飲み妓《ぎ》をひやかしつつある際《さい》にても不折君は独り画を画き画を談ず。その熱心実に感ずるにあまりありといえどももし一般の人より見ればあまり熱心過ぎてかえってうるさしと思わるるところ多からん。しかれども不折君はそれほど人にうるさがらるるとは知らであるべし。これ君の聾《ろう》なるがためのみ。

君が勉強は信州人の特性に出《い》づ、されど信州人といえども君のごとく勉強するは多からざるべし。君は自分のためにも勉強し人に頼まれても勉強す。一枚方《ほう》二尺くらいの油画を画くために毎日郊外二、三里の処《ところ》に行きて一カ月も費したることしばしばあり。一昨年の初夏なりけん君カンヴァスを負うて渋川《しぶかわ》に行き赤城山《あかぎさん》を写す。二十余日を経て五尺ばかりの大幅《たいふく》見事に出来上りたるつもりにて得々として帰りただちに浅井氏に示す。浅井氏曰《いわ》く場所広くして遠近さだかならず子《し》もしこの画を画とせんとならば更に一週の日子《にっし》を費して再び渋川に往けと。君は浅井氏よりの帰途余の病床を訪《と》われしがその時君の顔色ただならず声ふるい耳遠く非常に激昂《げきこう》の様見えしかば余は君が旅の労《つか》れと今日の激昂とのために熱病にでもかかりはせずやと憂いたるほどなり。何ぞ計《はか》らんその翌日君は再びカンヴァスを抱えて渋川に到り十分に画き直して一週間の後帰京せり。余は今更に君が不屈不撓《ふとう》の勇気に驚かざるを得ざりき。この画は「淡煙《たんえん》」と題して展覧会に出でたるものなり。（宮内省《くないしょう》御用品となる）これらは皆自分のために勉強したる例なり。

画家は多くはその性疎懶《そらん》にして人に頼まれたることも期日までに出来るははなはだ少きが常なり。しかるに不折君は人に頼まれたるほどのことことごとくこれに応ずるのみならずその期日さえ誤ること少ければ書肆《しょし》などははなはだ君を重宝がりまたなきものに思いて教科書の挿画、その他書籍雑誌の挿画及び表紙を依頼する者絶えず。想い起す今より七、八年前桂舟《けいしゅう》の画《が》天下に行われ桂舟のほかに画家なしとまで思われたる頃なりき。博文館《はくぶんかん》にても何かの挿画を桂舟に頼みしに期に及んで出来ず、館主自ら車を飛ばして桂舟を訪《と》い頭を下げ辞を卑《ひく》うし再三繰返して懇々《こんこん》に頼み居たることあり。それを思えば期日を延すべからざる雑誌などの挿画かきとして敏腕にしてかつ規則的なる不折君を得たる博文館の喜び察すべきなり。そのほか君の前に書画帖《しょがじょう》を置いて画を乞《こ》う者あれば君はただちに筆を揮《ふる》うて咄嗟《とっさ》画を成す。為山《いざん》氏の深思熟考するものと全く異なり。ただ君が容易に依頼者を満足するの弊《へい》として往々粗末なる杜撰《ずさん》なる陳腐なる拙劣なる無趣味なる画を成すことあり。しかれども依頼者は多く君の雷名《らいめい》を聞いて来る者画の巧拙はこれを鑑別するの識なし。容易に君の揮毫《きごう》を得たるを喜んで皆ホクホクとして帰る。これらは君が人に頼まれて勉強する一例なり。

（六月二十八日）

不折君と為山氏は同じ小山門下の人で互《たがい》に相識《あいし》る仲なるが、いずれも一家の見識を具《そな》え立派なる腕を持ちたることとて、自《おのずか》ら競争者の地位にあるがごとく思わる。よし当人は競争するつもりに非《あらざ》るも傍にある余ら常に両者を比較して評する傾向あり。しかも二人の画も性質も挙動も容貌《ようぼう》も一々正反対を示したるはことに比較上興味を感ずる所以《ゆえん》なり。二人の優劣はもとより容易に言うべからざるも互《たがい》に一長一短ありて甲越対陣《こうえつたいじん》的の好敵手たるは疑うべきにあらず。まずその容貌をいわんに為山氏は丈《たけ》高く面《おも》長く全体にすやりとしたるに反し、不折君は丈低く面鬼のごとく髯《ひげ》ぼうぼうとして全体に強き方なり。為山氏は善き衣善き駒下駄《こまげた》を著《つ》け金が儲《もう》かればただちに費しはたすに反して不折君は粗衣粗食の極端にも耐えなるべく質素を旨《むね》として少しにても臨時の収入あればこれを貯蓄しおくなり。君が赤貧《せきひん》洗うがごとき中より身を起して独力をもって住屋《じゅうおく》と画室とを建築し、それより後二年ならずして洋行を思い立ちしかも他人の力を借らざるに至ては君が勤倹の結果に驚かざるを得ず。為山氏はあまり議論を好まず普通の談話すら声低くして聞き取りがたきほどなるに反して不折君は議論はもちろん、普通の談話も声高く明瞭《めいりょう》なり。為山氏は感情の人にして不折君は理屈の人なり。為山氏は無精なる方にて不折君は勉強家の随一なり。為山氏は酒も飲み煙草も飲む、不折君は酒も飲まず煙草も飲まず。およそこれらの性質嗜好《しこう》の相違はさることながらその相違がことごとく画の上にあらわるるに至ってますます興味を感ずるなり。

　為山氏の画は巧緻精微《こうちせいび》、不折君の画は雅樸雄健《がぼくゆうけん》。為山氏は熟慮して後に始めて筆を下し不折君はいきなりに筆を下して縦横に画きまわす。為山氏は一草一木を画きて画となすことも少からねど不折君は寸大の紙にもなお山水村落の大景を描く癖あり。同一の物を写生するに為山氏のは実物よりもやや丈高く画き不折君のは実物よりもやや丈低く画く。為山氏は何か画いても自分の気に入らねばただちに捨てて顧《かえりみ》ず、不折君は一旦《いったん》画き初めしものはどうでもこうでも仕上げてしまう。為山氏は調子に乗って画く調子乗らざればいつまでも画かず、不折君は初《はじめ》より終《おわり》まで孜々《しし》として怠らずに画く。これらの相違枚挙に遑《いとま》あらず。(二人相似の点もなきに非ず)

余はなお多くを言わんと思いしも不折君出発後敵なきに矢を放つもいかがなれば要求質問注意の個条を節略して左に記し以て長々しき文章の終となしおくべし。

剛慢《ごうまん》なるは善し。弱者後輩を軽蔑《けいべつ》する莫《なか》れ。

君は耳遠きがために人の話を誤解すること多し。注意を要す。(少しほめたるを大《おおい》にほめたるがごとく思う誤《あやまり》すなわち程度の誤最も普通なり)

人二人互《たがい》に話し居る最中に突然横合から口を出さぬよう注意ありたし。

あまりうかれぬようありたし。

画のことにつきてとこうの注意がましきことをいうなどはあまり生意気の次第なれど余はかねてより君に向っていいたく思いながらもこの頃の容態にては君に聞ゆるほどの声を出すあたわず因《よ》ってここに一言《いちげん》するなり。そは君の嗜好があまりに大、壮などいう方に傾き過ぎて小にして精、軽にして新などいう方の画を軽蔑し過ぎはせずやということなり。近年君の画を見るにややその嗜好を変じ今日にては必ずしもパノラマ的全景をのみ喜ぶものには非《あらざ》るべけれどなおややもすれば広袤《こうぼう》の大《だい》なる場所を貴ぶの癖なきに非ず。油画にてはなけれど小き書画帖に大きなる景色を画いて独り得々たるがごときも余は久しき前より心にこれを厭《いと》わしく思えり。大景《だいけい》必ずしも悪《あし》からずといえども大景（少くとも家屋と樹木と道路くらいは完備せる）でありさえすれば画になるごとく思えるはいかにしても君が大景に偏するを証すべきなり。しかし余は大景を捨てて小景を画けというに非ず、ただ君の嗜好の偏するにつきて平生意見《へいぜい》の衝突すれどもただちに言われざりし不平をここにわずかに漏らすのみ。

西洋へ往きて勉強せずとも見物して来れば沢山なり。その上に御馳走《ごちそう》を食うて肥えて戻ればそれに上こす土産《みやげ》はなかるべし。あまり齷齪《あくせく》と勉強して上手になり過ぎたもうな。（六月二十九日）

羯翁《かつおう》の催しにてわが枕辺《まくらべ》に集まる人々、正客不折《しょうきゃくふせつ》を初《はじめ》として鳴雪《めいせつ》、湖村《こそん》、虚子《きょし》、豹軒《ひょうけん》、及び滝氏ら、蔵六も折から来合《きあわ》されたり。草庵ために光を生ず。

虚子後《あと》に残りて謡曲「舟弁慶」一番謡《うた》い去る。（六月三十日）

健康な人は蚊が少し出たばかりのことで大騒ぎやってうるさがって居る。病人は蒲団《ふとん》の上に寝たきり腹や腰の痛さに堪えかねて時々わめく、熱が出盛《でさか》ると全体が苦しいから絶えずうなる、蚊などは四方八方から全軍をこぞって刺しに来る。手は天井からぶら下った力紐《ちからひも》にすがって居るので蚊を打つことは出来ぬ。仕方がないので蚊帳《かや》をつると今度は力紐に離れるので病人は勢力の半《なかば》を失うてしまう。その上にもし夜が眠られぬと来るとやるせも何もあったものじゃない。（七月一日）

鮓《すし》の俳句をつくる人には訳も知らずに「鮓桶《すしおけ》」「鮓圧《すしお》す」などいう人多し。昔の鮓は鮎鮓《あゆずし》などなりしならん。それは鮎を飯の中に入れ酢をかけたるを桶の中に入れておもしを置く。かくて一日二日長きは七日もその余《よ》も経て始めて食うべくなる、これを「なる」という。今でも処《ところ》によりてこの風《ふう》残りたり。鮒鮓《ふなずし》も同じことなるべし。余の郷里にて小鯛《こだい》、鰺《あじ》、鯔《ぼら》など海魚《うみうお》を用いるは海国のゆえなり、これらは一夜《いちや》圧しておけばなるるにより一夜鮓ともいうべくや。東海道を行く人は山北にて鮎の鮓売るを知りたらん、これらこそ夏の季に属すべきものなれ。今の普通の握り鮓、ちらし鮓などはまことは雑《ぞう》なるべし。

（七月二日）

仰臥漫録

土佐半紙に書かれた私的な手記。子規は公表する考えはなかった。日記の部分は明治三十四年（一九〇一）九月二日から十月二十九日まで、中断をへて翌明治三十五年（一九〇二）三月十日から十二日まで。さらに「麻痺剤服用日記」は六月二十日から二十九日まで書かれ、この部分は『病牀六尺』の執筆時期と重なる。この後に身辺メモ、草花の素描、詩歌の草稿などが続く。原本は二冊に分かれていて、明治三十四年十月十三日の日記の末尾から第二分冊に収める。

明治三十四年九月二日　　雨　蒸暑《むしあつし》

庭前の景は棚《たな》に取付《とりつい》てぶら下りたるもの夕顔二、三本 瓢《ふくべ》二、三本糸瓜《へちま》四、五本夕顔とも瓢ともつかぬ巾着形《きんちゃくがた》のもの四つ五つ

女郎花《おみなえし》真盛《まつさかり》鶏頭《けいとう》尺より尺四、五寸のもの二十本ばかり

夕顔の実をふくべとは昔かな
夕《ゆう》皃《がお》も糸瓜《へちま》も同し棚《たな》子《こ》同《ど》士《し》
夕皃の棚に糸瓜も下りけり
鄙《ひな》の宿夕皃汁を食はされし

右八月二十六日俳談会席上作

夕皃の太り過ぎたり秋の風
棚一つ夕皃ふくべへちまなんど

病床のながめ

棚の糸瓜思ふ処へぶら下る
試みに名をば巾《きん》着《ちゃく》ふくべかな
取付て松にも一つふくべかな
子を育つふくべを育つ如きかも
雨の日や皆倒れたる女郎花
雨の日を夕皃の実のながめかな
蟬《せみ》なくや五尺に足らぬ庭の松

試ミニ糸ヲハ中暑フクベカナ
取付テ松ニモ一ツフクベカナ
子ヲ画キツフクベヲ画キツ畑ナキカモ
雨ノ日ヤ皆倒レタル女郎花
雨ノ日ヲ夕貝ノ実ノナガメカナ
畑ナシヤ五尺ニ足ラヌ庭ノ秋

糸瓜《へちま》ぶらり夕皃《ゆうがお》だらり秋の風
病間に糸瓜の句など作りける
野分近く夕皃の実の太り哉《かな》
湿気多く汗ばむ日なり秋の蠅《はえ》
雞《けい》頭《とう》のまだいとけなき野分かな
秋もはや塩《しお》煎《せん》餅《べい》に渋茶哉

朝　粥《かゆ》四椀《わん》、はぜの佃煮《つくだに》、梅干砂糖つけ
昼　粥四椀、鰹《かつお》のさしみ一人前、南瓜《かぼちゃ》一皿、佃煮
夕　奈良《なら》茶飯《ちゃめし》四碗《わん》、なまり節《ぶし》煮て少し生にても　茄子《なす》一皿
この頃食い過ぎて食後いつも吐きかえす
二時過牛乳一合ココア交《まぜ》て
　煎餅菓子パンなど十個ばかり
昼飯後梨《なし》二つ
夕飯後梨一つ
服薬はクレオソート昼飯晩飯後各三粒（二号カプセル）
水薬　健胃剤

今日夕方大食のためにや例の左下腹痛くてたまらず　しばらくにして屁出《へい》で筋《すじ》ゆるむ
松山木屋町《きやちよう》法界寺の鰌施餓鬼《どじようせがき》とは路端《みちばた》に鰌汁商《あきな》う者出るなりと　母なども幼き時祖父どのにつれられ弁当持《もち》て往《い》てその川端にて食われたりと　もっとも旧暦二十六日頃の闇《やみ》の夜のことなりという

餓鬼も食へ闇の夜中の鰌汁

午後八時腹の筋痛みてたまらず鎮痛剤を呑《の》む　薬末だ利《き》かぬ内筋《うち》ややゆるむ
母も妹もわが枕元《まくらもと》にて裁縫などす　三人にて松山の話ことに長町の店家《みせや》の沿革《えんかく》話いと面白かりき
十時半頃蚊帳《かや》を釣り寝《しん》につかんとす　呼吸苦しく心臓鼓動強く眠られず　煩悶《はんもん》を極む　心気やや静まる　頭脳苦しくなる　明方《あけがた》少し眠る

九月三日　朝雨　午前十一時頃晴　その後陰晴不定《さだまらず》
朝包帯取換《とりかえ》　十時頃また便通
陸氏《くが》ただ今帰られし由《よし》
昼前陸氏来《きた》る　天津肋骨《てんしんろっこつ》よりの土産
　払子《ほっす》一本　俗画二枚　板画（けしき）一枚
陸氏は支那の王宮の規模の大《だい》なるに驚きたりという
朝　ぬく飯二椀　佃煮　梅干
　牛乳五勺《しやく》ココア交《まぜる》　菓子パン数個

昼　粥三椀　鰹のさしみに蝿の卵あり　それがため半分ほどくう、晩飯《ばんめし》のさいに買置《かいおき》たるわらさをさしみにつくる　旨《うま》くなし　食わず
味噌《みそ》汁《しる》一椀
煎餅三枚　氷レモン一杯呑む
夕　粥二椀　わらさ煮　旨からず
三度豆《さんどまめ》　芋《いも》二、三　鮓《すし》少し　糸蒟蒻《いとごんにゃく》
すべて旨からず　佃煮にてくう　梨一つ
陸氏内《うち》より朝鮮の写真数十枚持たせおこす
午後母は車にて芝南佐久間町の池内氏を訪う　政夫氏のくやみなり
飄亭来《ひょうていきた》る
今日は昨夜来《らい》のつづきにて何となく苦し
歯齦《はぐき》の膿《うみ》を押出《おしだ》すに昼夜絶えず出る　昨日も今日も同じ

町 川 に ぼ ら 釣 る 人 や 秋 の 風

九月四日　朝曇　後晴
昨夜はよく眠る

新聞『日本』『二六《にろく》』『京華《けいか》』『大阪毎日』を読む例のごとし　『海南新聞』は前日の分翌日の夕刻に届くを例とす

朝　雑炊《ぞうすい》三椀《わん》　佃煮《つくだに》　梅干

牛乳一合ココア入《いり》　菓子パン二個

昼　鰹《かつお》のさしみ　粥《かゆ》三椀　みそ汁　佃煮　梨《なし》二つ

葡萄酒《ぶどうしゅ》一杯（これは食時の例なり　前日日記にぬかす）

間食　芋坂団子《いもさかだんご》を買来《かいきた》らしむ（これに付悶着《つきもんちゃく》あり）

あん付《つき》三本焼《やき》一本を食う　麦湯《むぎゆ》一杯

塩煎餅《しおせんべい》三枚　茶一碗《わん》

晩　粥三椀　なまり節　キャベツのひたし物

梨一つ

午前種竹山人《しゅちくさんじん》来る　菖蒲田《しょうぶた》原釜《はらがま》なこそなどの海水浴に遊んで帰ると　原釜にては松魚《かつお》一尾八銭高きとき十三銭

家庭の快楽ということいくら言うても分らず

物 思 ふ 窓 に ぶ ら り と 糸 瓜 哉

肋骨《ろっこつ》の贈り来りし美人画は羅《うすもの》に肉の透《す》きたるところにて裸体画のごとし

裸 体 画 の 鏡 に 映 る 朝 の 秋

美女立てり秋《しゅう》海《かい》棠《どう》の如きかな

九月五日　雨　夕方遠雷
朝　粥三椀　佃煮　瓜《うり》の漬物
昼　めじのさしみ　粥四椀　焼茄子《やきなす》　梨二つ
間食　梨一つ　紅茶一杯　菓子パン数個
夕　鶏肉　卵二つ　粥三椀余《あまり》　煮茄子
若和布《わかめ》二杯酢かけ

午前　陸《くが》妻君巴《ともえ》さんとおしまさんとをつれて来《きた》る　陸氏の持帰りたる朝鮮少女の服を巴さんに着せて見せんとなり　服は立派なり　日本も友禅《ゆうぜん》などやめてこのようなものにしたし
芙蓉《ふよう》よりも朝顔よりもうつくしく

〔次ページ朝鮮少女服の彩色画の説明は、「袴《はかま》の紐《ひも》白」「上の袴紫」「中の袴黄」「下の袴も黄にして短し」。口絵参照〕

午后 陸妻君 巴サント オシマサントヲツレテ来ル
陸氏ノ持帰リタル朝鮮少女ノ服ヲ巴サンニ着セ
テ見セントナリ 服ハ立派ナリ リボンモ友禅ナド
ヤメテモヤウナモノニ
シタシ

芙蓉ヨリモ
朝顔ヨリモ
うつくしく

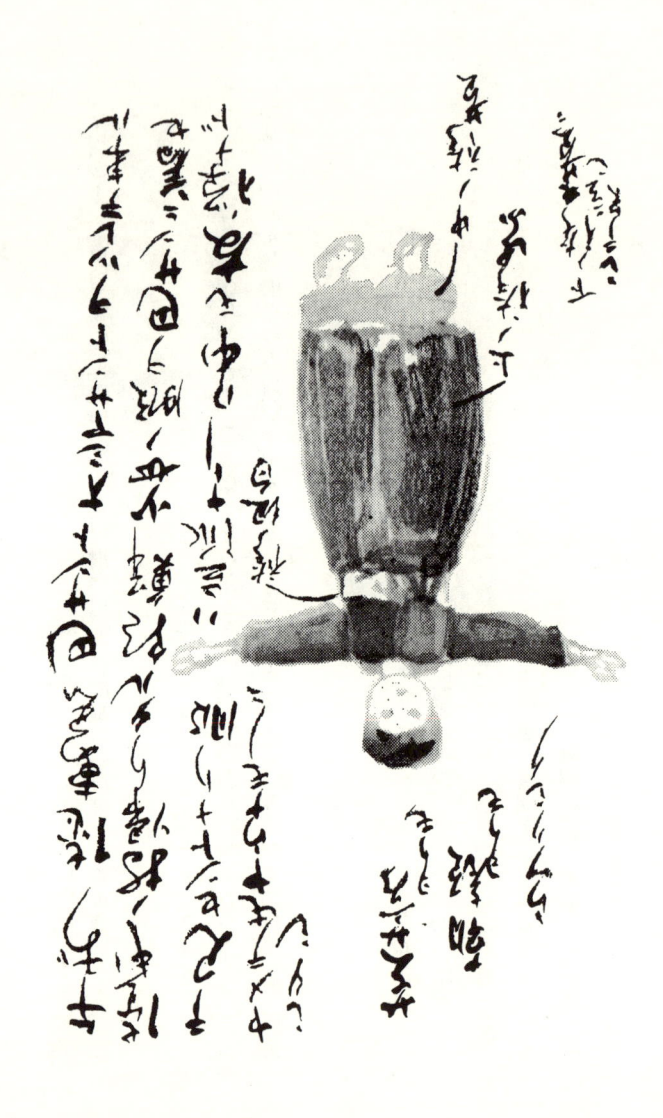

夕刻三吉《みよし》氏来る　明日京へ帰るとなり
　夕皃《ゆうがお》と糸瓜《へちま》残暑と新涼と
　青厓《せいがい》と愚庵《ぐあん》芭蕉《ばしょう》と蘇鉄《そてつ》哉
　　青厓今愚庵に逗留
　題払子《ほっすにだいす》　肋骨のくれし払子毛の長さ三尺もあり
　馬の尾に仏性《ぶっしょう》ありや秋の風
　神鳴《かみなり》の鳴れども秋の暑さかな

九月六日　晴雨不定《さだまらず》
朝　粥《かゆ》三椀《わん》　佃煮《つくだに》不足
昼　さしみ（かつお）　粥三、四椀　みそ汁　梨
間食　今日は『週報』募集句検閲《けんえつ》の日なればとて西瓜《すいか》を買わしむ　西洋西瓜の上等なり　一度に
　十五きれほどくう
夕　粥三椀　あかえ　キャベツ　冷奴《ひややつこ》　梨一つ
便通　朝、午後、夜、三度
今日は歯の膿《うみ》おさず
夜　羊羹《ようかん》二切

肋骨より托《たく》せし荷物近衛《このえ》公の内より陸《くが》へ来《きた》り更に陸より届け来る　三尺ほどの青塗《あおぬり》の箱なり　中から出たものは
○四君子《しくんし》等の掛物 小幅《しょうふく》六枚　地は紺にて彩色画のはでな俗なものなり
○天津人形四個　大《おお》さ八寸ばかり　蝦蟇仙人猩々《しょうじょう》寿老人等
ただ土をこねて表面を彩色したるもの、中空《ちゅうくう》になり居らざるゆえ非常に重く多少破損せり
○鼠《ねずみ》二つ
○おきあげのごとき俗なもの十枚ほど　○団扇《うちわ》二本
午後　おいくさん、巴さん、おしまさん三人来り西洋の廻灯籠《まわりどうろう》をまわして遊ぶ　皆鰕茶《えびちゃ》の袴《はかま》なり
左千夫来る　昨夜興津《おきつ》より来りしなりと　山北《やまきた》の鮎鮓《あゆずし》御土産に買い来りしが新橋着《ちゃく》遅くかつ雨なりしゆえこちらへ寄らずに帰りたりと　興津行《こう》は『週報』課題松の歌を作りしに行きしなりと
（今日は太白とい う八幡梨を持参）
余曰《いわ》くそれわろし、松という題すでに陳腐なるにことに陳腐なる興津に行くこと大間違いなり。
それよりも知らぬ野寺《のでら》の庭の松か兄《けい》の庭の松を詠《よ》みたる方《ほう》まさりたらん云々《うんぬん》
閑談数時晩餐《ばんさん》（うなぎ飯）を喫《きっ》し夜帰る
飄亭《ひょうてい》陸へ行きし帰りなりと立寄《たちよる》
今日熱くてたまらず昼の内より汗出で時々ぞくぞくと寒さに冒《おか》されし心地いやなり

夜に至って腹のはりたるためにや苦しくてたまらず煩悶《はんもん》す　強《し》いて便通を試みたるに都合よくあり　いたく疲労同時に熱発《おこる》　験温器を入れて見るに三十七度七分しかなしという　この熱なかなか苦し

九月七日　たちまち雨　たちまち晴

今朝『週報』募集句の原稿を持たせ使《つかい》を出しついでに宮本へ往て腹のはりを散らす薬をもらい来《きた》らしむ　白い散薬をもらい来る

朝包帯かえ便通あること例のごとし

　秋一室払子《ほっす》の髯《ひげ》の動きけり
　秋の蠅《はえ》殺せども猶《なお》尽きぬかな
　雞頭《けいとう》や今年の秋もたのもしき

夜碧梧桐《へきごとう》来る　蕪村《ぶそん》句集講義読合《よみあわせ》のため

朝　粥《かゆ》三椀《わん》　佃煮《つくだに》わろし　こーこ少し（茄子《なす》と瓜）
　牛乳五勺ココア入《いり》　塩せんべい三枚
昼　かつおのさしみ　粥三椀　みそ汁　西瓜二切　梨一つ
間食　菓子パン十個ばかり　塩せんべい三枚　茶一杯
夕　栗飯《くりめし》三わん　さわら焼　芋煮《いもに》

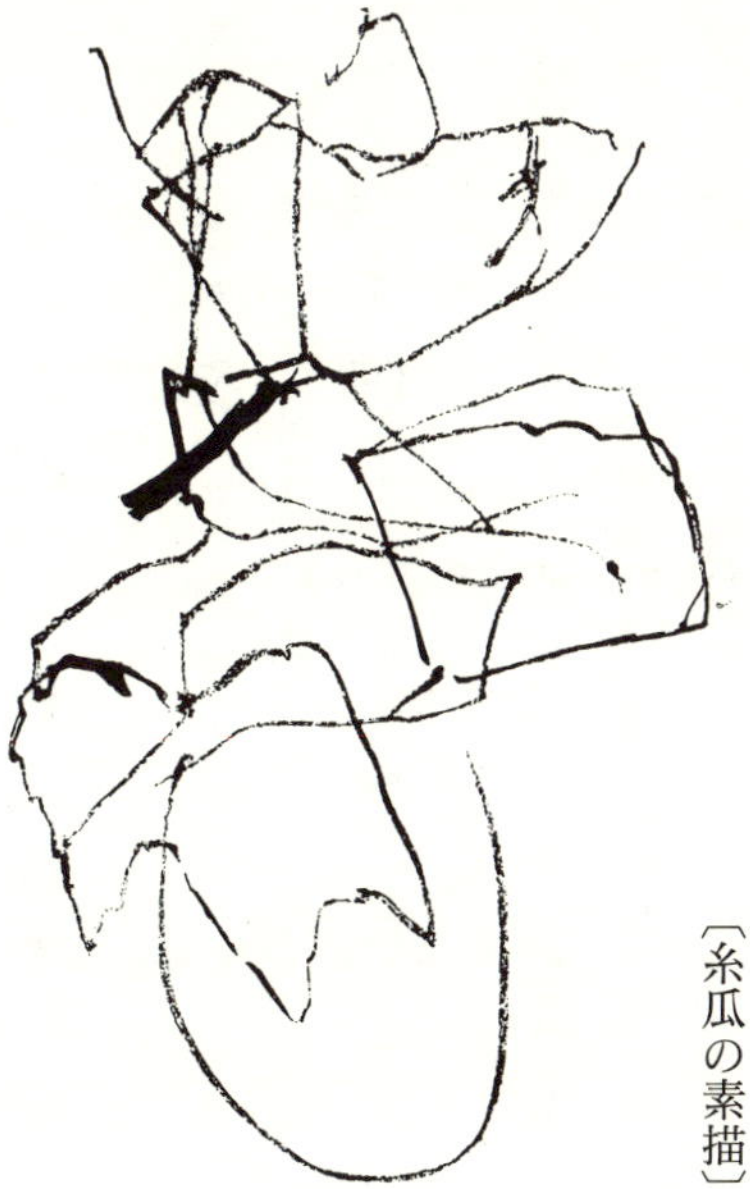

〔糸瓜の素描〕

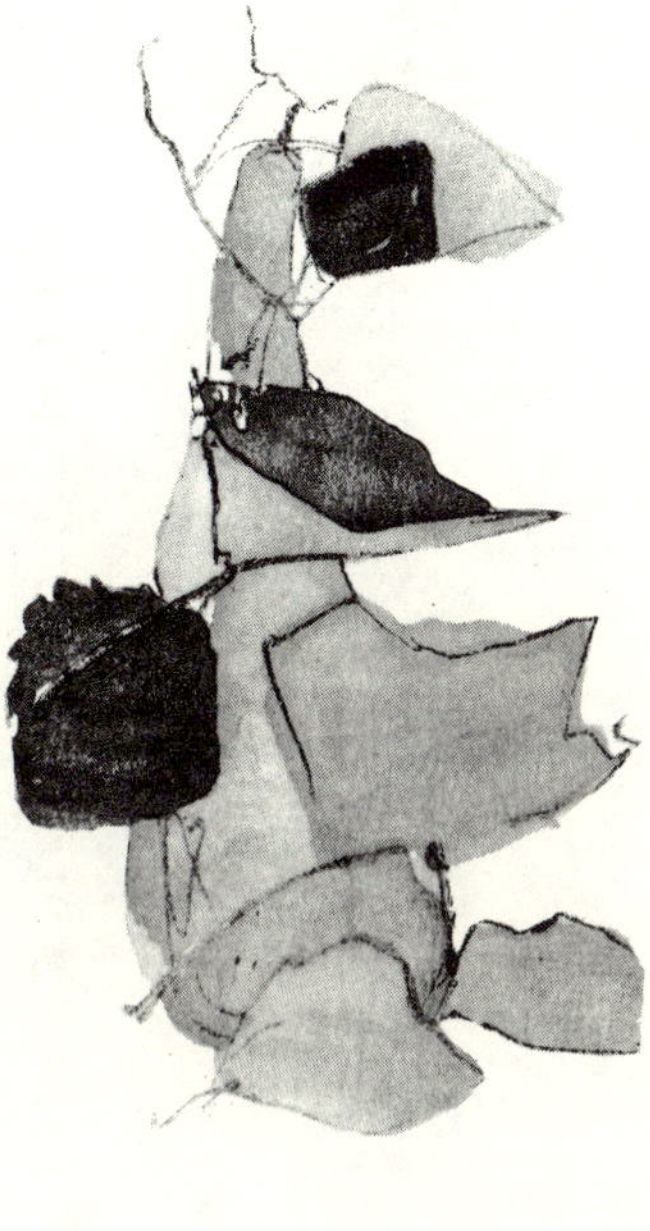

〔糸瓜の図〕

この夜はよく寝たる方なり
この日着物シャツ着かえ

九月八日　晴　午後三時頃曇　しばらくしてまた晴

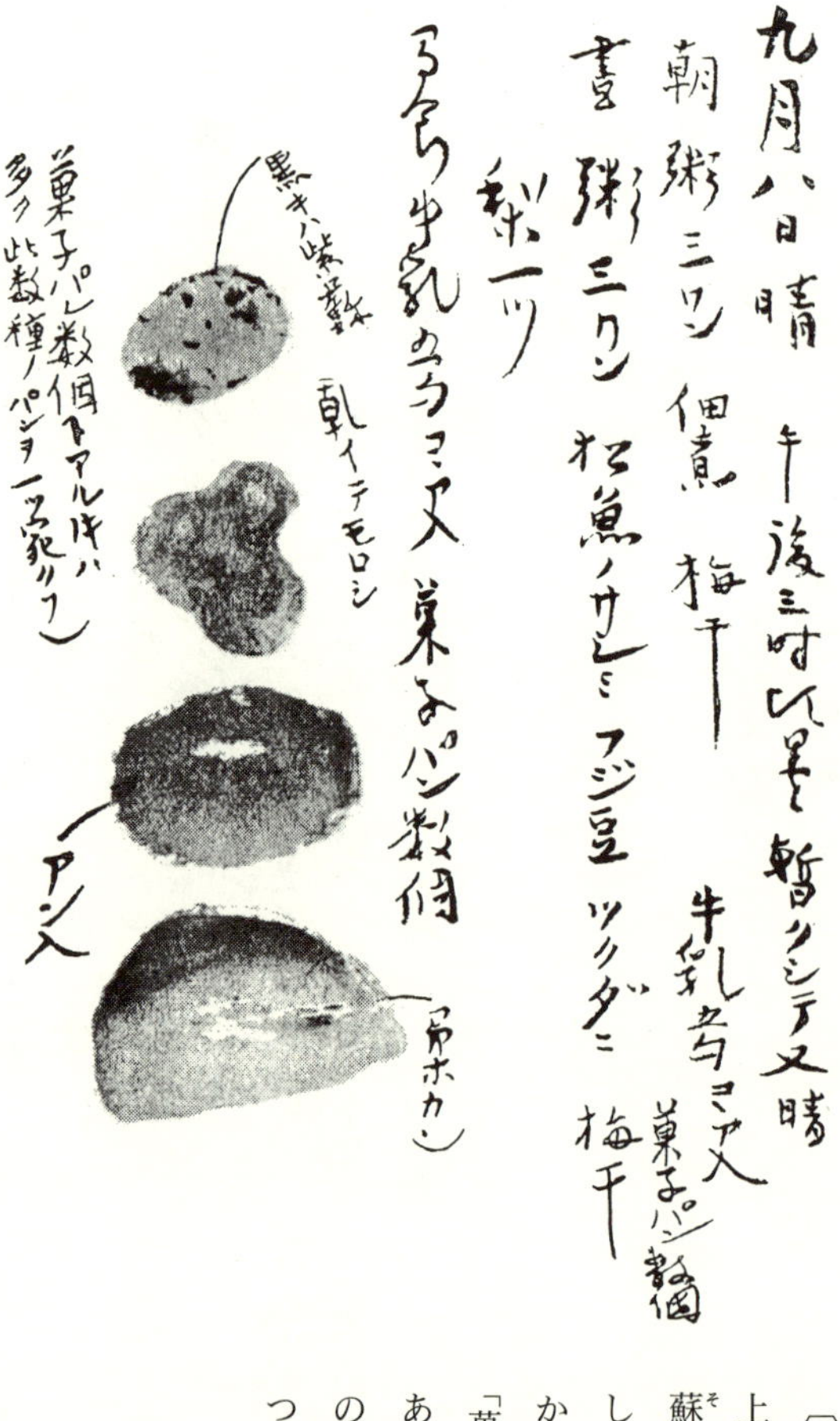
九月八日 晴 午後三時頃曇 暫クシテ又晴
朝 粥三ワン 佃煮 梅干 牛乳五勺ココア入 菓子パン数個
昼 粥三ワン 松魚ノサシミ フジ豆 ツクダニ 梅干
梨一ツ
夕 牛乳五勺ココア入 菓子パン数個
黒キハ紫蘇
乾イテモロシ
アン入
菓子パン数個トアル時ハ多ク此数種ノパンヲ一ツ宛クフ

〔彩色画の説明は、上から「黒きは紫《し》蘇《そ》」「乾いてもろし」「あん入《いり》」「柔かなり」左端は、「菓子パン数個とあるときは多くこの数種のパンを一つ宛《ずつ》くうなり」〕

朝　粥《かゆ》三わん　佃煮《つくだに》　梅干　牛乳五勺《しやく》ココア入　菓子パン数個
昼　粥三わん　松魚《かつお》のさしみ　ふじ豆　つくだに　梅干　梨一つ
間食　牛乳五勺ココア入　菓子パン数個
朝庭の棚を見るに糸瓜《へちま》の花八、南瓜《かぼちゃ》の花二
○追込籠《おいこみかご》のカナリヤ鉄網にとりついて鉄網に付着したる白毛を啄《ついば》む　○白き蝶女郎花《おみなえし》の花を吸う
○蝶二つになる　○ぶいぶい糸瓜の花を吸う　○蛾《が》一つガラス戸を這《は》う　○揚羽《あげは》の蝶来る　倉皇《そうこう》として去る　○鳥一羽棚の上を飛び過ぐ　○山女郎《やまじよろう》（黒蝶）来《きた》る　○雲無し
紅緑《こうろく》来る　　午前十一時頃苦《くる》み泣く

夕《ゆう》白《がお》や野《の》分《わけ》恐るる実の太り《み》《尻》
病間《やまいかん》あり秋の小庭の記を作る

午後理髪師来る　一分刈《ぶがり》二十五銭やる
理髪師の言によるに夕顔に似て円《まる》きものは干瓢《かんぴよう》なりと

干瓢の肌へうつくし朝寒み

棚に白き花二つ咲く（夕白か瓢《ふくべ》か干瓢か分らず）
夕飯　粥二椀　焼鰯《やきいわし》十八尾　鰯の酢のもの　キャベツ　梨一

秋の蝿追へばまた来る叩《たた》けば死ぬ

この夜一時頃まで安眠

この日便通三度

九月九日　晴
　便通及び包帯
朝　栗小豆《あずき》飯三碗《わん》（新暦重陽《ちょうよう》）　佃煮《つくだに》
間食　紅茶一杯半（牛乳来《きた》らず）　菓子パン三個
　便通あり
午　栗飯の粥《かゆ》四碗　まぐろのさしみ　葱《ねぎ》の味噌和《みそあえ》　白瓜《しろうり》の漬物　梨一つまた一つ
　氷水一杯
夕　小豆粥三碗　鰌鍋《どじょうなべ》　昼のさしみの残り　和布《わかめ》　煮栗《にぐり》

朝両足を按摩《あんま》せしむ
長塚の使《つかい》栗を持ち来る　手紙にいう　今年の栗は虫つきて出来わろし　俚諺《りげん》に栗わろければその年は豊作なりと　果してしかり云々《うんぬん》　栗の袋の中より将棋《しょうぎ》の駒《こま》一つ出《い》づ

　　新暦重陽
　栗 飯 や 糸 瓜《へちま》 の 花 の 黄 な る あ り
主《あるじ》 病 む 糸 瓜 の 宿 や 栗 の 飯

栗飯の四椀と書きし日記かな

糸瓜の花一つ落つ　○茶色の小《ちい》さき蝶《ちょう》低き雞頭《けいとう》にとまる　○曇る　○追込籠《おいこみかご》のジャガタラ雀いつの間にか籠をぬけて糸瓜棚松の枝など飛びめぐるを見つける　○隣家《りんか》の手《て》風琴《ふうきん》聞ゆ　○ジャガタラ雀隣の庭の木に逃げる　家人籠の鉄網を修理す　○蟬つくつくぼーしの声暑し　○日照る　○蜻蛉《とんぼ》一つ二つ　○揚羽《あげは》、山女郎あるいは去りあるいは来る　○梨をくう

題画美人肋骨所贈《がびじんにだいすろっこつのおくるところ》

うすものの秋に勝《た》へざる姿かな

美人の画と払子《ほっす》と並べ掛けたる

夕顔の垣根覗きそ美人禅

即事

九月蟬《ぜみ》椎《しい》伐《き》らばやと思ふかな

栗出来ぬ年は五穀豊穣《饒》なりとかや

糸瓜には可も不可もなき残暑かな

○

人問はばまだ生きて居る秋の風

牡《ぼ》丹《たん》にも死なず瓜《うり》にも糸瓜にも

病床のうめきに和して秋の蟬

朝顔や九月の花に恥多き

頭を扇《あお》がしむ　○氷水に葡萄酒《ぶどうしゅ》を入れて飲む

氷嚙《か》んで毛穴に秋を覚えけり

寒暖計八十五度

病人に八十五度の残暑かな

夕刻五城《ごじょう》玄関まで来《きた》る　土産林檎《りんご》六個と煙草《たばこ》の灰吹《はいふき》なり　灰吹は陶器にして布袋《ほてい》のあくびしたるところ布袋の口すなわち灰吹の口なり　これは出雲《いずも》の産なりと

点灯後寒暖計八十二度

上野の梟《ふくろう》少し鳴いてまた罷《や》む

秋の灯の糸瓜の尻《しり》に映りけり

病床所見

臥《ふ》して見る秋海棠《しゅうかいどう》の木末《こずえ》かな

秋海棠朝皃《あさがお》の花は飽き易き

秋海棠に向ける病の寝床かな

虫の声滋《しげ》し歌よみならば歌よまん

病牀所見
臥シテ見ル秋海棠ノ木末カナ
秋海棠朝顔ノ花ハ飽キ易キ
秋海棠ニ向ケル病ノ寝床カナ

隣家に八石《はちこく》教会というあり

八石の拍子木《ひょうしぎ》鳴るや虫の声

細膩《ほそずね》の影襖《ふすま》にあり

つくづくと我影見るや虫の声

○

こほろぎや物音絶えし台所

さまざまの虫鳴く夜となりにけり

夜更けて米とぐ音やきりぎりす

痩《やせ》膩《ずね》に秋の蚊とまる憎きかな

九月十日　薄曇《うすぐもり》　午《ひる》晴

便通間にあわず　包帯取換《とりかえ》

朝飯　ぬく飯二椀《わん》　佃煮《つくだに》　紅茶一杯　菓子パン一つ

午飯　粥《かゆ》いも入三碗　松魚《かつお》のさしみ　みそ汁葱茄子《ねぎなす》　つくだ煮　梨二つ　林檎《りんご》一つ

便通

間食　焼栗八、九個　ゆで栗三、四個　煎餅《せんべい》四、五枚　菓子パン六、七個

夕飯　いも粥三碗　おこぜ豆腐の湯あげ　おこぜ膾《なます》　キャベツひたし物　梨二切　林檎一つ

この蛙《かわず》の置物は前日安民《やすたみ》のくれたるものにて安民自ら鋳《い》たるなり

無花果《いちじく》に手足生えたと御覧ぜよ

蛙《あ》鳴《めい》蟬《せん》噪《そう》彼も一時と蚯《み》蚓《みず》鳴く

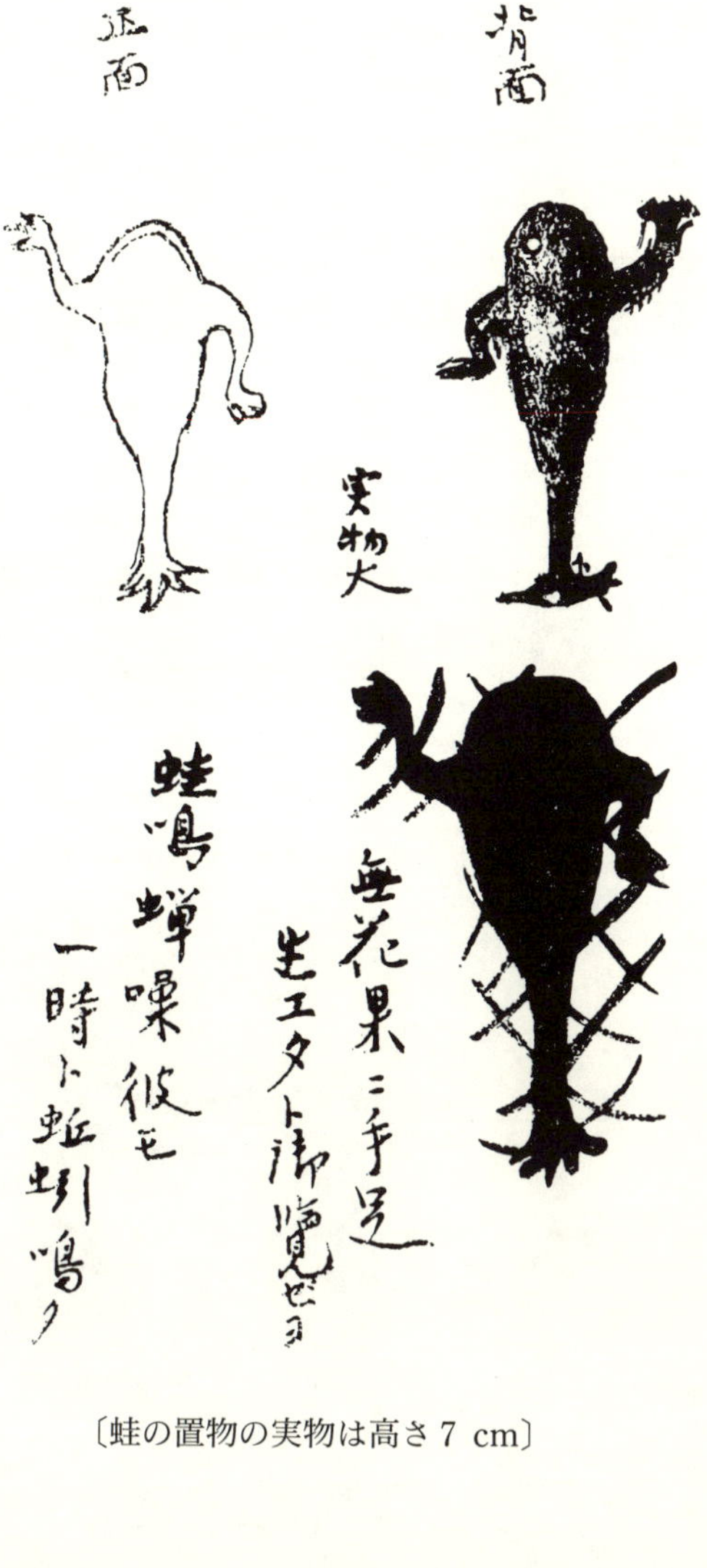

〔蛙の置物の実物は高さ 7 cm〕

午時　ジャガタラ雀帰りて庭にあり
鳴雪翁《めいせつおう》来《きた》る　『ホトトギス』会計の上につき話あり　水飴《みずあめ》一罎《びん》を贈らる
国分みさ子女史来る　義仲寺《ぎちゆうじ》写真二枚発句《ほつく》刷物《すりもの》一枚を贈らる
家人追込籠《おいこみかご》を修理す　母は籠の中に妹は籠の外にあり針がねの取りやりするなり
新聞の号外来る　曰《いわ》く伊庭《いば》想太郎《そうたろう》無期徒刑に処せらる
青物を入れたる笊《ざる》の中に虫鳴くとてその笊を坐敷《ざしき》に置いて聞く　閻魔《えんま》こおろぎにやあらんなどいう
夜半家人を起して便通あり
よく眠る
この日水の如き唾《つば》しきりに出《い》づ

九月十一日　曇
　便通及び包帯取換
朝飯　いも雑炊《ぞうすい》三碗《わん》　佃煮《つくだに》　梅干
　牛乳一合ココア入　菓子パン
　便通
昼飯　粥三碗　鰹《かつお》のさしみ　蜊汁《あさりじる》
間食　煎餅十枚ほど　紅茶一杯

夕飯　粥三、四碗　きすの魚田《ぎょでん》二尾　ふき膾《なます》三椀　佃煮　梨一つ
午前日南《にちなん》氏来る　話頭《わとう》、フランクリンの常識、アングロサクソンの特色、フランスは亡国的富《とみ》、今の日本では真成《しんせい》のえらい奴はかえってちちくれて世に出られぬこと等
午後　母神田へ
牧野の妻君国産を携《たずさ》えて玄関まで来る

つくつくぼーしつくつくぼーしばかりなり
つくつくぼーし明日無きやうに鳴きにけり
つくつくぼーし雨の日和のきらひなし
家を遶《めぐ》りてつくつくぼーし樫《かし》林
夕飯やつくつくぼーしやかましき

母帰らる　河東《かわひがし》、高浜《たかはま》二軒を訪《と》われしに皆留守なりきと
例の理髪師雞頭《けいとう》の盆栽を携え来る
ジャガタラ雀今日も庭へ来る
点灯後小蟬《こぜみ》ほどの大きさの虫飛び来りラムプの側にある盆栽の雞頭を上下す　家人《かじん》を呼んで何の虫ぞと聞けば「昨夜笊《ざる》の中にて鳴きたるはこれなり」という
灯下にゆで栗七、八個くう　母に皮をむいでもらう

九月十二日　曇　時々照る
便通及び包帯取代《とりかえ》
朝飯　ぬく飯三椀　佃煮　梅干
牛乳五勺《しゃく》紅茶入《いり》　ネジパン形菓子パン一つ（一つ一銭）
午飯　いも粥三碗《わん》　松魚《かつお》のさしみ　芋　梨一つ　林檎一つ　煎餅《せんべい》三枚
間食　枝豆　牛乳五勺紅茶入　ネジパン形菓子一つ
便通あり
夕飯　飯一碗半　鰻《うなぎ》の蒲焼《かばやき》七串《くし》　酢牡蠣《すがき》　キャベツ　梨一つ　林檎一切
藻洲《そうしゅう》氏来《きた》る
午後沼津より麓《ふもと》の手紙来る
麓留守宅より鰻の蒲焼を贈り来る
高浜より使《つかい》、茶一かん、青林檎二、三十、金一円持来る　茶は故政夫氏のくやみかえし、林檎は
野辺地《のへじ》山口某より贈り来るもの、金円《きんえん》は臍斎《せいさい》より病気見舞
沼津麓より小包便にて桃のかん詰二個来る
　病閑に糸瓜《へちま》の花の落つる昼
夜病室の庇《ひさし》に岐阜提灯《ぎふぢょうちん》（潮音所贈《ちょうおんのおくるところ》）を点《とも》す

消えんとしてともし火青しきりぎりす

昨日床屋の持て来てくれた盆栽
草花の鉢並べたる床屋かな

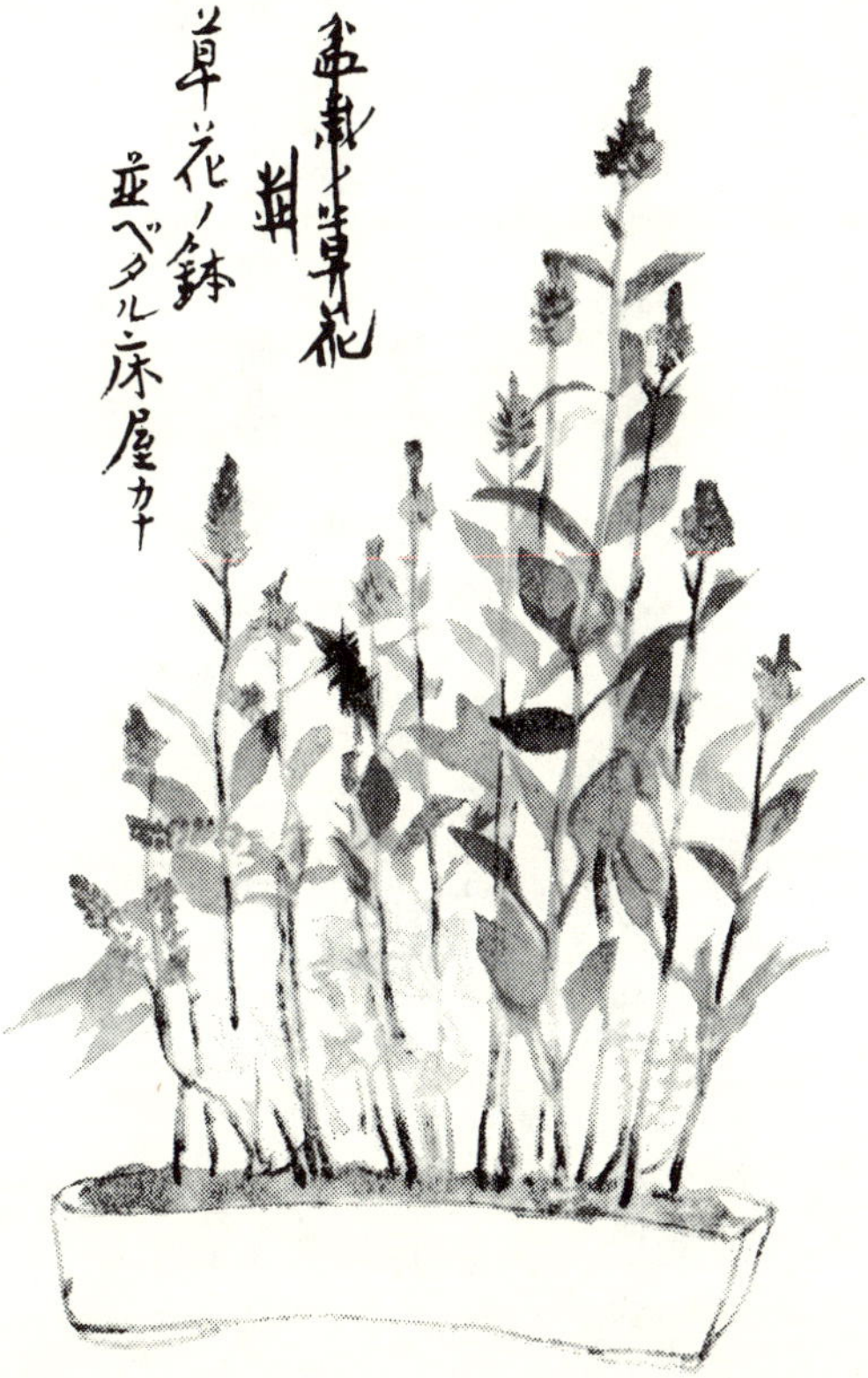

〔口絵参照〕

九月十三日　曇

便通及び包帯取換《とりかえ》

朝飯　ぬく飯三碗《わん》　佃煮　梅干

牛乳五勺紅茶入《いり》　菓子パン二つ

便通

午《ひる》飯　粥《かゆ》三碗　堅魚《かつお》のさしみ　みそ汁一椀　梨一つ　林檎一つ　葡萄《ぶどう》一房

間食　桃のかんづめ三個　牛乳五勺紅茶入　菓子パン一つ　煎餅一枚

夕飯　稲荷酢《いなりずし》四個　湯漬半碗　せいごと昆布の汁　昼のさしみの残り　焼せいご肴《さかな》古くしてくわれず

佃煮　葡萄　林檎

朝白《あさがお》や絵の具にじんで絵を成さず
朝顔や絵にかくうちに萎《しお》れけり　この句すでにあるか
朝顔のしぼまぬ秋となりにけり
蕣《あさがお》の一輪ざしに萎れけり

〔口絵参照〕

ジャガタラ雀再び追込籠《おいこみかご》に入る（小《ちい》さき籠に餌《えさ》を入れて追込籠の側に置きしにジャガタラ雀その籠の中に這入《はい》りて餌を食い居るところを口を塞《ふさ》ぎ取りたるなり）

我庭《わがにわ》の三本《みもと》松　伐《き》りなば家主《やぬし》怒らん　伐らずば緑はびこり
上つ枝は日影さえぎり　下つ枝は露しづく垂れ
うつくしき花もそだたず　はしきやしうま木も枯れぬ
我庭の三もと松　上つ枝も下つ枝も伐れ　家主怒るとも

さ庭べにはびこる松の枝伐らば家主怒らんさもあらばあれ
下蔭《したかげ》の草花惜み日を蔽《おお》ふ松が枝伐らん家主怒るとも
我庭の三もと松伐りあはれ深き千草の花に日の照るを見ん

夜《や》涼《りよう》如レ水《みずのごとし》書灯に迫る虫の声
夜涼如レ水天《あま》の川辺《かわべ》の星一つ
松虫や露に濡《ぬ》れたる絹団扇《うちわ》
むら雨の過ぎて雞頭《けいとう》の夕日かな
毒蝶の秋海棠《しゅうかいどう》を犯すかな《にとまりけり》
枝豆や病《やまい》の床の昼永《なが》し

枝豆や三寸飛んで口に入る
〔抹消　枝豆や盆に載せたる枝ながら〕
学校に行かず枝豆売る子かな
枝豆の月より先に老いにけり
枝豆のつまめばはぢく仕掛かな
明《めい》月《げつ》の豆盗《ぬす》人《つと》を照しけり？
枝豆のから棄てに出る月夜かな
芋《いも》を喰《く》はぬ枝豆好《ずき》の上戸《じようご》かな
芋あり豆あり女房に酒をねだりけり
明月や枝豆の林《はやし》酒の池《いけ》
枝豆や俳句の才子曹《そう》子《し》建《けん》
枝豆や月は糸瓜《へちま》の棚に在り

『週報』募集俳句を閲《けみ》す　題は枝豆
　　俚《り》歌《か》に擬す

枝豆　枝豆　よくはじく枝豆　ぷいと飛んで　三万里　月の兎《うさぎ》の目にあてた　目っかち兎　よく
はじく枝豆　十三夜のお月様

○

秋風や糸瓜の花を吹き落す

九月十四日　曇

午前二時頃目さめ腹いたし　家人を呼び起して便通あり　腹痛いよいよ烈《はげ》しく苦痛堪えがたし
この間《かん》下痢水瀉《すいしゃ》三度ばかりあり　絶叫号泣
隣家の行山《ゆきやま》医を頼まんと行きしに旅行中の由《よし》　電話を借りて宮本医を呼ぶ
吐《と》あり
夜明やや静まる　柳医来《きた》る　散薬と水薬とのむ
疲労烈し
氷片をかむ　あるいは葡萄酒に入れて
牛乳　葛湯《くずゆ》　ソップ　飴湯《あめゆ》

九月十五日

昨夜疲れて善《よ》く眠る
牛乳　葛湯
昼飯　粥《かゆ》三碗《わん》　泥鰌鍋《どじょうなべ》　牛乳　菓子パン　水飴
午後二度便通あり

夕飯　粥二碗　佃煮　味淋漬《みりんづけ》　飴湯
大阪青々《せいせい》より奈良漬を送り来る
加藤義《ぎ》叔母飯田町まで来たるついでなりとて来らる　土産味醂漬《みりんづけ》と薩摩流《さつまりゅう》あげ蒲鉾《かまぼこ》
夕暮前やや苦し　喰過《くいすぎ》のためか

九月十六日　晴　ひやひやする
『週報』俳句検閲の際一息に急いで見了《おわ》るため目痛くなり昨日などは新聞を読めば目痛み明けられず　よって今朝は新聞を見ず少しばかり律《りつ》に読ます
石巻《いしのまき》の野老《やろう》という人より小包にて梨十ばかりよこす　長十郎《ちょうじゅうろう》という梨とぞ　一つくうに美味あり

朝　牛乳　菓子パン二つ　梨一つ
昼　粥三碗　泥鰌鍋　薩摩あげ　味淋粕漬
　梨一つ　葡萄一房
夕　粥三碗　鰻《うなぎ》　薩摩あげ　味淋粕漬
　牛乳ココア入《いり》　菓子パン小二個　葡萄　梨一つ
午後四時頃次の間にて便通

朝竹冷《ちくれい》氏の使《つかい》として望東《ぼうとう》及び某来る　『五元集《ごげんしゅう》』を返し烏龍茶《ウーロンちゃ》を贈らる

先日久松《ひさまつ》老公七十の賀筵《がえん》二万円を費されしと聞きしが今度韓帝五十の賀筵は二百万元を要する由《よし》

考えてみるほど妙な心持になる

今年の夏馬鹿に熱くてたまらず　新聞などにて人の旅行記を見るとき吾もちょいと旅行してみようと思う気になる　それも場合によるが谷川の岩に激するような涼しい処《ところ》の岸に小亭があってそこで浴衣《ゆかた》一枚になって一杯やりたいと思うた

『二六』にある楽天《らくてん》の紀行を見ると毎日西瓜《すいか》を食うて居る　羨《うらや》ましいの何のてて

大阪では鰻《うなぎ》の丼《どんぶり》を「まむし」という由《よし》　聞くもいやな名なり　僕が大阪市長になったらまず一番に布令を出して「まむし」という言葉を禁じてしまう

米国大統領マッキンレーは狙撃《そげき》された結果ついに死んだとの報が来た　無政府党ということにつきては非常の疑《うたがい》がある

鼠骨《そこつ》来る　共に午餐《ごさん》をくう

鼠骨去る　左千夫《さちお》、義郎《ぎろう》、蕨真《けっしん》来る　晩餐（鰻飯）をともにす

夕飯前宮本国手《こくしゅ》来診

九月十七日　晴　ひやひやする

朝　粥《かゆ》三碗《わん》　佃煮《つくだに》　奈良漬　梅干
包帯取換及び便通
牛乳七勺《しゃく》くらいココア入　あんパン一つ　菓子パン大一つ
昼　粥三碗　鰹《かつお》のさしみ　零余子《むかご》　奈良漬　梨一つ　飴湯　ゆで栗
夕　ライスカレー三碗　ぬかご　佃煮　なら漬
体温三十七度三分

包帯取代後、律四谷《りつよつや》加藤へ行く　加藤転居後始めて行くなり　お土産は例の笹《ささ》の雪

野老《やろう》氏に酬《むく》ゆ

石の巻の長十郎が見舞かな
吾を見舞ふ長十郎が誠かな

家人の秋海棠《しゅうかいどう》を剪《き》らんというを制して

秋海棠に鋏《はさみ》をあてること勿《なか》れ

大阪青々《せいせい》に酬《むく》ゆ

奈良漬の秋を忘れぬ誠かな

欲睡《ねむらんとほっす》

秋の蝿《はえ》叩《たた》き殺せと命じけり

二、三日前ちぎりし夕顔?（実物大）

依様画胡盧〔様に依《よ》って胡盧《ころ》を画《えが》く〕

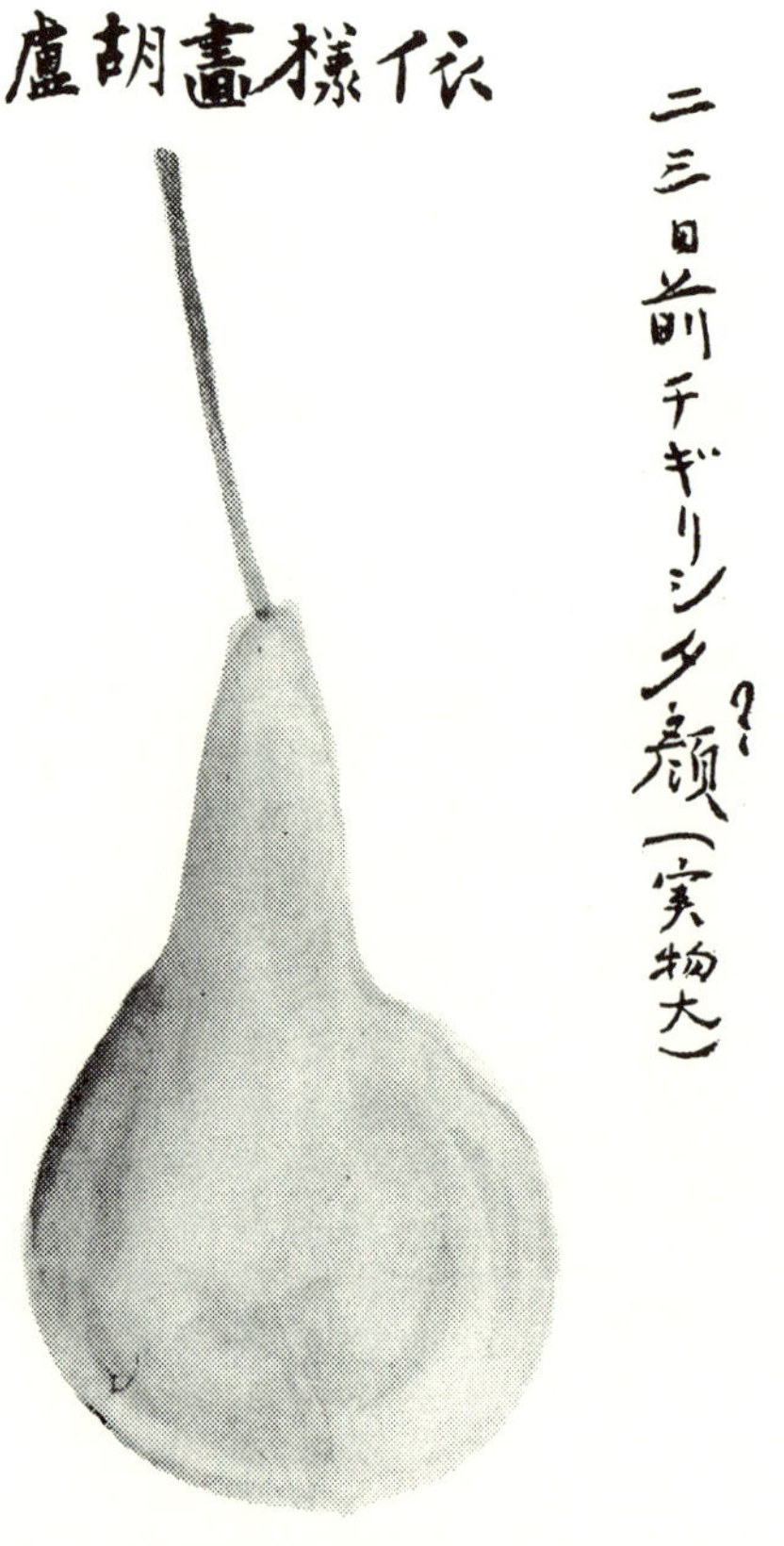

節《たかし》より送りこし栗は実《み》の入《い》らで悪《あし》き栗なり

真心の虫喰ひ栗をもらひけり

即事

いもうとの帰り遅さよ五日月

母と二人いもうとを待つ夜寒かな

○

夕顔の実の太けくに墨黒《すみぐろ》に目鼻をかかば

人とならんかも

律《りつ》帰る　お土産はパインアップルの缶詰と索麺《そうめん》

九月十八日　晴　寒し　朝寒暖計六十七度
　朝　体温三十五度四分
　　粥《かゆ》三椀《わん》　佃煮《つくだに》　なら漬
便通及び包帯取換《とりかえ》
昼　飯二碗《わん》　粥二碗　かじきのさしみ　南瓜《かぼちゃ》　ならづけ　梨一つ
便通
牛乳ココア入《いり》　ネジパン形菓子パン半分程度食う　堅くてうまからず　因《よっ》てやけ糞《くそ》になって羊羹《ようかん》菓子パン塩煎餅《しおせんべい》などくい渋茶を呑《の》む　あと苦し
夕　粥一椀余　煮松魚《にがつお》少しくう　佃煮　ならづけ　梅干　煮茄子《になす》　葡萄《ぶどう》
夜便通
今朝寒《かん》に堪えず（昨夜は左足のさきついにあたたまらず）湯婆《たんぽ》を入《い》る
種竹山人来話《しゅちくさんじんらいわ》、少し話したるゆえか苦しくなる　山人は根津《ねづ》方角に転居せりと　美術学校改革につき職を辞したる話あり
独知居士《どくちこじ》来る　包帯取換中にて帰る
庭に出来たただ一つの南瓜《かぼちゃ》を取らしむ
午後虚子《きょし》来る　晩飯をくうて帰る　虚子は九段坂上に転居せり　家新し　家賃十六円なりと
晩飯後腹はりて苦し　四、五日前の薬を出して呑む

伊豆修禅寺《しゆぜんじ》の岡麓《おかふもと》よりさらし飴《あめ》をよこす
母佃煮買いに行かる
シャツ着換《きがえ》、蒲団《ふとん》取換、寒さの用意なり
坂本町祭の太鼓聞ゆ
玻璃窓《はりそうがい》外星二、三点
犬しきりに吠《ほ》ゆ
隣の時計九時を打つ

九月十九日　晴

便通
朝飯　粥三碗　佃煮　奈良漬
午飯　冷飯三碗　堅魚《かつお》のさしみ　味噌汁《みそしる》さつまいも　佃煮　奈良漬　梨一つ　葡萄一房
間食　牛乳五勺ココア入　菓子パン　塩煎餅　飴一つ　渋茶
便通及び包帯取換
晩飯　粥三碗　泥鰌鍋《どじようなべ》　キャベツ　ポテトー　奈良漬　梅干　梨一つ
つくつくぼうしなお啼《な》く　○追込の小鳥啼く　○向《むかい》の子供啼く　○どこやらの汽笛鳴る　（午時《ひるどき》の

景）

自分が旅行したのは書生時代であったので旅行といえば独り淋《さび》しく歩行《ある》いて宿屋で独り淋しく寝るものじゃと思うて居る。それだから到る処《ところ》で歓迎せられて御馳走《ごちそう》になるなどという旅行記を見ると羨《うらや》ましいの妬《ねた》ましいのてて

奥羽行脚《おううあんぎゃ》のとき鳥海山《ちょうかいざん》の横の方に何とかいう処であったが海岸の松原にある一軒家にとまったことがある　一日熱い路を歩行《ある》いて来たのでからだはくたびれきって居る　この松原へ来たときには鳥海山の頂にわずかに夕日が残って居る時分だからとても次の駅まで行く勇気はない　やむをえずこの怪しい一軒屋に飛び込んだ　もちろん一軒家というても旅人宿の看板は掛けてあったのできたない家ながら二階建になって居る、しかしここに一軒家があってそれが旅人宿を営業として居るというに至ってはどうしても不思議といわざるを得ない　安達《あだち》ヶ原《はら》の鬼のすみかか武蔵野《むさしの》の石の枕《まくら》でない処が博奕《ばくち》宿と淫売《いんばい》宿と兼ねた処くらいではあろうと想像せられた　自分がここへ泊るについて懸念《けねん》に堪えなかったのはそんなことではない　食物のことであった　連日の旅にからだは弱っているし今日はことに路端《みちばた》へ倒れるほどに疲れて居るのであるから夕飯だけは少しうまいものが食いたいという注文があるのでその注文はとてもこの宿屋でかなえられぬということであった　けれどももう一歩も行けぬからそんなことはあきらめるとして泊ることにした　もとより門も垣も何もない家の横に廻ってとめてくださいというたが客らしい者は居ないようだから自分もきっとことわられるであろうと思うた、ところが意外にもあがれということであった　草鞋《わらじ》を解いて街道に臨んだ方

の二階の一室を占めた　鳥海山は窓に当っている　そこで足投げ出して今日の草臥《くたびれ》をいたわりながらつくづくこの家の形勢を見るに別に怪《あやし》むべきこともない　十三、四の少女と三十くらいの女と二人居るが極めてきたない風《ふう》つきで白粉《おしろい》などはちっともない　そうして客は自分一人である、などと考えて居ると膳《ぜん》が来た　驚いた　酢牡蠣《すがき》がある　椀の蓋《ふた》を取るとこれも牡蠣だ　うまいうまい　非常にうまい　新しい牡蠣だ　実に思いがけない一軒家の御馳走であった　歓迎せられない旅にも這《この》種《しゅ》の興味はある

長塚《ながつか》より鴫《しぎ》三羽小包にて送る由《よし》の報来《きた》るその末に

昨今秋もようようけしき立《だち》申《もうし》候《そうろう》　百舌《もず》も鳴き出し候　椋《むく》どりもわたり申候　蕎麦《そば》の花もそろそろ咲出し候　田の出来は申分なく秋蚕《あきご》も珍しき当りに候

とあり田舎の趣見るがごとし　ちょっと往《いっ》てみたい

母は稲の一穂を枕元の畳のへりにさした

黙《もく》然《ねん》と糸瓜《へちま》のさがる庭の秋

夕顔の愚に及ばざるふくべかな

日《ひ》掩《おい》棚《だな》糸瓜の蔓《つる》の這《は》ひ足らず

美人の団扇《うちわ》持ちたる図

絹団扇それさへ秋となりにけり

夕飯後鴫の小包到着　三羽一くくりにしてあり

淋《さび》しさの三羽減りけり鴫の秋

家賃くらべ
虚子《きよし》（九段上）十六円　飄亭《ひようてい》（番町）九円
碧梧桐《へきごとう》（猿楽町《さるがく》）七円五十銭　四方太《しほうだ》（浅嘉町《あさか》）五円十五銭
鼠骨《そこつ》、豹軒《ひようけん》同居（上野涼泉院）二円五十銭
吾廬《わがろ》（上根岸《かみね》鶯《ぎしうぐいす》横町《よこちよう》）六円五十銭
ホトトギス事務所四円五十銭　把栗《はりつ》（大久保）四円
秀真《ほつま》（本所緑町《ほんじよ》）四円（畳建具なし）

自分は一つの梅干を二度にも三度にも食う　それでもまだ捨てるのが惜《お》しい　梅干の核《たね》は幾度吸わぶってもなお酸味を帯びて居る　それをはきだめに捨ててしまうというのがいかにも惜くてたまらぬ　貴人の膳などには必ず無数の残物《のこりもの》があってあたら掃溜《はきだめ》に捨てらるるに違いない　肴《さかな》の骨には肉が沢山ついているであろう　味噌汁《みそしる》とか吸物とかいうものも皆までは吸い尽してないであろう　こういう者こそ真に天物を暴《ぼう》何とかする者と謂《い》うべしだ　これをかの孤児院とか養育院とかに寄付して喰わすようにしたら善いだろう　自分の内《うち》でも牛乳を捨てることがたびたびあるのでいつでもこれを乳のない孤児に呑《の》ませたらと思うけれど仕方がない　何かこういう処《ところ》へ連絡をつけて過《か》をもって不足を補うようにしたいものだ
兵営や学校の残飯は貧民の生命であるというから家々の残飯も集めて廻るわけに行かないだろう

か。そう思うと犬や猫を飼うて牛肉や鰹節《かつぶし》をやるなどは出来たことでない　小鳥に粟《あわ》をやるさえ無益な感じがする

宮内省の観桜の御宴《ぎょえん》などが雨のためやみになったというような場合には用意してあった御馳走は養育院孤児院のような処へ下さるということである

松山で何がしが孤児院のようなものを開いたら若い女学生が饅頭《まんじゅう》一袋持って来て名を言わずに帰ったそうな

九月二十日　曇　時々雨

朝　ぬく飯三碗　佃煮　なら漬

午　粥《かゆ》三わん　焼鴫《やきしぎ》三羽　キャベージ　なら漬　梨一つ　葡萄《ぶどう》

間食　牛乳一合ココア入　菓子パン大小数個　塩煎餅《しおせんべい》

便通及び包帯取換

晩　与平鮓《よへいずし》二つ三つ　粥二碗　まぐろのさしみ　煮茄子《になす》　なら漬　葡萄一房

夜　林檎《りんご》二切　飴湯《あめゆ》

十時半寝《しん》に就《つ》く

昨夜上野の梟《ふくろう》鳴く

『週報』募集俳句（題商《あきない》）を閲《けみ》す
『俳星』を見る　露月《ろげつ》の日記あり　その近状を知るに足る　わが日記も露月に見せたし
同雑誌牛伴《ぎゅうはん》選天《てん》の句に

草に火を落して行くや虫送　　某

というあり　趣《おもむき》なしというに非ず月並調《つきなみちょう》に近きを嫌う
格堂《かくどう》選天の句に

草に据ゑる五右衛《ごえ》門風《もんぶ》呂《ろ》や雁《かり》の声　　某

というあり　面白き句なり　しかし格堂未《いま》だ俳句の品格ということを知らずと見えたり　ただし彼の作るところ

芋《いも》の葉に昨夜の雁の涙かな　　格堂

松露《しょうろ》掘つて山谷《さんこく》の盧《ろ》を叩《たた》きけり　　同

遥《はるか》に俗流の上に出《い》づ　侮《あなど》るべからず
露月選地《ち》の句に

草花を見つめて鹿の憂寝《うきね》かな　　某

というあり　これくらい初心な句を露月は得《え》見わけざるにや　露月もと鈍根、長く工夫してようやく一条の活路を得たる者しかもここに多少上慢の心起りてまた一段の進歩を見ず　平凡の趣微細の趣は未だ全く解せざるがごとし　なお三折《せっ》を要す

夕刻左千夫《さちお》本所《ほんじょ》の与平鮓一折《ひとおり》を携《たずさ》えて来《きた》る

上野の森の梟しばし鳴いてすぐやむ

虚子《きよし》より『ホトトギス』先月分のとして十円送り来る

律《りつ》は理屈づめの女なり　同感同情のなき木石《ぼくせき》のごとき女なり　義務的に病人を介抱することはすれども同情的に病人を慰むることなし　病人の命ずることは何にてもすれども婉曲《えんきょく》に諷《ふう》したることなどは少しも分らず　例えば「団子が食いたいな」と病人は連呼すれども彼はそれを聞きながら何とも感ぜぬなり　病人が食いたいといえばもし同情のある者ならばただちに買うて来て食わしむべし　律に限ってそんなことはかつてなし　ゆえにもし食いたいと思うときは「団子買うて来い」と直接に命令せざるべからず　直接に命令すれば彼は決してこの命令に違背《いはい》することなかるべし　その理屈っぽいこと言語道断なり　彼の同情なきは誰に対しても同じことなれどもただカナリヤに対してのみは真の同情あるがごとし　彼はカナリヤの籠《かご》の前にならば一時間にても二時間にてもただ何もせずに眺めて居るなり　しかし病人の側には少しにても永く留まるを厭《いと》うなり　時々同情ということを説いて聞かすれども同情のない者に同情の分るはずもなければ何の役にも立たず　不愉快なれどもあきらめるよりほかに致方《いたしかた》もなきことなり

病人の息たえだえに秋の蚊帳《かや》
病室に蚊帳の寒さや蚊の名残
秋の蚊の源左衛門《伊庭想太郎か》と名乗《なの》りけり
秋の蚊のよろよろと来て人を刺す
残る蚊や飄々《ひょうひょう》として飛んで来る

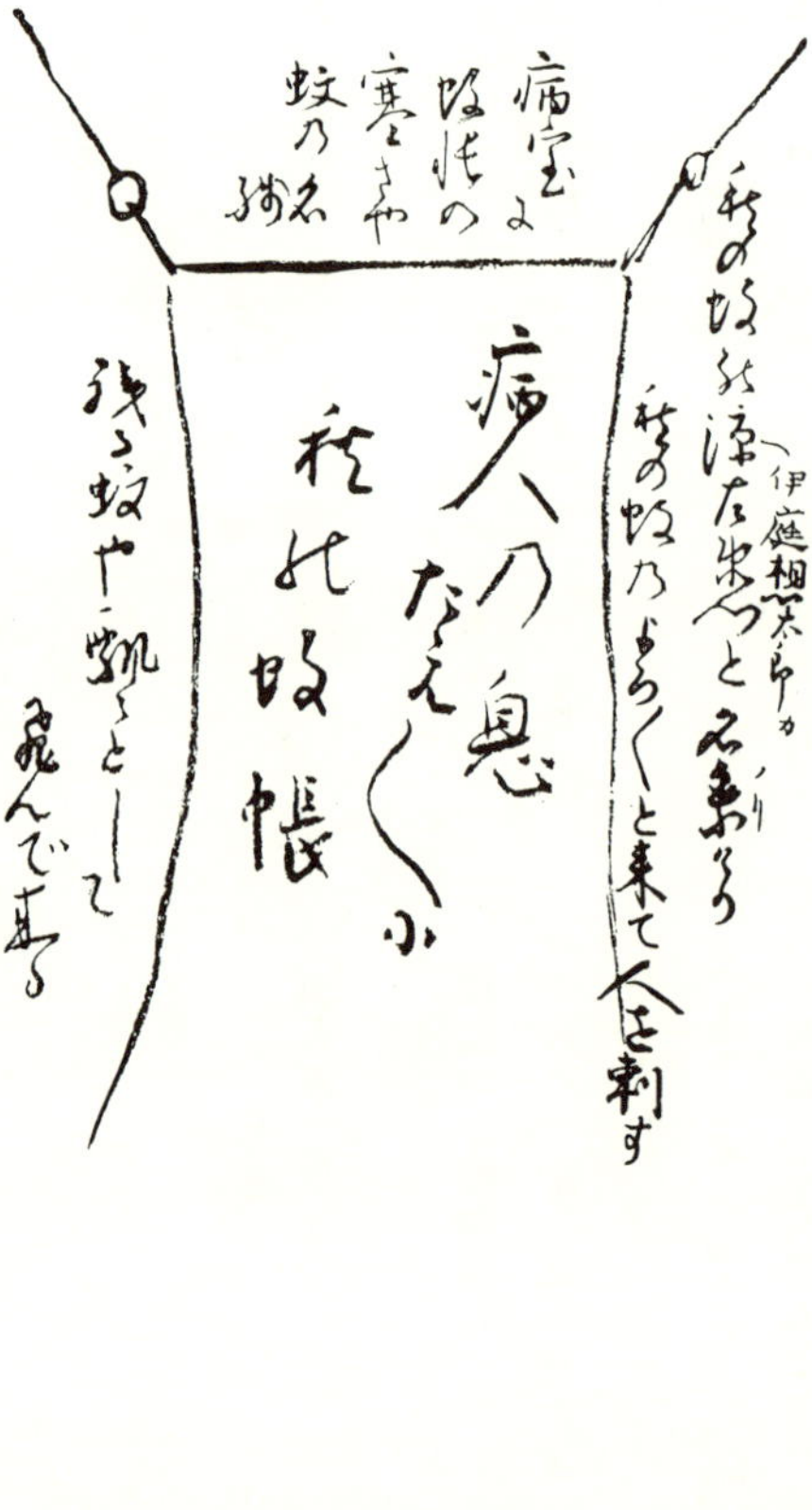

九月二十一日　彼岸《ひがん》の入《いり》　昨夜より朝にかけて大雨　夕晴《ゆうべ》
　便通、包帯とりかえ
　朝　ぬく飯三わん　佃煮《つくだに》　梅干
　　牛乳一合ココア入《いり》　菓子パン　塩せんべい
　午《ひる》　まぐろのさしみ　粥《かゆ》二わん　なら漬　胡桃《くるみ》煮付　大根もみ　梨一つ
　便通
　間食　餅《もち》菓子一、二個　菓子パン　塩せんべい　渋茶　食過《くいすぎ》のためか苦し
　晩　きすの魚田《ぎょでん》二尾　ふきなます二椀　なら漬　さしみの残り　粥三碗　梨一つ　葡萄《ぶどう》一房

律《りつ》は強情なり　人間に向って冷淡なり　特に男に向ってshyなり　彼は到底配偶者として世に立つあたわざるなり　しかもそのことが原因となりて彼はついに兄の看病人となりおわれり　もし余が病後彼なかりせば余は今頃いかにしてあるべきか　看護婦を長く雇《やと》うがごときはわがよくなすところに非ず　よし雇い得たりとも律に勝《まさ》るところの看護婦すなわち律がなすだけのことなしを得る看護婦あるべきに非ず　律は看護婦であると同時にお三《さん》どんなり　お三どんであると同時に一家の整理役なり　一家の整理役であると同時に余の秘書なり　書籍の出納《すいとう》原稿の浄書も不完全ながらなし居るなり　しかして彼は看護婦が請求するだけの看護料の十分の一だも費《ついや》さざるなり　野菜にても香《こう》の物にても何にても一品あらば彼の食事はおわるなり　肉や肴《さかな》を買うて自己の食料となさん

などとは夢にも思わざるがごとし　もし一日にても彼なくば一家の車はその運転をとめると同時に余はほとんど生きて居られざるなり　ゆえに余は自分の病気がいかように募《つの》るとも厭《いと》わず　ただ彼に病《やまい》なきことを祈れり　彼あり余の病はいかんともすべし　もし彼病まんか彼も余も一家もにっちもさっちも行かぬこととなるなり　ゆえに余は常に彼に病あらんよりは余に死あらんことを望めり　彼が再び嫁して再び戻りその配偶者として世に立つことあたわざるを証明せしは暗《あん》に兄の看病人となるべき運命を持ちしためにやあらん　禍《か》福《ふく》錯《さく》綜《そう》人知の予知すべきにあらず

○

秋の蠅《はえ》蠅たたき皆破れたり

病室や窓あたたかに秋の蠅

草木《そうもく》国土悉皆成仏《しっかいじょうぶつ》

糸瓜《へちま》さへ仏になるぞ後《おく》るるな

成仏や夕顔の顔へちまの屁《へ》

彼は癇癪持《かんしゃくもち》なり　強情なり　気《き》が利かぬなり　人に物問うことが嫌いなり　指さきの仕事は極めて不器用なり　一度きまったことを改良することが出来ぬなり　彼の欠点は枚挙《まいきょ》に遑《いとま》あらず　余は時として彼を殺さんと思うほどに腹立つことあり　されどその実彼が精神的不具者であるだけ一層彼を可愛く思う情に堪えず　他日もし彼が独りで世に立たねばならぬときに彼の欠点がいかに彼を苦《くる》しむるかを思うために余はなるべく彼の癇癪性を改めさせんと常に心がけつつあり　彼は余を失い

しときに果して余の訓戒を思い出すや否《いな》や
病勢はげしく苦痛つのるに従いわが思う通りにならぬため絶えず癇癪を起し人を叱《しっ》す　家人恐れて近づかず　一人《いちにん》として看病の真意を解する者なし
陸奥《むつ》福堂《ふくどう》、高橋自侍《たかはしじじ》のごときも病勢つのりて後はしばしば妻君を叱《しか》りつけたりと

○

三人集《つど》って菓子くう
肴屋《さかなや》より約束のきすを持って来《こ》ぬとて母肴屋に行かる
九日の月糸瓜棚《へちまだな》にあり
向《むか》つ家《や》に謡《うたい》の声《こえ》す　今日は車屋水汲《く》みに来ず
律《りつ》綿買いに行く
晩餐《ばんさん》後はただちに眠気を催すを常とす　されどあまり早く寝ては夜半以後に寝られぬ憂《うれい》あり　ゆえになるべく長く起きて居るなり　それでも八時過には寝ること多し　消化のためにも少しは長起《ながおき》がよきなり

九月二十二日　晴
　便通及びホウタイ取換
朝　ぬく飯四わん　佃煮　なら漬　葡萄三房

午《ひる》　まぐろのさしみ　粥《かゆ》一碗《わん》半　みそ汁　なら漬　梨一つ

便通

間食　牛乳一合ココア入《いり》　菓子パン

背中ぞくぞくする　体温三十七度七分　毛布著《き》る　汗少し出る

夕　粥三わん　鰌鍋《どじようなべ》　焼茄子《やきなす》　さしみの残り　なら漬

飄亭《ひようてい》来《きた》る　雑誌ではだめだ新聞起《おこ》さねばいかぬという

原千代子来る　川崎に頼まれたりとて葡萄一籃《ひとかご》を持て来る　これから今戸《いまど》へ往《い》くなりとて自らこねた木兎《みみずく》の香盒《こうごう》（まだ焼かぬ）を見せる　それから蒔絵《まきえ》の話を聞く

角力《すもう》

幕の内になつて故郷に帰りけり

阿波人《あわびと》は阿波の相撲をひいきかな

大関にならで老いぬる角力かな

大関と大関と組む角力かな

幾秋を負けて老いぬる角力かな

角力取に角力取の子もなかりけり

まはし著《つ》けて子供角力の並びけり

朝左の足冷えて温まらず　温めかたがた按摩《あんま》せしむ

夕飯頃義郎《ぎろう》、秋水大団扇《しゅうすいおおうちわ》を携《たずさ》えて来る　直径三尺ばかり　秋水の画あり（我々歌仲間の盆踊りする様）
日未《いま》だ全く暮れぬに梟《ふくろう》御院殿の方《かた》に当りて鳴く
『千松島《ちまつしま》』にて左の句を見る
　霧ながら大きな町に出《いで》にけり　移《い》竹《ちく》
余多年この感ありて句にならず　今この句を見て更に移竹の技倆《ぎりょう》に驚く　ちなみにいうこの頃所々に移竹を論ずる者出《い》づ　皆自己の創見のごとくいう　されど移竹を論じたるは余が太祇《たいぎ》論の中に書きたるが恐らくは嚆矢《こうし》ならん

九月二十三日　晴　寒暖計八十二度（午后《ごご》三時）
未明に家人を起して便通あり
朝　ぬく飯三わん　佃煮《つくだに》　なら漬　胡桃飴煮《くるみあめに》
便通及び包帯とりかえ　腹なお張る心持あり
牛乳五合《（ママ）》ココア入　小菓数個
午　堅魚《かつお》のさしみ　みそ汁実は玉葱《たまねぎ》と芋《いも》　粥《かゆ》三わん　なら漬　佃煮　梨一つ　葡萄《ぶどう》四房
間食　牛乳五合《（ママ）》ココア入　ココア湯　菓子パン小十数個　塩せんべい一、二枚
夕　焼鰮《やきいわし》四尾　粥三わん　ふじ豆　佃煮　なら漬　飴二切

『ホトトギス』着
昨日虚子君の消息を読み泣きました　この画はグレーという田舎の景色なり　御病床の御慰みまで差《さし》上《あげ》候
木魚生《もくぎょせい》
只今《おり》は帰りがけに巴里《パリ》によりて遊《あそび》居候　その内に帰朝致久振《いたしひさしぶり》にて御伺申すべく存候　御左右《さゆう》その後いかが被為入候哉《なされそうろうや》
三十四年八月十八
呉秀三《くれしゅうぞう》
本日呉君らと木魚老《ろう》の寓をたたき談笑時を移し貴下の御噂《おうわさ》なんどいたし候　未だ拝眉《はいび》の栄を得ず候えどもせっかく御加養御快癒のほど午蔭《かげながらいのりあげたてまつり》奉祈上候　和田英作《わだえいさく》
私も未だ御目もじしない者ですが同席しましたから御見舞申上《あげ》る栄を得たのです　満谷国四郎《みつたにくにしろう》

巴理《パリ》浅井《あさい》氏より上のごとき手紙来る

○

五月雨《さみだれ》をあつめて早し最上川《もがみがわ》　芭蕉《ばしょう》

この句俳句を知らぬ内より大きな盛んな句のように思うたので今日まで古今有数の句とばかり信じて居た　今日ふとこの句を思い出してつくづくと考えてみると「あつめて」という語はたくみがあってはなはだ面白くない　それからみると

五月雨や大河を前に家二軒　蕪村《ぶそん》

という句は遥《はる》かに進歩して居る

九月二十四日　秋分　晴
便通及び包帯取かえ
朝飯　ぬく飯三わん　佃煮《つくだに》　なら漬　牛乳ココア入《いり》　餅菓子《もちがし》一つ　塩せんべい二枚
午飯　粥《かゆ》三わん　かじきのさしみ　芋《いも》　なら漬
　梨一つ　お萩《はぎ》一、二ケ
間食　餅菓子一つ　牛乳五勺ココア入　牡丹餅《ぼたもち》一つ　菓子パン　塩せんべい　渋茶一杯
夕　体温三十七度七分　寒暖計七十七度
生鮭照焼《なまざけてりやき》　粥三わん　ふじ豆　なら漬　葡萄《ぶどう》一ふさ
夜　便通やや堅し

朝歌原大叔母御来らる《うたはらおおおばごこ》　お土産餅菓子
陸《くが》より自製の牡丹餅をもらう　こちらよりは菓子屋に誂《あつら》えし牡丹餅をやる　菓子屋に誂えるは宜《よろ》しからぬことなり　されど衛生的にいわば病人の内で拵《こしら》えたるより誂える方宜《よろ》しきか　何にせよ牡丹餅をやりて牡丹餅をもらう　彼岸《ひがん》のとりやりは馬鹿なことなり

お 萩 く ば る 彼 岸 の 使《つかい》 行 き 逢《あ》 ひ ぬ

梨 腹 も 牡 丹 餅 腹 も 彼 岸 か な

餅 の 名 や 秋 の 彼 岸 は 萩 に こ そ

西へまはる秋の日影や糸瓜《へちま》棚

高橋より幸便《こうびん》に信州の氷餅《こおりもち》を贈り来《きた》る

芭蕉の

あら海や佐渡に横たふ天の川　　はせを

という句はたくみもなく疵《きず》もなけれど明治のように複雑な世の中になってはこんな簡単な句にては承知すまじ　さりながら

霧ながら大きな町に出にけり　　移竹

のごとき趣《おもむき》に至ってはかえって解せざる者多し

この頃の若い人は歩行《ある》く旅行の趣を解せず

この頃地方の俳句雑誌を見るに東京にては太祇《たいぎ》の流行やんで召波《しょうは》に移れりなど書けり　片はら痛きことなり　余らは諸子の句中太祇らしき句一句も見たることなくかつ召波調の句とはどんな句やらまだ研究もとどかぬにさてさて素《す》ばしこい世の中なり

昨年のはじめ頃にや余

のびのびし帰り詣《もうで》や小《こ》六月

という句を得ていくらか太祇めきたるように思い始めてのことなればうれしくこれを『十句集』に出したる一点もつかざりきと覚ゆ

麦人《ばくじん》も太祇好《ずき》なり　この男普通才子のごとく敏捷《びんしょう》になきがかえってある趣に入ること深し　ある

時来て

　　さそはれて妻をやりけり二の替《かわり》

という余の句を短冊《たんざく》に書けという　けだしその太祇調なるをもってのゆえならん　その時彼の句も聞き面白しと思いしが忘れたり

太祇のまねするというても彼の集中第一流ともいうべき句はまねらるるものにあらず　それ以下の句をまねるなり

　　移し植ゑし秋海棠《しゅうかいどう》や寝て見ゆる
　　十人の家《か》内《ない》や芋《いも》の十《と》皿《さら》程
　　盛り分つ十皿の芋や台所
　　大《おお》家《いえ》や芋煮えて居る台所
　　蓮《はす》の実や飛んで小僧の口に入る
　　筆も墨も溲《し》瓶《びん》も内に秋の蚊《か》帳《や》

夜八時頃左向く　しきりに俳句を考えつつあるに俳気さざず眠気ざしてならず　ついに眠る　左向《むき》になればすぐに眠たくなるなり

九月二十五日　晴
　朝寝の気味あり
　朝飯　粥《かゆ》三わん　佃煮《つくだに》　なら漬　牛乳ココア入　菓子パン小二
　便通と包帯取かえ
　午飯　粥四わん　かじきのさしみ　みそ汁実は茄子《なす》　なら漬　あみ佃煮　梨一つ　餅菓子《もちがし》二つ
　間食　菓子パン　塩煎餅《せんべい》　餅菓子一つ　おはぎ半個　牛乳五勺ココア入
　夕　体温三十六度九分
　鰌鍋《どじょうなべ》　若和布《わかめ》二はい酢　馬鈴薯《ばれいしょ》　胡桃《くるみ》　なら漬　あみ佃煮　粥三わん　葡萄《ぶどう》一ふさ

高浜より小包にて曲物《まげもの》一個送り来る　小鰕《こえび》の佃煮なり　前日あみの佃煮この辺になきこと虚子《きよし》に話したるゆえなり

午後三人集って菓子をくう

南品川中村某より朝鮮の草鞋《わらじ》というものを贈り来る

これは観世捻《かんぜより》のごときもの

ここは日本の草鞋のごとく編みたれど原料不明

天津《てんしん》の肋骨《ろっこつ》より来りしはがきの半分

これは前日池内氏より贈られたるかん詰の外皮の紙製の袋の側面なり
（鶏肉を敲《たた》きて味噌の如くしたるものなり　CHICKEN LOAF）
この紙の箱に今は方一寸くらいの脱脂綿の小片沢山入れあり　これは毎日歯齦《はぐき》の膿《うみ》を押し出してはこの綿のきれで拭《ぬぐ》い取るなり

鼻毛を摘《つ》む
庭の棚に夕顔三つ瓢《ふくべ》一つ干瓢《かんぴょう》三つ　それより少しもふえぬに糸瓜《へちま》ばかりはいくらでもふえる　今ちょっと見たところで大小十三ほどあり
今宵《こよい》珍しく夕顔の花一つ咲く　糸瓜の花ももはや二つ三つ見ゆるのみとなれり
ひぐらしの声は疾《と》くより聞かず　つくつくぼうしはこの頃聞えずなりぬ
本膳《ほんぜん》の御馳《ごち》走《そう》食うてみたし
夕方　梟《ふくろう》御院殿の方《かた》に鳴く
ガチャガチャ庭前にてやかましく鳴く　この虫秋の初めは上野の崖《がけ》の下と思うあたりにてさわがしく鳴きその後次第次第に近より来ること毎年同じことなり

九月二十六日　曇　午後小雨
朝　ぬく飯四わん　あみ佃煮　はぜ佃煮　なら漬（西瓜《すいか》）
包帯取替及び便通
牛乳一合ココア入《いり》　餅菓子《もちがし》一個半　菓子パン　塩せんべい
午《ひる》　まぐろのさしみ　胡桃《くるみ》　なら漬　みそ汁実《み》はさつまいも　梨一つ
間食　葡萄　おはぎ二つ　菓子パン　塩せんべい　渋茶
便通
夕　キャベツ巻一皿　粥《かゆ》三わん　八《や》つ頭《がしら》　さしみの残り　なら漬　あみ佃煮　葡萄十三粒
虚明《きよめい》より義仲寺《ぎちゆうじ》の刷物《すりもの》三枚送り来《きた》る　前《さき》に操子《みさこ》にもらいたると異なり
家人《かじん》屋外にあるを大声にて呼べど応《こた》えず　ために癇癪《かんしやく》起りやけ腹《ばら》になりて牛乳餅菓子《もちがし》などを貪《むさぼ》り
腹はりて苦し　家人屋外にありて低声に話しおるその声は病床に聞《きこ》ゆるに病床にて大声に呼ぶその声が屋外に聞えぬ理《ことわり》なし　それが聞えぬは不注意のゆえなりとて家人を叱《しか》る
午後家庭団欒会《だんらんかい》を開く　隣家よりもらいしおはぎを食う
『週報』募集俳句（ふくべ）を閲《けみ》す
小草《おぐさ》の盆栽に蟷螂《かまきり》の居るをそのまま枕元《まくらもと》に持《もつ》て来ておく
昨日も今日も夕飯食わぬ内にはや眠たき気味あり　この模様にてはやがて昼も夜もうつらうつら

として日記書くのもいやになるような時来《きた》らんかと思う
新聞雑誌を見て面白しと思いしことの今に脳裏に残り居るものを試《こころみ》に列記せんか

その一

ビスマルク曰《いわ》く新聞とは紙の上にすりつけたるインキなり

その二

曰くお山の大将　曰く総領の甚六《じんろく》　曰く石部金吉《いしべきんきち》　曰く大馬鹿三太郎　曰く知らぬ顔の半兵衛
曰く権兵衛　曰く助平　曰く何　曰く何　済々《せいせい》たる多士《たし》

その三

黒船浦賀に来りし時の狂句

おどかしてやったとペルリ舌を出し

その四

田舎芝居の舞台にて大勢の役者がせりふを割って一句ずついうとき一人の役者が次の役者のせりふをいうてしまいしに次の役者は何というべきすべも知らず当惑せしがやがて曰く

拙者のせりふがござらぬわい

その五

峩山和尚《がざんおしよう》天竜寺の泉水のほとりを散歩し居りしに丁稚《でっち》らしき者来りて、和尚さんこの池の鯉《こい》おくれんか、という　和尚いう、この池の肴《さかな》取ってはならぬぞ、丁稚、そんなこというてお前が

取るのではないかな、和尚、嵬山もこの返答には困ったわいと、和尚弟子に謂《いい》て曰く何というても無我には勝てぬぞや

その六

伊藤侯の薩摩《さつま》下駄《げた》が桐《きり》の柾《まさ》で十五円、落語家円遊《えんゆう》の駒下駄《こまげた》が何とかの鼻緒《はなお》で七円

九月二十七日　曇（陰暦八月十五日）

便通

朝飯　ぬく飯四わん　あみ佃煮《つくだに》　はぜ佃煮　なら漬　牛乳五勺ココア入《いり》　菓子パン少々

午飯　まぐろのさしみ　煮茄子《になす》　なら漬　粥《かゆ》三わん　梨一　焼栗五、六　かん詰のパインアップル

間食　牛乳五勺ココア入　菓子パン　塩煎餅《せんべい》十個ばかり

夕　少し発熱の気味あり　測れば三十七度七分

便通及び包帯とりかえ

さつま四わん（これは小鯛《こだい》の骨を焼きて善《よ》く叩《たた》きて粉にし味噌《みそ》に和《わ》してぬく飯にかけ食うなり　もっとも鯛の肉は生にて味噌に混じあるなり）

枝豆　あげもの一　かん詰の鳳梨《パインアップル》　梨

母広徳寺前にて罌粟《けし》、石竹《せきちく》等の種《たね》五、六袋買うて帰らる（罌粟は余の所望《しょもう》なり）　おみやげ焼栗一袋（十個入二銭）は上野広小路六阿弥陀《ろくあみだ》へ参られし帰り門前の露店にて求められたりと　余、何

ゆえに、もすこし多く買われざるかと問えばあまりに高きゆえなりと

東京の婦女子時に神詣寺参《かみもうでてらまいり》などと称《とな》えて出歩行《ある》くは多く料理屋にて飯くうか少くとも蕎麦屋《そばや》、汁粉屋《こや》くらいのおごりはするなり　手土産を持ち帰るはいうまでもなし　田舎者はさる贅沢《ぜいたく》を知らず内《うち》の者などたまたま出歩行くも浅草ならば仲店を見物して一銭か二銭の花釵《はなかんざし》一、二本買うくらいに過ぎず　その釵何にすると問えば国の誰それに送るなりと　そんな釵わざわざ三百里の道を送らずとも松山にもいくらもあるべしといえばさにあらず江戸土産といえば善悪《よしあし》にかかわらずうれしきこと子供の時覚えありと　やさしき心がけ、生活の程度はまだこんなものなり

浄名院（上野の律院）に出入る人多く皆糸瓜《へちま》を携《たずさ》えたりとの話、糸瓜は咳《せき》の薬に利《き》くとかにてお呪《まじない》でもしてもらうならん　けだし八月十五日に限るなり

月無し

『ホトトギス』十二号来《きた》る

九月二十八日　曇

例のごとく湯婆《たんぽ》を入れる

朝飯　ぬく飯三わん　はぜ佃煮《つくだに》　なら漬

牛乳　菓子パン

便通及び包帯

午飯　まぐろのさしみ　粥《かゆ》三わん　みそ汁実は葱《ねぎ》　あみの佃煮　鰕《えび》の佃煮　梨一　葡萄《ぶどう》二十粒
間食　牛乳　菓子パン　塩せんべい　かん詰鳳梨　林檎《りんご》一
便通　体温三十七度六分
夕飯　鰈《かれい》一尾（十四銭）　粥三わん　焼茄子《やきなす》　あみ佃煮　鰕佃煮　ぶどう一ふさ　やきいも
鼻糞をせせる　鼻血出る
午後秀真《ほつま》、芳雨《ほうう》二人来る　二、三日前函館《はこだて》より帰りしとなり
函館の展覧会は損になりたるを土地の賛助員に出してもろうて事すみたりと　青森の林檎一籃《かご》おみやげにもらう（茂春《もしゅん》と三人連名）
いざよいも月出《いで》ず
門付《かどつけ》表を流して通る
さつま芋《いも》を焼いてもろうて食う
この夜蚊帳《かや》をつらず
　二つ三つ蚊の来る蚊帳の別《わかれ》かな
　蚊帳つらで画美人見ゆる夜寒かな
九月二十九日　曇　湯婆《たんぽ》と懐炉《かいろ》を入れる
便通及び包帯

寒暖計　六十七度
朝飯　ぬく飯四わん　あみ鰕佃煮《えびつくだに》　なら漬
　牛乳五勺ココア入　菓子パン
午飯　さしみ　粥三わん　みそ汁　佃煮　なら漬
　牛乳五勺ココア入　菓子パン　梨一　りんご一
間食　菓子パン　塩せんべい　紅茶一杯半
夕　体温三十七度三分
　鰻飯一鉢《うなぎめしひとはち》（十五銭）飯軟かにして善《よ》し　芋　糠味噌《ぬかみそ》漬
夜便通

把栗《はりつ》来る　長州へ行きかつ故郷に行きてすぐ帰るとなり　妻君孕《はら》みしとなり　男子生るべしとの予言なり　天津《てんしん》より来りし押絵一枚産屋《うぶや》のかざりにと贈る
午飯のときさしみ悪く粥も汁も生ぬるくて不平に堪えず　牛乳などいろいろ貪《むさぼ》る
いりたてお豆食いたし
『ホトトギス』にある文の中碧梧桐《へきごとう》の「富士の頂上」は作者の手柄と見るべきところはなけれど場所が場所だけに富士を知らぬ我らには面白く読まれた　但《ただし》結句は非常にまずい　四方太《しほうだ》の「墓参」は拙《せつ》のまた拙なるものじゃ　四方太は主観的懐旧談とでもいうべきものを書くといつでも失敗する

この前に洪水の懐旧談をやってその時も失敗した　四方太先生ちとしっかりしたまえ　あまり凝《こ》り過ぎて近来出来が悪いじゃないか　もしまた体が衰弱して居るならばしっかり御馳走《ごちそう》を食いたまえ　把栗君でさえ子を生むというじゃないか　さて紅緑《こうろく》の「下駄の露」は「富士の頂上」と同じく作者の工夫は見えぬ　しかし写生に行かれた御苦労は受け取れる　もし「吉原十二時」というように完成したらば面白かろう　この「下駄の露」（これは吉原の朝を写したるもの）について思い出したことがある　あるとき一念に伴われて角海老《かどえび》に遊んだ次の朝一念は居続けするというので蒲団《ふとん》かぶって相方《あいかた》とさし向いでうまそうに豆腐か何か食ってたから自分は独り茶屋へ帰ってその二階からしばらく往来を見て居た　するとその時横町から出て病院へでも行くのであろうと思われる女が二人頭は大しゃぐま、美しき裲襠《うちかけ》着て静かに並んで歩行《ある》く後姿《うしろすがた》に今出たばかりの朝日が映って竜か何かの刺繍《ししゅう》がきらきらして居る　これを見て始めて善《よ》い気持になった　吉原で清い美しい感じが起ったのはこの時ばかりだ

夜に入って呼吸苦し

芋の湯気団子の露や花芒《すすき》

虫の音の少くなりし夜寒かな

十三四五六七夜《や》月《つき》なかりけり

先刻把栗より話あり　その時『日本』文苑の俳句を出すことを約す　夜一日分だけ送る

こんなに呼吸の苦しいのが寒気のためとすればこの冬を越すことははなはだ覚束《おぼつか》ない　それは致

し方もないことだから運命は運命としておいて医者が期限を明言してくれれば善《よ》い　もう三カ月の運命だとか半年はむつかしいだろうとか言うてもらいたいものじゃ　それがきまると病人は我儘《わがまま》や贅沢《ぜいたく》が言われて大《おお》いに楽《らく》になるであろうと思う　死ぬるまでにもう一度本膳《ほんぜん》で御馳走が食うてみたいなどというてみたところで今では誰も取りあわないから困ってしまう　もしこれでもう半年の命ということにでもなったら足のだるいときには十分按摩《あんま》してもろうて食いたいときには本膳でも何でも望み通りに食わせてもろうて看病人の手もふやして一挙一動ことごとく傍《かたわら》より扶《たす》けてもろうて西洋菓子持《もっ》て来いというとまだその言葉の反響が消えぬ内西洋菓子が山のように目の前に出る　かん詰持て来いというと言下《げんか》にかん詰の山が出来る　何でもかでも言うほどのものが畳の縁《へり》から湧《わ》いて出るというようにしてもらうことが出来るかも知れない

体温を測ってみる　先刻と同じ（三十七度二分）

寒暖計も朝と同じ（六十七度）

九月三十日　晴

朝　ぬく飯三わん　佃煮二種　奈良漬（茄子《なす》）

牛乳五勺　菓子パン　塩せんべい

午　かじきのさしみ　粥《かゆ》三わん　みそ汁実《み》は茄子《なす》　なら漬　林檎一ケ半

便通及びホータイ取替《とりかえ》

体温三十七度二分
夕　鰆《さわら》一切（十銭）　小松菜ひたしもの　なら漬（瓜）　粥三わん　葡萄《ぶどう》一ふさ
　夜　菓子パン

昨夜十二時過ようよう眠る
眠《ねむり》さむ　上野の梟《ふくろう》鳴く　どこやらの飼鶴《かいづる》鳴く　牛乳の車通る　隣の時計四時を打つ
明方《あけがた》わずかに眠る　睡眠足らず
午後大我《たいが》来る　文苑俳句のこと出雲へ旅行のこと敏捷《びんしょう》な小《ちい》さき鴫《しぎ》が打てても鈍《どん》な大きな雉《きじ》が打てぬことなど語る
寝床をしばらく坐敷《ざしき》に移して病室を掃除す
今日も息苦し
中田氏新聞社よりの月給（四十円）を携《たずさ》え来る
明治二十五年十二月入社月給十五円。二十六年一月より二十円　二十七年初《はじめ》新聞『小日本』を起しこれに関することとなりこれより三十円　同年七月『小日本』廃刊『日本』の方へ帰る　同様三十一年初四十円に増す　この時は物価騰貴のため社員すべて増したるなり

病室前の糸瓜《へちま》棚　臥《ふ》して見るところ

余書生たりしときは大学を卒業して少くとも五十円の月給を取らんと思えり　その頃は学士とりつきの月給は医学士のほかは大方《おおかた》五十円のきまりなりき　その頃の五十円といえば今日のごとく物価の高きときの五十円よりは値打多かりしならん　さて余が書生時代の学費はというに高等中学在学の間《かん》は常盤会《ときわかい》の給費毎月七円をもらい大学在学の間《かん》は同給費十円をもらいたり（この頃は下宿料四円くらいが普通なり）　されど大学へ入学以後は病身なりしため故郷よりも助けてもらいしゆえ一カ月十三円ないし十五円くらいを費《ついや》したり　しかるに家族を迎えて三人にて二十円の月給をもらいしときは金の不足するはいうまでもなく故郷へ手紙やりて助力を乞《こ》えば自立せよと伯父《おじ》に叱《しか》られさりとて日本新聞社を去りて他の下らぬ奴にお辞誼《じぎ》して多くの金をもらわんの意は毫《ごう》もなく余はあるとき雪のふる夜社よりの帰りがけお成道《なりみち》を歩行《ある》きながら蝦蟇口《がまぐち》に一銭の残りさえなきことを思うて泣きたいこともありき　余はこの時まだ五十円の夢さめずよし学士たらずとも五十円くらいは訳もなく得らるるものと思えり　されど新聞社にては非常に余を優遇しあるなり　余はかくて金のために一方《ひとかた》ならず頭を痛めし結果ついに書生のときに空想せしごとく金は容易に得らるるものに非ず五十円はおろか一円二円さえこれを得ること容易ならず　否《いな》一銭一厘さえおろそかに思うべきに非ずこは余のみに非ず一般の人も裏面に立ち入《い》らば随分困窮に陥り居る者少からぬようなり　五十円など到底われらの職業にては取れるものならずということを了解せり　金に対する余の考《かんがえ》はこの頃より全く一変せり　これより以前には人の金はおれの金というような財産平均主義に似た考を持ちたり　従って金を軽蔑《けいべつ》し居《お》りしがこれより以後金に対して非常に恐ろしきような感じを起し今までは

さほどにあらざりしもこの後は一、二円の金といえども人に貸せというに躊躇《ちゆうちよ》するに至りたり　三十円になりて後ようよう一家の生計を立て得《う》るに至れり　今は新聞社の四十円と『ホトトギス』の十円とを合せて一カ月五十円の収入あり　昔の妄想は意外にも事実となりて現れたり　もって満足すべきなり

夕顔の実に富を得し話かな

雞《けい》頭《とう》や糸《へ》瓜《ちま》や庵は貧ならず　（『宇治拾遺』）

夜律《りつ》菓子パン買いに行く　そのついでに『文苑俳句』の原稿を郵便に出す

破《やれ》垣《がき》に灯見ゆる家の夜寒かな

この月の払いの内

○一円六十九銭五厘　油、薪《まき》
○六円十五銭　魚（サシミ一皿十五銭ないし二十銭）
○三円四十五銭　車および使《つかい》（内水汲《みずくみ》賃一円半）
○三円七十三銭一厘　八百屋
○一円四十八銭五厘　牛乳
○三円　米
○一円五十二銭　醬油《しようゆ》、味噌《みそ》、酢
○一円十一銭　炭

○一円七十八銭　　　　　　菓子、砂糖、氷（付落《つけおち》沢山あり）
○二円三十銭二厘　　　　　現金払飲食費（付落沢山あり）鰻、鮪、西洋料理、佃煮、八百屋物等
○六円五十銭　　　　　　　家賃
　　計三十二円七十二銭三厘

十月一日　晴
朝　ぬく飯三わん　佃煮《つくだに》　なら漬
　便通及びホータイとりかえ
　牛乳五勺ココア入《いり》　菓子パン
午《ひる》　まぐろのさしみ　粥《かゆ》三わん　みそ汁　なら漬　林檎《りんご》一　ぶどう一ふさ
　牛乳五勺ココア入　菓子パン
　便通やや堅し
晩　親子丼（飯の上に鶏肉と卵と海苔《のり》とをかけたり）　焼茄子《やきなす》　なら漬　梨一　苹果《りんご》一
九時眠る
今日は逆上やや強し　水にて額を冷す
母神田へ薬取《とり》及び買物に往《ゆき》て午後三時頃帰らる

○

朝寒や鼻血おさへし旅の人

松《まつ》蕈《たけ》や思ひ出でたる古人の句

寝《ね》処《どころ》をかへたる蚊《か》帳《や》の別《わかれ》かな

　秀調《しゅうちょう》死せしよし

悪の利《き》く女形なり唐《とう》辛《がら》子《し》

　病床

痩《やせ》骨《ぼね》をさする朝寒夜寒かな

夜陸翁《くがおう》来る　支那朝鮮談《だん》を聞く　曰《いわ》く支那の金持は贅沢《ぜいたく》なり　曰く北京《ペキン》のような何の束縛もなき処《ところ》に住みたし　曰く朝鮮にては白い衣を山の根方《ねかた》の草の上に干すなり　持統《じとう》天皇の歌の趣あり　日本人は昔朝鮮より来りしかの心地《ここち》せり

十月二日　晴

朝　ぬく飯四わん　はぜ蛤《はまぐり》佃煮　ならづけ

牛乳五勺ココア入　菓子パン　塩せんべい

便通及び包帯とりかえ

午　まぐろのさしみ　粥三わん　煮豆（黒豆とうずら豆）　なら漬　梨二つ

牛乳　菓子パン
夕　鶏肉たたき　卵一　むし飯三わん　煮豆　さしみの残　梨一
一両日来《らい》左下横腹（腸骨《ちょうこつ》か）のところいつもより痛み強くなりしゆえホータイ取替のときちょっと見るに真黒になりて腐り居るようなり　定めてまた穴のあくことならんと思わる　捨てはてたからだどーなろうとも構わぬことなれどもまた穴があくかと思えばあまりいい心持はせず　このこと気にかかりながら午飯《ひるめし》を食いしに飯もいつものごとくうまからず　食いながら時々涙ぐむ
一念来《いちねんきた》る　話は新聞論と林檎論
麓《ふもと》、潮音《ちょうおん》二人来る　話は沼津論、修善寺論（麓のおみやげ鶏肉たたき）
大原伯父《おじ》より手紙よこさる　中に大原祖父の京滞在中宿元へよこされたる古手紙入れあり　その中に
（略）正岡にも去月《きょげつ》十七日安産男子出生之由《しゅっしょうのよし》別而《べっして》うれしき事に候……八重儀《やえぎ》あともげんきに候と相見《あいみえ》　日あきに参《まいり》候よし大仕合《おおしあわせ》に御座候　小児も丈夫に候得共《そうらえども》少しちち付《つけ》候よし　どうぞ早くなおり候様《よう》いのり候事に候……
一《ひとつ》正岡うぶぎもいかが相成《あいなり》候哉《や》うけたまり（元のママ）度《たく》候　帰足之節《きそくのせつ》は唐サラサくらいのてんち賅《か》守り袋くらいにてすましたき積《つもり》に御座候　孫の名は何とつき候や　正岡の紋はなにに候や　御序御《おついでおん》申越可被下候《もうしこしくださるべく》……
十月八日夜　武右衛門

お重どの
佑之丞殿《ゆうのじょう》

（略）子は沢山有之《これあり》ても孫はまたまた別のものと見え早く見度《みたく》存《ぞんずる》事に候……

などあり　これは慶応三年のことにてこの手紙に孫とあるは余のことなり　京より帰られしときの

おみやげは守袋なりし由《よし》

不折《ふせつ》より巴里《パリ》着のはがき来《きた》る　下宿処《どころ》

Grand Hōtel Soufflor

I Rue Touldier

P――　F――

右間代《まだい》五十法《フラン》食料百法合計百五十法（七十五円）の由　日本人同宿九人なりと

夜鼻血出る　水にて額を冷す

十月三日　晴

朝　便通

麦飯三わん　佃煮　なら漬

牛乳五勺ココア入　菓子パン小七個

午《ひる》　まぐろのさしみ　粥《かゆ》三わん　みそ汁実は玉葱　なら漬　葡萄《ぶどう》十八粒　梨一　苹果《りんご》一

牛乳　菓子パン　塩せんべい　渋茶

一日間所見《しょけん》の動物

庭前の追込籠《おいこみかご》にはカナリヤ六羽（雄四雌二）きんばら二羽（雄）きんか鳥二羽（雌雄）ジャガタラ雀一羽（雌）合せて十一羽　カナリヤ善く鳴く

○黄蝶《きちょう》二つ匆々《そうそう》に飛び去る　○秋の蠅一つ二つ病人をなやます　○蜂《はち》か虻《あぶ》か糸瓜《へちま》棚に隠現《いんけん》す　○揚羽《あげは》の蝶糸瓜の花を吸う　○鳶《とび》四、五羽上野の森に近く舞う　ピーヒョロリピーヒョロリ　○蜻蛉《とんぼ》一つ糸瓜棚の上を飛び過ぎ去る　○極めて小さき虫やや群れて山吹《やまぶき》の垣根あたりを飛ぶ　○茶褐色の蝶最も高き雞頭《けいとう》の上にとまりて動かず　○向家《むかいや》の犬吠《ほ》ゆ　○蜂一つ追込籠の中を飛ぶ

午後は北側の間《ま》に寝床を移したるゆえこの所見は中絶せり　また別の日を選んでやるべし

〔次頁がその絵〕

鼠骨《そこつ》来る

午後逆上ますますはげし　北側の四畳半の間に移る　額を冷し頭を扇《あお》ぎただ鼻血の出んことを恐る　目痛く続いて新聞を見るあたわず

袢纏《はんてん》の料の足《た》し五十銭ということにつき論あり

この後は逆上のため筆をとらず　いささか追記すれば

四日鳴雪翁《めいせつおう》『ホトトギス』よりの十円をとどけられかつ『ホトトギス』に付き談ずるところあり

五日は衰弱を覚えしが午後ふと精神激昂《げきこう》夜に入りてにわかに烈《はげ》しく乱叫乱罵《らんきょうらんば》するほどに頭いよいよ苦しく狂《きょう》せんとして狂するあたわず独りもがきてますます苦《くるし》む　ついに陸翁《くがおう》に来てもらいしに精神やや静まる　陸翁つとめて余を慰めかつ話す　余もつとめて話す　九時頃就寝　しかもうまく眠られず

六日（日曜）朝雨戸をあけしむるよりまた激昂す　叫びもがき泣きいよいよ異状を呈す　十一時頃虚子《きょし》、四方太《しほうだ》、碧梧桐《へきごとうきた》来る　これは『ホトトギス』の茶話会《さわかい》を開くつもりにてはがき出しおきしものなるが（鳴雪翁よりはことわり来る）この始末にて目的ややはずれたり　虚子のみやげ淡路町《あわじちょう》風月堂《ふうげつどう》の西洋菓子各種、四方太はバナナとレモン、碧梧桐は焼鮒《やきぶな》とそら豆なり　今日は御馳走《ごちそうかい》会ではなかりしにいずれもより持参あり　意外のことなり　わが内《うち》のはまぐろのさしみ、鰺《あじ》の膾《なます》、鯛《たい》の吸物《すいもの》なり　内の御馳走も意外のことなり

こんこと《(ママ)》で夜まで話してもらう　晩飯は鰻飯《うなぎめし》なり　その中に鶏飯一つあり　籤引《くじびき》にて鶏めし四方太にあたる　夕方柳医来る

皆帰る　眠薬《ねむりぐすり》をのみて寝る　けろりかんとして寝られず　翌午前三時を過ぎてわずかにまどろむ

七日朝睡眠不足のため頭面白からず　碧梧桐来る　曰《いわ》く虚子来るはずなりしが今朝午前三時過大《すぎおお》畑《ばたけ》の老婦没したるにより来られずと　昼飯をくうて帰る

午後麓《ふもと》酣雪亭《かんせってい》の支那料理を携《たずさ》え来る　晩餐《ばんさん》を喫して帰る　書籍抵当談あり

この日はのぼせさげの水薬《みずぐすり》を三回のみ夜は眠薬をのんでよく眠る

前日来痛かりし腸骨《ちょうこつ》下の痛みいよいよ烈《はげ》しく堪《たえ》られず　この日包帯とりかえのとき号泣多時《たじ》、いう腐敗したる部分の皮がガーゼに付著《ふちゃく》したるなりと
背の下の穴も痛みあり　体をどちらへ向けても痛くてたまらず
この日風雨　夕顔一、干瓢《かんぴょう》二落つ

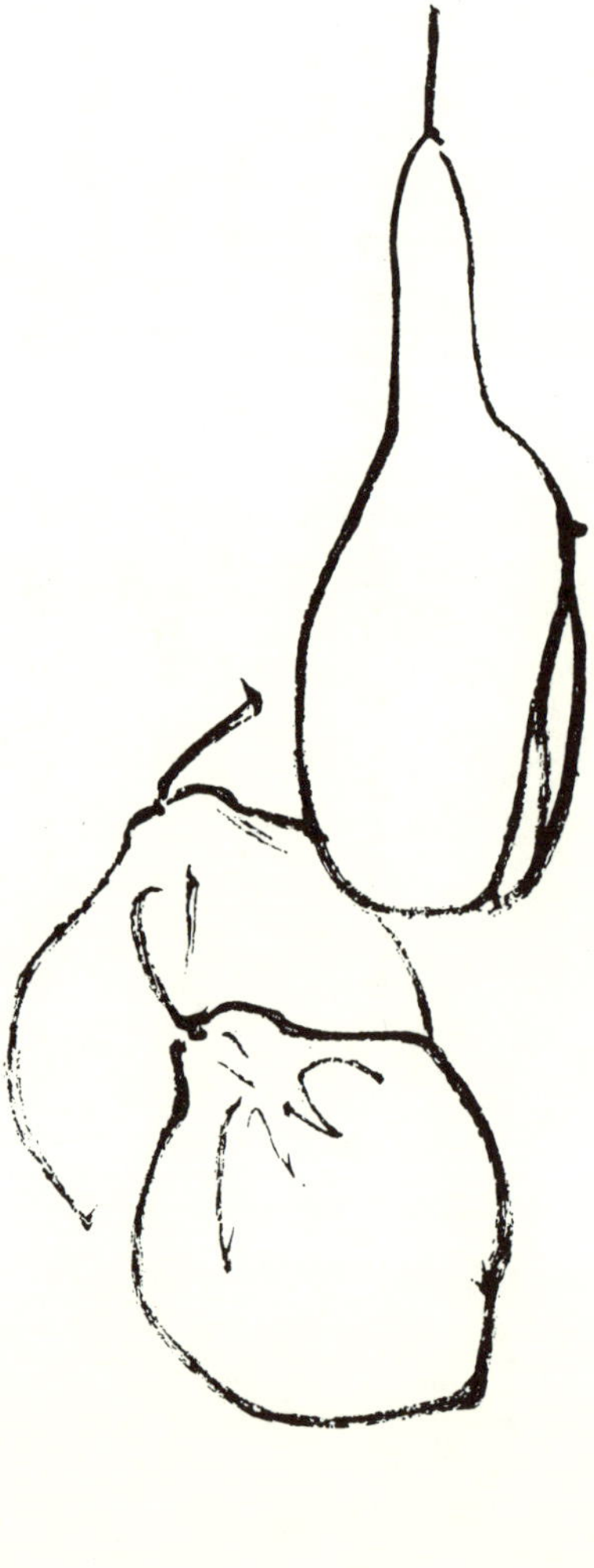

十月八日　風雨
精神やや静まる　されど食気《しょっき》なし
朝飯遅く食う　小豆粥《あずきがゆ》二わん　つくだ煮　昨日の支那料理の残り
　牛乳　西洋菓子
午飯　さしみ　飯一わん　つくだ煮　焼茄子《やきなす》　梨　ぶどう
　牛乳　西洋菓子　しおせんべい
便通とホータイ
晩飯　さしみ三、四切　粥一わん　ふじ豆　梨　ぶどう　れもん
来客なし

十月九日
昨夜服薬せざりしも熟睡　九時過目さむ
朝飯　粥三わん　つくだ煮　梅干
　かき三個間食
午飯　飯一椀《わん》　さしみすこし　無花果《いちじく》
　牛乳五勺《しゃく》　西洋菓子間食
晩飯　鶏飯《とりめし》半どんぶり

午前鈴木氏柿を携え来《きた》る、はがきを出して秀真《ほつま》氏に来て貰《もら》う、十時過《すぎ》来る、油土《あぶらつち》にて母の顔を作る、三時過虚子来る、夕刻宮本国手《こくしゅ》来る、

昨夜熟睡のため朝来《ちょうらい》心地よし　ただ雨晴れにわかに暑《しょ》を覚えたるためすこし逆上す

(右九日分虚子記《しるす》)

この日宮本医来診のとき包帯を除いて新しき口及び背中、尻《しり》の様子を示す　しばらくぶりのことなり　医の驚きと話とをよそながら聞いて余も驚く　病勢思いのほかに進み居《お》るらし

十月十日　晴　昼来客なし

便通

朝飯　ぬくめし三わん　つくだ煮　梅干

　牛乳　菓子パン

午飯　粥《かゆ》三わん　まぐろのさしみ　ふじ豆　柿二

間食　さつまいもを焼きたる　葡萄《ぶどう》

夕飯　――エキス一皿　ふきなます　粥一わん　大根どぶ漬

体温　三十八度七分　夜葡萄をくう

黒眼鏡《めがね》をかけて新聞を読む　雑誌をよむ

午後少しばかり頭を扇《あお》がす

余の内《うち》へ来る人にて病気の介抱は鼠骨《そこつ》一番上手なり　鼠骨と話し居れば不快のときもついにうかされて一つ笑うようになること常なり　彼は話上手にて談緒《だんしょ》多き上に調子の上に一種の滑稽《こっけい》あればつまらぬことも面白く聞かさるること多し　彼の観察は細微にしてかつ記臆《きおく》力に富めり　その上に彼は人の話を受けつぐことも上手なり　頃日来逆上《けいじつらい》のため新聞雑誌も見られずややもすれば精神錯乱せんとする際この鼠骨を欠けるは残念なり　鼠骨は今鉱毒事件のため出張中なり

夜碧梧桐《へきごとう》来る　林檎葡萄《りんごぶどう》一籃《かご》をもたらす　余かつて林檎の名を知りたしといえるにより名を聞き来れりと　ただちにりんごの上に名を記《しる》しおかしむ

満紅《まんこう》（最もうまきものなりと）大和錦《やまとにしき》　吾妻錦《あずまにしき》

松井（最大なるもの）　岡本　紅しぼり　ほうらん（黄）

鳴雪翁《めいせつおう》が先日の茶話会の結果を聞きに来《こ》られしことなど碧梧桐話し話頭紅緑《わとうこうろく》の上に移る　紅緑はこれまで世上にてとかく善《よ》からぬ噂《うわさ》ありたれど俳句における紅緑は全く別人のごとく清浄無垢《むく》なりしかば吾らもどこまでも清浄無垢の人として相当の敬礼を尽したり　しかるにこの頃紅緑の挙動など人づてに聞くところによれば俗界の紅緑は俳句界の紅緑と混和して世の中に立たんとするがごとし　これ紅緑人格の上に一段の進歩なるべきも俳句界の紅緑は多少の汚濁を被《こうむ》るやも測られず　この一大工夫を要す　包帯をとりかえて眠《ねむり》につく

十月十一日　晴　体温三十八度七分
便通
朝　ぬく飯四わん　はぜつくだ煮　梅干
牛乳　菓子パン　満紅（りんご）を食う
樽柿《たるがき》二つ

十月十二日　昼挿雲来《そううんきた》る　話なし　飄亭《ひようてい》来る　夕虚子《きよし》来る　雑用《ぞうよう》借用論ほぼ定まる
便通三度

十月十三日　大雨恐ろしく降る　午後晴
今日も飯はうまくない　昼飯も過ぎて午後二時頃天気は少し直りかける　律《りつ》は風呂に行くとて出てしもうた　母は黙って枕元《まくらもと》に坐《すわ》って居られる　余はにわかに精神が変になって来た　「さあたまらんたまらん」「どうしようどうしよう」と苦しがって少し煩悶《はんもん》を始める　いよいよ例のごとくなるか知らんと思うとますます乱れ心地になりかけたから「たまらんたまらんどうしようどうしよう」と連呼すると母は「しかたがない」と静かな言葉、どうしてもたまらんので電話かきょうと思うてみても電話かける処《ところ》なし　ついに四方太《しほうだ》にあてて電信を出すこととした　母は次の間《ま》から頼信紙《らいしんし》を持って来られ硯箱《すずりばこ》もよせられた　ただちに「キテクレネギシ」と書いて渡すと母はそれを畳んでおいて羽織を着られた　「風呂に行くのを見合せたらよかった」といいながら銭を出して来て「車屋に頼んでこう」といわれたから「なに同じことだ　向《むこ》へまで往《い》っておいでなさい　五十歩百歩だ」というた心の中は吾ながら少し恐ろしかった　「それでも車屋の方が近いから早いだろ」といわれたから「それでも車屋じゃ分らんと困るから」と半ば無意識にいうた余の言葉を聞き棄てにして出て行かれた　さあ静かになった　この家には余一人となったのである　余は左向《むき》に寝たまま前の硯箱を見ると四、五本の禿筆《ちびふで》一本の験温器のほかに二寸ばかりの鈍い小刀と二寸ばかりの千枚通しの錐《きり》とは　しかも筆の上にあらわれて居る　さなくとも時々起ろうとする自殺熱はむらむらと起って来た　実は電信文を書くときにはやちらとしていたのだ　しかしこの鈍刀《どんとう》や錐ではまさかに死ねぬ　次の間へ行けば剃刀《かみそり》があることは分って居る　その剃刀さえあれば咽喉《のど》を掻《か》くくらいはわけはないが悲しいことには今は匍匐《はらば》うことも出来ぬ　やむなくんばこの小刀でものど笛を切断出来ぬことはあるまい　錐で心臓に穴をあけても死ぬるに違いないが長く苦しんでは困るから穴を三つか四つかあけたらただちに死ぬるであろうかと色々に考えてみるが実は恐ろしさが勝つのでそれと決心することも出来ぬ　死は恐ろしくはないのであるが苦《く》が恐ろしいのだ　病苦でさえ堪えきれぬにこの上死にそこのうてはと思うのが恐ろしい　そればかりでない　やはり刃物を見ると底の方から恐ろしさが湧《わ》いて出るような心持もする　今日もこの小刀を見たときにむらむらとして恐ろしくなったからじっと見ているとともかくもこの小刀を手に持ってみようとまで思うた　よっぽど手で取ろうとしたがいやいやここだと思うてじっとこらえた心の中は取ろうと取るまいとの二つが戦って居る　考えて居る内にしゃくりあげて泣き出した　その内母は帰って来られた　大変早かったのは車屋まで往かれたきりなのであろう

逆上するから目があけられぬ　目があけられぬから新聞が読めぬ　新聞が読めぬからただ考える　ただ考えるから死の近きを知る　死の近きを知るからそれまでに楽《たのし》みをしてみたくなる　楽みをしてみたくなるから突飛《とっぴ》な御馳走《ごちそう》も食うてみたくなる　突飛な御馳走も食うてみたくなるから雑用《ぞうよう》がほしくなる　雑用がほしくなるから書物でも売ろうかということになる……いやいや書物は売りたくない　そうなると困る　困るといよいよ逆上する

古白曰来〔古《こ》白曰《はくいわ》く来《きた》れ〕

仰臥漫録　二

毛虫嫌《ぎらい》と蟇《がま》嫌　桜の夢（六日夜）
蚤《のみ》嫌蚊嫌　一目《ひとつ》の前のさわり　一信玄と謙信
一叔父の欧州話　一鈴木ふさ子へ返事　一水□難救済会
一寧　斎　病　一絵本早学《はやまなび》　一十日記事　一双眼写真の見よう
一種　竹　詩　一名所写真帖（くみこます「」）　一四目屋事件
一自　分　句　一梟　一画賛　一能楽と芝居の類似　一錐生銹
一光琳画式と鶯邨画譜　一謡曲改良　一月並的詩
一文鳳《ぶんぽう》画《が》ふ　一寧斎《ねいさい》の手紙　一うちわの絵
一春七草籠の栽（広重画）＝草筆画ふ＝か永元年
一□□かめ戸の画社辺家なし　一俳句と理学などとの両立
同書　一能楽役者の兼帯《けんたい》
一　〈図〉　女郎花　一うかい右の手に松明をもつ　一演劇改良
かき方　一牛舎の建かえ
一硯と文房具　一写生と理想　一瓦鉢　一支那画は
一小包日記　一公園設計　一衣食住の月並　強色
縞本□い、ちりめん、甘味、柱

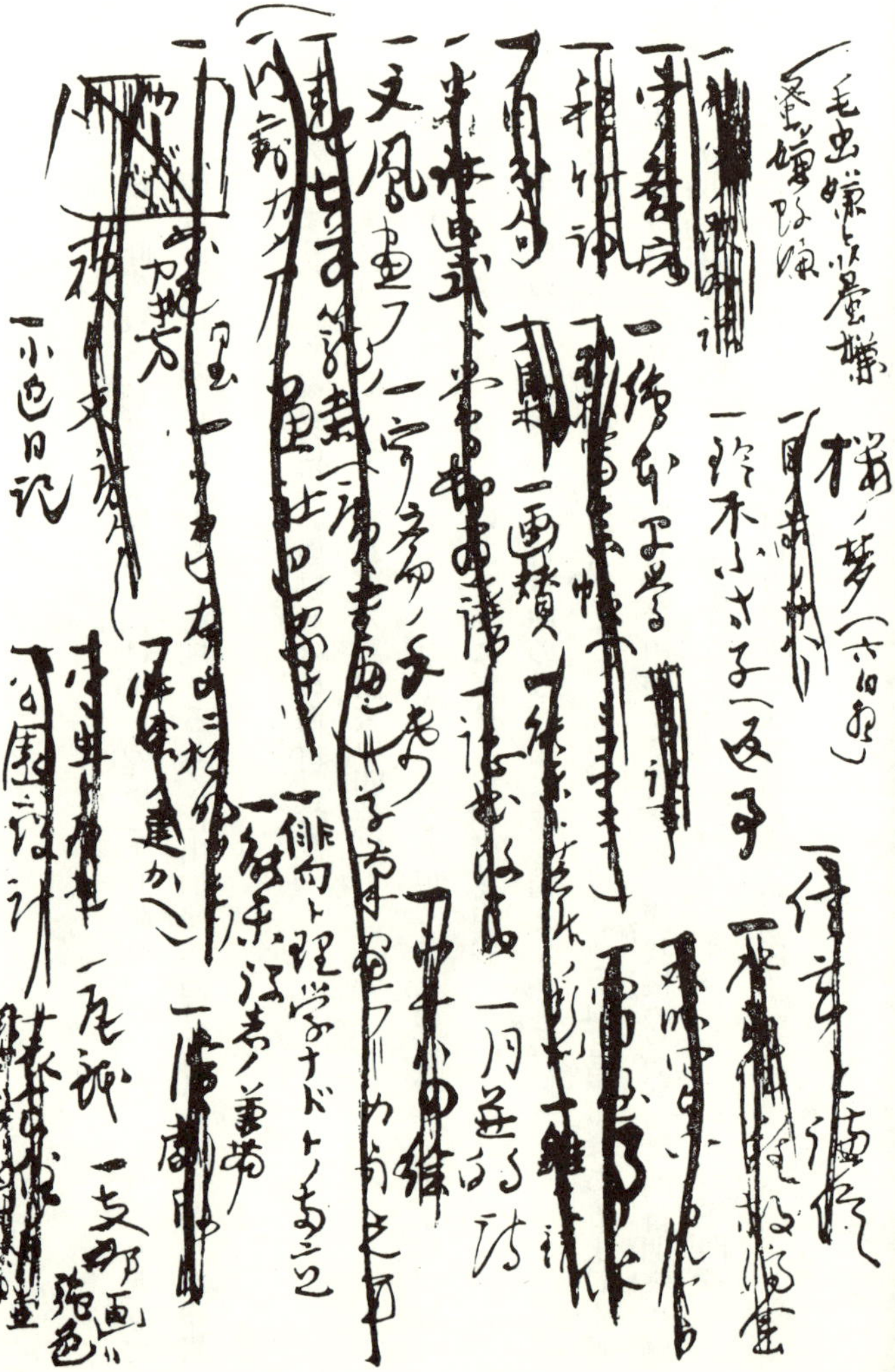

〔傍線のある箇所は抹消されたもの、□は判読できない文字〕

再びしゃくり上《あげ》て泣候《なきそうろう》処《ところ》へ四方太《しほうだ》参り『ホトトギス』の話金の話などいろいろ不平をもらし候ところ夜に入りては心地はればれと致《いたし》申候

十月十四日誰も参り不申《もうさず》

十月十五日一昨夜寝られざりしゆえ昨夜はよいのほどより眠り申候　起きては眠り起きては眠りとうとう夜明け候えばすぐに便通《べんつう》あり　心地くるしく松山伯父《おじ》へ向け手紙一通したため申候

天下の人あまり気長く優長《ゆうちょう》に構え居《おり》候わば後悔可致《いたすべく》候
天下の人あまり気短く取いそぎ候わば大事出来申間敷《もうすまじく》候
吾らもあまり取いそぎ候ため病気にもなり不具にもなり思うことの百分一も出来不申《もうさず》候
しかし吾らの目よりは大方《おおかた》の人はあまりに気長くと相見え申候
貧乏村の小学校の先生とならんか日本中のはげ山に樹を植えんかと存《ぞんじ》候
会計当而已矣《かいけいあたらんのみ》　牛羊茁壮長而已矣《ぎゅうようさつとしてそうちょうするのみ》　この心持にて居らばならぬと申事《もうすこと》はあるまじく候　吾らも死に近《ちかづ》き候今日に至りようよう悟《さと》りかけ申候よう覚え候　瘦我《やせが》慢《まん》の気なしに門番関守《せきもり》夜廻りにても相《あい》つとめ可申《もうすべく》候と存候　ただ時々の御慈悲《おじひ》には主人の残肴《ざんこう》きたなきはかまわず肉多くうまそうなところをたまわりたく候　食気ばかりはどこまでも増長可致《いたすべく》候

兆民居士《ちょうみんこじ》の『一年有半《いちねんゆうはん》』という書物世に出《いで》候よし新聞の評にて材料も大方分り申候　居士は咽《の》喉《ど》に穴一つあき候由《よし》吾らは腹背中臀《しり》ともいわず蜂《はち》の巣のごとく穴あき申候　一年有半の期限も大概は似より候ことと存候　しかしながら居士はまだ美ということ少しも分らずそれだけ吾らに劣り可《もうす》申候《べく》　理が分ればあきらめつき可申《もうすべく》美が分れば楽《たのし》み出来可申候　杏《あんず》を買うて来て細君とともに食うは楽みに相違なけれどもどこかに一点の理がひそみ居《おり》候　焼くがごとき昼の暑さ去りて夕顔の花の白きに夕風そよぐところ何の理屈か候べき

吾らなくなり候とも葬式の広告など無用に候　家も町も狭きゆえ二、三十人もつめかけ候わば柩《ひつぎ》の動きもとれまじく候

何派の葬式をなすとも柩の前にて弔辞伝記の類読み上《あげ》候こと無用に候

戒名《かいみょう》というもの用い候こと無用に候　かつて古人の年表など作り候時狭き紙面にいろいろ書き並べ候にあたり戒名というもの長たらしくて書込《かきこみ》に困り申候　戒名などはなくもがなと存候

自然石《せき》の石碑《せきひ》はいやなことに候

柩の前にて通夜すること無用に候　通夜するとも代りあいて可致《いたすべく》候

柩の前にて空涙《そらなみだ》は無用に候　談笑平生《へいぜい》のごとくあるべく候

昨来腹具合あしく今日は朝飯くわず

電話にて虚子《きよし》を招く　来《きた》る　午後秀真《ほつま》来る
今夜は『ホトトギス』事務所に山会あるはずなれば夕刻電信にて「ヤマカイコイ」と言いやる
碧梧桐《へきごとう》一人来りしのみ

十月十六日　終日無客《きゃくなし》。秀真来る。つとめて話を絶やさぬようにする苦辛《くしん》見えて気の毒なり

十月十七日　雨　朝鼠骨《そこつ》来る　鉱毒地より帰れるなり
午後碧梧桐来る　今日は神嘗祭《かんなめさい》なりと　夜紅緑《こうろく》来る　これは山会参会のためなり　今夜草廬《そうろ》にて山会ありとなり　虚子病気にて来らず　使《つかい》をよこして山会へぶどう、余へ雲丹《うに》と『一年有半』を贈り来る　碧梧桐は余へ先日のと異《こと》なるりんごなりとて金太郎とつこーの二種及びぶどうを贈る
碧梧桐をして山会の文《ぶん》二篇（虚子の「停車場茶屋」と碧梧桐の紀行「矢口渡《やぐちのわたし》」）を読ましむ
この夜頭脳不穏しきりに泣いてやまず　三人に帰ってもらい糞《くそ》して睡り薬を呑《の》んで眠る（下痢やまず毎日三、四度便通あり）

十月十八日　雨　昨夜睡《ねむ》り得て今朝平穏なり　終日無客、新聞などあらまし見る　夜『一年有半』を見る
秀真雨を犯《おか》して来る

朝　便通　朝飯なし　朝寒暖計六十度以下
　牛乳五勺ココア入《いり》　菓子パン
便通及びホータイかえ
午《ひる》　まぐろのさしみ　粥《かゆ》三わん　茄子《なす》　大はぜの佃煮《つくだに》（昨日蒼苔《そうたい》の贈るところ）　ぶどう
晩　さしみの残り　松蕈《まつたけ》飯三わん　蒸《むし》松蕈　大はぜ、無花果《いちじく》二つ　夜、梨一つ
松蕈は余の注文にて母はわざわざ雨中《うちゅう》を買いに出られしなり
今日は『週報』俳句（波を閲《けみ》す）
鼠骨車にて来る　十一時頃車にて帰る　秀真泊る
便通後眠る

十月十九日　雨、便通、秀真去る、また便通、包帯取替《とりかえ》、午飯、まぐろのさしみ、粥四わん、大はぜ三尾、りんご一つ
十六、七歳頃の余の希望は太政大臣《だじょうだいじん》となるにありき　上京後始めて哲学ということを聞き哲学ほど高尚なるものは他に無しと思い哲学者たらんことを思えり　後また文学の末技《まつぎ》に非《あらざ》るを知るや生《せい》来《らい》好めることとて文学に志すに至れり　しかもこの間理論上大臣を軽視するにかかわらず感情上何となく大臣を無上の栄職のごとく考えたり　しかるに昨年以来この感情全くやみ大臣たるも村長たるもそこに安んじ公のために尽すにおいて一毫《いちごう》の軽重《けいちょう》なきを悟《さと》りたり

今日余もし健康ならば何事をなしつつあるべきかは疑問なり　文学をもって目的となすとも飯食う道は必ずしもこれと関係なし　もし文学上より米代を稼ぎ出《い》だすことあたわずとせば今頃は何をなしつつあるべきか

幼稚園の先生もやってみたしと思えど財産少しなくては余には出来ず　造林のことなども面白かるべきもその方の学問せざりしゆえ今更山林の技師として雇わるるの資格なし　自ら山を持って造林せば更に妙《みよう》なれど買山《ばいざん》の銭《ぜに》無きをいかん

晩飯さしみの残りと裂《さ》き松蕈

この日便通凡《およそ》五度、来客なし

十月二十日　晴　鼠骨《そこつ》来る　加藤叔父《おじこ》来らる　午後虚子《きよし》来《きた》る

朝便通、朝飯なし、牛乳五勺紅茶入　ビスケット

午飯三人ともに食う、さしみ、豆腐汁、柚味噌《ゆずみそ》、ぬく飯三わん　りんご一つ

牛乳五勺紅茶入《いり》　ビスケット　煎餅《せんべい》

三河《みかわ》の同楽《どうらく》より松蕈《まつたけ》、小松の森田某より柿を送り来る

同楽の手紙に曰《いわ》く

過般《かはん》『日本』紙上「墨汁一滴《ぼくじゅういってき》」やみまた俳句も不出相成候《いでずあいなり》節《せつ》はまことに落胆致候《らくたんいたし》　しかしまた『週報』に御選之句《ごせんのく》出候《いで》ゆえいささか力を得候えども小生はもし御訃音之《ふいんの》広告出候《いで》かと『日

本』来るごとに該欄《がいらん》を真先に披見致《ひけんいたし》居《おり》候……
真率《しんそつ》にしていささかも隠さざるところはなはだ愛すべし
晩餐《ばんさん》虚子とともにす　鰻《うなぎ》の蒲焼《かばやき》、ふじ豆、柚みそ、飯一わん、粥《かゆ》二わん、柿二つ、無花果《いちじく》二つ
夕刻前便通及びホータイ取替、夜便通

十月二十一日　客なし　夜に入りて癇癪《かんしゃく》起らんとす　病床の敷蒲団を取り代うることにより癇癪を欺《あざむ》きおわる

十月二十二日　午後鼠骨来《きた》る　中村某より松蕈一籃《ひとかご》を送り来る

十月二十三日　午後いもを焼いて喰《く》いつつあるとき田中某来る　手土産ビスケット
河東繁枝子《かわひがししげえこ》来る　手土産鮭《さけ》の味噌漬《みそづけ》二切《きれ》
左千夫《さちお》来る　手土産葡萄《ぶどう》一籃、ほかに蕨真《けっしん》よりの届けもの栗一袋、左千夫は房州を旅して帰れるなり　上総《かずさ》の海辺の砂（中に小さき赤き珊瑚《さんご》まじる）及び阿房《あわ》神社のお札を携《たずさ》え来る
夕刻大阪の文淵堂《ぶんえんどう》主人来る　手土産奈良漬一桶《おけ》
左千夫とともに晩餐を喫す　繁枝子にも次の間において同じ晩餐を出すらし
夜秀真《ほつま》来る　故郷より携《たずさ》え来れりとて手土産柿二種（江戸一及び百目《ひゃくめ》）マルメロ三個

男女の来客ありしゆえこの際に例の便通を催しては不都合いうべからざるものあるをもって余は終始安き心もなかりしがついにこらえおおせたり　夜九時過《すぎ》衆客皆散じて後《のち》ただちに便通あり　山のごとし

赤黄緑三色の木綿《もめん》を縫《ぬ》い合せて財布を作る　これを頭上の力綱《ちからづな》に掛く　中に二円あり　これ今月分の余の雑用《ぞうよう》として虚子より借《か》るところ、

十月二十四日

朝　便通

　牛乳一合　ビスケット

　黒眼鏡《めがね》をかけて新聞を見る

午　まぐろのさしみ　粥《かゆ》二わん　里芋《さといも》よき芋なり　なら漬　柿二つ

巡査来り玄関にて、夜間戸締の注意をなす声聞ゆ　「そーですか　三人ですか　雇人《やといにん》は居ませんか」大声を残して帰り去る

虚子来る　焼栗を食う　虚子余の旧稿（新聞の切抜《きりぬき》）を携《たずさ》え去る

晩　便通及び包帯取替

さしみの残り　飯二わん　茄子《なす》　松蕈《まつたけ》　鮭《さけ》の味噌漬《みそづけ》　支那索麵《そうめん》過日叔父の恵まれしもの　なら漬　葡萄《ぶどう》

一房　柿一つ

不折《ふせつ》妻君柿苹果《りんご》を贈り来る
夜九月十三夜なり　庭の虫声なお全く衰えず
月は薄曇《うすぐもり》なりと　夜半より雨

十月二十五日　曇
朝　便通及びホータイ替
　牛乳五勺砂糖入　ビスケット　塩せんべい
午　まぐろのさしみ　飯二わん　なら漬　柿三つ
　牛乳五勺　ビスケット　塩せんべい
晩　栗飯一わん　さしみの残り　裂《さ》き松蕈《まつたけ》　なら漬　渋茶一わん
夜　便通山のごとし
加賀の洗耳《せんじ》より大和柿一籃《かご》を贈り来る
客なし
『週報』募集俳句歌（題蚯蚓鳴《みみずなく》）を閲《けみ》す
『一年有半』は浅薄《せんぱく》なことを書き並べたり　死に瀕《ひん》したる人の著なればとて新聞にてほめちぎりしためたちまち際物《きわもの》として流行し六版七版に及ぶ

近頃『二六新報』へ自殺せんとする由《よし》投書せし人あり　その人分りてたちまち世の評判となり自殺せずにすむのみか金三百円ほど品物若干を得《え》かつ烟草《たばこ》店まで出してやろという人さえ出来たり
『一年有半』と好一対《こういっつい》

余ももはや飯が食える間の長からざるを思い今の内にうまい物でも食いたいという野心しきりに起りしかど突飛《とっぴ》な御馳走《ごちそう》（例、料理屋の料理を取りよせて食うがごとき）は内の者にも命じかぬる次第ゆえ月々の小遣銭にわかにほしくなり種々考《かんがえ》を凝《こ》らししも書物を売るよりほかに道なくさりとて売るほどの書物もなし　洋紙本やら端本《はほん》やら売ってみたところで書生の頃べたべたと捺《お》した獺祭書屋蔵書印《さいしょおく》を誰かに見らるるも恥かきなり　とさまこうさま考えた末ついに虚子《きょし》より二十円借ることとなりすでに現金十一円請取《うけと》りたり　これは借銭と申しても返すあてもなく死後誰か返してくれるだろーくらいのことなり　誰も返さざるときは家具家財書籍何にてもわが内にあるもの持ち行かれて苦情なきものなりとの証文でも書いておくべし
右のごとく死に瀕して余も二十円を得たるを思えば『一年有半』や烟草屋を儲《もう》け出したる投書家ほどの手際《てぎわ》には行かざりしも余にしてはまず上出来の方なり　しかしいずれも生命を売物《うりもの》にしたるは卑《いや》し

病床の財布も秋の錦かな
栗飯や病人ながら大食《おおぐら》ひ
かぶりつく熟柿《じゅくし》や髯《ひげ》を汚しけり

驚くや夕顔落ちし夜半《よわ》の音

十月二十六日　晴

朝　粥《かゆ》に牛乳かけて三椀《わん》　佃煮《つくだに》　奈良漬

　便通及び包帯取替

午《ひる》　鶏鍋《とりなべ》　卵二つ　飯一碗《わん》　味噌《みそ》汁《しる》実は薩摩《さつま》芋《いも》　柿三つ　奈良漬

晩　鶏肉たたき　さしみ　柿など

夜　渋茶　ビスケット等

　眠られず

女客二人あり。

午後麓《ふもと》来る。手土産鶏肉たたき。ほかに古渡更紗《こわたりサラサ》の財布に金二円入れて来《きた》る。約束なれば受取る。

石の巻匏瓜《ほうか》より生鮭《なまざけ》一尾送り来る。

夜鼠骨《そこつ》来る。

　この頃の容体《ようだい》及び毎日の例

病気は表面にさしたる変動はないが次第に体が衰えて行くことは争われぬ。膿《うみ》の出る口は次第にふえる、寝返りは次第にむつかしくなる、衰弱のため何もするのがいやでただぼんやりと寝て居るようなことが多い。

腸骨《ちょうこつ》の側に新《あらた》に膿の口が出来てその近辺が痛む、これが寝返りを困難にする大原因になって居る。右へ向くも左へ向くも仰向《あおむけ》になるもいずれにしてもこの痛所《つうしょ》を刺激する、咳《せき》をしてもここにひびき泣いてもここにひびく。

包帯は毎日一度取換える。これは律《りつ》の役なり。尻《しり》のさき最も痛くわずかに綿をもって拭《ぬぐ》うすらなお疼痛《とうつう》を感ずる。背部にも痛き箇所がある。それゆえ包帯取換は余に取っても律に取っても毎日の一大難事である。この際に便通ある例で、都合四十分ないし一時間を要する。

肛門《こうもん》の開閉が尻の痛所を刺戟《しげき》するのと腸の運動が左腸骨辺の痛所を刺戟するのとで便通が催された時これを猶予《ゆうよ》するの力もなければ奥の方にある屎《くそ》をりきみ出す力もない。ただその出るに任《まか》するのであるから日に幾度あるかも知れぬ。従って家人は暫時《ざんじ》も家を離れることが出来ぬのは実に気の毒の次第だ。

睡眠はこの頃善《よ》く出来る。しかし体の痛むため夜中幾度となく目をさましてはまた眠るわけだ。歯齦《はぐき》から出る膿は右の方も左の方も少しも衰えぬ。毎日幾度となく綿で拭い取るのであるが体の弱って居る日は十分に拭い取らずに捨てておくこともある。

物を見て時々目がちかちかするように痛むのは年来のことであるが先日逆上以来いよいよつよくなって新聞などを見るとすぐに痛んで来て目をあけて居られぬようになった。それで黒眼鏡《めがね》をかけて新聞を読んで居る。

朝々《ちようちよう》湯婆《たんぽ》を入れる。熱出《いで》ぬ。小便には黄色の交り物あること多し
食事は相変らず唯一《ゆいいつ》の楽《たのしみ》であるがもう思うようには食われぬ。食うとすぐ腸胃が変な運動を起して少しは痛む。食うたものは少しも消化せずに肛門へ出る。

さしみは醤油《しようゆ》をべたとつけてそれを飯または粥《かゆ》の上にかぶせて食う。

佃煮《つくだに》も飯または粥の上に少しずつ置いて食う。

歯は右の方にて噛《か》む。左の方は痛くて噛めぬ。

朝起きてすぐ新聞を見ることをやめた。目をいたわるのじゃ。人の来ぬ時は新聞を見るのが唯一のひまつぶしじゃ。

食前に必ず葡萄酒《ぶどうしゆ》（渋いの）一杯飲む。クレオソートは毎日二号カプセルにて六粒。

十月二十七日　曇
明日は余の誕生日にあたる（旧暦九月十七日）を今日に繰り上げ昼飯に岡野の料理二人前を取り寄せ家内《かない》三人にて食う。これは例の財布の中より出たるものにていささか平生《へいぜい》看護の労に酬《むく》いんとするなり。けだしまた余の誕生日の祝いおさめなるべし。料理は会席膳《ぜん》に五品
○さしみ　まぐろと さより　胡瓜《きゆうり》　黄菊　山葵《わさび》
○椀盛《わんもり》　莢豌豆《さやえんどう》　鳥肉　小鯛《こだい》の焼いたの　松蕈《まつたけ》

○口取《くちとり》　栗のきんとん　蒲鉾《かまぼこ》　車鰕《くるまえび》　家鴨《あひる》　煮葡萄
○煮込　あなご　牛蒡《ごぼう》　八《や》つ頭《がしら》　莢豌豆
○焼肴《やきざかな》　鯛　昆布《こんぶ》　煮杏《にあんず》　薑《はじかみ》

午後蒼苔《そうたい》来《きた》る。四方太《しほうだ》来る。

牛乳ビスケットなど少し食う　晩飯はほとんど食えず。

料理屋の料理ほど千篇一律でうまくないものはないと世上の人はいう。されど病床にありてさしみばかり食うて居る余にはその料理が珍しくもありうまくもある。平生《へいぜい》台所の隅で香の物ばかり食うて居る母や妹には更に珍しくもあり更にうまくもあるのだ。

去年の誕生日には御馳走《ごちそう》の食いおさめをやるつもりで碧四虚鼠《へきしきよそ》四人を招いた。この時は余はいうにいわれぬ感慨に打たれて胸の中は実にやすまることがなかった。余はこの日を非常に自分に取って大切な日と思うたのでまず庭の松の木から松の木へ白木棉《もめん》を張りなどした。これは前の小菊の色をうしろ側の雞頭《けいとう》の色が圧するからこの白幕で雞頭を隠したのである。ところがしばらくすると曇りが少し取れて日が赫《かつ》とさしたので右の白幕へ五、六本の雞頭の影が高低に映ったのは実に妙であった。

待ちかねた四人はようよう夕刻に揃《そろ》うてそれから飯《めし》となった。余は皆に案内状を出すときに土産物の注文をしておいた。それは虚子《きよし》に「赤」という題を与えて食物か玩具《おもちゃ》を持って来いというのであったが虚子はゆで卵の真赤に染めたのを持って来た。これはニコライ会堂でやることそうな。鼠《そ》骨《こつ》は「青」の題で青蜜柑《みかん》、四方太《しほうだ》は「黄」の題で蜜柑と何やらと張子《はりこ》の虎とを持って来た。碧梧桐《へきごとう》は茶色、余は白であったが何やら忘れた。食後次第に話がはずんで来て余は昼の間の不安心不愉快を忘れるほどになった。余は象の逆立《さかだち》やジラフの逆立のポンチ絵を皆に見しょうと思うてしきりに雑誌をあけて居ると四方太は張子の虎の髯《ひげ》をひねり上げながら「独逸《ドイツ》皇帝だ独逸皇帝だ」などと言うて居る。実に愉快でたまらなんだ。

それに比べると今年の誕生日はそれほどの心配もなかったがあまり愉快でもなかった。体は去年より衰弱して寝返りが十分に出来ぬ。それに今日は馬鹿に寒くて午飯頃には余はまだ何の食欲もなかった。それに昨夜善《よ》く眠られぬので今朝は泣《な》かしかった。それでも食えるだけ食うてみたが後はただ不愉快なばかりでかつ夕刻には左の腸骨のほとりが強く痛んで何とも仕様がないのでただ叫んでばかり居たほどの悪日《あくにち》であった。

十月二十八日　雨後《のち》曇
午後左千夫《さちお》来る　丈《たけ》の低き野菊の類を横鉢に栽《う》えたるを携《たずさ》え来る
鼠骨来る
包帯取換の際左腸骨辺のいたみ堪《た》えがたく号泣また号泣　困難を窮《きわ》む
この日の午飯《ひるめし》は昨日の御馳走の残りを肴《さかな》も鰕《えび》も蒲鉾《かまぼこ》も昆布も皆一つに煮て食う　これは昨日より

もかえってうまし　お祭の翌日は昔からさいのうまき日なり
晩餐《ばんさん》は余の誕生日なればにや小豆飯《あずきめし》なり　鮭《さけ》の味噌漬《みそづけ》と酢の物（赤貝と烏賊《いか》）の御馳走にて左千夫、鼠骨とともに食う
食後話はずむ　余もいつもより容易《たやす》くしゃべる　十時頃二人去る

十月二十九日　曇

明治三十五年三月十日　月曜日　晴　（日記のなき日は病勢つのりし時なり）
午前七時家人《かじん》起き出《い》づ　昨夜俳句を作る　眠られず　今朝は暖炉《だんろ》を焚《た》かず
八時半大便、後《のち》腹少し痛む
同　四十分　麻痺《まひ》剤《ざい》を服す
十時　包帯取換にかかる　横腹《よこばら》の大筋《おおすじ》つりて痛し
　この日始めて腹部の穴を見て驚く　穴というは小《ちい》さき穴と思いしにがらんどなり　心持悪くなりて泣く
十一時過　牛乳一合たらず呑《の》む　道後《どうご》煎餅《せんべい》一枚食う
十二時　午餐《ごさん》　粥《かゆ》一碗《わん》　鯛《たい》のさしみ四切　食いかけてたちまち心持悪くなりて止《や》む
午後一時頃　牛乳
　始終どことなく苦しく、泣く
午後四時過　左千夫、蕨真《けっしん》二人来る　左千夫紅梅の盆栽をくれ蕨真鰯《いわし》の鮓《すし》をくれる（くさり鮓という由）
五時　大便
　蕨真去る
晩飯　小田巻《おだまき》（饂飩《うどん》）　さしみの残り　腐り鮓　金山寺《きんざんじ》味噌《みそ》（長塚所贈《ながつかおくる》）うまく喰《く》う　七時
頃麻痺剤を服す
夜　牛乳　煎餅　蜜柑《みかん》　飴《あめ》等

左千夫歌の雑誌のことを話す　九時頃去る
それより寝《しん》に就《つ》く　睡眠善《よ》き方なり
この頃の薬は水薬《みずぐすり》二種（一は胃の方、一は頭のおちつくため）

三月十一日
朝ストーヴを焚《た》く　大便　牛乳　十時朝飯　粥《かゆ》二碗《わん》　鯛《たい》のさしみ七切《きれ》ほど　味噌《みそ》　腐鮓《くさりずし》　蕗《ふき》の薹《とう》
と梅干　蜜柑三ケ　十一時　牛乳ココア入《いり》　煎餅《せんべい》一枚
十一時半　麻痺剤を服す　陸《くが》のおまきさん　梨《なし》数顆持《かもっ》て来てくれる
午後一時半頃　包帯取換
三時碧梧桐《へきごとうきた》来る　腰背痛《いたみ》にわかに烈《はげ》しく麻痺剤を呑む　種竹山人《しゅちくさんじん》来る　ただちに去る
五時頃　晩餐《ばんさん》　ごもく飯一碗　おだまき　さしみの残り　鱈《たら》汁　鱈と人参《にんじん》の煮物　九時頃牛乳
夕方より碧梧桐妻来る　十時ともに帰り去る
十一時過また痛《いたみ》烈しく起る　麻痺剤を服す
この頃は一日の牛乳三合必ずココアを交《ま》ぜる

三月十二日　晴　朝寒暖計五十度ばかり　暖炉を焚く
午前十時頃新聞を読ませる

十一時半　午餐　さしみ（鯛）　金山寺味噌　芹《せり》とあげ豆腐　ジャガタラ芋《いも》　注文せし「おだまき」来らず
挿雲《そううん》、露子《ろし》二人来る　飄亭《ひょうてい》来る
正午麻痺剤を服す　三人去る
午後二時　牛乳二杯　煎餅三、四
包帯取代　左へ寝戻《ねもど》りてより背腰ことに痛む　うとうとすれど眠られず
午後四時　おだまき　蒸饂飩《むしうどん》　さしみ少々　陸《くが》よりもらいたる豆のもやしなど食う
虚子《きよし》来る　ハム、ロープをくれる
六時　ぬく飯二わん　さしみの残り
談話　牛乳
十時　まひ剤を呑《の》む　虚子去る

明治三十五年　麻痺剤服用日記

六月二十日（これより以前は記さず）
正午　午後九時
六月二十一日
午後五時四十五分
六月二十二日
午前九時五分
六月二十三日
午前二時十五分
そこつ六月二十四日　雨　桑実《くわのみ》長塚より、清水峠《しみずとうげ》筍《たけのこ》、今成木公《いまなりもっこう》より
午前九時　午後六時二十分
きょし六月二十五日　晴　盆栽の写真、岐阜《ぎふ》三浦某より。写真数枚古竹《こちく》より。光琳《こうりん》百図虚子より
午前八時三十五分
六月二十六日　曇
午前八時

六月二十七日　雨　体温三十七度八分
　午前六時　午後十時
六月二十八日　雨　梅影《ばいえい》より澱粉《でんぷん》三種（甘藷《かんしょ》、里芋《さといも》、馬鈴薯《ばれいしょ》）を贈り来《きた》る
　午前十時二十分　午後八時二十五分
六月二十九日　雨
　午前九時
六月三十日　曇　体温三十七度二分
　午前七時　午後七時二十分
七月一日　雨
　午前八時半　午後五時二十五分
七月二日　曇、抱一画《ほういつが》（梅、水さし、はさみ）文鳳麁画《ぶんぽうそが》、桜の実、忍川豆腐《しのぶがわどうふ》
　午前八時半　午後七時十五分
七月三日　雨
　午前七時　午後三時半
七月四日　晴　建氏画苑《けんしがえん》、立斎《りゅうさい》百画、狂詩画譜《がふ》等小包にて来《きた》る
　午前四時過《すぎ》　午後四時
七月五日　曇　草花一鉢（麓《ふもと》より）茂春《もしゅん》来り絵本二、三十巻を見せる

午前七時過　午後五時
七月六日　晴　来客八人　漁村《ぎよそん》、新甫《しんぽ》、飄亭《ひようてい》、四方太《しほうだ》、豊泉《ほうせん》、耕村《こうそん》、村井某、森田義郎《もりたぎろう》
午前八時頃　午後七時頃
七月七日　晴
午前八時半　午後
七月八日　晴
午前七時半　午後五時半
七月九日　晴　いわしこ、豆腐、
午前九時十五分　この日衰弱疲労の極《きよく》に達す
七月十日　雨　煽風器《せんぷうき》成《な》る
のまず
七月十一日　晴　始めて蜩《ひぐらし》鳴く
二度呑《の》む
七月十二日　晴、始めて蟬《せみ》鳴く、茶の会席料理で碧梧桐、四方太、虚子会す
午前八時　午後四時四十分
七月十三日　晴、鼠骨《そこつ》、熱さに堪《た》えず、寿子《じゆし》、鳴翁訪《と》わる
午前四時　午後三時過

七月十四日　小雨、懐中汁粉《かいちゅうじるこ》、碧梧桐番《ばん》
　午前二時　午後三時
七月十五日　昼曇夜雨、虚子番、
　午前二時　午後一時半　午後九時半
七月十六日　曇、義郎番
　午後零時三十五分
七月十七日　曇、碧梧桐番、秀真《ほつま》来《きたる》
　午前一時　午後零時三十分　午後八時半
七月十八日　曇、鼠骨番
　午前九時半　午後五時半
七月十九日　虚子番　この日疲労極点に達し昏々《こんこん》
　午前九時半
七月二十日　碧梧桐、鼠骨来　正午疲労やや回復
　のまず
七月二十一日　曇　左千夫、蕨真《けっしん》来、月樵《げっしょう》の狸《たぬき》の画を見る
　午前十時
七月二十二日　晴　義郎番、如水子《じょすいし》来

午前九時半

七月二十三日　雨

午前十時

七月二十九日　曇　左千夫番

午前十時三十五分

五拾三駅《つぎ》
東海道続絵　全
一立斎広重筆《いちりゅうさいひろしげ》
錦橋堂蔵板

江戸より始め
半枚一駅ずつ

この絵本は人物を主として書けるゆえ不用の人物多く　浮世絵の俗分子《ぞくぶんし》多し　早年の画ならん
草津《くさつ》に青花摘《あおはなつみ》という画あり　露草《つゆくさ》に似たり

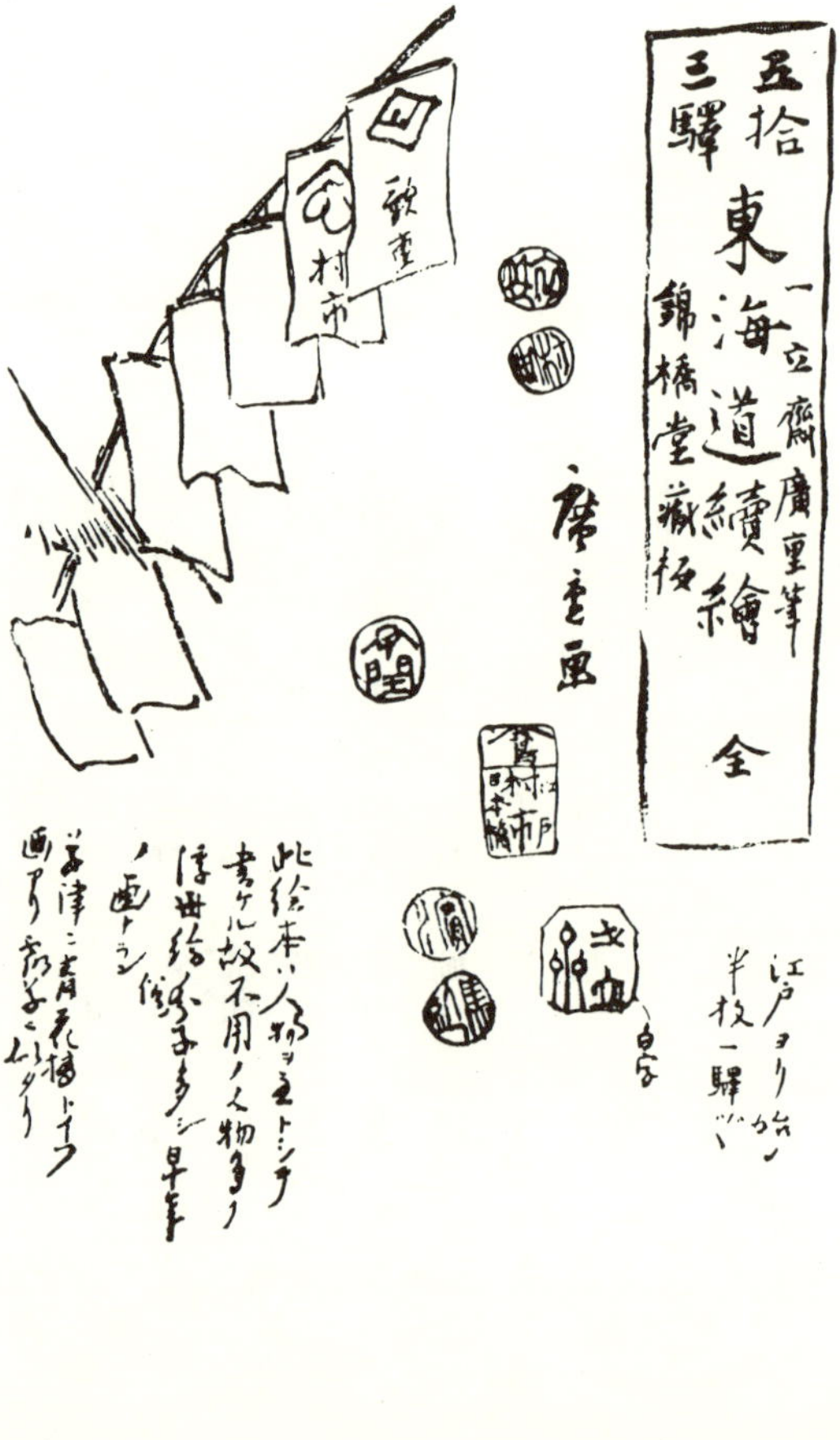

江戸　三島　岡部　荒井　宮　石部
品川　沼津　藤枝　白須賀　桑名　草津
川崎　原　島田　二川　四日市　大津
かな川　吉原　金谷《かなや》　吉田　石薬師　京
程《ほど》ヶ谷《や》　蒲原　日阪《にっさか》　御油《ごゆ》　庄野
戸塚　由井　懸川　赤坂　亀山
藤沢　興津　袋井　藤川　関
平塚　江尻　見附　岡崎　坂の下
大磯　府中　浜松　池鯉鮒《ちりゅう》　土山
小田原　鞠子《まりこ》　舞坂　鳴海　水口
箱根

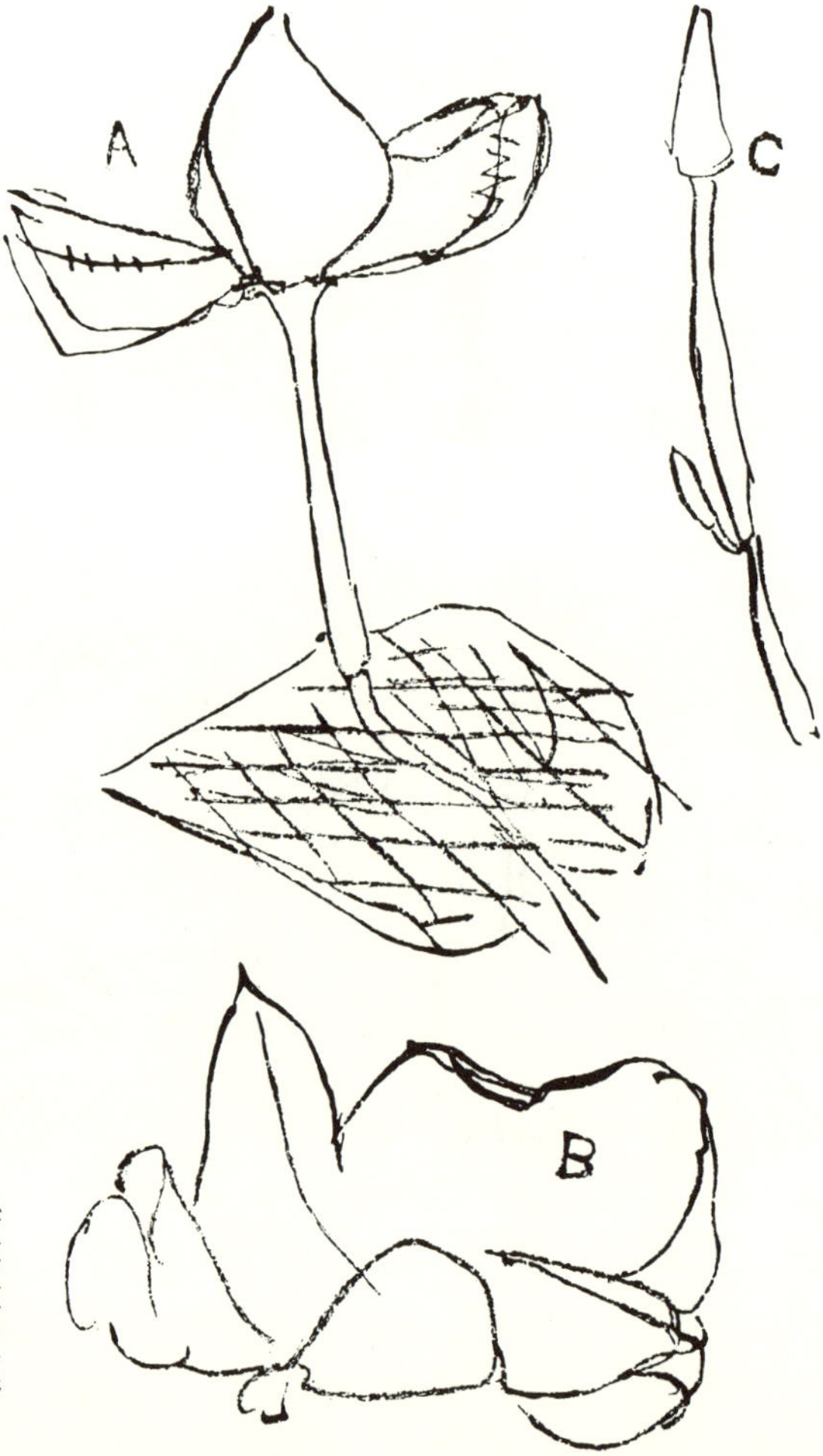

〔夜会草の花〕

三十五年
九月三日夜写《うつす》
夜《や》会《かい》草《そう》の花

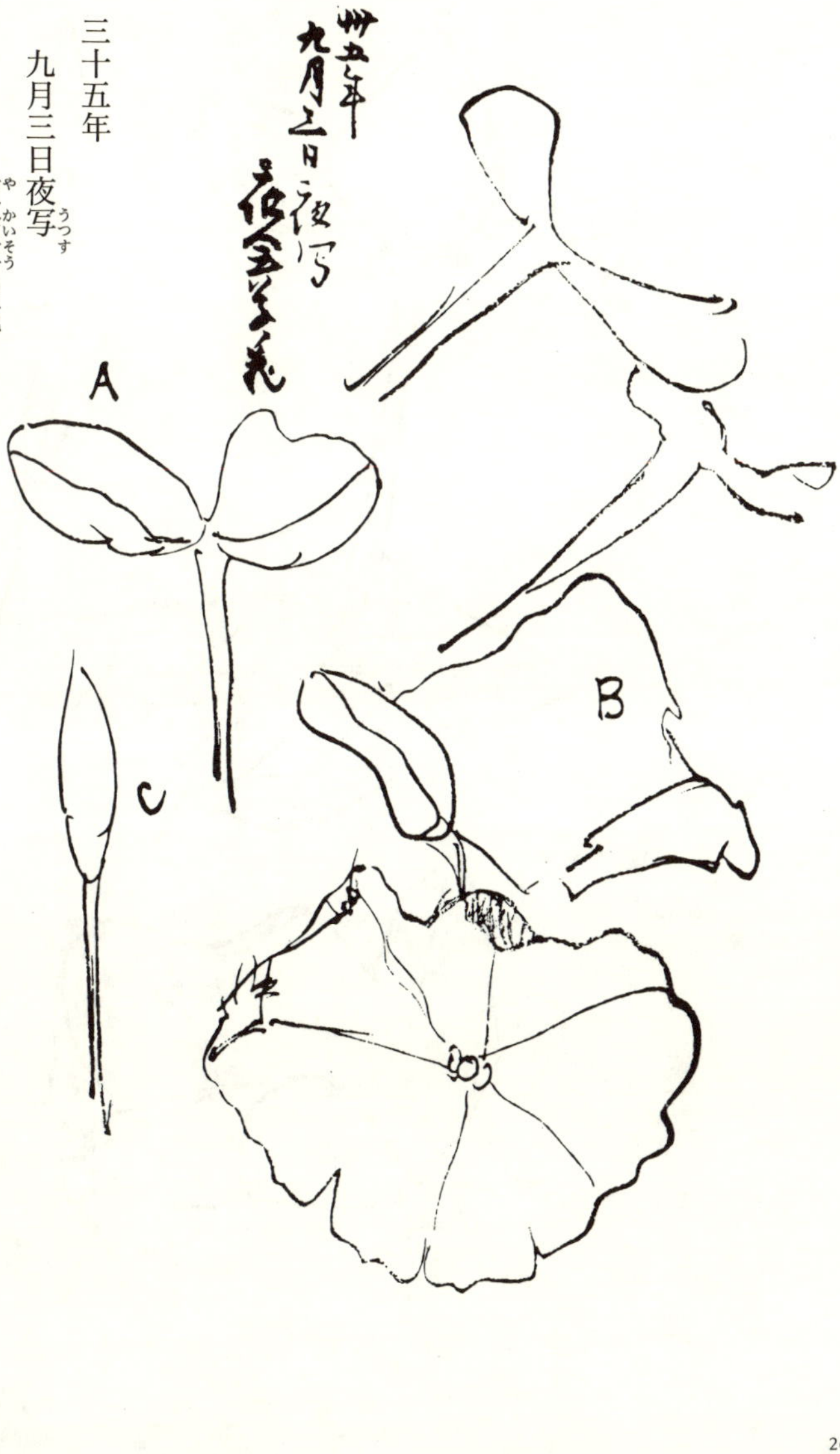

六月団匪起《だんぴおこり》八月走　君　王《くんおうをはしらしむ》
多謝柴《たしやすしば》中佐不　使　敵　越　牆《てきをしてかきをこえしめざりしを》
独軍不知礼《れいをしらず》露軍不重名《なをおもんぜず》
粗食而　愛　国　只　有　日　本　兵《にしてくにをあいするはただにほんへいあるのみ》

（傘提灯《かさぢようちん》　氷餅《こおりもち》
紙人形
虎杖《いたどり》と焼石《やけいし》）
○日本青年会
○碁《ご》の手と人物

煮兎憶諸友《うさぎをにてしよゆうをおもう》

下総《しもうさ》の節《たかし》のもとゆ贈り来《こ》し柔毛兎《にこげうさぎ》を
厨刀《くりやかたな》音かつかつと牛かひの左千夫《さちお》
がほふりふた股《また》の太けきを煮て桐《きり》の舎《や》と陽光《あきみつ》ぞ食《お》す
あなうまそびらの肉の
炙《あぶ》れるを病む我取らん残れるを
秀真《ほつま》もがもな家遠み
呼ぶすべをなみもみぢ葉の赤木も岡も
あはれ幸《さち》なし

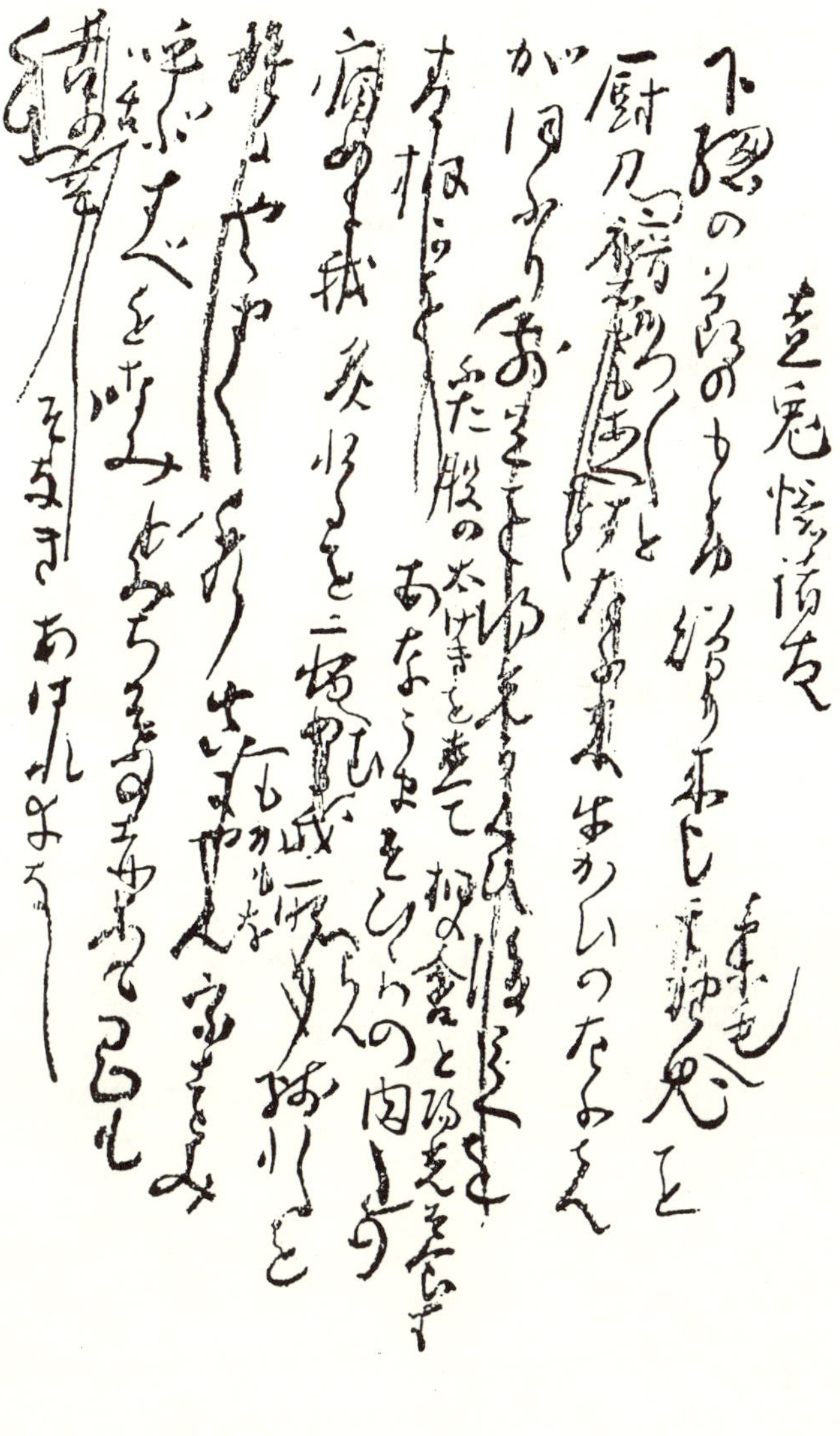

おくられものの歌数首「病牀六尺」の中にあり

九月三日椀もりの歌 戯寄隣翁《たわむれにりんおうによす》

麩《ふ》の海に汐《しお》みちくれば茗荷子《みょうがこ》の葉末《はずえ》をこゆる真《ま》玉《たま》白魚《しらうお》

戯れに左千夫《さちお》氏におくる（牛舎改築後洪水あり）

おほやけのみことかしこみ牛の為に建てし小屋はもけふの水の為

山林家《か》蕨真《けっしん》氏におくる

市に住めば水の患《うれい》あり山を買へば火の患あり火の患君は

○くれなゐの梅散るなへに故郷《ふるさと》につくしつみにし春し思ほゆ

わが病める枕辺近く咲く梅に鶯《うぐいす》なかばうれしけむかも
○つくしこはうま人なれや紅《くれない》に染めたる梅を絹傘にせる
梅の花散らばをしけん朝な夕な枕《まくら》べ去らず目な乏《とも》しめそ
○家の内に風は吹かねどことわりに争ひかねて梅の散るかも
○鉢植の梅はいやしもしかれども病の床に見らく飽かなく
紅《くれない》のこぞめと見えし梅の花さきの盛りは色薄かりけり
ふふめりし梅咲にけりさけれども紅の色薄くしなりけり
○春されば梅の花咲く日にうとき我《わが》枕べの梅も花咲く
○枕べに友なき時は鉢植の梅に向ひて歌考へつつ独り伏し居り《ひとりふしおり》
梅の花見るにも飽かず病めりとも手震はずば画にかかましを

京の人より香菫《においすみれ》の一束を贈り来《こ》しけるを

玉づさの君が使《つかい》は紫の菫《すみれ》の花を持ちて来しかも
君が手につみし菫の百菫《ももすみれ》花紫の一たばねはや
やみてあれば庭さへ見ぬを花菫我《わが》手にとりて見らくうれしも
うち日さす都の君の送り来し菫の花はしをれてつきぬ
玉透《たますき》のガラスうつはの水清み香《にお》ひ菫の花よみがへる

わがやどの菫《すみれ》の花に香はあれど君が菫の花に及ばぬ
土かひし君が菫は色に香に野べの菫に立《たち》まさりけり
一たびもいまだ見なくにわがためにすみれの花をつみし君かも
なぐさもるすべもあれとか花菫色あせたれどすてまくをしも
小包を開きて見れば花菫その香にほひてしをれてもあらず
言さへぐとつ国種の花菫其香《そのか》を清み嗅《か》げどあかぬかも
まそ鏡直目《ただめ》に見ねど花菫つみておくりし人し恋しも

碧梧桐赤羽根《あかばね》につくつくしつみにと再び出《いで》てゆくに

赤羽根のつつみに生ふるつくつくしのびにけらしもつむ人なしに
赤羽根の茅草《ちぐさ》の中のつくつくし老いほうけけりはむ人なしに
日の《赤羽根に》くれてつみ残したるつくつくし再び往きてつみて来にけり《かん人つまぬまに》
赤羽根のつつみにみつるつくつくし我妹《わぎも》と二人つめど尽きぬかも
つくつくしひたと生ひける赤羽根にいざ君も往け道しるべせな
赤ばねの汽車行く路のつくつくし又来る年も往《ゆ》きてつまなむ
うちなげき物なおもひそ赤羽根の汽車行く路につくつくしつめ
痩《や》せし身を肥《こ》えんすべもが赤羽根に生ふるつくつくしつむにしあるべし

つくつくしつみて帰りぬ煮てやくはんひしほと酢とにひててやくはん

つくつくし長き短き何もかも老いし老いさる何もかもうまき

つくつくし又つみに来《こ》む赤ばねの汽車行く路と人に知らゆな

つくつくし故郷《ふるさと》の野につみし事を思ひいでけり異国《ことくに》にして

女等《おみなら》のわりごたづさへつくつくしつみにと出《いづ》る春したのしも

　みづから病中の像をつくねて

わが心世《よ》にしのこらばあら金《がね》のこの土くれのほとりにかあらむ

　近江日野《おうみのひの》なる鈴木ふさ子より寒晒粉《かんざらしこ》を贈りこしければ

近江のやいぶきおろしにさらしたる米の粉たびし君し恋しも

黒きまでに紫深き葡萄《ぶどう》かな
なり初《そ》めし自家の葡萄を侑《すす》めけり
吹き下《おろ》す妙義《みょうぎ》の霧や葡萄園
盆栽の柘榴《ざくろ》実垂れて落ちんとす
蓑《みの》虫《むし》の鳴く時蕃《とう》椒《がらし》赤し
朝顔の盛《さかり》過ぎたる施《せ》餓《が》鬼《き》かな

男の子独りほしという人に代りて

桃太郎は桃金太郎は何からぞ

女の子ほしというを

花ならば爪くれなゐやおしろいや

年ふけて修学する不幸女《ふこうじょ》へ

女《お》郎《みな》花《えし》女ながらも一人前

吾空類焼《ごくうるいしょう》にかかりて二万巻やきたりとかや

腹中に残る暑さや二万巻
十ケ村鰮《いわし》くはぬは寺ばかり
日《にち》蓮《れん》の骨の辛さよ唐辛子

大漁

よべここに花火あげたる芒《すすき》哉《かな》
大岩の穴より見ゆる秋の海
朝《あさ》皃《がお》や我に写生の心あり
草花を画《えが》く日課や秋に入る
門川や机洗ふ子五六人
物洗ふ七夕川の濁《にご》り哉
洗ひたる机洗ひたる硯《すずり》哉

丁堂和尚《ちょうどうおしょう》より南岳の百花画巻をもらいて朝夕手を放さず

病床の我に露ちる思ひあり

題画《がにだいす》

庭行くや露ちりかかる足の甲

臥病《やまいにふして》十年

首あげて折々見るや庭の萩

親鸞《しんらん》賛

御《ご》連《れん》枝《し》の末まで秋の錦哉

薩摩知覧《さつまちらん》の提灯というを新圃《しんぽ》にもろうたり

虫取る夜運《うん》坐《ざ》戻りの夜《よ》更《ふけ》など

千里女子写真《ちさとのじょしの》

桃の如く肥えて可愛や目口鼻

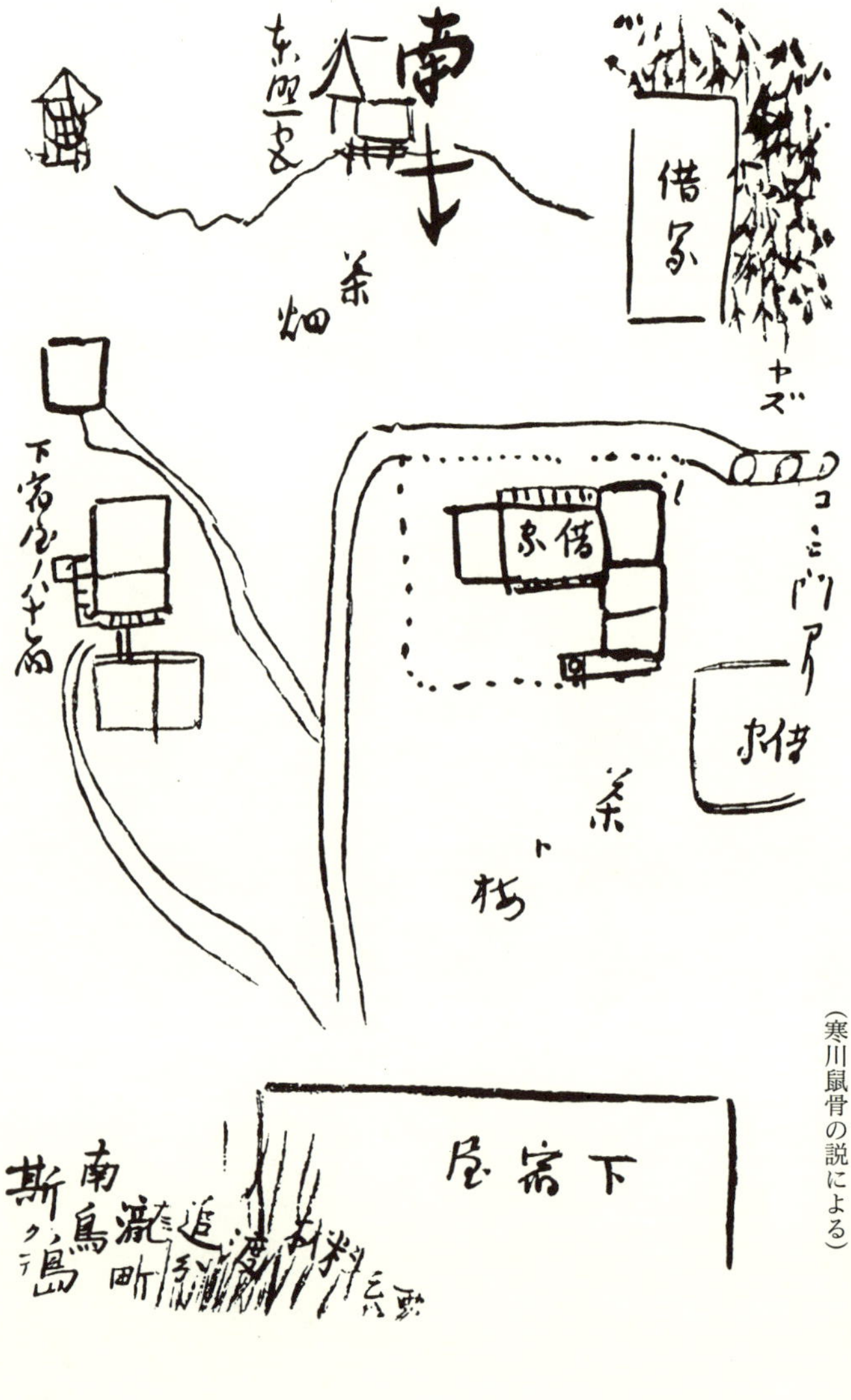

かつて子規が下宿した家の見取図
（寒川鼠骨の説による）

法然《ほうねん》賛　桃の実に目鼻かきたる如きかな
翡翠《かわせみ》や芙蓉《ふよう》の枝に羽づくろひ
桃売《うり》の西瓜《すいか》食ひ居る木陰哉
念仏に季はなけれども藤の花
盆栽の梅早く福寿《ふくじゆ》草《そう》遅《おそ》し
橋十二
四辻やどちら向いても春の月
十二橋
苗代《なわしろ》や第一番は善通寺？
猩臙脂《しようえんじ》に何まぜて見ん牡丹《ぼたん》かな
氷屋の軒《のき》並べたる納涼《すずみ》哉《かな》
弘法《こうぼう》賛　竜を叱《しつ》す其《その》御《おん》唾《つば》や夏の雨
よべここに花火あげたる芒《すすき》かな〔以下三句は重複〕
日蓮の骨の辛さよ唐辛子
大漁　十ケ村鰮《いわし》くはぬは寺ばかり
親鸞賛　御連枝の末まで秋の錦かな
伝教《でんぎよう》賛　此《この》杣《そま》や秋を定めて一千年
日蓮賛　鯨つく漁夫ともならで坊主哉

西陣

鬼灯《ほおずき》の行列いくつ御《お》命《めい》講《こう》
冬枯の中に錦を織る処《ところ》
石蕗《つわ》の花盛りに咲きて寺臭き

晋《しん》

鳶《とび》の香も夕立つ方に腥《なまぐさ》し
明石《あかし》より雷晴れて鮓《すし》の蓋《ふた》
瓜《うり》守《もり》や桂《かつら》の生洲《いけす》絶えてより
いそのかみ清水なりけり手前橋

其《き》

虫はむと朽木《くちき》の小町干されけり
驥《き》の歩み二万句の蝿あふぎけり
妾《しょう》が家蛍《ほたる》に小《こ》唄《うた》告げやらん
伊勢にても松魚《かつお》なるべし酒迎《さかむかえ》

角《かく》

早《さ》乙女《おとめ》に足洗はする嬉《うれ》しさよ
涼みまで都の空や連《つれ》と金
桐《きり》の花新《しん》渡《と》の鸚《おう》鵡《む》不言《ものいわず》
草の戸やいつまで草のかび粽《ちまき》

（以上十二句は宝井其角の『五元集』からの抜粋）

召《しよう》　波《は》

日も暮《くれ》ぬ人も帰りぬ水雞《くいな》鳴く
凄《すさまじ》哉《や》競馬左右の顔合《かおあわせ》
翌《あす》までと括《くく》りよせけり蚊帳《かや》の破《やれ》
筆のもの忌日《きにち》ながらや虫払《むしはらい》
茄子《なすび》ありここ武蔵野《むさしの》の這入口《はいりぐち》
茄子売《うり》一夏の僧をおとづるる
（以上六句は召波の『春泥発句集』からの抜粋）

夏山や岩あらはれて乱麻皴《らんましゅん》

○畑もあり百合《ゆり》など咲いて島ゆたか
○一列に十本ばかりゆりの花
○鄙《ひな》の様家南向《みなみむ》いてゆりの花
百姓の麦打つ庭やゆりの花
伸び足らぬ百合に大きな蕾《つぼみ》かな
○姫百合や日本の女丈《たけ》低し
○百合の花田舎臭きを好《愛》む《すかな》なり

百姓の土塀《どべい》に沿ふて百合の花
○百合持つて来たる田舎の使《つかい》かな
○宣教師の妻君百合を好みけり
花売の親爺《おやじ》に問へば鉄砲百合
○姫百合や余り短き筒《つつ》の中
○六尺の百合三尺の土塀かな
○用ありて在所《ざいしょ》へ行けば百合の花

小照《しょうしょう》自題

蝸牛《ででむし》の頭もたげしにも似たり

病中作

活《い》きた目をつつきに来るか蠅の声《飛ぶ》

謡曲熊坂《くまさか》

盗人《ぬすびと》の昼も出るてふ夏野かな
みじか夜や金《かね》商人《あきうど》の高いびき（この二首去年の作）
夏草や吉次《きちじ》をねらふ小《こ》盗人《ぬすびと》
夏の月大《おお》長《なぎ》刀《なた》の光哉《かな》

選挙競争

鹿を逐《お》ふ夏野の夢路草茂る

すずしさの皆打扮《いでたち》や袴《はかま》能《のう》

風板《ふうばん》引け鉢植の花散る程に

此日寒暑不定《このひかんしよさだまらず》　折柄淡雪《おりからあわゆき》という菓子をもらいて即事《そくじ》

湯婆踏《ふん》で淡雪かむや今《いま》土用

芋虫や女をおどす悪太郎

ラムネ屋も此頃《このごろ》出来て別荘地

生きかへるなかれと毛虫ふみつけぬ

毛虫殺す毛虫ぎらひの男哉

新川の酒腐りけり鮓《すし》の蓼《たで》

夏夜　明け易《やすし》　暑さ　涼しさ　炎天　五月晴《さつきばれ》

薫風　夏月《なつのつき》　卯花下《うのはなくだ》し　五月雨《さみだれ》　夕立　雲の峰　青嵐《あおあらし》

清水　夏山　夏埜《なつの》　夏川

扇　団扇《うちわ》　蚊帳《かや》　蚊遣《かやり》　昼寝　真菰刈《まこもかり》

田植　端午《たんご》　幟《のぼり》　祭　祇園会《ぎおんえ》　葵祭《あおいまつり》　行水　泳　納涼　鵜飼《うかい》　夏籠《げごもり》夏書《げがき》　更衣《ころもがえ》　袷《あわせ》　掛香《かけこう》

夏羽織　灌仏《かんぶつ》　日傘　御祓《みそぎ》　鮓《すし》　新茶　葛水《くずみず》　氷室《ひむろ》　氷水　粽《ちまき》　はつたい　煮酒《にざけ》

若葉茂《しげる》　常は木《ときぎ》落葉　葉柳

橘《たちばな》　樗《おうち》　栗花《くりのはな》　石榴花《ざくろのはな》　椎花《しいのはな》　桐花《きりのはな》　卯の花《うのはな》

夏橙《なつだいだい》　林檎《りんご》　いちご　梅実《うめのみ》　ゆすら梅　杏《あんず》　李《すもも》　バナナ

けし　美人草　蓮花《はすのはな》　花菖蒲《はなしょうぶ》　杜若《かきつばた》　河骨《こうほね》　藻花《ものはな》　昼白《ひるがお》　夕白《ゆうがお》　百合《ゆり》　牡丹《ぼたん》　薔薇《ばら》　茨《いばら》

苔花《こけのはな》　夏草　草茂《くさしげる》　蓮葉《はちすば》　筍《たけのこ》　若竹《わかたけ》　竹落葉

茄子《なす》　胡瓜《きゅうり》　瓜《うり》　麦　早苗《さなえ》　麻

時鳥《ほととぎす》　かっこー　蝙蝠《かわほり》　雨蛙《あまがえる》　蟇《がま》　行々子《ぎょうぎょうし》　翡翠《かわせみ》
松魚《かつお》　鮎《あゆ》　蝸牛《でで むし》　なめくじり
蛍《ほたる》　蚊《か》　蟬《せみ》　蠅《はえ》　蚋《ぶと》　火取虫　蚤《のみ》　孑孑《ぼうふら》　水馬《あめんぼう》　豉虫《まいまい》

浴衣《ゆかた》著《き》て田舎の夜店見に行きぬ
夜店なる安夏帽や買ひがてぬ
夏の月京は夜店の灯《ともし》かな
〔抹消　蚊遣粉《かやりこ》の夜店に人のつどひけり〕
言巧《ことばたくみ》に蚤取粉《のみとりこ》売る夜店かな
〔抹消　京は夜店されど牡丹は売らぬ也〕
〔抹消　夏休み夜店に土産ととのへて〕
坂本は夏菊少《すこ》し夜店かな
〔抹消　夏帽を欺《あざむ》かれけり夜店物〕
暑き日の暮れて著《つ》く町の夜店かな
氷屋の夜店出したる始めかな
腐りたる松魚《かつお》を照す夜店かな
夜店出て鄙町《ひなまち》夏をにぎはひぬ
閑子鳥《かんこどり》三個の秘事は伝《でん》絶えぬ
やぶ入の小僧の群や夏芝居
はつたいや褒姒《ほうじ》笑はぬこと五年

夏野行く人や天狗《てんぐ》の面を負ふ
背に負へる天狗の面や木下闇《こしたやみ》

遠くから見えし此《この》松氷茶屋

○鎌倉は堅魚《かつお》もなくて小鰺《こあじ》かな

○暁の第一声や松魚《かつお》売《うり》

力入れて蚤《のみ》の卵をつぶしけり

蚤共《とも》に卵つぶるる音高し

豆よりも細き灯《あかり》や蓮の亭《ちん》

○若《わか》楓《かえで》築《つき》山《やま》の亭《ちん》荒にけり

○草花を圧する木々の茂りかな

○天狗住んで斧《おの》入らしめず木の茂り

○植木屋は来《きた》らず庭の茂りかな

翡《かわ》翠《せみ》を隠す柳の茂りかな

○日光は杉茂り箔《はく》の光かな

○椎《しい》の木の茂りて見えぬ上野かな

○市中の山の茂りや煉瓦《れんが》塔《とう》

○人住まぬ湖中の島の茂《しげり》かな

○一老樹這《はい》枝《え》茂りて下に茶店《ちゃや》

金ぴらの社《やしろ》をかくす茂かな

○辛《から》崎《さき》の松は枯れつつ《片かれ》茂りつつ《片茂り》

○蓬《ほう》萊《らい》の松の茂りや鶴百羽

八方へ茂り広がる松に杖《つえ》

○墓の木は茂りぬ玉や腐るらん

楓《かえで》茂り桜茂りて寺暗し

○目《め》印《じるし》の喬《きょう》木《ぼく》茂る小《こ》村《むら》かな

○釣《つり》床《どこ》に夕日漏《も》り来る茂かな

○柱にもならで茂りぬ五百年

○門を入りて木々の茂りや家遠し

○ところどころ鹿の顔出す茂りかな

○八方へ茂れる松や 松の茂りや杖百本

棉花　海近くなりぬ帆《帆の大きさよ》見えて棉の花
　○此《この》浜や此頃埋めて棉の花

草市　草市や雨に濡れたる蓮《はす》の花
　○草市の草の匂《にお》ひや広小路

箒木苕草《ちょうそう》　鎌丸は箒木《ははきぎ》の舎《や》と名のりけり
　○箒木の舎は鎌丸の舎号かな
　○箒木の四五本同じ形かな

蝉　山深く見馴《みな》れぬ花や蝉も鳴かず
六月会
　○あながまの声や手の蝉袖《そで》の蝉

舟遊　網の舟料理の舟や舟遊び
　○舟遊び愛宕《あたご》の塔を右に見て
　御《お》庭《にわ》池《いけ》川せみ去つて鷺《さぎ》来る

翡翠《かわせみ》　○川《かわ》蝉《せみ》の魚を覗《うかが》ふ柳かな

掛香《かけこう》　掛香や紅《べに》粉やくさぐさ京土産
　○掛香を人にくれけり後《ご》家《け》の君

蟬始めて鳴く鮠《はえ》釣る頃の水《みず》絵《え》空
梅《つ》雨《ゆ》晴《ばれ》や蜩《ひぐらし》鳴くと書く日記
腸《はらわた》の塵《ちり》を洗はん沖《おき》鱠《なます》
沖鱠都の鯛《たい》のくさり時
盆栽に水やり時や蟇《ひきがえる》
刈残す一《ひと》畝《せ》の桑や夏蚕《がいこ》
真黒な毛虫の糞や散《ちり》松葉

カナリヤの卵腐りぬ五月晴
薔《ば》薇《ら》を剪《き》る鋏《はさ》刀《み》の音や五月晴

川せみの魚銜《ふく》み去る夕日かな
川せみのねらひ誤る濁《にごり》かな
川せみの来《きた》る柳を愛すかな
川せみの池を遶《めぐ》りて皆柳
川せみの来ぬ日柳の嵐かな

川せみも鷺《さぎ》も来て居る柳哉
柳伐《きっ》て川せみ魚を取らずなりぬ《遂に来ずなりぬ》
川せみの足場をえらぶ柳哉
川せみの去《さっ》て柳の夕日哉
川せみの飛んでしまひし柳かな

無事庵《ぶじあん》遺子木公《もっこう》来る

鳥の子の飛ぶ時親はなかりけり

芍薬《しゃくやく》を画いて

芍薬の衰へて在り枕《まくら》もと
芍薬を画《えが》く牡《ぼ》丹《たん》に似も似ずも

垂釣雑詠《すいちょうざつえい》

夜涼《やりょう》如水《みずのごとし》三味《み》引《ひ》きやめて下り舟
驟雨《しゅうう》欲来《きたらんとほっす》五尺の百合を吹く嵐
修竹《しゅうちく》千《せん》竿《かん》灯《ひ》漏《も》れて碁《ご》の音涼し
薫《くん》風《ぷう》吹レ袖《そでをふき》釣《つり》竿《ざお》担《かつ》ぐ者は我
若葉青葉魚のぞきつつ遡る《魚釣るるべき枝流れ》

鮎《あゆ》釣らんか如《し》かずドンコを釣らんには

蘆《あし》茂る水清うして魚居らず

芭蕉《ばしよう》　破《やれ》団扇《うちわ》夏も一炉《ろ》の備《そなえ》哉《かな》

キ角《かく》　粛山《しゆくざん》のお相手暑し昼一斗

去来《きよらい》　柿の花散るや仕官の暇《いとま》なき

蕪村《ぶそん》　〔抹消　手すさびの団扇画《うちわえ》芭蕉キ角など〕

団扇二つ角と雪とを画きけり

太祇《たいぎ》　俳諧の仏千句の安《あん》居《ご》哉

召波《しようは》　村と話す維《これ》駒《こま》団扇取つて傍《かたわら》に

丈草　青《あお》嵐《あらし》去来や来ると門《かど》に立つ

几《き》董《とう》　李《り》斯《し》伝《でん》を風吹きかへす昼寝かな

智月　義《ぎ》仲寺《ちゆうじ》へ乙《おと》州《くに》つれて夏《げ》花《ばな》摘《つみ》

園女《そのじよ》　罌《け》粟《し》さくや尋ねあてたる智月庵

惟然《いぜん》　昼《ひる》蚊《が》帳《や》に乞食と見れば惟然坊

鬼貫　酒を煮る男も弟子の発《ほつ》句《く》よみ

陸前石巻より大鯛《おおだい》三枚氷につめて贈りこしければ

三尺の鯛生きてあり夏氷

三尺の鯛や蠅飛ぶ台所

虚子一女一男の写真

筍《たけのこ》や哉虞《ぐ》美《び》人《じん》草《そう》の蕾《つぼみ》哉《かな》

渡辺某に似《し》めす

南瓜《かぼちゃ》の賦《ふ》茄子《なすび》の篇《へん》や村《そん》夫《ぷう》子《し》

写生帖の後《うしろ》に数句あり

寄香墨《こうぼくによす》

相別れてバナナ熟する事三度

読吉野紀行《よしのきこうをよむ》

○六《む》田《た》越えて桜に近しや《花に急ぐや》一の坂

○吉野山第一本の桜哉

○西行庵花も桜もなかりけり

○西行の飯たく《自炊の》跡や春の山
○花の山《見えて》足踏み鳴らす登り口
両側の桜咲きけり登り口
○花見つつ吉野の町に入りにけり
○花の山蔵《ざ》王《おう》権《ごん》現《げん》静まりぬ
○千本が一時に落花する夜あらん
花に来て芳雲館に昼《ひる》餉《げ》哉
○指ざすや花の木の間の如《によ》意《い》輪《りん》寺《じ》
○案《あ》内《ない》者《しや》の楠《くすのき》語る花見かな
花の宿くたびれ足を按《あん》摩《ま》哉
水《み》分《くまり》の神が霧ふく桜哉
○案内者も紳士も《我等も》濡れて花の雨
○南朝の恨《うらみ》を残す桜かな

殺生石《せつしようせき》 謡曲

殺生石の空はるかなる帰《き》雁《がん》かな
石にそふ狐《きつね》の跡や別れ霜《じも》
初《はつ》雷《らい》やはじめて落《おち》しわらは病《やみ》

虫穴を出て殺生石に魂《たま》もなし
春殿に玉藻の前の光かな
玉虫の穴を出たる光哉
化《ばけ》物《もの》の名所へ来たり春の雨
三浦の介《すけ》上総《かずさ》の介や泊り山
陽炎《かげろう》や石の魂《たましい》猶《なお》死なず

無事庵追悼

時鳥《ほととぎす》辞世の一句なかりしや
夏草にまだ見ぬ人の行《ゆく》へ哉
　叔父の欧羅巴《ヨーロッパ》へ赴《おもむ》かるるに笹の雪を贈りて
春惜む宿や日本の豆腐汁
里人は土筆《つくし》も食はず蓬《よもぎ》摘《つみ》
蓬つむや鶯《うぐいす》遅き蜑《あま》が里
春の海鯛《たい》も金毘羅《こんぴら》参り哉
おくればせに蓬摘むなり彼岸過
学校へ行かぬ子達か蓬摘

送別

君を送る狗《えの》ころ柳散る頃に

母の花見に行き玉えるに

たらちねの花見の留守や時計見る

律土筆取《つくしとり》にさそわれて行けるに

看病や土筆摘むのも何年目

病床を三里はなれて土筆取

茶器どもを獺《うそ》の祭の並べ方

獺《かわうそ》の祭を画く意匠かな

寒食や庚《こう》申《しん》堂《どう》の線《せん》香《こ》立《たて》

寒食の村を過《すぎ》行《ゆく》飛《ひ》脚《きゃく》かな

つつじまだ咲かで淋《さび》しき園《その》生《う》哉

悼蘇山人《そさんじんをいたむ》

陽《かげ》炎《ろう》や日本の土に殯《かりもがり》

蝶飛《とぶ》や蘇山人の魂《たま》遊ぶらん

蒲公英《たんぽぽ》やボールころげて通りけり

剝《はく》製《せい》の雉《きじ》蒲公英の造り花

蒲公英や細工にすべき花の形《かた》

盆栽紅梅《ぼんさいのこうばい》

紅梅の鉢や寝て見る置処《おきどころ》

火を焚《た》かぬ暖《だん》炉《ろ》の下や梅の鉢

紅梅や平安朝の女だち

紅梅に中《ちゅう》日《にち》過《すぎ》し彼岸哉

紅梅の落花をつまむ畳哉

紅梅の散りぬ淋しき枕《まくら》元《もと》

牡《ぼ》丹《た》餅《もち》の使《つかい》行き逢ふ彼岸かな

春水《しゅんすい》や囲ひ分けたる金魚の子
春の水都に入りて濁りけり
下総《しもうさ》の国の低さよ春の水
春の日や時計屋に立つ田舎人
春の日や賞牌《しょうはい》胸に美少年
春の日の御願《ごがん》ほどきもついでかな

のどかさに昼餉《ひるげ》も食はで歩きけり　類句ありしか
名物の餅《もち》を搗《つ》き居るのどかさよ
のどかさや案内者つれし田舎者

闇を出て朧《おぼろ》に人の影二つ
取り残す棚の糸瓜《へちま》やおぼろ月
朧夜の眼薬買ひに薬師《やくし》道《みち》
路地口を出でて朧の大路かな
話しながら土手の上行く人朧
朧夜の端《は》唄《うた》を歌ふ往来《ゆきき》かな

見返れば住吉の灯の朧なる
末遂《と》げぬ恋の始《はじめ》やおぼろなる
篷《とま》あげて見る両岸の朧かな　人家朧に下り舟
朧月狐《きつね》に魚を取られけり
背の高き人イ《たたず》めり朧陰　に逢ひける朧哉
朧野や朧を破る藁《わら》砧《ぎぬた》
朧灯を見ながら歩行く疲れ足　夜や遠灯見ながらくら
幽霊の如き東寺《とうじ》や朧月
遠くとも近くとも見えて灯《ひ》朧
大仏の目には吾等も朧かな
馬の灸《きゆう》の張《はり》紙《がみ》出たり摩《ま》耶《や》参《まいり》
今流《は》行《や》る馬の病や摩耶参
馬かざる心やさしや摩耶参
東《こ》風《ち》吹くや船の寄る待つ離れ島
夕《ゆう》東《こ》風《ち》や火をともしたる漁《いさり》舟《ぶね》

蝶々や駅《うまや》々《うまや》の子守歌
蝶の羽に霜《しも》置く夜半や冴《さ》え返る
蝶飛ぶやアダムもイヴも裸也
虎杖《いたどり》も蕨《わらび》も伸びぬ山の様
（馬の歯にやはらかき萩の若葉かな《萩の若葉のやはらかき》
宮城野のま萩の若葉馬や喰ひし
うれしきかなと蕎麦《そば》ふるまひぬ店卸《たなおろし》
捕へたる孕《はらみ》雀《すずめ》を放ちけり
つり上げし魚の光や暖き
春を湛《日の永き言《こと》の永き》ふ浜荻《春や今》筆の穂の長き
蚕《こ》飼《がい》する国や仏の善光寺　（雑誌祝《いわい》）

春の山女夫《めおと》の神を祀《まつ》りけり
茶屋ありて夫婦餅《もち》売る春の山
土佐が画の人丸《ひとまろ》兀《は》げし忌日《いみび》かな
橘《たちばな》の曙《あけ》覧《み》の庵《いお》や人丸忌
貝《かい》寄《よせ》の風《かぜ》敷《しき》波《なみ》の汀《みぎわ》かな
に かくよる《ただよふ》玉藻かな
転居して椿《つばき》咲く庭梅ちる戸
家越して椿の蕾《つぼみ》うれしかり
江戸詰《づめ》も已《すで》に久しや蜆汁《しじみじる》
落《らっ》花《か》流《りゅう》水《すい》草芳《かんば》しき裾《すそ》模様
鶴引くや蓬《ほう》萊《らい》の松遠《とお》霞《がすみ》
雪解けて熊来ずなりし孤《こ》村《そん》かな
髭《ひげ》剃《そ》るや上野の鐘の霞む日に
残《ざん》雪《せっ》に雞《にわとり》白き余《よ》寒《かん》かな
家を出て根岸田圃の杉《すぎ》菜《な》かな
杉《すぎ》菜《な》多き堤に出たり土《つ》筆《くし》狩《がり》
山焼いて十日の市や初《はつ》蕨《わらび》

水取や杉の梢《こずえ》の天狗星

移居《きよをうつす》十首

手水鉢《ちょうずばち》八手《やつで》の花に位置をとる
庭石や霜に鳥なく藪柑子《やぶこうじ》
北窓に春まつ梅の老木《おいき》哉
蓬萊も家越車《やごしぐるま》や松の内
新宅は神も祭らで冬籠《ふゆごもり》
鮟鱇鍋河豚《あんこうなべふぐ》の苦説もなかりけり
かぜ引の妻よ夫よ玉子酒
貧をかこつ隣同士の寒鴉《かんがらす》
軸の前支那水仙の鉢もなし
琴箱のうらは藪也《やぶなり》ささ鳴《なき》す

明治三十五年一月
碧梧桐兄《へきごとうけい》　一粲《いっさん》

病床口吟《こうぎん》

室外

蕾《つぼみ》つく梅の苗木や霜柱

朝霜に青き物なき小庭哉

枯尽くす糸瓜の棚の氷柱《つらら》哉

隣住む貧士に餅《もち》を分ちけり

清《せい》潭《たん》の居《お》る山寒し獅《し》子《し》の声

烏《え》帽《ぼ》子《し》着よふいご祭のあるじ振《ぶり》

室内

蓋《ふた》取つて消息いかにあんこ鍋《なべ》

〔抹消　朝霜や大仏殿の鼻柱〕

薬のむあとの蜜《み》柑《かん》や寒の内

暖《だん》炉《ろ》たく部屋暖《あたたか》にふく寿草

繭《まゆ》玉《だま》や仰《あお》向《むけ》にねて一人見る

病床やおもちや併《なら》べて冬籠《ふゆごもり》

解《げ》しかぬる碧《へき》巌《がん》集《しゅう》や雑《ぞう》煮《に》腹《ばら》

一番町二十七番

井伊屋敷下　　谷こーし

顕微鏡で見たる澱粉の形状

澱粉

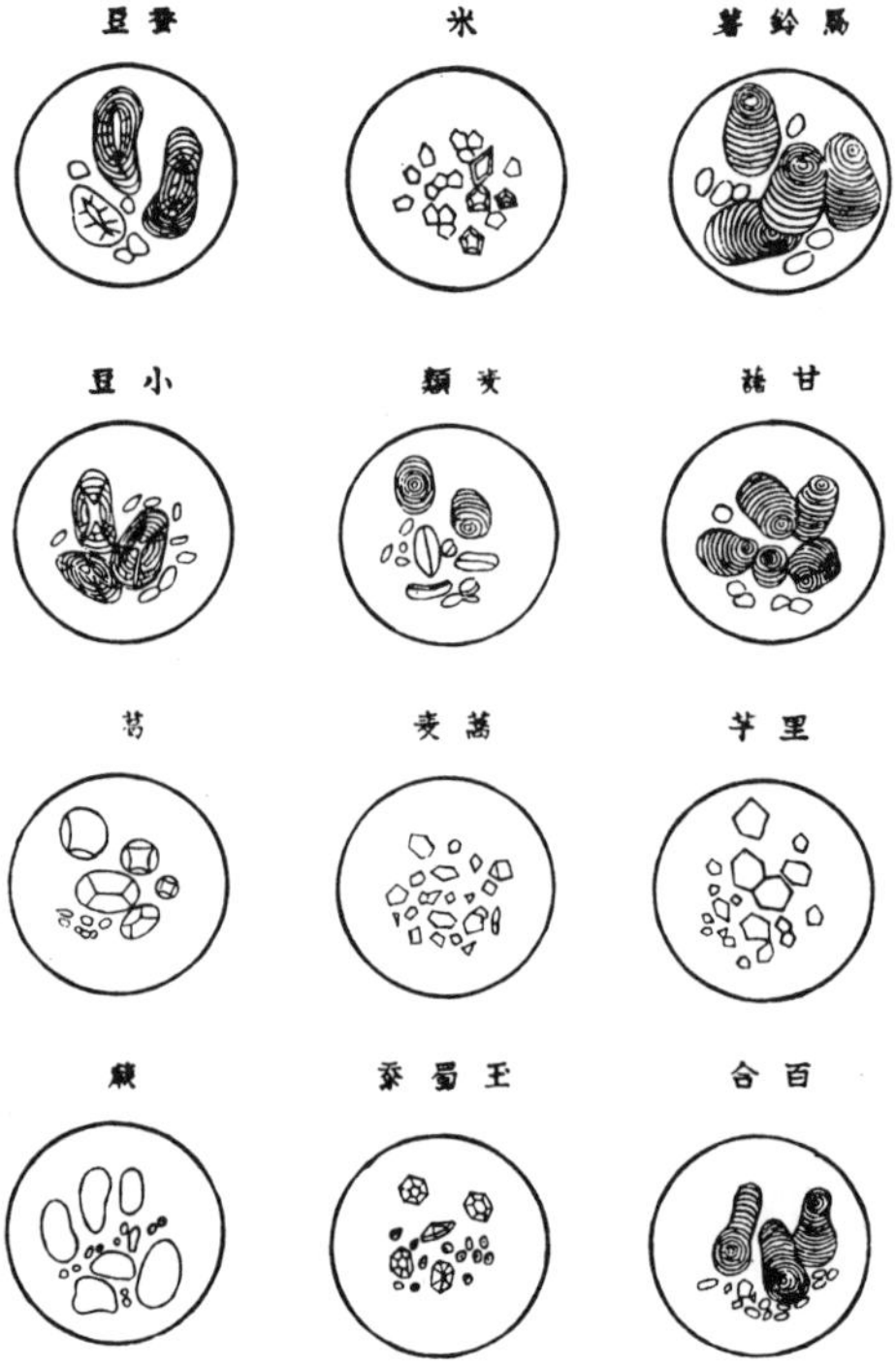

病牀六尺

明治三十五年（一九〇二）五月五日から子規が亡くなる前々日の九月十七日まで新聞『日本』に百二十七回にわたって連載された。巻末の三篇の未定稿は没後、病室で発見されたものである。

一

○病床六尺《びょうしょうろくしゃく》、これがわが世界である。しかもこの六尺の病床が余《よ》には広過ぎるのである。わずかに手を延ばして畳に触れることはあるが、布団《ふとん》の外へまで足を延ばして体をくつろぐことも出来ない。はなはだしい時は極端の苦痛に苦しめられて五分《ごぶ》も一寸《いっすん》も体の動けないことがある。苦痛、煩《はん》悶《もん》、号泣、麻痺剤《まひざい》、わずかに一条の活路を死路の内に求めて少しの安楽を貪《むさぼ》る果敢《はか》なさ、それでも生きて居ればいいたいことはいいたいもので、毎日見るものは新聞雑誌に限って居れど、それさえ読めないで苦しんで居る時も多いが、読めば腹の立つこと、癪《しゃく》にさわること、たまには何となく嬉《うれ》しくてために病苦を忘るるようなことがないでもない。年が年中、しかも六年の間世間も知らずに寝て居た病人の感じはまずこんなものですと前置きして

○土佐の西の端に柏島《かしわじま》という小さな島があって二百戸の漁村に水産補習学校が一つある。教室が十二坪、事務所とも校長の寝室とも兼帯で三畳敷《じょうじき》、実習所が五、六坪、経費が四百二十円、備品費が

二十二円、消耗品費が十七円、生徒が六十五人、校長の月給が二十円、しかも四年間昇給なしの二十円じゃそうな。そのほかには実習から得る利益があって五銭の原料で二十銭の缶詰が出来る。生徒が網を結ぶと八十銭くらいの賃銀を得る。それらは皆郵便貯金にしておいて修学旅行でなけりゃ引出させない、ということである。この小規模の学校がその道の人にはこの頃有名になったそうじゃが、世の中の人はもちろん知りはすまい。余はこの話を聞いて涙が出るほど嬉《うれ》しかった。我々に大きな国家の料理が出来んとならば、この水産学校へ這入《はい》って松魚《かつお》を切ったり、烏賊《いか》を乾したり網を結んだりしてかような校長の下に教育せられたら楽しいことであろう。

(五月五日)

二

○予は性来臆病《せいらいおくびよう》なので鉄砲を持つことなどは大嫌いであった。もっとも高等中学に居る時分に演習に往《い》ってモーゼル銃の空撃《からう》ちをやったことがあるが、そのほかには室内射的ということさえ一度もやったことがない、人が鉄砲を持って居るのを見てさえ、何だか剣呑《けんのん》で不愉快な感じがするくらいであるから、楽しみに銃猟に出かけるなどということはいくらすすめられても思いつかぬことであった。昨年であったか岩崎某がその友人である大学生の某《なにがし》を誤《あやまつ》て打殺《うちころ》したということを聞いた時に、縁も由縁《ゆかり》もない人であるけれど予は不愉快で堪《たま》らなかった。しかるにこの事件は撃たれたる某の父の正しき請求によりて、岩崎一家は以来銃猟をせぬという家憲を作りて目出度《めでたく》納まったので、それは愉快に局を結んだが、したがって一般の銃猟ということに対してはますます不安を感じて来た。しかるに近来頭のわるくなるとともに、理屈臭いものは一切読めぬことになって、ついには新聞などに出て居る銃猟談をよむほど面白く心ゆくことはなかった。ある坊さんがいうには、銃猟ほど残酷なものはない、鳥が面白く歌《うと》うて居るのを出しぬきに後から撃つというのは丁度人間が発句《ほっく》を作って楽しんで居るのを、後ろから撃ち殺すようなものである、こんな残酷なことはないというたことがある。それはもっともな話で、鳥の方から考える時にはまことに残酷に違いないが、しかし普通の俗人が銃猟をして居る時の心持はまことに無邪気で愛すべきところがあるので、その銃猟談などを聞いても政治談や経済談を聞くのと違って、愉快な感じを起すことになるのであろう。

○そのうえに銃猟は山野を場所として居るのでそれがために銃猟談に多少の趣きを添えることが多い。ことに玄人《くろうと》になると雀《すずめ》や頬白《ほおじろ》を撃っていたずらに猟の多いことを誇るようなことはせぬようになり、自《おのずか》らその間に道の存するところの見えるのも喜ぶべき一箇条である。しかるに惜しいことには無風流《ぶふうりゅう》な人が多いので、その話をきくと殺風景な点が多いのは遺憾《いかん》なことである、銃猟談は前いうように山野に徘徊《はいかい》するのであるから、鳥を撃つということよりも、それに付属したる件に面白味があるのにきまって居るが、その趣きを発揮する人がはなはだ少ない。近頃『猟友』という雑誌で飯島博士が独乙《ドイツ》で銃猟したことの話が出て居るが、これはよほどこまかく書いてあるので、ほかのよりは際立って面白いことが多い。例《れい》せば井上公使の猟区に出掛けた時の有様を説いて、おのおのが手製の日本料理をこしらえて、正宗《まさむね》の瓶《びん》を傾け、しかもそこに雇いつけの猟師（独逸人《ドイツ》）に日本語を教えてあるのでそれから部屋の中でからに、飯を食う時などは、手をポンポンと叩《たた》く、ヘイと返辞をするのだと教えておく、ところが猟師の野郎ヒイというて奇妙な声を出して返辞をする、どうも抱腹絶倒実に面白い生活です

などと書いてあるところは実に面白く出来て居る。すべてこういう風に銃猟談はして貰《もら》いたいものである。否《いな》もう少しこまかく叙したならば更に面白いに違いない、銃猟もここに至って残酷の感を脱してしまうことが出来る。

（五月六日）

三

○東京の牡丹《ぼたん》は多く上方《かみがた》から苗が来るので、寒牡丹だけは東京から上方へ輸出するのじゃそうな。このほかに義太夫《ぎだゆう》というやつも上方から東京へ来るのが普通になって居る。そうして東京の方を本《もと》として居るのは、常盤津《ときわず》、清元《きよもと》の類いである。牡丹は花の中でももっとも派手でもっとも美しいものであるのと同じように、義太夫はこれらの音曲のうちでももっとも派手でもっとも重々しいものである。してみると美術上の重々しい派手な方の趣味は上方の方に発達して、淡泊な方の趣味は東京に発達して居るのであろうか、俳句でいうてみても昔から京都の方が美しい重々しい方に傾いて、江戸の方は一ひねくりひねくったようなのが多い。蕪村《ぶそん》の句には牡丹の趣きがある。闌更《らんこう》の句は力は足らんけれどもやはり牡丹のようなところがある。梅室《ばいしつ》なども俗調ではあるが、松葉《まつば》牡丹くらいの趣味が存して居る。江戸の方は其角《きかく》、嵐雪《らんせつ》の句でも白雄《しらお》一派の句でもたといいくらかの美しいと

ころはあるにしても、多少の渋味を加えて居るところはどうしても寒牡丹にでも比較せねばなるまい。

（五月七日）

四

○西洋の古画の写真を見て居たらば、二百年前くらいに和蘭《オランダ》人の画いた風景画がある。これらは恐らくはこの時代にあっては珍しい材料であったのであろう。日本では人物画こそ珍しけれ、風景画は極めて普通であるが、しかしそれも上古から風景画があったわけではない。巨勢金岡《こせのかなおか》時代はいうまでもなく、それより後土佐画の起った頃までも人間とか仏とかいうものを主として居ったのであるが、支那から禅僧などが来て仏教上に互《たがい》に交通が始まってから、支那の山水画なるものが輸入されて、それから日本にも山水画が流行したのである。

日本では山水画という名が示して居るごとく、多くは山や水の大きな景色が画いてある。けれども西洋の方はそんなに馬鹿に広い景色を画《か》かぬから、大木を主として画いた風景画が多い。それだから水を画いても川の一部分とか海の一部分とかを写すくらいなことで、山水画という名をあてはめることは出来ぬ。

西洋の風景画を見るのに、昔のは木を画けば大木の厳《いか》めしいところが極めて綿密に写されて居る。それが近頃の風景画になると、木を画いても必ずしも大木の厳めしいところを画かないで、普通の木の若々しく柔《やわら》かな趣味を軽快に写したのが多いように見える。堅い趣味から柔《やわらか》い趣味に移り厳格な趣味から軽快な趣味に移って行くのは今日の世界の大勢であって、必ずしも画の上ばかりでなく、また必ずしも西洋ばかりに限ったことでもないようである。

かつて文学の美を論じる時に、叙事、叙情、叙景の三種に別《わか》って論じたことがあった。それをある人は攻撃して、西洋には叙事、叙情ということはあるが叙景ということはないというたので、余は西洋の真似《まね》をしたのではないというてその時に笑うたことであった。西洋には昔から風景画も風景詩も少《すくな》いので、学者が審美的の議論をしても風景の上には一切説き及ぼさないのであるそうな。これは西洋人の見聞の狭いのに基いて居るのであるからまず彼らの落度といわねばならぬ。

（五月八日）

五

○明治三十五年五月八日雨記事。

昨夜少しく睡眠を得て昨朝来の煩悶《はんもん》やや度を減ず。

牛乳二杯を飲む。

九時麻痺《まひ》剤《ざい》を服す。

天岸医学士長州へ赴任のため暇乞《いとまごい》に来る。ついでに余の脈を見る。

碧梧《へきご》桐《とう》、茂枝《しげえ》子《こ》早朝より看護のために来る。

鼠骨《そこつ》もまた来る。学士去る。

きのう朝倉屋より取り寄せおきし画本《がほん》を碧梧桐らと共に見る。月樵《げつしょう》の『不形画藪《ふけいがそう》』を得たるは嬉《うれ》し。そのほか『鶯邨画譜《おうそんがふ》』、『景文《けいぶん》花鳥画譜』、『公長《こうちょう》略画』など選り出しおく。

午飯《ひるめし》は粥《かゆ》に刺身など例のごとし。

包帯取替をなす。疼痛《とうつう》なし。

ドンコ釣の話。ドンコ釣りはシノベ竹に短き糸をつけ蚯蚓《みみず》を餌《えさ》にして、ドンコの鼻先につきつけること。ドンコもし食いつきし時は勢《いきおい》よく竿《さお》を上ぐること。もし釣り落してもドンコに限りて再度釣れることなど。ドンコは川に住む小魚にて、東京にては何とかハゼという。

郷里松山の南の郊外には池が多きという話。池の名は丸池、角池、庖刀《ほうとう》池、トーハゼ（唐櫨）池、鏡池、弥八婆々の池、ホイト池、薬師の池、浦屋の池など。

フランネルの切れの見本を見ての話。縞柄《しまがら》は大きくはっきりしたるがよいということ。フランネルの時代を過ぎて、セルの時代となりしことなど。

茂枝子ちょと内に帰りしがややありて来《きた》り、手飼のカナリヤの昨日も卵産み今朝も卵産みしに今俄《にわか》に様子悪く巣の外に出て身動きもせずいかにすべきとて泣き惑う。そは糞《ふん》づまりなるべしというもあれば尻《しり》に卵のつまりたるならんなどいうもあり。予は戯《たわむ》れに祈禱《きとう》の句をものす。

菜種の実はこべらの実も食はずなりぬ
親 鳥 も 頼 め 子 安 の 観 世 音
竹の子も鳥の子も只《ただ》やすやすと

糞づまりならば卯《う》の花《はな》下しませ

晩飯は午飯とほぼ同様。

体温三十六度五分。

点灯後碧梧桐謡曲一番「殺生石《せつしようせき》」を謡《うた》いおわる。予が頭やや悪し。

鼠骨帰る。

主客五人打ちよりて家計上のうちあけ話あり。泣く、怒る、なだめる。この時窓外雨やみて風になりたるとおぼし。

十一時半また麻痺剤を服す。

碧梧桐夫妻帰る。時に十二時を過《すぐ》ること十五分。

予この頃精神激昂《げきこう》苦悶やまず。睡《ねむり》覚めたる時ことにはなはだし。寝起《ねおき》を恐るるより従って睡眠を恐れ従って夜間の長きを恐る。碧梧桐らの帰ること遅きは予のために夜を短くしてくれるなり。


(五月十日)

六

○今日は頭工合《ぐあい》やや善《よ》し。虚子《きよし》と共に枕許《まくらもと》にある画帖《がじよう》をそれこれとなく引き出して見る。所感二つ三つ。
余は幼き時より画を好みしかど、人物画よりもむしろ花鳥を好み、複雑なる画よりもむしろ簡単なる画を好めり。今に至ってなおその傾向を変ぜず。それゆえに画帖を見てもお姫様一人書きたるよりは椿《つばき》一輪書きたるかた興深く、張飛《ちょうひ》の蛇矛《だぼう》を携《たずさ》えたらんよりは柳に鶯《うぐいす》のとまりたらんかた快く感ぜらる。

画に彩色あるは彩色なきより勝《まさ》れり。墨画《すみえ》ども多き画帖の中に彩色のはっきりしたる画を見出したらんは万緑叢中紅一点《ばんりょくそうちゅうこういってん》の趣あり。

呉春《ごしゅん》はしゃれたり、応挙《おうきょ》は真面目《まじめ》なり、余は応挙の真面目なるを愛す。

『手競画譜《しゅきょうがふ》』を見る。南岳《なんがく》、文鳳《ぶんぽう》二人の画合《えあわ》せなり。南岳の画はいずれも人物のみを画き、文鳳は人物のほかに必ず多少の景色を帯ぶ。南岳の画は人物いたずらに多くして趣向なきものあり、文鳳の画は人物少くとも必ず多少の意匠あり、かつその形容の真に逼《せま》るを見る。もとより南岳と同日に論ずべきに非ず。

ある人の画に童子一人左手に傘の畳みたるを抱え右の肩に一枝の梅を担ぐところを画けり。あるいはよそにて借りたる傘を返却するに際して梅の枝を添えて贈るにやあらん。もししからば画の簡単なる割合に趣向は非常に複雑せり。俳句的といわんか、謎《なぞ》的といわんか、しかもかくのごとき画は稀《まれ》に見るところ。

抱一《ほういつ》の画、濃艶《のうえん》愛すべしといえども、俳句に至っては拙劣見るに堪えず。その濃艶なる画にその拙劣なる句の賛《さん》あるに至っては金殿《きんでん》に反古《ほご》張りの障子を見るがごとく釣り合わぬことはなはだし。

『公長略画』なる書あり。わずかに一草一木を画きしかも出来得るだけ筆画を省略す。略画中の略画なり。しかしてこのうちいくばくの趣味ありいくばくの趣向あり。蘆雪《ろせつ》らの筆縦横自在《じゆうおうじざい》なれどもかえってこの趣致を存せざるがごとし。あるいは余の性簡単を好み天然を好むに偏するに因《よ》るか。

（五月十二日）

七

○左千夫《さちお》いう柿本人麻呂《かきのもとのひとまろ》は必ず肥《こ》えたる人にてありしならん。その歌の大きくして逼《せま》らぬところを見るに決して神経的痩《や》せギスの作とは思われずと。節《たかし》いう余は人麻呂は必ず痩せたる人にてありしならんと思う。その歌の悲壮なるを見て知るべしと。けだし左千夫は肥えたる人にして節は痩せたる人なり。他人のことも善きことは自分の身に引き比べて同じように思いなすこと人の常なりと覚ゆ。かく言い争える内左千夫はなお自説を主張して必ずその肥えたる由《よし》を言えるに対して、節は、人麻呂は痩せたる人に相違なけれどもその骨格に至りては強く逞《たくま》しき人ならんと思うなり、という。余はこれを聞きて思わず失笑せり。けだし節は肉落ち身痩せたりといえども毎日サンダウの亜鈴《あれい》を振りて勉《つと》めて運動をなすがためにその骨格は発達して腕力は普通の人に勝りて強しとなん。さればにや人麻呂をもまたかくのごとき人ならんと己《おのれ》に引き合せて想像したるなるべし。人間はどこまでも自己を標準として他に及ぼすものか。

○文晁《ぶんちょう》の絵は七福神如意宝珠《しちふくじんにょいほうしゅ》のごとき趣向の俗なるものはいうまでもなく山水または聖賢の像のごとき絵を描けるにもなお何処《いずこ》にか多少の俗気を含めり。崋山《かざん》に至りては女郎雲助の類《たぐい》をさえ描きてしかも筆端に一点の俗気を存せず。人品の高かりしためにやあらん。到底文晁輩《はい》の及ぶところに非ず。

○余ら関西に生れたるものの目をもって関東の田舎を見るに万事において関東の進歩遅きを見る。ただ関東の方著《いちじるし》く勝《まさ》れりと思うもの二あり。曰《いわ》く醬油《しょうゆ》。曰く味噌《みそ》。

○下総《しもうさ》の名物は成田の不動、佐倉宗五郎《さくらそうごろう》、野田の亀甲万《きっこうまん》（醬油）。

（五月十三日）

八

○名所を歌や句に詠《よ》むにはその名所の特色を発揮するを要す。ゆえに未《いま》だ見ざるの名所は歌や句に詠むべきにあらざれども、例《れい》せば富士山のごとき極めて普通なる名所は、未だこれを見ざるもあるいは人の語るところを聞き、あるいは人の書き記せる文章を読み、あるいは絵画写真に写せるところを見などして、その特色を知るに難《かた》からず。さはいえやはり実際を見たる後には今までの想像とは全く違いたる点も少からざるべし。予未だ芳野《よしの》を見ず。かつ絵画文章のごときも詳しく写しこまかに叙したるものを知らず。今年ある人の芳野紀行を読みていくばくの想像を逞《たくまし》うするを得て試《こころみ》に俳句数首を作る。もし実地を踏みたる人の目より見ば、実際に遠き句にあらずんば、必ず平凡なる句や多からん。ただそれ無難なるは主観的の句のみならんか。

　六田《むた》越えて花にいそぐや一の坂

　芳野山第一本の桜かな

花見えて足踏み鳴らす上り口
花の山蔵《ざ》王《おう》権《ごん》現《げん》鎮《しず》まりぬ
指《ゆび》ざすや花の木の間の如《によ》意《い》輪《りん》寺《じ》
案《あ》内《ない》者《しゃ》の楠《くすのき》語る花見かな
案内者も吾等も濡《ぬ》れて花の雨
南朝の恨《うらみ》を残す桜かな
千本が一時に落花する夜あらん
西《さい》行《ぎょう》庵《あん》花も桜もなかりけり

（五月十四日）

九

○余が病気保養のために須《す》磨《ま》に居る時、「この上になほ憂《う》き事の積もれかし限りある身の力ためさん」という誰やらの歌を手紙などに書いて独りあきらめて居ったのは善《よ》かったが、今日から見るとそれはまことに病気の入口に過ぎないので、昨年来の苦《くる》しみは言語道断ほとんど予想のほかであった。それが続いて今年もようよう五月という月に這《は》入《い》って来た時に、五月という月は君が病気のため厄《やく》月《づき》ではないか、とある友人に驚かされたけれど、否《いな》大丈夫である去年の五月は苦しめられて今年はひま年であるから、などとむしろ自分では気にかけないで居た。ところが五月に這入ってから頭の具合が相変らず善くないというくらいで毎日諸氏のかわるがわるの介抱に多少の苦しみは紛らしとったが、五月七日という日に朝からの苦痛で頭が悪いのかどうだか知らぬが、とにかく今までに例のないことと思うた。八日には少し善くて、その後また天気具合とともに少しは持ち合うていたが十三日という日に未曾有《みぞう》の大苦痛を現じ、心臓の鼓動が始まって呼吸の苦しさに泣いてもわめいても追っ付かず、どうやらこうやらその日は切抜《きりぬ》けて十四日もまず無事、ただしかも前日の反動で弱りに弱りて眠りに日を暮らし、十五日の朝三十四度七分という体温は一向に上らず、それによりて起りし苦しさはとても前日の比にあらず、もはや自分もあきらめて、その時あたかも牡丹《ぼたん》の花生けの傍に置いてあった石膏《せっこう》の肖像を取ってその裏に「自題《みずからだいす》。土一塊《つちいっかい》牡丹生けたる其下《その》に。年月日」と自ら書きつけ、もしこのままに眠ったらこれが絶筆であるといわぬばかりの振舞《ふるまい》、それも片腹痛く、午後は次第次第に苦しさを忘れ、今日はあたかも根岸の祭礼日《さいれいび》なりと思い出したるを幸《さいわい》に、朝の景色に打ってかえて、豆腐の御馳走《ごちそう》に祝の盃《さかずき》を挙げたのは近頃不覚を取ったわけであるが、しかしそれもまずまず、目出度《めでた》いとしておいて、さて五月もまだこれから十五日あると思うと、どう暮してよいやらさっぱりわからぬ。

○五月十五日は上根岸三島神社の祭礼であってこの日は毎年の例によって雨が降り出した。しかも豆腐汁、木の芽あえの御馳走に一杯の葡萄酒《ぶどうしゅ》を傾けたのはいつにない愉快であったので、

この祭いつも卯《う》の花《はな》くだしにて
鶯《うぐいす》も老《おい》て根岸の祭かな
修復成る神杉若葉藤の花

引き出《い》だす幣《ぬさ》に牡《ぼ》丹《たん》の飾り花車《だし》
筍《たけのこ》に木の芽をあへて祝ひかな
歯が抜けて筍堅く烏《い》賊《か》こはし
不消化な料理を夏の祭りかな
氏祭《うじまつり》これより根岸蚊《か》の多き

（五月十八日）

十

○前にもいうた南岳《なんがく》、文鳳《ぶんぽう》二人の『手競画譜』の絵について二人の優劣を判じておいたところが、ある人はこれを駁《ばく》して文鳳の絵は俗気があって南岳には及ばぬというたそうな。予は南岳の絵はこれよりほかに見たことがないし、ことに大幅《たいふく》に至っては南岳のも文鳳のも見たことがないから、どちらがどうとも、判然と優劣を論じかねるが、しかし文鳳の方に絵の趣向の豊富なところがあり、かつその趣味の微妙なところがわかって居るということは、この一冊の画を見てもたしかに判ずることが出来る。もっとも南岳の絵もその全体の布《ふ》置《ち》結構《けっこう》その他筆つきなどもよく働いて居ってもとより軽蔑《けいべつ》すべきものではない。ゆえに終局の判断は後日を待つこととしてここには『手競画譜』にある文鳳のみの絵について少し批評してみよう（もとこの画譜は余《よ》斎《さい》の道中歌《か》を絵にしたものとあるからして大体の趣向はその歌に拠《よ》ったのであろうが、ここにはその歌がないので、十分にわからぬ）。

この道中画《が》は大方東海道の有様を写したものであろうと思う。かつ歌合《うたあわ》せの画を左右に分けて画に写したのであるから、左とあるのがすべて南岳の画で、右とあるのがすべて文鳳の画である。

その始めにある第一番の右はすなわち文鳳の画で、三艘《そう》の舟が、前景を往来して居って、遥《はる》かの水平線に帆《ほ》掛舟《かけぶね》が一つある。そのほかには山も陸も島も何もない。この趣向がすでに面白い、ことに三艘の舟の中で、前にある一番大きな舟を苫舟《とまぶね》にして二十人ばかりも人の押合《おしお》うて乗って居る乗《のり》合船《あいぶね》を少し沖の方へかいたのが凡趣向《ぼんしゅこう》でない。普通の絵かきならば、必ずこの乗合船の方を近く大きく正面にしてかいたであろう。

二番の右は道中の御本陣ともいうべき宿屋で貴人のお乗込みを待ち受けるとでもいうべき処《ところ》である。画面には三人の男があって、その中《うち》一人は門前に水を撒《ま》いて居る。他の二人は幕を張って居る。その幕を張《は》て居る方の一人は下に居って幕の端を持ち、他の一人は梯子《はしご》に乗って高い処に幕をかけて居る。その梯子の下には草履《ぞうり》がある。箒《ほうき》がある。踏《ふみ》つぎがある。塵取《ちりとり》がある。その塵取の中には芥《あくた》がはいって居る。実にこまかいものである。それで全体の筆数はというと、極めて少いもので、二分間くらいに書けてしまいそうな画である。これらも凡手段《ぼんしゅだん》の及ぶところでない。

三番の右は川渡しの画で、やや大きな波の中に二人の川渡しがお客を肩車にして渡って居るところである。ここにも波と人とのほかに少しの陸地もかかないのは、この川を大きく見せる手段であって前の舟三艘の画とその点がやや似て居る。その川渡しの人間は一人が横向きで、一人が後ろ向きになって居る。その両方の形の変化して面白いところは実際の画を見ねばわからぬ。

四番の右はなんの画とも解しかぬるので評をはぶく。

五番の右は例の粗筆で、極めて簡略にかいて居るが、その趣向は極めて複雑して居る、正面には一間《けん》に一間半くらいの小さい家をかいて、その看板に「御《おん》かみ月代《さかやき》、代《だい》十六文《もん》」とかいてある。その横にある窓からは一人の男が、一人の髯《ひげ》武者《しゃ》の男の髯を剃《そ》って居るところが見える。その窓の下には手箒《てぼうき》が掛けてあって、その手箒の下の地面すなわち屋外には、鬢盥《びんだらい》と手桶《ておけ》のようなものが置いてある。今いうた窓が東向きの窓ならば、それに接して折曲《おれまが》った方の北側は大方壁《おおかた》であってその高い処に小さな窓があけてあって、その窓には稗蒔《ひえまき》のような鉢植が一つ置いてある。その窓の横には「やもり」が一疋《ぴき》這《ほ》うて居る。屋根は板葺《いたぶき》で、石ころがいくつも載せてある。こういう家が画の正面の大部分を占めて居って、その家は低い石垣の上に建てられて居る。その石垣というのは、小さな谷川に臨んで居るので、家の後ろ側の処に橋の一部分が見えて居る。それだからこの画の場所を全体から見ると、小川にかけてある橋の橋詰《はしづめ》に一軒の小さな床屋があるというところである。その趣きのよいのみならず、これほどの粗画にこの場所から家の構造から何から何までことごとく現われて居るというのは到底文鳳以外の人には出来ることでない。実に驚くべき手腕である。

六番の右は薄原《すすきはら》に侍《さむらい》が一人馬の口を取って牽《ひ》いて居るところである。この画も薄のほかに木も堤も何もないので、かつその薄が下の方を少しあけて上の方は書けるだけつめてかいてあるので、薄原が広そうにも見え、凄《すご》そうにも見え、爪先《つまさき》上りになって居るようにも見える。そこで侍も馬も画面のなかばよりはやや上の方にかいてある。この画の趣向は十分にわからぬけれど、馬には腹帯があって、鞍《くら》のないところなどを見ると、侍が荒馬を押《おさ》えて居るところかとも思われる。これが侍であって馬士《まご》でないところ（それは髷《まげ》と服装と刀とでわかるが）も面白いが、馬が風の薄にでも恐れたかと思うような荒々しき体度《たいど》のよく現われるところも面白い。

（五月二十二日）

十一

（ツヅキ）七番の右はむしろ景色画にして岡伝いに小さき道があって、その道は二つに分れ、一筋はその岡に添うて左に行くべく、一筋は橋を渡って水に添うて左に行くべくなっておる。点景の人物は一寸くらいな大きさのが三人あるばかりで、それは格別必要な部分を占めておるのではない。ただこういうようなちょっとした景色をこの中に挿《はさ》んだのが意匠の変化するところで面白い。

八番の右は立場《たてば》と見えて坊さんを乗せた駕《かご》が一挺《ちょう》地に据えてある。一人の雲助は何か餅《もち》のごときものを頬《ほお》ばって居る。一人の雲助は銭の一さしを口にくわえてその内のいくらかを両手にわけて勘定しておる。その傍に挟箱《はさみばこ》を下ろして煙草《たばこ》を吹かしておる者もある。更に右の方には馬士が馬の背に荷物を付けるところで、その馬子《まご》の態度といい、馬が荷物の重みを自分の身に受けこたえておる心持といい、そこの有様が実によく現われておる。その傍にはなお一、二人の人があって何となく混雑の様が見えておる。南岳の画は人が大勢居ってもその人はただ群集しておるばかりであるが文鳳の画は人が大勢居ればその大勢の人が一人一人意味を持《もっ》て居る。ここらで見ても両人の優劣はほぼ顕《あら》われて居る。

九番の右は四人で一個の道中駕をかついで行くところで、駕の中の人は馬鹿に大きく窮屈そうに書いてある。何でもないようであるがそれだけの趣向を現わしたのが面白い。

十番の右は旅人が一人横に寝て按摩《あんま》を取らしておるところである。旅人の枕元《まくらもと》には小さな小荷物があり笠《かさ》がある。その前には煙草盆があり煙草入れがある。頭巾《ずきん》を被《かぶ》ったままで頬杖《ほおづえ》を突いて目をふさいで居るのは何となく按摩のために心持の善さそうなところが見える。按摩は客の後ろ側よりその脚を揉《も》んで居る。ところでその右の眼だけは丸く開いて居る。しかも左の眼はつぶれて居って口は左の方へ曲っておる、この二人の後《うしろ》の方に行灯《あんどん》が三つかためて置《おい》てある。これはもちろん灯《ひ》のついて居る行灯ではなかろう、客の座敷にかようの行灯が置いてあるということはいかにも貧しい宿屋であるということを示して居る。

(五月二十三日)

十二

(ツヅキ) 十一番の右は正面に土手を一直線に書いてある。この一直線に書いてあるところすでに奇抜である。その土手の前面には小さな水車小屋があって、作業がある。土手の上には笠を着た旅人が一人小さく書かれてある。こういう景色の処《ところ》は実際にあるけれども、画に現わしたものはほかにない。

十二番の右は笠着た旅人が笠着た順礼《じゅんれい》に奉捨《ほうしゃ》を与えるところで、順礼が柄杓《ひしゃく》を突出《つきだ》して居ると、旅人はその歩行をも止めず、手をうしろへまわして柄杓の中へ銭を入れて居るところはよく実際を現わして居る。ことにその場所を海岸にして、蘆《あし》などが少し生えて居り、遠方に船が一つ二つ見えて居るところなども、この平凡な趣向をいくらか賑《にぎ》やかにして居る。

十三番の右は景色画でしかも文鳳特得《とくとく》の技倆《ぎりょう》を現わして居る。場所は山路であって、正面に坂道を現わし（坂の上には小さな人物が一人向うへ越え行こうとして居るところが書いてある）坂の右側に数十丈もあろうという大樹が鬱然《うつぜん》として立って居る。筆数はあまり多くないが、その大樹があるために何となくその景色が物凄《ものすご》くなって、その樹はたしかに下の方の深い谷間に聳《そび》えて居るということがよくわかる。心持の可《よ》い画である。

十四番の右は百姓家の入口に猿廻《さるまわ》しが猿を廻して居るところで、その家の入口の縄暖簾《なわのれん》をかかげて子供が二人ばかりのぞいて居る。一人の子供は六つ七つ、一人の子供は二つ三つくらいの歳《とし》で、大方兄弟であろうと推せられる。その入口の両側には蓆《むしろ》が敷いて麦か何かが干してある。家の横手にはちょっとした菊の垣がある。小菊が花を沢山つけて咲いて居る。この絵などは単に田舎の景色をよく現わして居るというばかりでなく、はなはだ感じのよいところを現わして居る。

十五番の右は乞食《こじき》が二人ねころんで居るところでそこらには草が沢山生えて居る。

十六番の右は鳥居の柱と大きな杉の樹とがいずれも下の方一間《けん》ばかりだけ大きく書いてある。それは社《やしろ》の前であるということを示して居る。その社の前の片方に手品師が膝《ひざ》をついて手品をつかって居る。襷《たすき》をかけ、広げた扇を地上に置き、右の手を眼の前にひらけて紙屑《かみくず》か何かの小さくしたのを散《ち》らかして居る。「春は三月落花《らっか》の風情《ふぜい》」とでもいうところであろう。この手品師が片寄せて書いてあるために見物人は一人も書いて居ない。そこらの趣向はあまり類のない趣向である。十七番の右は並木の街道に旅人が二、三人居るところであるが、これは別に趣向というところもないようで、ただ松の木の向う側に人を書いたのが趣向でもあろうか。

十八番の右は海を隔てて向うに富士を望むところで別に趣向というでもないが、ただこの一巻の最終の画であるだけに、この平凡な景色が何となく奥床《おくゆか》しく見える。

要するに文鳳の画は一々に趣向があって、その趣向の感じがよく現われて居る。筆は粗《そ》であるけれど、考えは密である。一見すれば無造作に書いたようであって、その実極めて用意周到である。文鳳のごときは珍しき絵書きである。しかも世間ではそれほどの価値を認めて居ないのははなはだ気の毒に思う。

(五月二十四日)

十三

○古洲《こしゅう》よりの手紙の端に

御無沙汰《ごぶさた》をして居ってまことにすまんが、実は小提灯《こちょうちん》ぶらさげの品川行《こう》時代を追懐して今日の君を床上《しょうじょう》に見るのは余にとっては一の大苦痛であることを察してくれたまえ。

とあった。この小提灯ということは常に余の心頭に留まってどうしても忘れることの出来ない事実であるが、さすがにこの道には経験多き古洲すらもなお記憶しておるところをもってみると、多少他に変った趣きが存しているのであろう。今は色気も艶気《つやけ》もなき病人が寝床の上に懺悔《ざんげ》物語として昔ののろけもまた一興であろう。

時は明治二十七年春三月の末でもあったろうか、四カ月後には驚天動地の火花が朝鮮のそこらに起ろうとはもとより知らず、天下泰平と高をくくって遊び様《よう》に不平を並べる道楽者、古洲に誘われて一日《いっ》の日曜を大宮公園に遊ぼうと行てみたところが、桜はまだ咲かず、引きかえして目黒の牡丹《ぼたん》亭《てい》とかいうに這入《はい》り込み、足を伸ばしてしょんぼりとして待って居るほどに、あつらえの筍飯《たけのこめし》を持って出て給仕してくれた十七、八の女があった。この女あふるるばかりの愛嬌《あいきょう》のある顔に、しかもおぼこなところがあって、かかる料理屋などにすれからしたとも見えぬほどのおとなしさがはなはだ人をゆかしがらせて、余は古洲にもいわず独り胸を躍らして居った。古洲の方もさすがに悪くは思わないらしく、彼女がランプを運んで来た時に、お前の内《うち》に一晩泊めてくれぬか、と問いかけた。けれども、お泊りはお断り申しまする、とすげなき返事に、もとよりそのことを知って居る古洲は第二次の談判にも取りかからずにだまってしもうた。それからしばらくの間雑談に耽《ふけ》っていたが、品川の方へ廻って帰ろう、遠くなければ歩いて行こうじゃないか、という古洲がいつになき歩行説を取るなど、趣味ある発議に、余はもとより賛成して共にぶらぶらとここを出かけた。外はあやめもわからぬ闇《やみ》の夜であるので、例の女は小田原的小提灯を点じて我々を送って出た。姉さん品川へはどう行《いき》ますか、という問に、品川ですか、品川はこのさきを左へ曲ってまた右曲って……そこまで私がお伴致しましょう、といいながら、提灯を持《もっ》て先に駈《か》け出した。我々はその後から踵《つ》いていて一町余り行くと、藪《やぶ》のある横町、極めて淋《さび》しい処《ところ》へ来た。これから田圃《たんぼ》をお出《いで》になると一筋道だからすぐわかります、といいながら小提灯を余に渡してくれたので、余はそれを受取って、そうですか有難う、と別れようとすると、ちょっと待って下さい、といいながら彼女は四、五間後《うしろ》の方へ走り帰った。何かわからんので躊躇《ちゅうちょ》しているうちに、女はまた余の処に戻って来て提灯を覗《のぞ》きながらその中へ小さき石ころを一つ落し込んだ。そうして、さようならご機嫌宜《よろ》しゅう、という一語を残したまま、もと来た路《みち》を闇の中へ隠れてしもうた。この時の趣き、藪のあるような野外れの小路のしかも闇の中に小提灯をさげて居る自分、小提灯の中に小石を入れて居る佳人、余は病床に苦悶《くもん》して居る今日に至るまで忘れることの出来ないのはこの時の趣きである。それから古洲と二人で春まだ寒き夜風に吹かれながら田圃路をたどって品川に出た。品川は過日の火災で町は大半焼かれ、ことに仮宅《かりたく》を構えて妓楼《ぎろう》が商売して居る有様は珍しき見ものであった。仮宅という名がいたく気に入って、蓆囲《むしろがこ》いの小屋の中に膝《ひざ》と膝と推《お》し合うて坐《すわ》って居る浮《うか》れ女《め》どもを竹の窓より覗《のぞ》いている、古洲の尻《しり》に付いてうっかりと佇《たたず》んでいるこの時わが手許より焔《ほのお》の立ち上るに驚いてうつむいて見れば今まで手に持って居った提灯はその蠟燭が尽きたために火は提灯に移ってぼうぼうと燃え落ちたのであった。

うたた寝に春の夜浅し牡丹亭
春の夜や料理屋を出る小提灯
春の夜や無紋あやしき小提灯

（五月二十五日）

十四

○病《やまい》に寝《いね》てよりすでに六、七年、車に載せられて一年に両三度出ることも一昨年以来全く出来なくなりて、ずんずんと変って東京の有様はわずかに新聞で読み、来る人に聞くばかりのことで、何を見たいと思うてももはやわが力に及ばなくなった。そこで自分の見たことのないもので、ちょっと見たいと思う物を挙げると

一、活動写真
一、自転車の競争及び曲乗《きょくのり》
一、動物園の獅子《しし》及び駝鳥《だちょう》
一、浅草水族館
一、浅草花屋敷の狒々《ひひ》及び獺《かわうそ》
一、見附《みつけ》の取除け跡
一、丸の内の楠公《なんこう》の像
一、自働電話及び紅色《あかいろ》郵便箱
一、ビヤホール
一、女剣舞及び洋式演劇
一、鰕茶袴《えびちゃばかま》の運動会

など数うるに暇《いとま》がない。

(五月二十六日)

十五

○『狂言記』という書物を人から借りて二つ三つ読んでみたが種々な点において面白いことが多い。狂言というものは、どういう工合《ぐあい》に発達したか充分には知らぬが、とにかく能楽とともに舞台に上るところをみると能楽がやや高尚で全く無学の者には解せられぬところがあるから、能楽の真面目《まじめ》なる趣味、古雅なる趣味に反対して、滑稽《こっけい》なる趣味、卑俗なる趣味をもって俗人に解せしめるように作られたのである。しかし昔の申楽《さるがく》とか田楽《でんがく》とか言うものの趣味は能楽よりもかえって狂言の方に多く存して居るかも知れぬ、少《すく》なくとも彼ら古楽の趣味が半ばは能楽となって真面目なる部分を占領し半ばは狂言となりて滑稽なる部分を占領したのであろう。そこでこの狂言というものには時代の古いものがあるかも知れないがまず普通には足利の中頃より徳川の初めまでに出来たものかと思われる、従って狂言はその時代の風俗及び言葉を現して居るものとしてみるとなお面白いことが多い。狂言の趣味はしばらく論ぜずにただ歴史的の観察上面白いことは、たとえばここに「スハジカミ」という狂言を取ってみようならばこれは酢売と薑売《はじかみうり》とのことであって二人が互いに自分の売物に勿体《もったい》をつけるという趣向である。これをみるとその頃酢売とか薑売とかいうものがあって、町を売歩行《うりある》いて居ったということがわかる。しかもその酢売は和泉《いずみ》の国と名乗り、薑売は山城《やましろ》の国と名乗って居るところを見ると、これらの処《ところ》が酢または薑の産地であったこともわかる。それから酢は竹筒《たけづつ》に入れてあって、それを酢筒と名付け、薑は藁《わら》ヅトの中に入れてある。それからその言葉を見るに、酢の売言葉は「スコン」と言い、薑の売言葉は「ハジカミコン」というなど何となく興味がある。この「コン」という言葉は意味のある言葉かどうか善《よ》く分らないがあるいは「買はう」という言葉のつまったのかとも思われる。また「ショウバイ」とも言い「アキナイ」ともいうをみればこの時代からすでに両方の言葉が用いられて居ったのが分かる。また酢売が薑売に対して「オヌシ」といい、薑売が酢売に対して「ソチ」というのをみても当時の二人称にはかような言葉を用いたのである。余の郷里（伊予）なぞにては余の幼き頃までなお「オヌシ」または「ソチ」などいう二人称が普通語に残って居った。また薑売の言葉に「コノワラヅトウナドニハ、イカウケイヅノアルモノジャ」というて居る。しかしてその「ケイヅ」というのは昔生薑売《しょうがうり》が禁中に召されて何々という歌を下されたということなのである。してみるとこの「ケイヅ」という言葉は誇るべき由緒というようなことを意味する当時の俗言であったとみえる。また「スキハリショウジ」「カラカミショウジ」などいう言葉があるのをみると、今いう紙張の障子のことを「スキハリショウジ」、「カラカミショウジ」と言い、今いう「カラカミ」のことを「カラカミショウジ」というたのである。そのほか、風俗言語の上に、なおいろいろ変ったことがあるようであるが、よくよく研究せねば吾々には分からぬことが多い。追々《おいおい》分かって来たらばいよいよ面白いに違いない。

（五月二十七日）

十六

○病勢がだんだん進むに従って何とも言われぬ苦痛を感ずる。それは一度死んだ人かもしくは死際《しにぎわ》にある人でなければわからぬ。しかもこの苦痛は誰も同じことと見えて黒田如水《くろだじょすい》などという豪傑さえも、やはり死ぬる前にはひどく家来を叱《しか》りつけたということがある。その家来を叱ることについて如水自身の言いわけがあるが、その言いわけはもとより当《あて》になったものではない。畢竟《ひっきょう》は苦しまぎれの小言《こごと》と見るが穏当であろう。陸奥福堂《むつふくどう》も死際にはしきりに細君を叱ったそうだし、高橋自恃居士《じじこじ》も同じことだったというし、してみると苦しい時の八つ当りに家族の者を叱りつけるなどは予一人ではないとみえる。越後《えちご》の無事庵《ぶじあん》というは一度も顔を合したことはないが、これも同病相憐《あいあわれ》む仲であるので、手紙の上の問い訪《おと》ずれは絶えなかったが、ことし春ついに空しくなってしもうた。その弟の〻人《ちゆじん》その遺子木公《もっこう》と共に近頃わが病床を訪ずれて、無事庵生前の話を聞いたが、かくまでその容体のよく似ることかと今更に驚かれる。一、二の例を挙ぐれば、寸時も看病人を病床より離れしめぬこと、すべて何か命じたる時にはその詞《ことば》の未だ絶えざる中《うち》に、その命令を実行せねば腹の立つこと、目の前に大きな人など居れば非常に呼吸の苦痛を感ずること、人と面会するにも人によりて好きと嫌いとのはなはだしくあること、時によりて愉快を感ずると感ぜざるとのはなはだしくあること、敷布団堅ければ骨ざわり痛く、敷布団やわらかければ身が布団の中に埋もれてかえって苦しきこと、食いたき時は過度に食すること、人が顔を見て存外に痩《や》せずに居るなどと言われるのに腹が立ちて火箸《ひばし》のごとく細りたる足を出してこれでもかと言うて見せること、およそこれらのことは何一つ無事庵と予と異なることのないのは病気のためとは言え、不思議に感ぜられる。この日はかかる話を聞きしために、その時まで非常に苦しみつつあったものが、にわかに愉快になりて快き昼飯を食うたのは近頃嬉《うれ》しかった。

無事庵の遺筆など見せられて感に堪えず、吾も一句を認《したた》めて遺子木公に示す。

鳥 の 子 の 飛 ぶ 時 親 は な か り け り

（五月二十八日）

十七

○甲州の吉田から二、三里遠くへ這入《はい》った処《ところ》に何とかいう小村がある。その小村の風俗習慣など一《いち》五坊《ごぼう》に聞いたところがはなはだ珍しいことが多い。一、二をいうてみると。

すべてこの村では女が働いて男が遊んで居る。女の仕事は機織《はたお》りであってすなわち甲斐絹《かいき》を織り出すのである。その甲斐絹を織ることは存外利の多いものであって一疋《ぴき》に二、三円の利を見ることがある。もっとも一疋織るには三日ほどかかる、しかしこの頃は不景気で利が少ないということである。一家の活計はそれで立てて行くのであるから従って女の権利が強くかつ生計上のことについては何もかも女が弁じることになって居る。男の役というは山へ這入って薪《たきぎ》を取って来るというくらいのことじゃそうな。

甲斐絹の原料とすべき蚕《かいこ》はやはりその村で飼《こ》うては居るがそれだけでは原料が不足なので、信州あたりから糸を買い入れて来るそうな。その出来上った甲斐絹は吉田へ行って月三度の市に出して売るのである。

甲斐絹のうちでも蝙蝠傘《こうもりがさ》になるものはむろん織り方が違う。

機を織るものは大方娘ばかりであってすでに結婚したほどの女は大概機を織るまでの拵《こしら》えにかかって居る。それがために娘を持って居る親は容易にその娘の結婚を許さない。なるべく長く（二十二、三までも）自分の内に置て機を織らせる。その結果は不品行な女も少くないということである。

古来の習慣として男子が妻《めと》を娶ろうと思う時にはまず自分の好きな女に直接に話し合うてみる。その女が承諾したらばそれから仲人のごときものをして双方の親達に承諾せしむるのである。女の親が承諾しないというような場合には男は数多《あまた》の仲間を語らいてその女をかどわかし何処かに隠してしまうというようなことがある。しかしこの頃ではそういうことが少くなったそうな。

この村は桑園菜畑などは多少あるが水田はない、また焼石が多くて木も草もないような処がある。

この辺の習慣では他人の山林へ這入って木を樵《こ》って来ても咎《とが》めないのである。柿の木などがあればその柿の実は誰でも勝手に落して食う。干柿などがあればその干柿を取って来て食う。そうして何某《なにがし》の内の柿を取って食うたということを公言して憚《はばか》らないそうな。

この辺はもちろん食物に乏しいので、客が来ても御馳走《ごちそう》を出すという場合には必ず酒を出すのである。下物《さかな》は菜漬くらいである。女でも皆大酒であるということじゃ。

この辺はもとより寒い処なのでその火燵《こたつ》は三尺四方の大きさである。しかし寝る時は火燵に寝ないで別に設けてある寝室に行《い》って寝る。その寝室は一人一人に一室ずつ具《そな》わって居る狭い暗い処であって布団は下に藁布団《わらぶとん》を用い、別に火を入れることはない。そうしてその布団は年が年中敷き流しである（寝室の別にあるところは西洋に似て居る）。

寝室に限らずあまり掃除をすることがない。

客が来ても客に煙草盆《たばこぼん》を出すことはないそうな。もし客が巻煙草でも飲もうと思えばそこにある火燵で火を付けるか、または自らマッチを出して火を付けるかする。その吹殻《すいがら》の灰を畳のへりなどへはたき落しておいて平気のものである。

前いうたように機織の利が多いのにほかにこれという贅沢《ぜいたく》の仕様もないので、こんな辺鄙《へんぴ》の村でありながら割合に貧しくないということである。

（五月二十九日）

十八

○文人の不幸なるもの寧斎《ねいさい》第一、予《よ》第二と思いしは二、三年前のことなり、今はいずれが第一なるか知らず。

○種竹山人《しゅちくさんじん》長崎より一封を寄せ来る。開き見れば詩あり。

崎陽客次《きようのきやくじ》。閲国民新報所載《こくみんしんぽうしよさいの》。虚子俳諧日記《きよしはいかいにっきの》。叙子規子近状《しきしのきんじようをじよするをけみし》。黯然久之《あんぜんこれをひさしゅうす》。

因賦一絶《よっていちぜつをふし》。遥贈子規《はるかにしきにおくり》。併似虚子《あわせてきよしにしめす》。

松魚時節酔湘醽《しょうぎょのじせつしょうれいによう》。衆葉如煙入眼青《しゅうようけむりのごとくまなこにいりてあおし》。不寝思君過夜半《いねずしてきみをおもいやはんをすぐ》。天辺何処《てんぺんいずれのところか》子規亭。

（五月三十日）

十九

○立斎広重《りゅうさいひろしげ》は浮世画家中の大家である。その景色画は誰もほかの者の知らぬところをつかまえて居る。ことに名所の景色を画くには第一にその実際の場所の感じが現われ、第二にその景色が多少面白く美術的の画になって居らねばならぬ。広重はたしかにこの二ヵ条に目をつけてかつ成功して居る。この点においてすでに彼が凡画家でないことを証して居るが、なおそのほかに彼は遠近法を心得て居た。すなわち近いものは大きく見えて、遠いものは小さく見えるということを知って居た。これは誰でも知って居るようなことであるが、実際に画の上に現わしたことが広重のごとく極端なるものはほかにない。例えば浅草の観音の門にある大提灯《おおぢょうちん》を非常に大きくかいて、本堂は向うの方に小さくかいてある。目の前にある熊手《くまで》の行列は非常に大きくかいてあって、大鷲《おおとり》神社は遥《はる》かの向うに小さくかいてある。鎧《よろい》の渡しの渡し舟は非常に大きくかいてあって、向うの方に蔵が小さくかいてある。というような著しい遠近大小の現わしかたは、日本画にはほとんどなかったことである。広重はあるいは西洋画を見て発明したのでもあろうか。とにかく彼はたしかに尊ぶべき画才を持ちながら、全く浮世絵を脱してしまうことが出来なかったのははなはだ遺憾《いかん》である。浮世絵を脱しないことはその筆に俗気の存して居るのをいうのである。

（五月三十一日）

二十

○広重の『草筆画譜』というものを見るに蕙斎《けいさい》の蕙斎略画式の斬新《ざんしん》なのには及ばないが、しかし一体によく出来て居る。今その『草筆画譜』の二編というのを見付け出して初めから見て行くと多少感ずるところがあるので必ずしも画の評という訳ではないが一つ二つ挙げてみよう。

毎年正月には麓《ふもと》より竹籠《たけかご》に七草を植えたのを贈って来るからこれは明治になっての植木屋の新趣向であろうと思うて居たらこの『草筆画譜』（嘉永三年出版）にも同じような画が出て居る。足の三本ついた竹籠に何か小さいものが植えてあってその中に木札が四、五枚立って居る、そうしてその籠の傍には羽子板が一つ置《おい》てあるのを見るとこの籠の中に植えてあるものはたしかに七草に違いない、かかる気の利いた贈物は江戸では昔からあったものとみえる。

同じ本に亀戸《かめいど》神社の画があるが、これは鳥居と社《やしろ》とばかりがあってその傍に木立と川とがある。そうしてその近辺には家も何もない、今とは形勢が非常に変って居たものとみえる。

同じ本に二寸角ばかりの中に女郎花《おみなえし》が画いてある、その女郎花の画き方が前の方にある一、二本はその草の上半すなわち花のところが書いてある、そうしてその画の後部すなわち上の方には女郎花の下半すなわち下の方の茎と葉とばかりのところが二、三本書いてある、これは極めて珍しい画き方と思うが果して広重の発明であるかあるいは光琳《こうりん》などでも書いて居ることがあろうかあるいは西洋画からでも来て居るであろうか。

同じ本に「大月原」と題する画がある、これは前に突兀《とっこつ》たる山脈が永く横《よこた》わってその上に大きな富士が白く出て居るところである。富士の画などはとかく陳腐になりまた嘘《うそ》らしくなるものであるが、この画のごとく別に珍しい配合もなくしてかえって富士の大きな感じが善く現れて居るのは少ない。

同じ本に鵜飼《うかい》の画がある、それは舟に乗った一人の鵜匠が左の手に二本の鵜縄を持って右の手に松火《たいまつ》を振り上げて居る。鵜飼のことは充分に知らぬけれど、これでは鵜縄を引上げることが出来ぬように思うが、それとも実際こういう方法もあったのであろうか。

（六月一日）

二十一

○余は今まで禅宗のいわゆる悟りということを誤解して居た。悟りということはいかなる場合にも平気で死ぬることかと思って居たのは間違いで、悟りということはいかなる場合にも平気で生きて居ることであった。

○ちなみに問う。狗子《くし》に仏性《ぶつしょう》有りや。曰《いわく》、苦。

また問う。祖師西来の意はいかん。曰、苦。

また問う。…………………。曰、苦。

（六月二日）

二十二

○大阪の露石《ろせき》から文鳳《ぶんぽう》の『帝都雅景一覧』を贈ってくれた。これは京の名所を一々に写生したもので、その画に雅致のあることはいうまでもなく、その画がその名所の感じをよく現わして居ることは自分のかつて見て居る所の実景に比較してみてわかって居る。他の処《ところ》も必ず嘘ではあるまいと思う。応挙《おうきょ》の書いた嵐山《あらしやま》の図は全くの写生であるが、そのほか多くの山水は応挙といえども、写生に重きを置かなかったのである。そのほか四条派の画には清水《きよみず》の桜、栂《とが》の尾《お》の紅葉などいう真景を写したのがないではないようであるが、しかしそれは一小部分に止《とど》まってしまって、全体からいうと景色画は写生でないのが多い。しかるに文鳳が一々に写生した処は日本では極めて珍しいことというてよかろう。その後広重《ひろしげ》が浮世絵派から出て前にもいうたように景色画を書いたというのは感ずべき到《いた》りで文鳳と併せて景色画の二大家とも言ってよかろう。ただその筆つきに到っては、広重には俗なところがあって文鳳の雅致が多いのには比べものにならん。しかし文鳳の方は京都の名所に限られて居るだけにその画景が小さいから、今少し宏大《こうだい》な景色を書かせたらその景色の写し具合が広重に比して果してうまくいくであろうかどうであろうか、文鳳の琵琶湖《びわこ》一覧という書があるならば、それには大景もあるかも知れんが、まだ見たことがないからわからん。

（六月三日）

二十三

○欧州に十年ばかりも居て帰って来た人の話に

今では世界中で日本ほど恐しい国はないと西洋人は思うて居るであろう。日本の政治家は腐敗して居るとか、官吏が収賄して居るとか、議員が買収せられたとか、華族が役にたたんとか、とにかく上流社会に向ってはいくらの非難があるとしても、下等社会がことごとくたしかである。将校にはいくら腐敗したものが多くとも、兵卒は皆愛国の民である、こういう風に一国の土台となるべき下等社会がたしかであればその国の亡びる気遣《きづかい》はない。もしこの上に進歩して行たならば日本はどんなことを仕出かすかも知れない。何処《どこ》の国でも恐らくは日本の将来を恐れて居らぬ者はなかろう。

ところが西洋の社会を見ると、日本とは反対に上流社会すなわち紳士なる者は皆立派なる人達であるが、下流社会すなわち一般の人民は皆腐敗して居る。下等社会に愛国心のあるなどというのは一人もない。言わば利のために集まって居るようなものである。

西班牙《スペイン》などはもっともはなはだしく乱れて居る国であるが人民が少しもその政府を信用して居らぬために金のある者も自分の国の公債を買《かわ》ずに信用ある外国の公債を買う。別荘を建てるのにも自分の国へ建てずに外国へ建てておくという次第である。

仏蘭西《フランス》なども到底共和政治で持切《もちき》って行くことは出来まい。仏蘭西《フランス》の下等社会も今の政府に対してあまり信用を置いて居ない。

独逸《ドイツ》はさすがに今日勃興《ぼっこう》しつつある勢《いきおい》は盛《さかん》でこの国の下等社会は他国ほど腐敗せずに居る。

英国もやはり衰えて行く方であろう。

露西亜《ロシア》はえらい。

土耳其《トルコ》はほとんど滅びて居る。

和蘭《オランダ》もやはり老衰でしかたがない。

白耳義《ベルギー》は奇妙な国で陸海軍のない、ただ商工業をもって成立って居る国である。天子様も商売は上手で、非常な金持であるためにほかの者は心服しなくとも、少くも商人だけは一目《いちもく》を置いて居る。先日廃せられた有名な公許賭博《とばく》場も、天子様が一大華客《かかく》である。などと噂《うわさ》せられるほどのことである。この国の鉄道は有名なもので、これはことごとく国有である。この頃は日本からも商業上の留学生をこの国へ出すようになったが、黒田の話では画の修業も、この国へ留学させたらよかろうというて居た。

要するに新たに勃興した国はすべて勢が強く、古い国は多くは腐敗して衰運に傾きつつあるように見える。

それから大国と小国との関係について、例えば丁抹《デンマーク》とかいうような兵力のない国は、大国に対して少しも頭が上らないであろうと思うようであるが、実際はそれほどでもないものである。何か国際上の問題が起った際にも、小国の方では自分が小国であるから大国に馬鹿にされるのであるというようなひがみ根性を起して存外に手強《てごわ》く談判を持込むようなことがある。日本でも事によると自分の弱いのを気にしてかえって大国に向って強く突込んで行くことがないでもない。

権利とか平等とかいうけれど、日本ほど下等社会の権利が主張せられる処《ところ》は西洋には少いであろう。日本では下等社会の奴が巡査の前で堂々と自己の権利を言い張ってどこまでも屈しないというようなのがあるが、西洋では上等社会と下等社会と喧嘩《けんか》したらば、いかなる場合でも上等社会が勝つに極《きま》って居る。よき着物を着たものと汚ない着物を着たものと喧嘩したらば、よき着物を着た方が巡査の前へ出ても必ず勝つことに極って居る。（六月四日）

二十四

○近作数首。

悼清国蘇山人《しんこくのそさんじんをいたむ》

陽炎《かげろう》や日本の土にかりもがり

送別

君を送る狗《えの》ころ柳《やなぎ》散る頃に

欧羅巴《ヨーロッパ》へ行く人の許《もと》へ根岸の笹の雪を贈りて

日本の春の名残や豆腐汁

無事庵《ぶじあん》久しく病に臥《ふ》したりしがこの頃みまかりぬと聞きて

時鳥《ほととぎす》辞世の一句無かりしや

鳴雪翁《めいせつおう》の書画帖に拙《つたな》くも瓶中の芍薬《しやくやく》を写生して自ら二句を賛す

芍薬の衰へて在り枕《まくら》許《もと》

芍薬を画く牡丹に似も似ずも

謡曲殺生石《せつしようせき》を読みて口占《くちうら》数句

玉虫の穴を出《い》でたる光りかな
化物の名所通るや春の雨
殺生石の空や遥かに帰る雁《かり》

（六月五日）

二十五

○近頃芳菲山人《ほうひさんじん》が梟《ふくろう》の鳴声を聞かんと四方の士に求められけるに続々四方より報知ありて色々面白い鳴声もあるようであるが、大体は似て居るかと思われる。わが郷里予州松山では、梟が「フルツク、ホーソ」となけば雨が降る、「ノリツケ、ホーソ」と鳴けば明日の天気は晴れであるという天気予報に見られて居る、そうして梟のことをば俗にフルツクという、俳句ではこれを冬の部に入れてあるが、それは恐らくは

梟は眠る所をさされけり　猿雖《えんすい》

という句が『猿蓑』の冬の部に入れられたから始まったのであろう、従って木兎《みみずく》もやはり同じことに取扱われて居るが、貞享式《じょうきょうしき》に「古抄は秋の部に入れたれど渡り鳥にもあらず、色鳥《いろどり》にもあらず、まして鳴声の物凄《ものすご》きは寒さを厭《いと》へる故にとや、決して冬と定むべし」とあるけれど、梟は元来いつの時候をよく鳴くものであるか、余の経験によると、上野の森では毎年春の末より秋の半ばへかけて必ず梟が鳴く、これは余が根岸に来て以来経験するところであるが、夏の夕方、雉子町《きじちょう》を出《い》でて、わが家への帰るさ、月が涼しく照《てら》して気持のよい風に吹かれながら上野の森をやって来ると、音楽

学校の後ろあたりへ来た時に必ずそのフルツクホーソの声を聞くことであった。毎晩大概同じ見当で鳴くようではあるが、しかしどの辺の木で鳴くのかそこまで研究したことはない。病に寝て後《のち》もやはり例の鳴声は根岸まで聞えるので、この頃でも病床で毎晩聞いて居る。日の晩《く》れから鳴き出して夜更けにも鳴くことがあるが時としては二羽のつれ鳴《なき》に鳴く声が聞えることがある。またある時はわが庭の木近くへ来て鳴くこともあるが、あまり近く鳴かれるとさすがに物凄く感じる。そうして秋の半ばやや夜寒《よさむ》の頃になるといつも鳴かなくなってしまう。してみると上野には秋の半ばまで棲《す》んでいて、それからよそへ転居するのであろうか、または上野に居るけれども鳴かなくなるのであろうか、物知りに教えてもらいたいのである。

この鳥の鳴声のことをいうと余はいつもコルレッヂのクリスタベルを連想する。

And the owls have awakened the crowing cock!
Tu—whit!—Tu—whoo!

（六月六日）

二十六

○今日ただ今（六月五日午後六時）病床を取巻いて居るところの物を一々数えてみると、何年来置き古し見古した蓑《みの》、笠《かさ》、伊達政宗《だてまさむね》の額、向島百花園《むこうじまひやっかえん》晩秋の景の水画《みずえ》、雪の林の水画、酔桃館蔵沢《すいとうかんぞうたく》の墨竹《ぼくちく》、何も書かぬ赤短冊などのほかに。

写真双眼鏡、これは前日活動写真が見たいなどというたところから気をきかして古洲《こしゅう》が贈ってくれたのである。小金井《こがねい》の桜、隅田の月夜、田子《たご》の浦《うら》の浪、百花園の萩、何でも奥深く立体的に見えるので、ほかの人は子供だましだというかも知れぬが、自分にはこれを覗《のぞ》くのが嬉《うれ》しくて嬉しくて堪《たま》らんのである。

河豚提灯《ふぐぢょうちん》、これは江の島から花笠《かりゅう》が贈ってくれたもの、それを頭の上に吊《つる》してあるので、来る人が皆豚の膀胱《ぼうこう》かと間違えるのもなかなか興がある。

喇嘛《ラマ》教《きょう》の曼陀羅《まんだら》、これは三尺に五尺くらいな切れで壁にかけるようになって居る。その中央一ぱいに一大円形を画き、その円形の内部に正方形を画き、その正方形の内部に更に小円形を画き、その円形の中に小さな仏様が四方四面に向き合うて画いてある。そのあたりには仏具のような物や仏壇のようなものがやはり幾何学的に排列せられて居る。また大円形の周囲には、仏様や天部の神様のようなものや、紫雲や、青雲や、白雲や、奇妙な赤い髷括《まげくく》りのようなものが付いて居る樹木や、種々雑多の物が赤青白黄紫などの極彩色で画いてある極めて精巧なものである。

大津絵二枚、これは五枚の中のへげ残りが襖《ふすま》に貼《は》られて居る。四方太《しほうだ》が大津から買うて来た奉書《ほうしょ》摺《ずり》のものである。今あるのは猿が瓢箪《ひょうたん》で鯰《なまず》を押えるところと、大黒《だいこく》が福禄寿《ふくろくじゅ》の頭へ梯子《はしご》をかけて月代《さかやき》を剃《そ》って居るところとの二つである。

丁子簾《ちょうじすだれ》一枚。これは朝鮮に居る人からの贈物で座敷の縁側にかかって居る。この簾を透して隣の羯翁《かつおう》のうちの竹藪《たけやぶ》がそよいで居る。

花菖蒲《はなしょうぶ》及び蠅取撫子《はえとりなでしこ》、これは二、三日前、家の者が堀切《ほりきり》へ往《いっ》て取って帰ったもので、今は床の間の花活《はないけ》に活けられて居る。花活は秀真《ほつま》が鋳《い》たのである。

美女桜《びじょざくら》、ロベリヤ、松葉菊《まつばぎく》及び樺《かば》色の草花、これは先日碧梧桐《へきごとう》の持って来てくれた盆栽で、今は床の間の前に並べて置かれてある。美女桜の花は濃紅、松葉菊の花は淡紅、ロベリヤは菫《すみれ》よりも小さな花で紫、他の一種は苧環草《おだまき》に似た花と葉で、花の色は凌霄花《のうぜんかずら》のごとき樺色である。

黄百合《きゆり》二本、これは去年信州の木外《ぼくがい》から贈ってくれたもので、諏訪《すわ》山中の産じゃそうな。今を盛りと庭の真中に開いて居る。

美人草、よろよろとして風に折れそうな花二つ三つ。

銭葵《ぜにあおい》一本、松の木の陰に伸びかねて居る。

薔薇《ばら》、大方《おおかた》は散りて殷紅《あんこう》色の花が一、二輪咲残って居る。

そのほか庭にある樹は椎《しい》、樫《かし》、松、梅、ゆすら梅、茶など。

枕元《まくらもと》にちらかってあるもの、絵本、雑誌等数十冊。置時計、寒暖計、硯《すずり》、筆、唾壺《だこ》、汚物入れの丼鉢《どんぶりばち》、呼鈴《よびりん》、まごの手、ハンケチ、その中に目立ちたる毛繻子《けじゅす》のはでなる毛布団一枚、これは軍艦に居る友達から贈られたのである。


（六月七日）

二十七

○枕許に『光琳画式《こうりんがしき》』と『鶯邨画譜《おうそんがふ》』と二冊の彩色本があって毎朝毎晩それをひろげて見ては無上の楽《たのしみ》として居る。ただそれが美しいばかりでなくこの小冊子でさえも二人の長所が善《よ》く比較せられて居るのでその点も大《おおい》に面白味を感ずる。ことに両方に同じ画題（梅、桜、百合、椿《つばき》、萩《はぎ》、鶴《つる》など）が多いので比較するには最も便利に出来て居る。いうまでもないが光琳は光悦《こうえつ》、宗達《そうたつ》などの流儀を真似《まね》たのであるとはいえとにかく大成して光琳派という一種無類《むるい》の画を書き始めたほどの人であるからすべての点に創意が多くして一々新機軸を出して居るところはほとんど比肩《ひけん》すべき人を見出せないほどであるからとても抱一《ほういつ》などと比すべきものではない、抱一の画の趣向なきに反して光琳の画には一々意匠惨憺《さんたん》たるものがあるのは怪しむに足らない。そこで意匠の点はしばらく措《お》いて筆と色との上から見たところで、光琳は筆が強く抱一は筆が弱い、色においても光琳が強い色ことに黒い色を余計に用いはせぬかと思われる。従《したが》って草木などの感じの現れ方も光琳はやはり強いところがあって抱一はただなよなよとして居る。この点においてはもちろんどちらが勝《まさ》って居ると一概にいうことは出来ぬ。強い感じのものならば光琳の方が旨《うま》いであろう。弱い感じのものならば抱一の方が旨いであろう。それから形似《けいじ》の上においては草木の真を写して居ることは抱一の方が精密なようである。要するに全体の上において画家としての値打はもちろん抱一は光琳に及ばないが、草花画書きとしては抱一の方が光琳に勝って居る点が多いであろう。抱一の草花は形似の上においても精密に研究が行届《ゆきとど》いてあるし輪廓《りんかく》の書き具合も光琳よりは柔かく書いてあるし、彩色もまた柔かく派手に彩色せられて居る。ある人はまるで魂のない画だというて抱一の悪口をいうかも知れぬが、草花のごときは元来なよなよと優しく美しいのがその本体であって魂のないところがかえって真を写して居るところではあるまいか、この二小冊子を比較してみても同じ百合《ゆり》の花が光琳のは強い線で書いてあり抱一のは弱い線で書いてある。同じ萩《はぎ》の花でも光琳のは葉が硬いように見えて抱一のは葉が軟かく見える。つまり萩のような軟かい花は抱一の方が最も善く真の感じを現して居る。『鶯邨画譜』の方に枝垂《しだ》れ桜の画があってその木の枝をわずかに二、三本画いたばかりで枝全体にはことごとく小さな薄赤い蕾《つぼみ》が付いて居る。その優しさいじらしさは何ともいえぬ趣きがあってこうもしなやかに書けるものかと思うほどである。『光琳画式』の桜はこれに比するとよほど武骨なものである。しかしながら『光琳画式』にある画で藍《あい》色の朝顔の花を七、八輪画きその下に黒と白の狗《いぬ》ころが五匹ばかりいっしょになってからかい戯《たわむ》れて居る意匠などというものは別に奇想でも何でもないが、実にその趣味のつかまえどころはいうにいわれぬ旨味があって抱一などは夢にもその味を知ることは出来ぬ。

（六月八日）

二十八

長崎にては昔から支那料理のことを「シッポク」というげな。何ゆえということは分らぬ、食卓という字の音でもあるまい。余の郷里にては饂飩《うどん》に椎茸《しいたけ》、芹《せり》、胡蘿蔔《にんじん》、焼あなご、くずし（蒲鉾《かまぼこ》）など入れたるをシッポクという。これも支那伝来の意であろう。麺《めん》類はすべて支那から来たものと見えて皆漢音を用いて居る。メン（麺）ソーメン（索麺）ニューメン（乳麺かこの語漢語か何か知らぬ）メンボー（麺棒）ウンドン（饂飩）の類皆これである。それになお面白いことは夜間饂飩蕎《そ》麦《ば》など売りに来る商人が地方によりて「ハウハウ」と呼ぶことである。この「ハウ」は支那語の好の字にてハウハウはすなわち好々という意になる。支那では一般に好的《ハオデ》、好々《ハオハオ》などというてあたかもわが邦《くに》の「善《よ》い」「上等」などいうところに用いる。

○ソーメンを素麵と書くは誤って居る。やはり「索麵」と書く方が善い。索「ナワ」のごとき麵の意であろう。

（六月九日）

二十九

○魚を釣るには餌《えさ》が必要である。その餌は魚によって地方によってよほど違いがあるようであるがわが郷里伊予などにては何を用いるかと、その道の人に聞くに

蚯蚓《みみず》　を用いるものは鮠《はや》釣、鮒《ふな》釣、ドンコ釣、ゲイモ釣、鰻《うなぎ》釣、手長海老《てながえび》釣、スッポン釣

川海老・・・　を用いるものは鮠釣、ゲイモ釣、ギゾ釣

エブコ・・・（野葡萄《のぶどう》のごとき野草の茎の中に棲《す》む虫）を用いるものは鮠釣

ギスゴ、ハタハタ・・・・　を用いるものは鮠釣

蚕《かいこ》　を用いるものは鮠釣

セムシ・・・（川の浅瀬の石に蜘蛛《くも》のような巣を張りて住む大きなものと川の砂の中に砂を堅めて小さき筒状の家を作りて住む形の小さなものとの二種類ある）を用いるものは鮠釣

田螺《たにし》　を用いるものは手長海老

赤蛙《あかひき》　を用いるものは鯰《なまず》釣

海の小海老　を用いるものは小鯛《こだい》釣、メバル釣、アブラメ、ホゴそのほか沖の雑魚《ざこ》釣
シャコ　を用いるものは小鯛釣
小烏賊《こいか》　を用いるものは大鯛釣
シラサ海老　を用いるものは大鯛釣、鱸《すずき》釣、チヌ釣
ゴカイ　チヌ釣、雑魚釣

などのごとく多くは動物を用いるのであるが、中には変則な奴もある、それは鮎《あゆ》を釣るにカガシラ鈎（蚊《か》頭）を用い、鮠を釣るにハイガシラ（蠅頭）を用い、ウルメを釣るにシラベ（白き木綿《もめん》糸を合せたるもの）を用い、烏賊《いか》を釣るに木製の海老を用いるごとき類いである。カガシラとは獣毛を赤黒黄等に染めたる短きものを小さき鈎《はり》につけて金または銀の小さき頭がついている。鮎はこの美しき鈎を見て蚊と思いあやまりて喰《く》いつくということである。ハイガシラは獣毛を薄墨色に染めた短いものを鈎につけてそれに黒い頭がついている。木製の海老とは木で海老の形に作った二寸ばかりのもの、尾の所に三本の鋭き鈎が碇形《いかりがた》についている。烏賊はこれを真の海老だと思って八本の手で抱きつくと鈎は彼れの柔かな肉を刺すのである。

東京の釣堀なぞではおもに鯉《こい》を釣るのであるが、さてその餌とすべきものははなはだ種類が多い。フカシイモ、ウドン、ゴカイ、ムキミ、ミミズ、サナギを飴糟《あめかす》にて練りたるもの、などを用いる。さすがは都の産《うま》れだけに東京の鯉は贅沢《ぜいたく》になってこんなに様々な御馳走《ごちそう》を貪《むさぼ》るのであろうか。地方によってはこのほかになお種々の異った餌があるであろう。

（六月十日）

三十

○窮してしかして始めて一条の活路を得、始めより窮せざるものかえって死地に陥りやすし。
○釣に巧《たくみ》なるものあり、川の写真を見て曰《いわ》く、この川にはきっと鮎《あゆ》が居ると。
○幕府以来の名家もとより相当の産あり、しかしてその朝飯は味噌汁《みそしる》と香の物のほか、また一物を加えず。これを主人に質《ただ》せば、主人曰く、我もあまりまずい朝飯とは思えど、古来の習慣今更致方《いたしかた》もなしと。
○蚊が出ても蚊帳《かや》がないという者あり。曰くランプを充分に明るくして寝よ。　（六月十一日）

三十一

○高等女学校の教科書に石川雅望《まさもち》の書きたる文を載せたるに、その文は両国の四ツ目屋といういかがわしき店の記事にてありしため俄《にわか》に世間の物議を起し著者を責むるもあれば、文部省の審査官を責むるものもあり、その責めようにもいくらか程度の寛厳があるようであるが、余の考えにては世間一般の人が責めるところの方面、すなわち著者の粗漏とか審査の粗漏とかいうことでなく、他の方面より責めたいのである。それは著者及び審査官の無学ということである。余の臆測《おくそく》にては著者も文部省の審査官らも恐らくは四ツ目屋の何《なん》たるを解せずしてこれを書中に引きまたこれを審査済として許可したるものであろうと思われる。してみれば彼らの無学はついにこの不都合なる結果を来《きた》したるもので、その無学こそ責むべきものではあるまいか。従来国文学者または和学者などというものは主に『源氏物語』『枕草子』などの研究にのみ力を用い、近世の事すなわち徳川氏以下の事に至ってはこれを単に卑俗として排斥し顧みないために、近世三百年間の文学は全く知らないものが十の八、九に居るのである。今度の四ツ目屋事件もこれを知らなんだということはもとより一小事であってさのみ尤《とが》むるに足らんようであるが、その実このことに限らず徳川文学を全く研究しないという結果が偶然ここに現われたのであるから余は何処《どこ》までもいわゆる擬古的文学者の無学なのを責めたいのである。ことにその意味さえ解せずしてこれを教科書に引用した教科書著者の乱暴には驚かざるを得ない。この機をもって文学者の猛省を促すのである。

（六月十二日）

三十二

○道具の贅沢《ぜいたく》などは一切しようと思わぬがただ硯《すずり》ばかりはややよきものをほしいと思っていた。しかし二円や三円のはした金では買えぬと聞いてあきらめていた。ところがどういうわけだか近頃になってますますそれがほしくなったけれど、今更先の知れた身で大金を出すのもあまり馬鹿馬鹿しいので仕方なしに在《あ》り来《きた》りの十銭か十五銭の硯ですましていると、碧梧桐《へきごとう》がその亡兄黄塔《こうとう》の硯を持って来て貸してくれた。その硯は一面は三方を溝のごとく彫り、他の一面は芭蕉《ばしょう》の葉を沢山に彫ってある。その石材はあまりよいのでもないように思われるがしかし十五銭くらいの勧工場物《かんこうばもの》とはもとより同日の論ではない上に、黄塔のかたみであることが、何となくなつかしく感ぜられて朝夕枕《まくら》もとに置いて寝ながらのながめものになっている。

墨汁のかわく芭蕉の巻葉かな
芍薬《しやくやく》は散りて硯の埃《ほこり》かな
五月雨《さみだれ》や善き硯石借り得たり

（六月十三日）

三十三

○同郷の先輩池内氏が発起にかかる『能楽』という雑誌が近々出るそうである。この雑誌は今まさに衰えんとする能楽《のうがく》を興さんがためにその一手段として計画せられたるものであって、もとより流儀の何たるを問わず、ことに囃子方《はやしかた》などのようように人ずくなになり行くを救わんとするのがその目的の主なるものであるそうな。元来能楽というものは保存的のものであって、進歩的のものではないのであるから、今日において改良するというても、別に改良すべき点はない。ただ時勢とともに多少の改良を要するという点は、能役者間《かん》に行われたる従来の習慣のうちで、今日の時勢に適せないものを改良して行くくらいのことなのである。しかしてその能役者間に行われて居る習慣というのは、今日からいうと随分馬鹿馬鹿しいことも少くはない上に、また今日いわゆる家元なるものが維新後扶持《ふち》を失うたがために生計の道に窮して種々の悪弊を作り出したことも少くはないのである。これらの悪習慣は一撃に打破《うちやぶ》ってしまえば何でもないようなことであるが、その実これをやろうというには、非常の困難を感ずる。まことに生活問題と関係して居ることは、考えてみれば能役者に対しては気の毒な次第であって、一方の道を打破する上は、他の一方において相当の保護を与えてやらねばならんのは至当《しとう》のことである。昔岩倉具視《いわくらともみ》公の存生中《ぞんじよう》には、公が能楽の大保護者として立たれたるがために、一旦衰えたる能楽に花が咲いて一時はやや盛んならんとする傾きを示したに係わらず、公の薨《こう》ぜられた後は誰一人責任を負うて能楽界を保護する人もないのでついに今日のごとく四分五裂《しぶんごれつ》してしまったのである。たまたまある人が出て能楽界を振わせようとして会などを興したことなどもあったが、とかく流儀争いなどのために子供のような喧嘩《けんか》を始めてせっかくの計画もついに画餅《がべい》に属するに至ったのは遺憾《いかん》なことである。能楽雑誌記者はもとよりここに見るところがあって、能楽上の一大倶楽部《クラブ》を起し、天下の有志を集めて依怙《えこ》贔屓《ひいき》なく金春《こんぱる》、金剛《こんごう》、観世《かんぜ》、宝生《ほうしよう》、喜多《きた》などいう仕手《して》の五流はもちろん、脇《わき》の諸流も笛、鼓《つづみ》、太鼓などの囃子方に到るまで、ことごとくこれを保護しかつ後進を養成せんとする目的をも有せらるると聞くのははなはだ頼もしいことに思われる。予の考えにては能楽は宮内省の保護を仰ぐかもしくは華族の鞏固《きようこ》なる団体を作ってこれを保護するか、どちらかの道によらなければ今日これを維持して行くのは、非常の困難であろうと思う。また能楽の性質上宮内省または華族団体の保護を仰ぐということは不当な要求でもなく、また一方より言えば今日これを特別保護の下に置くのは宮内省または華族団体のなすべき至当の仕事であろうと信ずる。その替りに能楽界の方においても出来得るだけの改良を図って、従前のごとく能役者はダダをこねるような仕打《しうち》をやめ、諸流の調和を図りまた家元なるものの特権を揮《ふる》うて後進年少が進んで行こうという道を杜絶《とぜつ》することのないようにして貰《もら》わねばならぬ。一方に生活の道さえ立てば他方において卑しい行《おこない》なども自《おのずか》ら減じて行く道理で、一例を言えば能衣裳《のういしょう》の損料貸などいうことが今日ではある一派の能役者の生計の一部になって居るので、それがために卑劣なる仲間喧嘩の起るのみならず、ついには各派が分裂してしまうほどにも立ち至ったのであるが、こういうことは一方に相当の収入さえあれば自ら消滅して行くであろうと信ずる。なおこのほかにも論ずべきことは沢山あるが、それは後日に譲ることとする。

●正誤「病牀六尺」第十二に文鳳《ぶんぽう》の絵を論じて十六番の右は鳥居の前に手品師の手品を使って居るところであると言ったのは間違いだという説もあるからしばらく取消す。

「病牀六尺」第二十五に猿雖《えんすい》の句として挙げたのは記憶の誤りであって、実際は

木兎は眠るところをさされけり　半残

という句が『猿蓑』にあるのであった。このほかにも木兎《みみずく》の句はなお『猿蓑』に一句あるが、梟《ふくろう》の句は元禄七年頃の『蘆分船』という俳書に出て居るのが、予が知るうちでは最も古い句である。

とかく病床へ参考書を引出すのが極めて面倒であるために、善い加減な記憶によって書くのでこういう誤りを生ずるのであるから、許して貰いたい。

（六月十四日）

三十四

○床の間に虞美人草《ぐびじんそう》を二輪活けてその下に石膏《せっこう》のわが小臥像《しょうがぞう》と一つの木彫《もくちょう》の猫とが置《おい》てある。この

猫は蹲《うずく》まって居る形で、実物大に出来て居って、そうして黄色のようなペンキで塗ってある。このペンキは夜暗い処《ところ》で見ると白く光るように出来て居るので、普通のペンキとは違って居る。これは水難救済会で使用するためにわざわざ英国から取り寄せたのであって、これを高い標柱に塗って救難所のある処の海岸に立てて置くと、いかなる暗夜《あんや》でも沖に居る難破船からその柱が見えるので、そこに救難所のあるということが船中の人にわかるようになって居る。これを木彫の猫に塗って試《こころみ》に台所の隅に置いてみたところその夜はいつものように鼠《ねずみ》が騒がなかった。しかしただ薄白く光るばかりでもちろん猫の形が闇《やみ》に見えるわけでもないから、翌晩などは例の通りいたずらものは荒れ放題に荒れたほどであえてこれが鼠除《よ》けになるわけではないがしかし難破船の目標としては多少の効力があることはいうまでもない。

この水難救済会というのは難破船を救うのが目的であってすでに日本の海岸には二、三十箇処の救難所を設けその救難所にはそれぞれ救難の準備が整うて居るそうである。今日のところではまだ不完全極まるものであってこの後幾多《いくた》の設備を要することであるが、最近の報告によると昨年などはすでに一日平均三人を救うたわけになって居るそうな。してみるとその効能は極めて大なものであって日本のごとく海の多い国ではこの上もなく必要なものであるが、世人が存外にこれに対して冷淡にあるごとく見えるのははなはだ遺憾《いかん》である。かの赤十字社のごときはもちろん必要なものであるけれども、しかし今赤十字社がないとしてもたちまち差支《さしつかえ》を生ずるというほどのものでもない。しかるに田舎の紳士共はその勲章めいた徽章《きしょう》がほしいわけであるか、あるいは県官らの勧めに余儀なくせられたるわけであるか、今日のところではとにかく非常に盛大なものとなって、あるいは実用的よりもかえって虚飾的に流れはせぬかと思うほどである。水難救済会はその会の目的が日常的のものであって今日の赤十字社のごとく戦時にのみ働くというようなものとは性質を異にしておるにかかわらずかえって微々として振わんのは県官の誘導も赤十字社のごとく普《あまね》く及ばないのであるか、あるいは勲章めきた徽章のないためであるか、何にしても惜しむべきことであると思う。少くとも海に沿うて居る各県民は振うて水難救済会の会員となるようにしたいものである。

（六月十五日）

三十五

○鳥づくしというわけではないが、昨今見聞した鳥の話をあげてみると

一、この頃東京美術学校で三間《けん》ほどの大きさの鳶《とび》を鋳《い》たそうな、これは記念の碑として仙台に建てるのであるそうながこのくらいな大きなフキ物は珍しいと言うことである。

一、上野の動物園の駝鳥《だちょう》は一羽死んだそうな。その肉を喰《く》うてみたらば鴫《しぎ》のような味がしてそれであまり甘《うま》くなかったが、その肉の油で揚物《あげもの》をこしらえてみたらこれはまた非常に旨《う》まかったということである。

一、押入の奥にあった剝製《はくせい》の時鳥《ほととぎす》を出して見たれば口の内の赤い色の上に埃《ほこり》がたまって居った。

一、そこらにある絵本の中から鶴の絵を探して見たが、沢山の鶴を組合せて面白い線の配合を作っ

て居るのは光琳《こうりん》。ただ訳もなく長閑《のど》かに並べて画いてあるのは抱一《ほういつ》。一羽の鶴の嘴《くちばし》と足とを組合せてやや複雑なる線の配合を作っているのは公長《こうちょう》。最も奇抜なのは月樵《げっしょう》の画で、それは鶴の飛んで居るところを更に高い空から見下したところである。

一、広重《ひろしげ》の「東海道続絵《つづきえ》」というのを見たところがその中にどこにも一羽も鳥が画いてない。それから同人の「五十三駅《つぎ》」の一枚画を見たところが原駅《はらじゅく》の所に鶴が二羽田に下りて居り袋井駅《ふくろいじゅく》の所に道ばたの制札の上に雀が一羽とまって居った。

一、先日の『日本』に伊予松山からの通信として梟《ふくろう》が「トシヨリコイ」と鳴くと書いてあったが、それは誤りで八幡鳩（珠数《じゅず》カケ鳩）が「トシヨリコイ」と鳴くのである。

一、上野の入口へ来ると三層楼の棟《むね》の所に雁《かり》が浮彫《うきぼり》にしてある。それは有名な「雁鍋《がんなべ》」である。それから坂本の方へ来ると、ある鳥屋の屋根に大きな雄鶏の突立った看板がある。それから根岸へ来ると三島前の美術床屋には剝製の白鷺《しらさぎ》が石膏《せっこう》の半身像と共に飾ってある。（六月十六日）

三十六

○信玄と謙信とどっちが好きかと問うと、謙信《けんしん》が好きじゃという人が十の八、九である。梅ケ谷と常陸山とどっちが好きかと問うと、常陸山《ひたちやま》が好きじゃという人が十の八、九である。その好き嫌いについては、多少の原因がないではないが、多くはただ理屈もなしに、好きじゃというに過ぎぬ。しかし一般の人は自重《じちょう》的の人よりも、快活的の人を好むということが、知らず知らず、その好悪《こうお》の大原因をなして居るかも知れぬ。予は回向院《えこういん》の角力《すもう》も観たことがないので、贔屓《ひいき》角力などはないがどっちかというと梅《うめが》ケ谷《たに》の方を贔屓に思うて居る。そうして子供の時から謙信よりも信玄《しんげん》が好きなように思う。それはどういう訳だか自分にも分らぬ。（六月十七日）

三十七

○明治維新の改革を成就したものは二十歳前後の田舎の青年であって幕府の老人ではなかった。日本の医界を刷新したものも後進の少年であって漢方医はこれに与《あずか》らない。日本の漢詩界を振わしたもやはり後進の青年であって天保臭気《てんぽうしゅうき》の老詩人ではない。俳句界の改良せられたのも同じく後進の青年の力であって昔風の宗匠はむしろその進歩を妨げようとしたことはあったけれど少しもこれに力を与えたことはない。何事によらず革命または改良ということは必ず新たに世の中に出て来た青年の仕事であって、従来世の中に立って居ったところの老人が中途で説を翻《ひるがえ》したために革命または改良が行われたということはほとんどその例がない。もし今日の和歌界を改良せんとならばそれはもちろん青年歌人の成《な》すべきことであって老歌人のなし得らるることではない。もし今日の演劇界を改良せんとならば、それはむしろ壮士俳優の任務であって決して老俳優の成し得らるるところではない。しかるに文学者とも言わるるほどの学者が団十《だんじゅう》、菊五《きくご》などを相手にして演劇の改良を説くに至っては愚《ぐ》と言おうか迂《う》と言おうか実にその眼孔の小《しょう》なるに驚かざるを得ない。（六月十八日）

三十八

○ここに病人あり。体痛みかつ弱りて身動きほとんど出来ず。頭脳乱れやすく、目くるめきて書籍新聞など読むに由《よし》なし。まして筆を採ってものを書くことは到底出来得《う》べくもあらず。しかして傍に看護の人なく談話の客なからんか。いかにして日を暮すべきか。いかにして日を暮すべきか。

（六月十九日）

三十九

○病床に寝て、身動きの出来る間は、あえて病気を辛《つら》しとも思わず、平気で寝転んで居ったが、この頃のように、身動きが出来なくなっては、精神の煩悶《はんもん》を起して、ほとんど毎日気違のような苦しみをする。この苦しみを受けまいと思うて、色々に工夫して、あるいは動かぬ体を無理に動かしてみる。いよいよ煩悶する。頭がムシャムシャとなる。もはやたまらんので、こらえにこらえた袋の緒《お》は切れて、ついに破裂する。もうこうなると駄目である。絶叫。号泣。ますます絶叫する、ますます号泣する。その苦《くるしみ》その痛《いたみ》何《なん》とも形容することは出来ない。むしろ真の狂人となってしまえば楽であろうと思うけれどそれも出来ぬ。もし死ぬることが出来ればそれは何よりも望むところである。しかし死ぬることも出来ねば殺してくれるものもない。一日の苦しみは夜に入ってようよう減じわずかに眠気《ねむけ》さした時にはその日の苦痛が終るとともにはや翌朝寝起《ねおき》の苦痛が思いやられる。寝起ほど苦しい時はないのである。誰かこの苦を助けてくれるものはあるまいか、誰かこの苦を助けてくれるものはあるまいか。

（六月二十日）

四十

○「いかにして日を暮らすべき」「誰かこの苦を救うてくれる者はあるまいか」ここに至って宗教問題に到着したと宗教家はいうであろう。しかし宗教を信ぜぬ予には宗教も何の役にも立たない。基督《キリスト》教を信ぜぬ者には神の救いの手は届かない。仏教を信ぜぬ者は南無阿弥陀仏《なむあみだぶつ》を繰返して日を暮らすことも出来ない。あるいは画本《がほん》を見て苦痛をまぎらかしたこともある。しかしいかに面白い画本でも毎日毎日同じ物を繰返して見たのでは十日もたたぬうちにもはや陳腐になって再び苦痛をまぎらかす種にもならない。あるいは双眼写真を弄《もてあそ》んで日を暮らしたこともある。それも毎日見てはだんだんに面白味が減じて、後《のち》には頭の痛む時などかえって頭を痛める料《りょう》になる。何よりも嬉《うれ》しきは親切なる友達の看護してくれることであるがそれもしばしば出逢《でお》うては、別に新らしき話もないので病人も看護人も両方が差向《さしむこ》うて一《いっ》はただ苦《くるし》み、一はその苦しみを見て心に苦しむようになる。去年頃までは唯一の楽しみとして居った飲食の欲も、今はほとんど消え去ったのみならず、飲食そのものがかえって身体を煩《わずら》わして、それがために昼夜もがき苦しむことは、近来珍しからぬ事実となって来た。あるいは謡《うたい》を聞きあるいは義太夫《ぎだゆう》を聞いて楽《たのし》んだのは去年のことであったが、今は軍談師を呼んで来ようか、活動写真をやらしてみようかとの友達の親切なる慰めはかえって聞くさえも頭を痛めるようになった。大勢の人を集めて、これと室《へや》を共にすることも苦しみの種である。謡いの声、三味線《しゃみせん》の音も遥かの遠音《とおね》を聞けばこそ面白けれ、枕元《まくらもと》近くにてはその音が頭に響き、はなはだしきはわが呼吸さえ他の呼吸に支配せられて非常に苦痛を感ずるようになってしもうた。畢竟《ひっきょう》自分と自分の周囲と調和することがはなはだ困難になって来たのである。麻痺剤《まひざい》の充分に功を奏した時はこの調和がやや容易であるが、今はその麻痺剤が充分に功を奏することが出来なくなった。予は実にかような境界《きょうがい》に陥って居るのである。いつ見ても同じ病苦談、聞く人には馬鹿馬鹿しくうるさいであろうが、苦しい時には苦しいというよりほかに仕方もなき凡夫《ぼんぷ》の病苦談「いかにして日を暮らすべきか」「誰かこの苦を救うてくれる者はあるまいか」情ある人わが病床に来って予に珍しき話など聞かさんとならば、謹んで予はために多少の苦を救わるることを謝するであろう。予に珍しき話とは必ずしも俳句談にあらず、文学談にあらず、宗教、美術、理化、農芸、百般《ひゃっぱん》の話は知識なき予に取ってことごとく興味を感ぜぬものはない。ただ断っておくのは、差向うて坐《すわ》りながら何も話のない人である。

（六月二十一日）

四十一

○この日逆上はなはだし。新しく我を慰めたるもの

一、果物彩色《さいしき》図二十枚

一、明人画《みんじんが》　飲中八仙図一巻（模写）

一、靄厓《あいがい》画　花卉《かき》粉本《ふんぽん》一巻（模写）
一、汪淇《おうき》模写　山水一巻（模写）
一、煙霞《えんか》翁《おう》筆　十八皴法《しゅんぽう》山水一巻（模写）
一、桜の実一籃《ひとかご》
一、菓子麺包《パン》各種
一、菱形《ひしがた》走馬灯一個
来客は鳴雪《めいせつ》、虚子《きよし》、碧梧桐《へきごとう》、紅緑《こうろく》諸氏。

事項は『ホトトギス』募集文案、蕪村《ぶそん》句集秋の部輪講等。

食事は朝、麺包、スープ等。午《ひる》、粥《かゆ》、さしみ、鶏卵等。晩、飯二碗《わん》、さしみ、スープ等。間食、葛湯《くずゆ》、菓子麺包等。

服薬は水薬三度、麻痺剤二度。（六日二十日）

（六月二十二日）

四十二

○今朝起きると一封の手紙を受取った。それは本郷の某氏より来たので余は知らぬ人である。その手紙は大略左の通りである。

拝啓昨日貴君の「病牀六尺」を読み感ずるところあり左の数言を呈し候《そろ》
第一、かかる場合には天帝または如来《にょらい》とともにあることを信じて安んずべし第二、もし右信ずることあたわずとならば人力の及ばざるところをさとりてただ現状に安んぜよ現状の進行に任ぜよ痛みをして痛ましめよ大化《たいか》のなすがままに任ぜよ天地万物わが前に出没隠現《いんけん》するに任ぜよ

第三、もし右二者ともにあたわずとならば号泣せよ煩悶《はんもん》せよ困頓《こんとん》せよしかして死に至らんのみ

小生はかつて瀕死《ひんし》の境にあり肉体の煩悶困頓を免れざりしも右第二の工夫によりて精神の安静を得たりこれ小生の宗教的救済なりき知らず貴君の苦痛を救済し得《う》るや否《いな》をあえて問う病間あらば乞う一考あれ（以下略）

この親切なるかつ明瞭《めいちよう》平易なる手紙ははなはだ余の心を獲《え》たものであって、余の考《かんがえ》もほとんどこの手紙の中に尽きて居る。ただ余にあっては精神の煩悶というのも、生死出離の大問題ではない、病気が身体を衰弱せしめたためであるか、脊髄《せきずい》系を侵されて居るためであるか、とにかく生理的に精神の煩悶を来《きた》すのであって、苦しい時には、何ともかとも致しようのないわけである。しかし生理的に煩悶するとても、その煩悶を免れる手段はもとより「現状の進行に任せる」よりほかはないのである、号叫し煩悶して死に至るよりほかに仕方のないのである。たとえ他人の苦が八分《ぶ》で自分の苦が十分であるとしても、他人も自分も一様にあきらめるというよりほかにあきらめ方はない。この十分の苦が更に進んで十二分《ぶん》の苦痛を受くるようになったとしてもやはりあきらめるよりほかはないのである。けれどもそれが肉体の苦である上は、程度の軽い時はたとえあきらめることが出来ないでも、なぐさめる手段がないこともない。程度の進んだ苦に至っては、ただになぐさめるこ

との出来ないのみならず、あきらめて居てもなおあきらめがつかぬような気がする。けだしそれはやはりあきらめのつかぬのであろう。笑え。笑え。健康なる人は笑え。病気を知らぬ人は笑え。幸福なる人は笑え。達者な両脚《あし》を持ちながら車に乗るような人は笑え。自分の後ろから巡査のついて来るのを知らず路《みち》に落ちている財布をクスネンとするような人は笑え。年が年中昼も夜も寝床に横たわって、三尺の盆栽さえ常に目より上に見上《みあげ》て楽んで居るような自分ですら、麻痺剤のお陰で多少の苦痛を減じて居る時は、煩悶して居った時の自分を笑うてやりたくなる。実に病人は愚《ぐ》なものである。これは余自身が愚なばかりでなく一般人間の通有性である。笑う時の余も、笑わるる時の余も同一の人間であるということを知ったならば、余が煩悶を笑うところの人も、一朝地《いっちょうち》をかうれば皆余に笑わるるの人たるを免れないだろう。咄々大笑《とつとつたいしょう》。（六月二十一日記）　（六月二十三日）

四十三

○まだ見たことのない場所を実際見たごとくにその人に感ぜしめようというにはその地の写真を見せるのが第一であるがそれも複雑な場所はとても一枚の写真ではわからぬから幾枚かの写真を順序立てて見せるようにするとわかるであろう。名所旧蹟などいう処《ところ》にはこのような写真帖が出来て居る処もあるがその写真帖はただ所々の光景を示したばかりでそれぞれの位置が明瞭《めいりょう》しないのではなはだその効力が薄い。それでこの種の写真帖には必ず一枚の地図を付けてその中にあるそれぞれの写真の位置と方位とを知らしむるようにしたらば非常に有益であろうと思う。日光を知らぬ人にもこの写真帖を見せればその人は日光へ往《い》ったような感じになるであろう。西洋に往くことのできない人でもこの種の写真帖を見たらば西洋へ往ったと同じような感じになることが出来る。比較的簡単で廉価《れんか》でそうしてこれほど有益なものは他に類が少ないであろう。

（六月二十四日）

四十四

○警視庁は衛生のためという理由をもって、東京の牛乳屋に牛舎の改築または移転を命じたそうな。そんなことをして牛乳屋をいじめるよりも、むしろ牛乳屋を保護してやって、東京の市民に今より二、三倍の牛乳飲用者が出来るようにしてやったら、大《おおい》に衛生のためではあるまいか。

（六月二十五日）

四十五

○写生ということは、画を画くにも、記事文を書く上にも極めて必要なもので、この手段によらなくては、画も記事文も全く出来ないというてもよいくらいである。これは早くより西洋では、用いられて居った手段であるが、しかし昔の写生は不完全な写生であったために、この頃は更に進歩して一層精密な手段を取るようになって居る。しかるに日本では昔から写生ということをはなはだおろそかに見て居ったために、画の発達を妨げ、また文章も歌もすべてのことが皆な進歩しなかったのである。それが習慣となって今日でもまだ写生の味を知らない人が十中の八、九である。画の上にも詩歌《しいか》の上にも、理想ということを称《とな》える人が少《すくな》くないが、それらは写生の味を知らない人であって、写生ということを非常に浅薄《せんぱく》なこととして排斥するのであるが、その実、理想の方がよほど浅薄であって、とても写生の趣味の変化多きには及ばぬことである。理想の作が必ず悪いというわけではないが、普通に理想として顕《あらわ》れる作には、悪いのが多いというのが事実である。理想ということは人間の考《かんがえ》を表すのであるから、その人間が非常な奇才でない以上は、到底類似と陳腐を免れぬようになるのは必然である。もとより小供に見せる時、無学なる人に見せる時、初心なる人に見せる時などには、理想ということがその人を感ぜしめることがないことはないが、ほぼ学問あり見識ある以上の人に見せる時には非常なる偉人の変った理想でなければ、到底その人を満足せしめることは出来ないであろう。これは今日以後のごとく教育の普及した時世《じせい》には免れないことである。これに反して写生ということは、天然を写すのであるから、天然の趣味が変化して居るだけそれだけ、写生文写生画の趣味も変化し得るのである。写生の作を見ると、ちょっと浅薄のように見えても、深く味えば味わうほど変化が多く趣味が深い。写生の弊害を言えば、もちろんいろいろの弊害もあるであろうけれど、今日実際に当てはめてみても、理想の弊害ほどはなはだしくないように思う。理想というやつは一呼吸《ひといき》に屋根の上に飛び上がろうとしてかえって池の中に落ち込むようなことが多い。写生は平淡である代りに、さる仕損いはないのである。そうして平淡の中に至味《しみ》を寓するものに至っては、その妙実に言うべからざるものがある。

（六月二十六日）

四十六

○ある人のいうところに依ると九段の靖国神社の庭園は社殿に向って右の方が西洋風を模したので檜葉《ひば》の木があるいは丸くあるいは鋒《ほこ》なりに摘み入れて下は奇麗な芝生になって居る。左側の方は支那風を模したので桐や竹が植えてある。後側は日本固有の造り庭で泉水《せんすい》や築山《つきやま》が拵《こしら》えてある。こういう風に庭園を比較したとはいうもののはなはだ区域が狭いので充分にその特色を発揮することが出来て居らぬ。そこでこの庭園についても人々によって種々の変った意見を持《もっ》て居って、これが神社である以上は神々《こうごう》しき感じを起させるために社殿の周囲に沢山の大木を植えねばならぬなどという人もある。けれどもそれは昔風の考えであって神社であるから必ずしも大木がなければならぬということはない。二十年ほど前に余が始めて東京へ来て靖国《やすくに》神社を一見した時の感じを思い起してみると、ほかの物は少しも眼に入らないで、奇麗なる芝生の上に檜葉の木が奇麗に植えられておるということがいかにも愉快な感じがしてたまらなかったのである。もちろんそれは子供の時の幼稚な考えから来たことではあるけれども、しかし世の中の人は幼稚な感じを持て居る方が八、九分を占めて居るのであるから、今でも昔の余と同じようにこの西洋風の庭を愉快に感ずる人がきっと多いであろうと思う。それゆえにもし靖国神社の庭園を造り変えるということがあったら、いっそ西洋風に造り変えたら善《よ》かろう。まん丸な木や、円錐《えんすい》形の木や、三角の芝生や、五角の花畑などが幾何学的に井然《せいぜん》として居るのは、子供にも俗人にも西洋好きのハイカラ連にも必ず受けるであろう。

もとより造り様さえ旨《うま》くすれば実際美学上から割り出した一種の趣味ある庭園ともなるのである。東京人の癖として、公園は上野のようなのに限るという人が多いけれども、必ずしも上野が公園の模範とすべきものであるとは定められない。日比谷の公園なども広い芝生を造って広っぱ的公園としても善いではないか。むやみやたらに木ばかり植えてちょっと散歩するにも鼻を衝《つ》くような窮屈な感じをさせるが公園の目的でもあるまい。

（六月二十七日）

四十七

○この頃『ホトトギス』などへ載せてある写生的の小品文を見るに、今少し精密に叙したらよかろうと思うところをさらさらと書き流してしもうたために興味索然《さくぜん》としたのが多いように思う。目的がそのことを写すにある以上はたというるさいまでも精密にかかねば、読者には合点《がてん》が行きがたい。実地に臨んだ自分には、こんなことは書かいでもよかろうと思うことが多いけれど、それをほかの人に見せると、そこを略したために、意味が通ぜぬようなことはいくらもある。人に見せるために書く文章ならば、どこまでも人にわかるように書かなくてはならぬことはいうまでもない。あるいはあまり文章が長くなることを憂えて短くするとならば、それはほかのところをいくらでも端折《はしょ》って書くは可《よ》いが、肝心な目的物を写すところはどこまでも精密にかかねば面白くない。そうしてまたその目的物を写すのには、自分の経験をそのまま客観的に写さなければならぬということも前にしばしば論じたことがある。しかるに写生的に書こうと思いながらかえって概念的の記事文を書く人がある。これはむろん面白くない。例を言えば米国にある支那飯屋《しなめし》というのを書くつもりならば、自分がその支那飯屋へ往《いっ》た時の有様をなるべく精密に書けば、それでよいのである。しかるにその方は精密に書かずにかえって支那飯屋はどういう性質のものであるというような概念的の記事を長々と書くのは雑報としてはよいけれども、美文としては少しも面白くない。まだ雑報と美文の区別を知らない人が大変多いようである。同雑誌の一日記事のごときもただ簡単に過ぎて何の面白味もないのが多いように見える。これは今少し思いきって精密に書いたならば多少面白くなるだろうと思う。

(六月二十八日)

四十八

○この頃売り出した双眼写真というのがある、これは眼鏡が二つあってその二つの眼鏡を両眼にあてて見るようになって居る。眼鏡の向うには写真を挿《はさ》むようになって居って、その写真は同じようなのが二枚並べて貼《は》ってある。これはちょっと見ると同じ写真のようであるがその実少し違うて居る。一つの写真は右の眼で見たように写し、他の写真は同じ位置に居って同じ場所を左の眼で見たように写してあるのである。それを眼鏡にかけて見ると、二つの写真が一つに見えて、しかもすべての物が平面的でなく、立体的に見える。そこに森の中の小径《こみち》があればその小径が実物のごとく、奥深く歩いてゆかれそうに見える。そこに石があればその石が一々《いちいち》に丸く見える。器械は簡単であるがちょっと興味のあるもので、大人でも子供でもこれを見出すと、そこにあるだけの写真を見てしまわねば止めぬというようなことになる。遊び道具としては、まことに面白いものであると思う。しかしこの写真を見るのに、二つの写真が一つに見えて、平面の景色が立体に見えるのには、少し伎倆《ぎりよう》を要する。人によるとすぐにその見ようを覚《さと》る人もあるし人によると幾度見ても立体的に見得ぬ人がある。この双眼写真を得てから、それを見舞に来る人ごとに見せて試みたが、眼力《がんりき》の確《たしか》な人には早く見えて、眼力の弱い人すなわち近眼の人には、よほど見えにくいということがわかった。これによって予は悟るところがあったが、近眼の人はどうかすると物のさとりのわるいことがある、いわば常識に欠けて居るというようなことがある。その原因を何であるとも気がつかずに居たが、それは近眼であるためであった。近眼の人は遠方が見えぬこと、すべての物が明瞭《めいりよう》に見えぬこと、これだけでも普通の健全なる眼を持って居る人に比《ひ》するとすでに半分の知識を失うて居る。まして近眼者は物を見ることを五月蠅《うるさ》がるような傾向が生じて来ては、どうしても知識を得る機会が少《すく》なる。近眼の人にして普通の人と同じように知識を持って居る人もないではないが、そういう人は非常な苦心と労力をもって、その知識を得るのであるから、同じ学問をしても人よりは二倍三倍の骨折りをして居るのである。人間の知識の八、九分は皆視官《しかん》から得るのであると思うと眼の悪い人はよほど不幸な人である。

(六月二十九日)

四十九

○英雄には髀肉《ひにく》の嘆《たん》ということがある。文人には筆硯生塵《ひつけんちりをしようず》ということがある。余もこの頃「錐。

錆を生ず」という嘆《なげき》を起した。この錐《きり》というのは千枚通しの手丈夫な錐であって、これを買うてから十年余りになるであろう。これは俳句分類という書物の編纂《へんさん》をして居た時に常に使うて居たものでその頃は毎日五枚や十枚の半紙に穴をあけて、その書中に綴込《とじこ》まぬことはなかったのである。それゆえ錐が鋭利というわけではないけれど、錐の外面は常に光を放って極めて滑《なめ》らかであった。何十枚の紙も容易《たやす》く突き通されたのである。それが今日ふと手に取って見たところが、全く錆《さ》びてしまって、二、三枚の紙を通すのにも錆のために妨げられて快《よ》く通らない。俳句分類の編纂は三年ほど前から全く放擲《ほうてき》してしまって居るのである。「錐に錆を生ず」という嘆を起さざるを得ない。

（六月三十日）

五十

○肺を病むものは肺の圧迫せられることを恐れるので、広い海を見渡すとまことに晴れ晴れといい心持がするが、千仞《せんじん》の断崖《だんがい》に囲まれたような山中の陰気な処《ところ》にはとても長くは住んで居られない。四方の山に胸が圧せられて呼吸が苦しくなるように思うためである。それだから蒸気船の下等室に閉じ込められて遠洋を航海することは極めて不愉快に感ずる。住居の上についてもあまり狭い家は苦しく感ずる。天井の低いのはことに窮屈に思われる。蕪村《ぶそん》の句に

屋根低き宿うれしさよ冬籠《ふゆごもり》

という句があるのを見ると、蕪村は吾々とちごうて肺の丈夫な人であったと想像せられる。この頃

のようにだんだん病勢が進んで来ると、眼の前に少し大きな人が坐《すわ》って居ても非常に息苦しく感ずるので、客が来ても、なるべく眼の正面をよけて横の方に坐って貰《もら》うようにする。そのほかラムプでも盆栽でも眼の正面一間《けん》くらいな間《あいだ》を遠ざけて置いて貰う。それはあまりひどいと思う人があるだろうが理屈から考えても分ることである。人の眼障《めざわ》りになるというのは誰でも眼の高さと同じくらいなものか、またはそれよりも高いものかがわが前にある時にうるさく感ずるのである。それであるから病人のごとくいつも横にねて居るものには眼の高さといってもわずかに五寸ないし一尺くらいなものである。今病人の眼の前三尺の処に高さ一尺の火鉢が置いてあるとすると、それは坐って居る人の眼の前三尺の処におよそ三、四尺の高さの火鉢が置いてあるのと同じ割合になる。この場合には坐って居る人でも多少の窮屈を感ずるであろう。まして病人のごとく身体も動かず、手足も働かずいかなる危険があってもそれを手足で防ぐとか身を動かして逃げるとかすることの出来ないものはただささえ危険を感じるのであるから、その上に呼吸器の弱いものは非常な圧迫を感じて、精神も呼吸も同時に苦しくなることは当り前のことである。その点からいうと寝床を高くしておけば善《よ》い訳であるが、それにはまた色々な故障があって余らのごときは普通の寝台の上に寝ることを許されぬからこまる。なぜ寝台が悪いかというと寝台の幅の狭いのも一つの故障である。寝台は腰のところで尻が落ち込んで身動きの困難なのも一つの故障である。病気になるとつまらないことに苦《くるし》まねばならぬ。

（七月一日）

五十一

○拝復。盆栽の写真十八枚御贈り下され有り難く存じ奉り候《そろ》。盆栽のことは吾々何も存ぜず候えども、定めて日々の御手入《ていれ》も一方《ひとかた》ならざることと存じ候。盆栽の並べかたについては必ず三鉢を三段に配置しあり候ところ、定めて天地人とでも申す位置の取りかたにこれあるべく、作法もむつかしきことと存じ候。しかしながら小生のごとき素人目《しろうとめ》より見候えば、三段の並べかたももちろん面白く候えども、さりとてことごとく同じような配置法を取り候《そうらい》ては変化に乏しく多くの写真を見もて行くほどに、あるいは前に見たると同じ写真に非ずやと疑わるることもこれあり候。それは畢竟《ひっきょう》あまり同一趣味に偏《へん》し居り候ためと存じ候。配置法と申してもただ面白く配置すればよきことと存じ候えば、あるいは一鉢ばかり写してよきこともこれあるべく、あるいは二鉢写したるもよかるべく、また時によりては四鉢五鉢六鉢等沢山に並べて面白きこともあるべくと存じ候、また高低の具合も御写真にあるように一定の規則に従うにも及び申《もうす》まじく、あるいは同じ高さに並べて面白きこともあるべく、あるいはわずかばかりの高低の度に配置して面白きこともあるべく、あるいは一は非常に高く一は非常に低く配置して面白きもあるべく候。また盆栽の大きさについても御培養の物は同一大《だい》のが多きように見受け申し候。今少し突飛的に大きなる物も交《まじ》り居らばかえって興味を添うる場合多かるべく候。また鉢についても必ずしもよき鉢には限り申《もうす》まじく、あるいは瓦鉢《かわらばち》あるいは摺《すり》鉢《ばち》その他古桶《ふるおけ》などを利用致したるも雅味深かるべく候。ただし画をかきある鉢はいかなる場合にも宜《よろ》しからずと存じ候。また鉢を置くべき台につきても、紫檀《したん》、黒檀《こくたん》の上等なる台のみには限るまじく、これも粗末なる杉板の台にてもよく、または有合《ありあわ》せのガラクタ道具を利用したるもよく、または天然の木の根、石ころなどの上に据えたるも面白き場合多かるべく候。また盆栽を飾りたる場所も必ずしも後ろに屛風《びょうぶ》を立てて盆栽ばかり見ゆるように置きたるにも限り申《もう》すまじく、あるいは床の間に飾りたるところを写し、あるいは机の上に置きたるところを写し、あるいは手水鉢《ちょうずばち》の側《かたわら》に置きたるところをも写し、あるいは盆栽棚に並べたるところをも写し、あるいは種々の道具に配合したるところをも写し、色々に写しようはこれあるべくと存じ候。もちろん何を配合するにも配合上の調和を欠き候ては宜しからず、この木はこの鉢に適するとか、この盆栽とかの盆栽と並べ置くに適するとか、あるいはこの盆栽はどの台へ適するとか、どの場所に適するとか、それぞれ適当なる配合を得るように考えしかる後に千変万化を尽さば興味限りなかるべくと存じ候。活花《いけばな》にても遠州《えんしゅう》流など申して、一定の法則を墨守《ぼくしゅ》致し候もこれあり候えども、これ恐らくは小堀遠州《こぼりえんしゅう》の本意にはあるまじく、要するに趣味は規則をはずれて千変万化するところにこれあるべく候。したがって盆栽になすべき草木《そうもく》その物についても必ずしも普通の松、楓《かえで》などには限るまじく、何の木何の草にても面白くすれば面白くなるべくと存じ候。御写真の趣にては、葉のある樹に限りたるように見受け申し候。これもあまり狭きには過ぎずやと存じ候。木には限らず草も面白かるべく、また花の咲く物もそれぞれ面白かるべくと存じ候。右御礼かたがた愚意大略《ぐいたいりやく》申し述べ候《そろ》。失礼の段御容赦下さるべく候。頓首《とんしゅ》。

（七月二日）

五十二

○日本の芝居ばかり見ている人が西洋の芝居の話などを聞いてその仕組の違うのに驚くことがある。例をいえば、西洋の芝居にはチョボがない、花道がない、廻り舞台がない、などいうことが、不思議に思われることがある。ある方が不思議か、ない方が不思議か、それは考えてみたらばわかることであるけれど、日本の芝居ばかり見て居る間は何も考えないで、チョボも廻り舞台も花道も皆芝居には最も必要なもので極めて当然なもののごとく思うて居るのである。さてこれらの日本芝居に限られたる特色はどうして出て来たか、というと、それは大概能楽から出て来て居るのである。能楽と芝居との関係は知って居る人にはわかりきって居ることであるが、どうかすると芝居のことばかり心得てその能楽との関係に少しも注意せぬ人がある。今試《こころみ》に両者の類似点、すなわち芝居がどれだけ能楽の仕組みに倣《なろ》うているかということを挙げてみると

第一、舞台の構造について見ても、芝居の花道は能の橋がかりから来て居ることはいうまでもない。ただ花道は舞台の前へ、すなわち見物の座の中へ突き出て居るのと、橋がかりは能舞台の横の方へ斜《ななめ》に出て居るとの違いである。芝居の上手《かみて》下手《しもて》の入口は能楽の切戸《きりど》（臆病口《おくびようぐち》ともいう）に似て更に数を増して居る。芝居の引幕は能の揚《あ》げ幕《まく》とは趣きを異にして居るようではあるが、しかし元はやはり揚幕から出た考えであろうと思う。チョボ語りの位置は地謡《じうたい》の位置とともに舞台に向て右側の方にある。

第二に楽器の関係についても能にも芝居にも囃方《はやしかた》というものがある。その楽器は両者の間に著しい差違があるが、しかし能に用いらるる笛、鼓、太鼓は芝居にも用いられて居る。ただ能では鼓をおもに用いる代りに、芝居では三味線《しゃみせん》をおもに用いる。芝居で長唄《ながうた》、常磐津《ときわず》などの連中《れんじゅう》が舞台方に並んでいわゆる出語《でがた》りなるものを遣《や》ることがあるが、それは能の囃し方や地謡の舞台に並んで居るのと同じ趣である。

第三に脚本の上についていうと、能では詞《ことば》よりもむしろ節《ふし》の部分が多くて、その節の部分は地《じ》と地でないのとの二種類になって居る。芝居は詞が主になって居るけれどもやはり節の部分も少《すく》なくはない。そうして節の部分は必ずチョボで語ることになっては居るが、その文句の性質からいうとやはり能のごとく地に属すべきものと、そうでないものとの二つがある。地でない部分といえば、役者の自《みず》からいうべき詞に節付けをしたもので、能では役者がその節を自ら謡う、否《いな》ある時は地に属すべき分までも謡うことがあるが芝居では役者が謡うということはない。チョボ語りが必ず役者に代って謡うことになって居る。それから能には番《ばん》ごとの間に必ず狂言を加えることになって居る。芝居に中幕《なかまく》とか付け物とかいうことがあるのはいくらか能に狂言の加わって居るところから思い付いたのではあるまいか。また能は大概一日に五番と極《き》まって居るが近松《ちかまつ》あたりの作に五段物《ごだんもの》が多いのは能の五番から来たのではあるまいか。また脚本の性質についていうても、能には真面目《まじめ》なものばかりがあって滑稽《こっけい》な趣向は一つもない。滑稽の部分はただ狂言にのみ任せてある。芝居にてもやはり真面目な趣向のものが多くて特に滑稽劇というべきものは極めて少い。ただ真面目な趣向のところどころにいわゆる道化《どうけ》または茶利《ちゃり》なるものを挿《はさ》むくらいである。

その他能楽の始《はじめ》に翁《おきな》を演ずるに倣《なら》いて芝居にても幕初めに三番叟《さんばそう》を演ずるがごとき、あるいは能楽を多少変改して芝居に演ずるがごとき、あるいは芝居の術語の多く能の術語より出《い》でたるがごとき、これらは類似というよりもむしろ能楽そのものを芝居に取りたるものゆえその似て居ることは誰も知って居ることで今更いうまでもない。なおこのほかにごく些細《ささい》な部分の類似は非常に多いであろう。

芝居の廻《まわ》り舞台については別段に能楽から出たと思う点はないようである。これは全く芝居の発明というて善《よ》かろう。

芝居の早変りということはいくらか能の道成寺《どうじょうじ》などから思いついたかも知らぬが、しかしこれもまず芝居の発明というて善かろう。

(七月三日)

五十三

○川村文鳳《かわむらぶんぽう》の書いた画本は『文鳳画譜』というのが三冊と、『文鳳麁画《そが》』というのが一冊ある。そのうちで『文鳳画譜』の第二編はまだ見たことがないがいずれも前にいうた『手競画譜《しゅきょうがふ》』のごとき大作ではない。しかし別に趣向のないような簡単な絵のうちにも、自《おのずか》ら趣向もあり、趣味も現われて居る。『文鳳麁画』というのは極めて略画《りゃくが》であるが、人事の千態万状《せんたいばんじょう》を窮《きわ》めて居てこれを見るとほとんど人間社会の有様を一目に見尽すかと思うくらいである。崋山《かざん》の『一掃百態』はその筆勢のたくましきことと、形体の自由自在に変化しながら姿勢のくずれぬところとは、天下独歩というてもよいが、しかし『文鳳麁画』に比すると、数において少なきのみならず趣味においてもいくらか乏しいところが見える。ただ文鳳の大幅《たいふく》を見たことがないので、大幅の伎倆《ぎりょう》を知ることが出来ぬのは残念である。

○尾張《おわり》の月樵《げっしょう》は、文鳳に匹敵すべき画家である。その『不形画藪《ふけいがそう》』というのを見ると実にうまいもので、趣向は文鳳のように複雑した趣向を取らないでかえってごく些細《ささい》のところを捉《とら》まえどころとし、そうして筆勢の上については文鳳のごとく手荒く書きとばす方ではなく、むしろ極めて手ぎわよく書いてのけるところに真似《まね》の出来ぬ伎倆を示して居る。このほかに何とかいう粗画《そが》の本で、拙《つたな》い俳句の賛《さん》があるのは悪かったが、その粗画は沢山あるがことごとく月樵の筆であって、しかも一々見てゆくと、一々にうまい趣向のある本を、ある人に見せられたことがある。それは端本《はほん》であったようだが、そんな本が未《ま》だほかにあるならば見たいと思うけれど、誰に聞いても持って居る人がないのは遺憾《いかん》である。この人の大幅というでもないが、半切物《はんせつもの》を二つ三つ見たことがある。一つは鶴に竹の画で別に珍しい趣向ではないがその形の面白いことは、とても他人の及ぶところではない。今一つは寒菊《かんぎく》の画でこれは寒菊の一かたまりが、縄によって束ねられたところで、画としては簡単な淋《さび》しい画であるが、その寒菊が少し傾いて縄にもたれて居る工合《ぐあい》は、極めて微妙なところに趣向を取って居る。そのほか賀知章《がちしょう》の画を見たことがあるが、それも尋常でないということで不折《ふせつ》は誉《ほ》めて居った。けれども人物画は少し劣るかと思われる。とにかく月樵ほどの画かきはあまり類がないのであるのに、世の中の人に知られないのは極めて不幸な人である。また世の中に画を見る人が少いのにも驚く。

（七月四日）

五十四

○近刊の『ホトトギス』第五巻第九号の募集俳句を見るに、鳴雪《めいせつ》、碧梧桐《へきごとう》、虚子《きょし》ともに選びしうちに

着《き》つつなれし菖蒲重《しょうぶがさね》や都人《みやこびと》　朧月堂《ろうげつどう》

とある。着つつなれし菖蒲重とはいかが。菖蒲重というは、端午《たんご》の節句に着る着物なるべければ着つつなれしというわけはないはずである。着つつなれしといえばむろんふだん着か旅衣《たびごろも》かの類で長く着て居るものでなければなるまい。同じ部に

枇杷《びわ》の木に夏の日永き田舎《いなか》かな　太虚《たいきょ》

とある。この枇杷の木には実のなり居るや否やそこが不審である。もし実のなって居る枇杷の木とすれば、ここの景色は枇杷の木に奪われてしまうわけになる。もし夏の日の永き田舎の無聊《ぶりょう》なる様を言わんとならば実のない枇杷の木でなくては趣きが写らぬ。しかし夏の枇杷であれば実のないとも限らぬ。そこが不審なところである。鳴雪選三座の句に

上京《かみぎょう》や松に水打つ公家《くげ》屋敷　井々《せいせい》

とある。この句において作者の位置がわからぬ。上京やという五字も浮いて聞える。公家屋敷の外

から見た景色とすればよいけれど、それでは松に水打つところが見えぬであろう。碧梧桐選三座の句に

　　鄙《ひな》振《ぶり》や蓼《たで》を刻みて鮓《すし》の中に　　梅影《ばいえい》

鮓の中にというはことさらに聞える。中にということが散らし鮓の飯の間から少し蓼の葉が見えて居ることだという選者の説明であるが、まさかそうはとれまい。虚子選三座の句に

　　院々の高き若葉や京の月　　石泉

とある。院々というのは叡山《えいざん》か三井寺《みいでら》かのような感じがするけれど、それでは京の月というのに当てはまらぬ。あるいは知恩院《ちおんいん》あたりの景色でもいうのであろうか。高き若葉というのは若葉の木が高いのか、あるいは土地が高みにあるので若葉まで高く見えるという意味か明瞭《めいりょう》でない。鳴雪選者吟のうちに

　　時鳥《ほととぎす》鳴くやお留守の西の京
　　麦寒き畑も右京の太夫かな
　　筍《たけのこ》や京から掘るは京の藪《やぶ》

とあるのは面白そうな句であるが、いずれも意味がわからぬ。碧梧桐選者吟のうちに

　　江戸役者を団扇《うちわ》と誹《そし》り京扇

とある。これも解《げ》しがたい句じゃ。

（七月五日）

五十五

○鉄砲は嫌いであるが、猟はすきである。魚釣りなどは子供の時からすきで、今でもどうかして釣りに行くことが出来たら、どんなに愉快であろうかと思う。それを世の中の坊さん達が殺生《せっしょう》は残酷だとか無慈悲だとか言って、一概に悪くいうのはどういうものであろうか。もちろん坊さんの身分として殺生戒を保って居るのはまことに殊勝《しゅしょう》なことでそれはさもあるべきことと思うけれど、俗人に向って魚釣りをさえ禁じさせようとするのは、あまり備わるを求め過《す》ぐるわけではあるまいか。魚を釣るということは多少残酷なこととしても、魚を釣って居る間はほかに何らの邪念だも貯えて居ないところが子供らしくて愛すべきところである。その上に我々の習慣上魚を釣ることはさまで残酷と感ぜぬ。これよりも残酷なこと、これよりも邪気の多いことは世の中にどれだけあるかわからん。鳥獣魚類のことはさておき、同じ仲間の人間に向ってさえ、随分残酷な仕打ちをする者は決して少《すく》なくない。殺生戒などと殊勝にやってる坊さん達の中にも、その同胞に対する仕打ちに多少の残酷なことも不親切なこともやる人が必ずあるであろうと思う。これというほどのひどいことでなくても人間同士の交際の上にごく些細《ささい》な欠点があっても極めて不愉快に感ぜられるもので、それは生きた魚を殺すよりも遥《はるか》に罪の深いような思いがする。予は俗人の殺生などは、むしろ害の少い楽《たのし》みであると思うて居る。

（七月六日）

五十六

○酒は男の飲むものになって居って女で酒を飲むものは極めて少ない。これは生理上男の好くわけがあるであろうか、あるいは単に習慣上しからしむるのであろうか。むしろ後者であろうと信ずる。女は一般に南瓜《かぼちゃ》、薩摩芋《さつまいも》、胡蘿蔔《にんじん》などを好む。男は特にこれを嫌うという者も沢山ないにしてもとにかく女ほどに好まぬ者が多い。これはいかなる原因に基くであろうか。男でも南瓜、薩摩芋等の甘きを嫌うは酒を飲む者に多く、酒を飲まぬ男はこれに反して南瓜などを好んで食う傾向があるかと思われる。してみると女の南瓜などを好むのは酒を飲まぬためであって、男のこれを好むことが女のごとくないのは酒を飲むがためではあるまいか。酒は酢の物のごとき類とよく調和して、菓子や団子と調和しにくいことは一般に知って居るところである。南瓜、薩摩芋、胡蘿蔔などは野菜中の最も甘味多きものであるので酒とは調和しにくいのであろう。酒飲みでも一旦酒を廃すると汁粉《しるこ》党に変ることがある。してみると女は酒を飲まぬがために南瓜などを好むのに違いない。

（七月七日）

五十七

○画賛ということは支那に始まって、日本に伝わったことと思われるが、恐《おそら》くは支那でも近世に起ったことであろう。日本でも支那画をまねたものには、画賛すなわち詩を書いたものがあるが、多くは贅物《ぜいぶつ》と思われる。山水などの完全したる画には何も文字などは書かぬ方が善《よ》いので、完全した上に更に蛇足《だそく》の画賛を添えるのが心得ぬことである。しかし人の肖像などを画《え》がきたるものには賛があるのが面白い場合がある。それは人物独りでは画として不完全に考えられることもあるので画賛をもってその不足を補うのである。それは、山水などの場合と違うて、面白きものが多い。いわゆる俳画などという粗画《そが》に俳句の賛を書くのは、画賛は蛇足であるが画だけでは何だか物足らぬというような場合に俳句の賛を書いて、その趣味の不足を補うことは悪いことではない。それゆえにある画に賛をする時にはその賛とその画と重複しては面白くない。例えば狐《きつね》が公達《きんだち》に化けて居る画が画いてある上に

公達に狐化けたり宵の春

と賛したのでは、画も賛も同じことになるので、少しも賛をしただけの妙はない。祇園《ぎおん》の夜桜というような景色を書いた粗画の上に、前にいうた「公達に狐化けたり」の句を賛として書くなればそれは面白いであろう。蛙《かえる》が柳に飛びつこうとして誤って落ちたところを画いた画に、也有《やゆう》は

見付けたりかはづに臍《へそ》のなき事を

という賛をした。これは蛙ということは重複して居るけれども、臍のないと特に主観的にいうたところは、この画を見たばかりでは、思い付くべきことでない、一種の滑稽《こっけい》的趣向を作者が考え出したのであるから、これは賛として差支《さしつかえ》がない。ただ葵《あおい》の花ばかり画いた上へ普通の葵の句を画賛として書いたところで重複という訳でもあるまいがしかしこういう場合には葵の句を書かずに、同じ

趣《おもむき》の他の句を書くのも面白いであろう。それは葵の花の咲いて居りそうな場所をあらわした句とか、または葵の花の咲いて居る時候をあらわした句とか、または葵の花より連想の起るべき他の句とか、そういうものを画賛として書くのである。も一つ例を挙げていうならば団扇《うちわ》の画に蛍《ほたる》の句を書くとか、蛍の画に団扇の句を書くとか、もしまた団扇と蛍とともに書いてある画ならば、涼しさやとか、夕涼みとかいうような句を賛する。要するに画ばかりでも不完全、句ばかりでも不完全という場合に画と句を併せて、始めて完全するようにするのが画賛の本意である。歌を画賛にする場合も俳句と違うたことはない。

（七月八日）

五十八

○自分の団扇ときめて毎日手に持って居るごく下等な団扇が一つある。この団扇の画は浮世絵で浅草の凌雲閣《りょううんかく》が書いてあるので、もちろん見るに足らぬものとしてよく見たこともなかった。ある時何とはなしにこの団扇の絵をつくづくと見たところが非常に驚いた。凌雲閣はとても絵になるべきものとは思われんのであるが、この団扇の絵は不思議に妙なところをつかまえて居る。それは凌雲閣を少し横へ寄せて団扇いっぱいの高さに画いて、そうしてこのひょろひょろ高い建築と直角に帯のような海を画いて、その地平線が八階目の処《ところ》を横切って居る。下の方は少しばかり森のようなものを凌雲閣の麓《ふもと》に画いて、その上の処の靄《もや》も地平線に併行して横に引いてある。これはやや高き空中から見たような画きようである。そうして片隅のそらに馬鹿に大きな三日月が書いてある。こんな大きな三日月はないわけであるが、これも凌雲閣という突飛な建物に対して、この大きさでなくては釣合ぬからこう画いたのである。面白い絵ではないけれども、凌雲閣を材料として無理に絵を画くならば、まずこんな趣向よりほかに画きようはないであろう。つまりこの絵の趣向は竪《たて》に長い建築物に対して、真横に地平線と靄とを引いたところにあるのである。玉英と署名してあるが、あまり聞いた名でないけれども、もしこれが多少の考《かんがえ》があって画いた絵とすれば、ほかの日本画の大家先生達はなかなかにこれほどにも出来ないであろうと思う。この団扇の裏を見ると、裏には柳の枝が五、六本上からしだれて萌黄《もえぎ》色の芽をふいて居る、その柳の枝の間から桜の花がひらひらと散って少し下に溜《たま》って居るところが画いてある。これだけの簡単な画であるがよほど面白い趣向だ。落花を書いておきながら桜の樹を書かずかえって柳をあいしろうたところは凡手段でない。大家先生の大作の写真などを時々見るが、とてもこれほどの善い感じは起らない。ことにこれがごく下等な団扇であるだけにかえって興が深いので、何だか拾い物でもしたような心地がする。（七月九日）

五十九

○今日人と話し合いし事々

一、徳川時代の儒者にて見識の高きは蕃山《ばんざん》、白石《はくせき》、徂徠《そらい》の三人を推す。徂徠が見解は聖人を神様に立てて全く絶対的の者とする。宋儒《そうじゅ》のごとき心を明《あきらか》にするとか、身を修めるとかいうような工夫も全くこれを否認しただ聖人の道を行えばそれで善《よ》いというところはよほど豁達《かったつ》な大見識で、丁度真宗が阿弥陀《あみだ》様を絶対と立てて、すべてあなた任せの他力信心で遣《や》って行くのと善く似て居る。もっとも徂徠の説は、吾々は到底聖人にはなれぬ、いかに心の工夫しても吾々の気質が変って聖人になるということは断じてない、というのであるから、そこのところは仏教の即身即仏《そくしんそくぶつ》というのとは少し違うては居るように見えるが、しかし徂徠のいうところは吾々は聖人にはなれぬけれども、聖人の道をそのまま行いさえすれば聖人になったも同じことであるというのだから、やはり即身即仏説と同じような結果になるのである。彼があながちに仏教を排斥せずして、人民は仏教を信じていても差支《さしつかえ》ない、吾々は聖人の道を行えばそれで沢山である、などと説くところは実に心持の善い論で、とても韓退之《かんたいし》などの夢にも考えつくところではない。ただ惜《おし》いことには今一歩というところまで来て居ながら到頭《とうとう》輪の内を脱《ぬ》けることが出来なかったのは時代のしからしむるところで仕方がない。もし彼が明治の世に生れたならばどんな大きな人間になったろうかといつも思わぬことはない。

一、生活の必要は人間を働かしめる。生活の必要が大《だい》になればなるほど労働もまた大にならねばならぬ。しかし人間の労働には限りがあるばかりでなく、労働に対する報酬にもまた限りがある。それゆえに人によると、いくら働いても生活の必要に応ずることが出来ない場合がある。ここに漢学者があった。その学者は死《しん》でしもうてその遺産の少しばかりあったのを三、四人の兄弟に分配した。その時はそれで善かったが、だんだんその子が年を取って、女房を娶《めと》る、子が出来る、それも子一人くらいの時はまだ善かったが、だんだん殖《ふ》えて来て三人も四人もとなった。上の子二人は小学校へも行くという年になった。父親は小学校の教員を勤めて十円か十一円の月給を取って居る。二十年一日《いちじつ》のごとく働いて居るが月給も二十年居坐《いすわ》りである。さあどうしても食えないということになったところで、どうしたら善かろうか、これが問題なのである。まことに正直で、まことに勉強で、親譲りの漢学の素養があって、まことに貴ぶべき人であるけれど、ただ世の中にうといためにほかに職業の更《か》えようもない。月給十一円で家内六人、これはどうしたら善かろうか、願わくは経済学者の説を聞きたい。

一、名古屋の料理通に聞くと、東京の料理は甘過ぎるという。もっとも東京の料理屋に遣《つか》うのと名古屋の料理屋に遣うのと、醤油《しょうゆ》がまるで違っているそうな。

一、茶の会席料理は皆食い尽くすように拵《こしら》えたもので、その代り分量がごく少《すくな》くしてある。これは興味のあることである。しかるに料理屋にあつらえると、金銭の点からどうしても分量を多くして食い尽くすことが出来難いのは遺憾《いかん》である。

一、能楽界の内幕はかなり複雑して居って表面からは充分にわからぬが、要するに上掛《かみがか》りと下掛《しもがか》りとの軋轢《あつれき》が根本的の軋轢であるらしい。

一、高等学校生 某曰《なにがしいわく》、私は今度の試験に落第しましたから、当分の内発句《ほっく》も謡《うたい》も碁《ご》も止めました。

一、今度大学の土木課を卒業した工学士の内五人だけ米国の会社に傭《やと》われて漢口《かんこう》へ鉄道敷きに行くそうな。世界は広い。これから後は日本などでこせこせと仕事して居るのは馬鹿をみるようになるであろう。

（七月十日）

六十

○根岸近況数件

一、田圃《たんぼ》に建家《たてや》の殖《ふ》えたること

一、三島神社修繕落成、石獅子用水桶《ようすいおけ》新調のこと

一、田圃の釣堀釣手少く新鯉《しんごい》を入れぬこと

一、笹《ささ》の雪《ゆき》横町に美しき氷店出来《しゅったい》のこと

一、某別荘に電話新設せられて鶴の声聞えずなりしこと

一、時鳥《ほととぎす》例によってしばしば音《ね》をもらし、梟《ふくろう》何処《いずく》に去りしかこの頃鳴かずなりしこと

一、丹後守殿《たんごのかみどの》店先に赤提灯《あかちょうちん》、廻灯籠《まわりどうろう》多く並べたること

一、御行松《おぎょうのまつ》のほとり御手軽《おてがる》御料理屋出来のこと

一、飽翁《ほうおう》、藻洲《そうしゅう》、種竹《しゅちく》、湖邨《こそん》等の諸氏去りて、碧梧桐《へきごとう》、鼠骨《そこつ》、豹軒《ひょうけん》等の諸氏来《きた》りしこと

一、美術床屋に煽風器《せんぷうき》を仕掛けしこと

一、奈良物店に奈良団扇《うちわ》売出しのこと

一、盗賊流行して碧桐の舎《や》に靴を盗まれしこと

一、草庵の松葉菊、美人蕉《ひめばしょう》等今を盛りと花さきて、庵主《あんしゅ》の病よろしからざること

（七月十一日）

六十一

○明和頃に始まったしまりのある俳句、すなわち天明調なるものは、天明とともに終りを告げて、寛政になると蘭更《らんこう》、白雄《しらお》のごとき、半《なか》ばしまりて半ばしまらぬというような寛政調と変った。それが文化文政と進んで行くに従って、またさらに局面を変じて、三分《ぶ》しまって七分しまらぬ文化文政調となった。それが今一歩進んで、天保頃《てんぽう》になると、総タルミの天保調、いわゆる月並調《つきなみちょう》となってしもうた。文化文政の句は天明調と天保調の中間に居るだけに、その俳句が全くの月並調とならぬけれども、所々に月並調の分子を孕《はら》んで居る。今ここに寛政の末頃であるか、諸国を行脚《あんぎゃ》して俳人に句を書いて貰《もろ》うたというその帳面を見るに

春の風磯《いそ》の月夜は唯白し

雉《きじ》啼《なき》て静かに山の夕日かな

のごときがある。この「唯白《ただ》し」とか「静かに」とかいう詞《ことば》は、ここでは少しも月並臭気を帯びて居るとは言えないけれども、この詞の底がだんだんに現われて来ると、つづまるところ天保調が生れて来るのである。極端な月並調ばかりの句を見て居てかような句を不注意に見過す人が多いが、歴史的に見て行くと、天明調と天保調との中間にこういう調子の句が一時流行したということに気がつくであろう。また同じ帳面に

居《こい》鷹《だか》の横雲に眼や時鳥《ほととぎす》

糠《ぬか》雨《あめ》に身振ひするや原の雉子《きじ》
畑《はた》打《うち》のひまや桜の渡《わた》し守《もり》

などいう句はすでに月並調に落ちて居る。ただその落ちかたが浅いだけに月並宗匠に見せたらばこれらは可も不可もなき平凡の句として取るであろう。

（七月十二日）

六十二

○泥棒が阿弥陀様《あみださま》を念ずれば阿弥陀様は摂取不捨《せっしゅふしゃ》の誓《ちかい》によって往生させて下さること疑《うたがい》なしという。これ真宗《しんしゅう》の論なり。この間《かん》に善悪を論ぜざるところ宗教上の大度量《だいどりょう》を見る。しかも他宗《たしゅう》の人はいう、泥棒の念仏にはなお不安の状態あるべしと。泥棒の信仰については仏教に限らず耶蘇《ヤソ》教にもその例多し。彼らが精神の状態は果して安心の地にあるか、あるいは不安を免れざるか、心理学者の研究を要す。

（七月十三日）

六十三

○日本の美術は絵画のごときも模様的に傾いて居ながら純粋の模様として見るべきもののうちに幾何学的の直線または曲線を応用したるものが極めて少ない。絵画が模様的になって居るのみならず模様がまた絵画的になって居る。ことに後世に至るほどその傾向がはなはだしくなって純粋の模様を用いて善《よ》き場合にも波に千鳥とか鯉《こい》の滝上りとかそのほか模様的ならざる、むしろ絵画的の花鳥などを用いることが多い。たまたま卍《まんじ》つなぎとか巴《ともえ》とかの幾何学的模様があるけれどそれらは皆支那から来たのである。近頃鍬形蕙斎《くわがたけいさい》の略画を見るにその幾何学的の直線を利用したものがいくらもある。たとえば二、三十人も一直線に並んで居るところを書くとか、または行列を縦から見て書くとかいうような類があって、日本絵の内ではよほど眼《め》新らしく感ぜられるところがある。そのほか能楽の舞《まい》には直線的の部分が多い。これは支那から来た古い舞楽に直線的の部分が多いので能楽はあるいはその影響を受けて居るかも知れん。近来芸妓《げいぎ》などのやる踊りなるものは半《なか》ば意味を含んだ挙動をやるために幾何学的のところが極めて少ない。日本人は西洋の舞踏の幾何学的なるを見て極めて無趣味なるものとして排斥《はいせき》する者が多いが、よし無趣味なりとしても日本の踊《おどり》の不規則なる挙動の非常に厭味《いやみ》多く感ぜられるのには優《まさ》って居るであろう。支那の演劇の時代物ともいうべきものには非常に幾何学的の挙動が多いので模様的に面白いところがあるが演劇としては幼稚なもののように見える。それに比すると日本の能楽は幾何学的にも偏せず、むしろ善く調和を得たるように思われる。

（七月十四日）

六十四

○七月十一日。晴。始めて蜩《ひぐらし》を聞く。

梅《つ》雨《ゆ》晴《ばれ》や蜩鳴くと書く日記

七月十二日。晴。始めて蟬《せみ》を聞く。

蟬始メテ鳴ク鮠《はや》釣る頃の水絵《みずえ》空《そら》　（七月十五日）

六十五

○病気になってからすでに七年にもなるが、初めの中《うち》はさほど苦しいとも思わなかった。肉体的に苦痛を感ずることは病気の勢いによって時々起るが、それは苦痛の薄らぐとともに忘れたようになってしもうて、何も跡をとどめない。精神的に煩悶《はんもん》して気違いにでもなりたく思うようになったのは、去年からのことである。そうなるといよいよ本当の常病人《じょうびょうにん》になって、朝から晩まで誰か傍に居って看護をせねば暮せぬことになった。何も仕事などは出来なくなって、ただひた苦《くるし》みに苦しんで居ると、それから種々な問題が沸いて来る。死生の問題は大問題ではあるが、それはごく単純なことであるので、一旦あきらめてしまえばただちに解決されてしまう。それよりも直接に病人の苦楽《くらく》に関係する問題は家庭の問題である、介抱《かいほう》の問題である。病気が苦しくなった時、または衰弱のために心細くなった時などは、看護のいかんが病人の苦楽に大関係を及ぼすのである。ことにただ物《もの》淋《さび》しく心細きようの時には、傍の者が上手に看護してくれさえすれば、すなわち病人の気を迎えて巧みに慰めてくれさえすれば、病苦などはほとんど忘れてしまうのである。しかるにその看護の任に当る者、すなわち家族の女共《ども》が看護が下手であるというと、病人は腹立てたり、癇癪《かんしゃく》を起したり、大声で怒鳴りつけたりせねばならぬようになるので、普通の病苦の上に、更に余計な苦痛を添えるわけになる。我々の家では下婢《かひ》も置かぬくらいのことで、まして看護婦などを雇うてはない、そこで家族の者が看病すると言っても、食事から掃除から洗濯から裁縫から、あらゆる家事を勤めた上の看病であるから、なかなか朝から晩まで病人の側に付ききりに付いて居るというわけにも行かぬ。そこで病人はいつも側に付いて居てくれという。家族の女共は家事があるからそうは出来ぬという。まず一つの争いが起る。また家族の者が病人の側に坐《すわ》って居てくれても種々な工夫して病人を慰めることがなければ、病人はやはり無聊《ぶりょう》に堪えぬ。けれども家族の者にそれだけの工夫がない。そこでどうしたらばよかろうという問題がまた起って来る。我々の家族は生れてから田舎に生活した者であって、もちろん教育などは受けたことがない。いわゆる家庭の教育ということさえ受けなかったというてもよいのである。それでもお三どんの仕事をするようなことはむしろ得意であるから、平日はそれでよいとして別に備わるを求めなかったが、一朝《いっちょう》一家の大事が起って、すなわち主人が病気になるというような場合になって来たところで、たちまち看護の必要が生じて来ても、その必要に応ずることが出来ないということがわかった。病人の看護と庭の掃除とどっちが急務であるかということさえ、無教育の家族にはわからんのである。まして病人の側に坐ってみたところでどうして病苦を慰めるかという工夫などはもとより出来るはずがない。何か話でもすればよいのであるが話すべき材料は何も持たぬからただ手持無沙汰《ぶさた》で坐って居る。新聞を読ませようとしても、振り仮名のない新聞は読めぬ。振り仮名をたよりに読ませてみても、少し読むと全く読み飽いてしまう。ほとんど物の役に立たぬ女共である。ここにおいて始めて感じた、教育は女子に必要である。

（七月十六日）

六十六

○女子の教育が病気の介抱に必要であるということになると、それは看護婦の修業でもさせるのかと誤解する人があるかも知れんが、そうではない、やはり普通学の教育をいうのである。女子に常識を持たせようというのである。高等小学の教育はいうまでもないことで、出来ることなら高等女学校くらいの程度の教育を施す必要があると思う。平和な時はどうかこうか済んで行くものであるが病人が出来たような場合にその病人をどう介抱するかということについて何らの知識もないようではなはだ困る。女の務むべき家事は沢山あるが、病人が出来た暁にはその家事の内でも緩急《かんきゅう》を考えてまず急なものだけをやっておいて、急がないことは後廻しにするようにしなくては病人の介抱などは出来るはずがない。掃除ということは必要であるに相違ないが、うんうんと唸《うな》って居る病人を棄《す》てておいて隅から隅まで拭《ふ》き掃除をしたところで、それが女の義務を尽したというわけでもあるまい。場所によれば毎日の掃除を止めて二日に一度の掃除にしても善《よ》い、三日に一度の掃除にしても善い。二度焚《た》く飯を一度に焚ておいてもよい。あるいは近処の飯屋から飯を取寄せてもよい。副食物もことごとく内《うち》で煮焚《にたき》をしなくてはならぬということはない。これも近処《きんじょ》にある店で買うて来てもよい。しかし病人の好む場合には特に内で煮焚きする必要が起ることもある。そういう場合にはなるべく注意して塩梅《あんばい》を旨《うま》くするとか、または病人の気短く請求する時はなるべく早く調製する必要も起って来る。たとえば病人が何々を食いたいという、しかも至急に食いたいという。けれども人手が少のうて、別に台所を働く者がない時には病人の傍で看病しながら食物を調理するという必要も起って来る。かようなことは格別むずかしいことでもないようであるが、実際これだけのことを遣《や》ってのける女は存外少ないかと思われる。それはどういうわけであるかといえば、それを遣るだけの知識さえ欠乏して居る、すなわち常識が欠乏して居るのである。女のすることを見て居ると極めて平凡な仕事を遣って居るにかかわらず割合に長い時間を要するという者は、畢竟《ひっきょう》その遣り方に無駄が多いからである。一つのものを甲の場所から丁《てい》の場所へ移してしまえば善いのを、まず初《はじめ》に乙の場所に移し、再び丙の場所に移し、三度目にようよう丁の場所に移すというような余計の手数をかけるのが女の遣り方である。平生《へいぜい》はこれでも善いが一旦急な場合にはとてもそんなことして居ては間に合うものではない。それくらいな工夫は常識がありさえすれば誰にでも出来ることである。その常識を養うには普通教育よりほかに方法はない。どうかすると女に学問させてそれが何の役に立つかというて質問する人があるが、何の役というても読んだ本がそのまま役に立つことは常にあるものではない、つまり常識を養いさえすれば、それで十分なのである。（七月十七日）

六十七

○家庭の教育ということは、男子にももとより必要であるが、女子にはことに必要である。家庭の教育は知らず知らずの間に施されるもので、必ずしも親が教えようと思わないことでも、子供はよく親の真似《まね》をして居ることが多い。そこで家庭の教育はその子供の品性を養うて行くのに必要であるが、また学校で教えないような形式的の教育も、ごく些細《ささい》な部分は家庭で教えられるのである。例をいえば子供が他人に対して、辞誼《じぎ》をするということを初めとして、来客にはどういう風に応接すべきものであるかということなどは、親が教えてやらなくてはならぬ。ことに女子にとっては最も大切なる一家の家庭を司《つかさど》って、その上に一家の和楽を失わぬようにして行くことは、多くは母親の教育いかんによりて善くも悪くもなるのである。ところが今までの日本の習慣では、一家の和楽ということがはなはだ乏しい。それは第一に一家の団欒ということの欠乏して居るのを見てもわかる。一家の団欒《だんらん》ということは、普通に食事の時を利用してやるのが簡便な法であるが、それさえも行われて居らぬ家庭が少《すく》なくはない。まず食事に一家の者が一所《ひとところ》に集る。食事をしながら雑談もする。食事を終える。また雑談をする。これだけのことが出来れば家庭はいつまでも平和に、どこまでも愉快であるのである。これを従来の習慣によってせぬというと、その内の者、ことに女の子などは一家団欒して楽《たのし》むべきものであるということを知らずに居る。そこで他家へ嫁入《よめいり》して後も、家庭の団欒などいうことをすることを知らないで、殺風景な生活をして居る者がある。はなはだしいのは男の方で一家の団欒ということを、無理に遣《や》らせてみても、一向に何らの興味を感ぜぬのさえある。かようなことでは一家の妻たる者の職分を尽したとはいわれない。それゆえに家庭教育の第一歩として、まず一家団欒して平和を楽むということぐらいから教えて行くのがよかろう。一家団欒ということはただに一家の者が、平和を楽むという効能があるばかりでなく、家庭の教育もまたこの際に多く施されるのである。一家が平和であれば、子供の性質も自《おのず》ら平和になる。父や母や兄や姉やなどの雑談が、有益なものであれば子供はそれを聴いてよき感化を受けるであろう。すでに雑談という上は、むずかしい道徳上の議論などをするのではないが、高尚な品性を備えた人の談《だん》ならば、無駄話のうちにも必ずその高尚なところを現して居るので、これを聴いて居る子供は、自ら高尚な風に感化せられる。この感化は別に教えるのでもなく、また教えられるとも思わないのであるが、その深く浸《し》み込むことは学校の教育よりも、更にはなはだしい。ゆえに家庭教育の価値はある場合において学校の教育よりも重いというても過言ではない。

（七月十八日）

六十八

○この頃の暑さにも堪《た》えかねて風を起す機械を欲しと言えば、碧梧桐《へきごとう》の自《みずか》ら作りてわが寝床の上に吊《つ》りくれたる、仮にこれを名づけて風板《ふうばん》という。夏の季にもやなるべき。

風板引け鉢植の花散る程に

先つ頃如水《じょすい》氏などの連中寄合いて、袴能《はかまのう》を催しけるとかや。素顔に笠着《かさき》たる姿など話に聞くもゆかしく

涼しさの皆いでたちや袴能

総選挙も間際になりて日ごとの新聞の記事さえ物騒がしく覚ゆるに

鹿を逐《お》ふ夏野の夢路草茂る

（七月十九日）

六十九

○病気の介抱に精神的と形式的との二様がある。精神的の介抱というのは看護人が同情をもって病人を介抱することである。形式的の介抱というのは病人をうまく取扱うことで、例えば薬を飲ませるとか包帯を取替えるとか、背をさするとか、足を按摩《あんま》するとか、着物や蒲団《ふとん》の具合を善《よ》く直してやるとか、そのほか浣腸《かんちょう》、沐浴《もくよく》は言うまでもなく、始終病人の身体の心持よきように傍から注意してやることである。食事の献立塩梅《こんだてあんばい》などをうまくして病人を喜ばせるなどはその中にも必要なる一カ条である。この二様の介抱の仕方が同時に得られるならば言分《いいぶん》はないが、もしいずれか一つを択《えら》ぶということならばむしろ精神的同情のある方を必要とする。うまい飯を喰《く》うことはもちろん必要であるけれども、その介抱人に同情がなかった時にははなはだ不愉快に感ずる場合が多いであろう。介抱人に同情さえあれば少々物のやり方が悪くても腹の立つものでない。けれども同情的看護人は容易に得られぬものとすればもちろん形式的の看護人だけでもどれだけ病人を慰めるかわからぬ。世の中に沢山あるところのいわゆる看護婦なるものはこの形式的看護の一部分を行うものであって全部を行うものに至ってははなはだ乏しいかと思われる。もちろん一人の病人に一人以上の看護婦がつききりになって居るときは形式的看護の全部を行うわけであるが、それもよほど気の利《き》いた者でなくては病人の満足を得ることはむずかしい。看護婦として病院で修業することは医師の助手のごときものであって、ここにいわゆる病気の介抱とは大変に違うて居る。病人を介抱すると言うのは畢竟《ひつきよう》病人を慰めるのにほかならんのであるから、教えることも出来ないような極めて些末《さまつ》なることに気が利くようでなければならぬ。例えば病人に着せてある蒲団《ふとん》が少し顔へかかり過ぎていると思えばそれを引き下げてやる。蒲団が重たそうだと思えば軽い蒲団に替えてやるとかあるいは蒲団に紐《ひも》をつけて上へ釣り上げるとかいうようなことをする。病人が自分を五月蠅《うるさ》がって居るようだと思えば少し次の間へでも行って隠れて居る。病人が人恋しそうに心細く感じて居るようだと思えば自分は寸時《すんじ》もその側を離れずに居る。あるいは他の人を呼んで来て静かに愉快に話などをする。あるいは病人の意外に出《い》でて美しき花などを見せて喜ばせる、あるいは病人の意中を測って食いたそうなというものを旨《うま》くこしらえてやる。かような風に形式的看護と言うてもやはり病人の心持を推し量っての上で、これを慰めるような手段を取らねばならぬのであるから、看護人はまず第一に病人の性質とその癖とを知ることが必要である。けれどもこれは普通の看護婦では出来る者が少ないであろう。多くの場合においては母とか妻とか姉とか妹とか一家族に居って平生《へいぜい》から病人の癇癪《かんしやく》の具合などを善く心得ている者の方が、うまく出来るはずである。うまく出来るはずであるけれども、それも実際の場合にはなかなか病人の思うようにはならんので、病人は困るのである。一家に病人が出来たというような場合は丁度一国に戦《いくさ》が起ったのと同じようなもので、平生から病気介抱の修業をさせるというわけに行かないのであるから、そこはその人の気の利き次第で看護の上手と下手とが分れるのである。

（七月二十日）

七十

○梅に鶯《うぐいす》、竹に雀《すずめ》、などいうように、柳に翡翠《かわせみ》という配合も略画などには陳腐になるほど書き古《ふ》されて居る。この頃画本《がほん》を見るにつけてこの陳腐な配合の画をしばしば見ることであるが、それにもかかわらず美しいという感じが強く感ぜられていよいよ興味があるように覚えたので、柳に翡翠というのを題にして戯《たわむ》れに俳句十首を作ってみた。これは昨年の春春水《しゅんすい》の鯉《こい》ということを題にして十句作ったことがあるのを思い出してまたやってみたのである。

翡翠の魚を覗《うかが》ふ柳かな
翡翠をかくす柳の茂りかな
翡翠の来《きた》る柳を愛すかな
翡翠や池をめぐりて皆柳
翡翠の来ぬ日柳の嵐《あらし》かな
翡翠も鷺《さぎ》も来て居る柳かな
柳伐《き》つて翡翠終《つい》に来ずなりぬ
翡翠の足場を選ぶ柳かな
翡翠の去つて柳の夕日かな
翡翠の飛んでしまひし柳かな

春水の鯉は身動きもならぬほど言葉が詰まって居たが、柳に翡翠の方はややゆとりがある。従っていくらか趣向の変化を許すのである。しかしてその結果はというと翡翠の方が厭味《いやみ》の多いものが出来たようである。しかしこんな句の作り様は、一時の戯れに過ぎないようであるが、実際にやってみると句法の研究などには最も善き手段であるということが分った。つまり俳句を作る時に配合の材料を得ても句法のいかんによって善い句にも悪い句にもなるということが、このやり方でやってみると十分にわかるように思うて面白い。

（七月二十一日）

七十一

○近刊の雑誌『宝舟』に

甘酒屋打出の浜に卸しけり　青《せい》々《せい》

という句があるのを碧梧桐《へきごとう》が賞讃して居った。そこで予がこれをつくづくと見ると非常に不審な点が多い。まず第一に「卸《おろ》しけり」という詞《ことば》の意味がわからんので、これを碧梧桐に質《ただ》すと、それは甘酒の荷をおろしたというのであると説明があった。それが予にはわからんのでどうもこの詞でその意味を現わすことは無理であると思う。しかしながらこの句の句法に至っては碧梧桐、青々などのよく作るところで予は平生《へいぜい》より頭ごなしに排斥してしまう方であったから、この機会を利用して、更に研究しようと思うたので、第一の疑問はしばらく解けたものとして、それから第二の疑問に移った。すなわち甘酒屋と初句をぶっつけに置いたところが不審な点である。すると碧梧桐の答えは、そこが尋常でないところであるというのであった。この答はかねて期するところで、一ひねりひねって句法を片輪に置いてあるために、予はどうしても俳句として採ることが出来ぬと思うような句をいつでも碧梧桐が採るということを知って居る。しかしこの青々の句は少し他と変って居るように思うたので、予は幾度も繰り返して考えてみた。そうするというと、打出《うちで》の浜に甘酒屋が荷をおろしたという趣向には感が深いので、おろしけりの詞さえ仮に許してみれば、非常に面白い句でありそうにだんだん感じて来た。この話をしてから一夜二夜過ぎてまた考えてみると、このたびは前に感じたよりも更に善《よ》く感じて来た。甘酒屋と初めに据えたところを手柄であると思うようになった。甘酒屋と初めに置いたのは、丁度小説の主人公を定めたように、一句の主眼をまず定めたのである。仮にこれを演劇に譬《たと》えてみると今千両役者が甘酒の荷を舁《かつ》いで花道を出て来たというような有様であって、その主人公はこれからどうするか、その位置さえ未だ定まらずに居るところだ。それが打出の浜におろしけりという句でその位置が定まるので、演劇でいうと、本舞台の正面よりやや左手の松の木陰に荷を据えたというような趣《おもむき》になる。それから後の舞台はどう変って行くか、そんなことはここに論ずる必要はないが、とにかくおろしけりと位置を定めて一歩も動かぬところが手柄である。もし「おろしけり」の替りに「荷を卸す」というような結句を用いたならば、なお不定の姿があって少しも落着かぬ句となる。また打出の浜という語を先に置いてみると、すなわち「打出の浜に荷を卸しけり甘酒屋」というようにいうと、打出の浜の一小部分を現わすばかりでせっかく大きな景色を持って来ただけの妙味はなくなってしまう。そこでまず「甘酒屋」と初めに主人公を定め、次に「打出の浜に」とその場所を定め「おろしけり」という語でその場所における主人公の位置が定まるので、甘酒屋が大きな打出の浜一面を占領したような心持になる。そこが面白い。演劇ならばその甘酒屋に扮《ふん》した千両役者が舞台全面を占領してしもうたような大きな愉快な心持になるのである。その心持を現わすのには、予が前に片輪だと言ったようなこの句法でなければ、しまつがつかぬということになって来る。そうなって来た序《ついで》に、この「おろしけり」という詞もほかに言いようもなきゆえに仮にこれを許すとしてみると、この甘酒屋の句は、その趣味と言い、趣味の現わしかたと言い、古今に稀《まれ》なる句であるとまで感ずるようになった。（七月二十二日）

七十二

○先日『週報』募集の俳句の中に

京極《きょうごく》や夜。店。に。出。づ。る。紙帳《しちょう》売《うり》

というが碧梧桐《へきごとう》の選に入って居った。あまり平凡なる句を何ゆえに碧梧桐が選びしかと疑わるるのでよくよく考えてみた末《すえ》全く中七字が尋常でないということが分った。普通には「夜店出したる」と置くべきを「夜店に出づる」としたところが変って居るのであった。「夜店出したる」といえばただ客観的に京極の夜店を見て紙帳売の出て居たことを傍《かたわら》から認めたまでであるが「夜店に出づる」といえばやや主観的に紙帳売の身の上に立ち入ってあたかも小説家が自家作中の主人公の身の上を叙するごとく、紙帳売のがわから立てた言葉になる。すなわち紙帳売になじみがあるような言いかたである。これを演劇にたとえていうならば、幕があくと京極の夜店の光景で、その中に紙帳売が一人居る、これは前の段にしばしば見てなじみになって居る菊五郎《きくごろう》の紙帳売である、といったような趣になる。しかしこの句についてはなお研究を要する。

（七月二十三日）

七十三

○家庭の事務を減ずるために飯炊会社を興して飯を炊かすようにしたならば善《よ》かろうという人がある。それは善き考《かんがえ》である。飯を炊くために下女を置き竈《かまど》を据えるなど無駄な費用と手数を要する。吾々のごとき下女を置かぬ家では家族の者が飯を炊くのであるが、多くの時間と手数を要するゆえに病気の介抱などをしながらの片手間には、ちと荷が重過ぎるのである。飯を炊きつつある際に、病人の方に至急な要事《ようじ》が出来るというと、それがために飯が焦げ付くとか片煮えになるとか、出来そこなうようなことが起る。それゆえ飯炊会社というようなものがあって、それに引請けさせておいたならば、至極《しごく》便利であろうと思うが、今日でも近所の食物屋に誂《あつら》えれば飯を炊いてくれぬことはない。たまたまにはこの方法を取ることもあるが、やはり昔からの習慣は捨てがたいものとみえて、家族の女どもは、それを厭《いと》うてなるべく飯を炊くことをやる。ひまな時はそれでも善いけれど、人手の少《すくな》くて困るような時に無理に飯を炊こうとするのは、やはり女に常識のないためである。そんなことをする労力を省いて他の必要なることに向けるということを知らぬからである。必要なることはその家によって色々違うことはもちろんであるが、一例を言えば飯炊きに骨折るよりも、副食物の調理に骨を折った方が、よほど飯は甘美《うま》く喰《く》える訳である。病人のある内《うち》ならば病床について居って面白き話をするとか、聞きたいというものを読んで聞かせるとかする方がよほど気が利《き》いて居る。しかし日本の飯はその家によって堅きを好むとか柔《やわら》かきを好むとか一様でないから、西洋の麵包《パン》と同じ訳に行かぬところもあるが、そんなことはどうとも出来る。飯炊会社がかたき飯、柔かき飯、上等の飯、下等の飯それぞれ注文に応じてすれば小人数の内などは内で炊くよりも、誂《あつら》える方がかえって便利が多いであろう。

（七月二十四日）

七十四

○大阪は昔から商売の地であって文学の地でない。たまには蒹葭堂《けんかどう》、無腸子《むちようし》のような篤志家《とくしか》も出なんだではないが、この地に帷《とばり》を下した学者というても多くは他国から入りこんで来た者であった。俳人で大阪者といえば宗因《そういん》、西鶴《さいかく》、来山《らいざん》、淡々《たんたん》、大江丸《おおえまる》などであるがこのくらいでは三府の一たる大阪の産物としては少《ち》とも物足らぬ気がする。蕪村《ぶそん》を大阪とすればこれはまた頭抜《ずぬ》けた大立者《おおだてもの》であるが当人は大阪を嫌うたか江戸と京で一生の大部分を送った。近時新派の俳句なるもの行わるるに至って青々《せいせい》のごとき真面目《まじめ》に俳句を研究する者が出たのも、大阪にとっては異数のように思われる。しかのみならず更に一団の少年俳家が多く出て俳句といい写実的小品文といい敏捷《びんしょう》に軽妙に作りこなすところは天下敵無しという勢いで、何地《なんち》より出る俳句雑誌にも必ず大阪人の文章俳句が跋扈《ばっこ》して居るのを見るごとに大阪のためにその全盛を賀して居る。しかるにこの少年の一団を見渡すにいずれも皆才余りありて識足らずという欠点があっていかにも軽薄才子の態度を現して居る。その文章に現れたるところに因《よ》って察するに生意気、ハイカラ、軽躁浮薄《けいそうふはく》、傍若無人《ぼうじゃくぶじん》、きいた風《ふう》、半可通《はんかつう》、等あらゆるこの種の形容詞を用いてもなお足らざるほどの厭味《いやみ》を備えて居って見る者をして嘔吐《おうと》を催さしむるような挙動をやって居るらしいのは当人にとってもはなはだ善《よ》くないことでこれがためにせっかく発達しつつある才の進路を止めてしまうことになる、また大阪にとっても前古未曾有《ぜんこみぞう》の盛運に向《むか》わんとするのをこれきりで挫折《ざせつ》してしまうのは惜《おし》いことではあるまいか。畢竟《ひっきょう》これを率いて行く先輩がないのと少年に学問含蓄《がんちく》がないのとに基因するのであろう。幾多の少年に勧告するところは、なるべく謙遜《けんそん》に奥ゆかしく、真面目に勉強せよということである。（七月二十五日）

七十五

○ある人からあきらめるということについて質問が来た。死生の問題などはあきらめてしまえばそれでよいというたことと、またかつて兆民居士《ちょうみんこじ》を評して、あきらめることを知って居るが、あきらめるより以上のことを知らぬと言ったことと撞着《どうちゃく》して居るようだが、どういうものかという質問である。それは比喩《ひゆ》をもって説明するならば、ここに一人の子供がある。その子供に、養いのために、親が灸《きゅう》を据えてやるという。その場合に当って子供は灸を据えるのはいやじゃというので、泣いたり逃げたりするのは、あきらめのつかんのである。もしまたその子供が到底逃げるにも逃げられぬ場合だと思うて、親の命ずるままにおとなしく灸を据えて貰《もら》う。これはすでにあきらめたのである。

しかしながら、その子供が灸の痛さに堪えかねて灸を据える間は絶えず精神の上に苦悶《くもん》を感ずるならば、それはわずかにあきらめたのみであって、あきらめるより以上のことは出来んのである。もしまたその子供が親の命ずるままにおとなしく灸を据えさせるばかりでなく、灸を据える間も何か書物でも見るとか自分でいたずら書きでもして居るとか、そういうことをやって居って、灸の方を少しも苦にしないというのは、あきらめるより以上のことをやって居るのである。兆民居士が『一年有半』を著《あらわ》したところなどは死生の問題についてはあきらめがついて居ったように見えるが、あきらめがついた上でその天命を楽《たのし》んでというような楽むという域には至らなかったかと思う。居士が病気になって後しきりに義太夫《ぎだゆう》を聞いて、義太夫語りの評をして居るところなどはややわかりかけたようであるが、まだ十分にわからぬところがある。居士をして二、三年も病気の境涯にあらしめたならば今少しは楽しみの境涯にはいることが出来たかも知らぬ。病気の境涯に処しては、病気を楽むということにならなければ生きて居ても何の面白味もない。

（七月二十六日）

七十六

○近頃月樵の大幅を見た。それは雪中に狸《たぬき》の歩いて居るところで、弓張月《ゆみはりづき》が雲間から照《てら》して居る。狸を真中に画いてその前後には枯茅《かれかや》のごときものに雪の積んだところがあしらってある。画の中の材料はそれきりで極めて簡単であるが、最も不思議なことは、狸の顔の上半分と背中のところだけは薄墨で画いて、その余は真黒に画いてある。その淡墨と濃墨との接するところは極めて無造作であって、近よってこれを見ると何とも合点のゆかぬほどであるが、少し遠ざかって見ると背中の淡白いところが朦朧《もうろう》として面白く見える。これは多少雪も積って居るであろうし、その上を月が照して居るためにこういう風に見えるという趣《おもむき》をあらわして居る。かようなところへ趣向を凝らすのは月樵《げつしよう》の月樵たるところで、とても他人の思い及ぶところではない。また第二に少し遠ざかって見るように画いたのは例の髪の毛を一本一本書くような小細工な日本画家と同日に論じられんところである。

前に月樵の名誉が揚《あが》らないということについてある人はわざわざ手紙をよこして、月樵の名誉の高きことをいうてあった。予も月樵の名誉が全くないとは思わないけれど、今日あるところの名誉は実際の技倆《ぎりよう》に比して果して相当な名誉であるであろうか、それが疑わしいのである。蕪村《ぶそん》の俳句における名誉も、いつも多少の地位を占めて居ったことは明《あきら》かであるが、その名誉はもとより実際の技倆に副《そ》うほどの名誉ではなかったので、明治の今日に至って、始めて相当の名誉を得たのである。現に月樵のことについて手紙をよこした人も、月樵がある時蘆雪《ろせつ》と共に一日百枚の席画を画いたが日の暮頃に蘆雪はまだ八十枚しか画かないのに月樵はすでに九十枚画いて居った。これでも月樵の筆の達者なことがわかる、と自慢してあった。けれどもそれらは実に不見識な話で、元来席画などは、画かきの戯《たわむれ》に画くものである。それを百枚書いたとて、二百枚書いたとて、少しも名誉にはならぬ。こんなことで誉《ほ》められては月樵も迷惑するであろう。月樵の本分は何処《いずこ》にあるか、まだ世間には知られて居らんとみえる。

（七月二十七日）

七十七

○『日本』へ掲載の俳句はあえて募集するとにはあらねど篤志《とくし》の人は投書あるべし。投書は紙一枚一題に限る。一枚ごとに雅号を記しおくべし。題はその季のもの何にてもよろし。かく横着《おうちゃく》にもあえて募集せずなどというは投書を排斥するの意には非ず。もし募集すという以上は検閲の責任重くなりて病身の堪《た》うるところに非ず。場合によりては善《よ》き句も見落すことあるべく、また初め四、五句読みてその出来加減を試みそのままほかの句は目も通さで棄《す》つることもあるべし。かかる無責任の見様にてもかまわぬ人は俳句を寄せられたし。

○この頃「古池《ふるいけ》旧蹟芭蕉《ばしょう》神社創立十年祭紀念物奉納 並《ならびに》 大日本俳家人名録発行緒言」と題する刷物《すりもの》の内に賛成員補助員などの名目ありてわが名もその補助員の中に記されたり。されどこはわが知るところに非ず。もっとも幹雄翁《おう》には十年ほど前一、二度面会したることあり。明治二十六年奥州行《あん》脚《ぎゃ》に出《で》掛《かけ》し時などは翁の紹介書を得たるなど世話になりたることもあり。されど古池教会には何の関係もなくまた俳家人名録などいうことにも何らの関係なし。

○毎週水曜日及日曜日をわが庵《いお》の面会日と定め置く。何人《なんぴと》にても話のある人は来訪ありたし。但《ただ》しこの頃の容態《ようだい》にては朝寝《ね》起《おき》後は苦しきゆえ、朝早く訪《と》わるることだけは容赦ありたし。病人のことなれば来客に対しても相当の礼を尽すあたわず、あらゆる無礼をなすはもちろん、あまり苦しき時は面会を断ることもあるべし。そのほか場合によりて我儘《わがまま》をいい指図がましきことなどをいうかも知れず。これらは前もって承知あらんことを乞《こ》う。話の種は雅俗を問わず何にても話されたし。学術と実際とにかかわらず各種専門上の談話など最も聴きたしと思うところなり。短冊、書画帖などその他すべて字を書けとの依頼は断りおく。また面会日以外は面会せずというわけには非ず。

（七月二十八日）

七十八

○西洋の審美学者が実感仮感という言葉をこしらえて区別を立てて居るそうな。実感というのは実際の物を見た時の感じで、仮感というのは画に書いたものを見た時の感じであるということである。こんな区別を言葉の上でこしらえるのは勝手であるが、実際実感と仮感と感じの有様がどういう風に違うか吾にはわからぬ。例えばパノラマを見るような場合について言うてみると、パノラマというものは実物と画とを接続せしめるように置いたものであるから、これに対して起るところの感じは実感と仮感と両方の混合したものであるが、その実物と画との境界にあるものすなわち実物やら画やらほとんどわからぬところのものに対して起るところの感じは何という感じであろうか。もし画に書いてあるものを実物だと思うて見たならばその時は画に対して実感が起るというても善《よ》いのであろうか。また実物を画と誤って見た時の感じは何という感じであろうか。その時に実物に対して仮感が起ったというても善いのであろうか。そうなると実感が仮感か、仮感が実感か少しも分らぬではないか。元来画を見た時の感じを仮感などと名付けたところで、その仮感なるものの心理上の有様が充分に説明してない以上は議論にもならぬことである。吾々が画を見た時の感じは、種々複雑して居って、その中には実物を見た時の実感と、同じような感じもいくらかこもって居る。そのほか彩色または筆力等の上において美と感ずるような感じもこもって居る。しかるにそれをただ仮感と名付けたところで、どんな感じを言うのか捕え所のないようなことになる。吾は審美学の書物を読んだこともなければ、またこれから読む事も出来ぬ。もしわが説が謬《あやま》って居るならば、教《おしえ》を聞きたいものである。

（七月二十九日）

七十九

○夏の長き日を愛すといえる唐のみかどの悟りがおなるにひきかえ我はかび生《お》うる寝床の上にひねもす夜もすがら同じ天井を見て横たわることのつらさよ。立ちてはたらく人はしばらくの暇を得て昼寝の肱《ひじ》を曲げなんと思う頃我は杖《つえ》にすがりて一足二足庭の木の影を踏まばいかにうれしからんと思う。されどせんなし。暑き日は暑きに苦しみ雨の日は雨に苦しみいたずらに長き日を書《しょ》も読《よ》までぼんやりとあればはては心もだえ息せまり手を動かし声を放ち物ぐるわしきまでになりぬるもよしなしや。この頃すこしく痛みのひまあるに任せて俳句など案じわずらうほどに古《いにしえ》の俳人たちはかかる夏の日をいかにして送りけんなど思いつづくれば、あら面白、その人々の境涯あるはその宿の有様ありありと眼の前に浮ぶままにまぼろしを捉《とら》えて、一句また一句、十余人十余句を得てけり。試《こころみ》に記して昼寝の目ざまし草、茶のみ時の笑い草にもなさんかし。

芭《ば》蕉《しよう》

破《やれ》団《うち》扇《わ》夏も一《いち》爐《ろ》の備へかな

其《き》角《かく》

粛山《しゆくざん》のお相手暑し昼一斗

去《きよ》来《らい》

柿の花散るや仕官の暇《いとま》無き

丈《じよう》草《そう》

青嵐《あおあらし》去来や来ると門に立つ

智月尼《ちげつに》

義《ぎ》仲《ちゆう》寺《じ》へ乙《おと》州《くに》つれて夏《げ》花《ばな》摘《つみ》

園《その》女《じよ》

罌《け》粟《し》咲くや尋ねあてたる智月庵

惟《い》然《ぜん》

昼《ひる》蚊《が》帳《や》に乞食と見れば惟然坊

鬼《おに》貫《つら》

酒を煮る男も弟子の発句つくり

太《たい》祇《ぎ》

俳諧の仏千句の安居《あんご》かな
　蕪村
団扇二つ角《かく》と雪とを画きけり
　召《しよう》波《は》
村と話す維《これ》駒《こま》団扇取つて傍に
　几《き》董《とう》
李《り》斯《し》伝《でん》を風吹きかへす昼寝かな

（七月三十日）

八十

○七月二十九日。火曜日。曇。
昨夜半碧梧《へきご》桐《とう》去りて後眠られず。百合《ゆり》十句たちまち成《な》る。一時過ぎて眠る。

朝六時睡覚《ねむりさ》む。蚊帳《かや》はずさせ雨戸あけさせて新聞を見る。玉利博士の西洋梨《せいようなし》の話待ちかねて読む。

印度《インド》仙人談完結す。

二時間ほど睡る。

九時頃便通後やや苦しく例によりて麻痺剤《まひざい》を服す。薬いまだ利《き》かざるにすでに心愉快になる。

この時老母に新聞読みてもろうて聞く。振仮名をたよりにつまずきながら他愛もなき講談の筆記などを読まるるを我は心を静めて聞きみ聞かずみうとうととなる時は一日中の最も楽しき時なり。

牛乳一合、麺包《パン》すこし。

胡桃《くるみ》と蚕豆《そらまめ》の古きものありとて出しけるを四、五個ずつ並べて菓物帖《くだものちょう》に写生す。

午飯、卯《う》の花鮓《はなずし》。豆腐滓《かす》に魚肉をすりまぜたるなりとぞ。

また昼寝す。覚めて懐中汁粉《かいちゅうじるこ》を飲む。

午後四時過左千夫《さちお》今日の番にて訪《と》わる。

晩飯、飯三碗《わん》、焼物、芋《いも》、茄子《なす》、富貴豆《ふきまめ》、三杯酢漬。飯うまく食う。

庭前に咲ける射干《ひおうぎ》を根ながら掘りて左千夫の家土産《いえづと》とす。

床の間の掛物《かけもの》亀に水草の画、文鳳《ぶんぽう》と署名しあれど偽筆《ぎひつ》らし。

座敷の掛額《かけがく》は不折《ふせつ》筆の水彩画、富士山五合目の景なり。

銅瓶《どうへい》に射干一《ひと》もとを挿《はさ》む。

小鉢に富士の焼石《やきいし》を置き三寸ばかりの低き虎杖《いたどり》を二、三本あしらいたるは四絶生の自ら造りて贈るところ。


（七月三十一日）

八十一

○食物につきて数件

一、茶の会席料理は普通の料理屋の料理と違い変化多きものならんと思えり。しかるに茶の料理もこれを料理屋に命ずればやはり千篇一律《せんぺんいちりつ》なり。曰《いわ》く味噌汁《みそしる》、曰く甘酢、曰く椀盛《わんもり》、曰く焼物と。

かくのごときものならば料理屋に依頼せずして亭主自ら意匠を凝らすを可《か》とす。いたずらに物の多きを貪《むさぼ》りて意匠なきは会席の本意に非ず。

一、東京の料理はひたすらに砂糖的甘味の強きを貴ぶ。これ東京人士の婦女子に似て柔弱なる所以《ゆえん》なり。

一、東京の料理はすまし汁の色白きを貴んで色の黒きを嫌う。ゆえに醬油《しょうゆ》を用いること極めて少量なり。これ椀盛《わんもり》などの味淡泊《たんぱく》水のごとくほとんど喫するに堪《た》えざる所以なりと。些細《ささい》の色のために味を損ずるは愚《ぐ》の極《きわみ》というべし。

一、餅菓子《もちがし》の白き色にして一個一銭を値《あたい》するものその色を赤くすればすなわち一個二銭五厘となる。味に相違あるに非ず。しかも一個にして一銭五厘の相違は染料の価《あたい》なりと。贅沢《ぜいたく》に似たれどもその観《かん》の美《び》は人をしてその味の美を増す思いあらしむ。

一、鯛《たい》の白子《しらこ》は粟子《あわこ》よりも遥《はる》かに旨《うま》し。しかも世人この味を解せざるために白子は価廉《れん》に粟子は貴し。

一、醬油の辛きは塩の辛きに如《し》かず。山葵《わさび》の辛きは薑《しょうが》の辛きに如かず。

（八月一日）

八十二

○我々の俳句仲間にて俗宗匠《ぞくそうしょう》の作るごとき句を月並調と称す。こは床屋連、八公連《はちこうれん》などが月並《つきなみ》の兼《けん》題《だい》を得て景物《けいぶつ》取りの句作をなすよりかくいいしものが、俳句の流行とともに今は広く広がりて、わけも知らぬ人まで月並調という語を用いるようになれり。よってある場合には俳句以外のことにまで俗なるものはこれを月並と呼ぶことさえ少《すくな》からず。近頃ある人と衣食住の月並ということを論じたることあり。着物の縞柄《しまがら》につきても極めて細き縞を好むは月並なり。着物の地合《じあい》につきていえば縮緬《ちりめん》のごときは月並なり。食物についていえば砂糖蜜《さとうみつ》などを多く入れてむやみに甘くしたるは月並なり。住居についていえば床の間の右側の柱だけ皮付きの木にするは月並なり。この類枚挙に遑《いとま》あらず。しかるに俳句の上にて月並の何《なん》たるを解する人にしてかえって日用衣食住の上にはほとんど月並臭味を脱するあたわざる人極めて多し。例えば着物の縞などはことに細かきを貴ぶ人多く、しかもその月並たるを知らざるのみならずかえって縞柄の大きく明瞭《めいりよう》なるをもって俗と称《とな》うるがごときあり。これらは流俗に雷同してその可否《かひ》を研究せざるにもよるべく、はた俳句に得たる趣味をすべての上に一貫せしむることを思わぬにもよるべし。俳句の俗宗匠が細《ほそ》みなどと称えて極めて些細《ささい》なる下らぬことを句に作りて喜ぶはいわゆる細みを誤解したるものなり。大きなる景色などを詠《よ》みたる句は面白からずとも俗には陥らざるべし。画にても例の髪の毛を一本ずつ書きたるごときはもちろんこれを月並というべし。しかるに着物の縞に限りて細きを好むがごときは衣服はことに虚飾をなすには必要なるものなれば色気ある少年達のいたずらに世の流行に媚《こ》びて月並に落ちたるをも知らざる者多きは笑止《しようし》なり。婦人の上はしばらく措《お》く。男子にして修飾をなさんとする者はすべからく一個の美的識見をもって修飾すべし。流行を追うは愚《ぐ》の極《きわみ》なり。美的修飾は贅沢の謂《いい》に非ず、破袴《はこ》弊衣《へいい》も配合と調和によりては縮緬よりも友禅《ゆうぜん》よりも美なることあり。名古屋《なごや》山三《さんざ》が濡燕《ぬれつばめ》の縫《ぬ》いは美にして伊左衛門の紙衣《かみこ》は美ならずとはいいがたし。余は修飾をもって悪《あ》しきこととは思わず、ただ一般の俗人はいうまでもなく、俳句の上にては高尚なる趣味を解する人さえ、月並的修飾をなすを悲《かな》しむなり。

（八月二日）

八十三

○能楽社会には家元なるものがあって、それが技芸に関する一切のことの全権を握って居る。例えばシテの家元には金春《こんぱる》、金剛《こんごう》、観世《かんぜ》、宝生《ほうしょう》、喜多《きた》というのがある。ワキの家元には宝生、進藤などいうのがある。そのほか大鼓《おおつづみ》の家元は誰とか、小鼓の家元は誰とか一々きまって居る。狂言の方にも大蔵流、鷺《さぎ》流などそのほかにもある。そうしてこれらの家元がおのおの跋扈《ばっこ》して自分の流儀に勿《もっ》体《たい》を付け、容易に他人には流儀の奥秘《おうひ》を伝授せぬなどということになって居る。けれども昔の時代はそれでも善《よ》かったが、今日の世の中では今少し融通を付けて遣《や》って行かぬと、能楽界が滅びてしまいはせぬかとの掛念《けねん》がある。今日ではもはや能役者に扶持《ふち》の付いて居る時代ではないのである。それにもかかわらず各種の芸に一々家元呼ばわりなどをして居っては、人が足らないで能楽が出来ぬようなことになってしまう。そこで今日の場合に応じて行《ゆ》こうというには、一人で出来るだけの芸を兼ねて遣るようにしたらば善かろうと思う。例えば小鼓を打つものは大鼓を打ち太鼓も打つくらいのことは訳ないであろう。あるいはワキ師がハヤシ方になっても善かろう。もし出来るならばシテも遣る、ワキも遣る、ハヤシ方も遣る、狂言も遣る、そういうような人もあって差支《さしつかえ》ないであろう。こういうことをいうと昔風な頑固な人は、それは出来るものでないと拒むかも知れない、一芸に達することさえ容易でないのに数芸に達するなんかは思いも寄らぬことであるなどというであろう。それも一理がないではないが必ずしもそういう訳のものでもない。昔の人は漢学を知って居るものは国学を知らない。詩人は歌を作ることを知らない。歌人は俳句を作ることを知らない。昔はすべてそういう風であったのである。それが明治になってみると歌を作り俳句を作るという者も沢山出来て来た。詩も作り歌も作るという者も出来て来た。中には数学専門の人で俳句を作る者もある。してみると能役者が二芸三芸兼ねるくらいのことは訳もないことといわねばならぬ。その上にその成績はどうかというと一芸専門の者が皆達者で二芸以上兼修の者は腕が鈍いというでもない。それは俳句界で第一流といわれる蕪村が画の方でもまた凡人にすぐれた技倆《ぎりよう》を持って居ったのでもわかる。もっともこれは誰にでも出来るという訳ではないから、人を強《し》うる訳には行かぬが、もし自分が奮発して遣ってみようというものがあるならば二芸でも三芸でも修めるが善いであろうと思う。家元なる人もまたかくのごとき後進を扶《たす》けて行くことに務めて、ゆめにもその進路を妨げるようなことをしてはならぬ。

（八月三日）

八十四

○この頃病床の慰みにと人々より贈られたるものの中に鳴雪翁《めいせつおう》より贈られたるは柴又《しばまた》の帝釈天《たいしやくてん》の掛図《かけず》である。この図は日蓮《にちれん》が病中に枕元《まくらもと》に現われたという帝釈天の姿をそのまま写したもので、特に病気平癒には縁故があるというて贈られたのである。その像は四寸ばかりの大きさで全体は影法師を写したというために黒く画いてある。顔ばかりやや明瞭《めいりよう》で、菱形《ひしがた》の目が二つ並んで居る。傍《かたわら》には高祖真毫《しんごう》自刻帝釈天王、東葛西《ひがしかさい》領柴又、経栄山題経寺《きようえいざんだいきようじ》と書いてある。その中に南無釈迦牟尼仏《なむしやかむにぶつ》とか、病之良薬《やまいのりようやく》とかいうのがわずかに読める。上の方には例の鬚題目《ひげだいもく》が書いてあってその傍に草書でわからぬことが沢山書いてある。その中に南無釈迦牟尼仏とか、病之良薬とかいうのがわずかに読める。いろいろな神様を祭らせてなるべく信仰の種類を多くしようとした日蓮の策略は浅墓《あさはか》なようであるけれども、今日に至るまで多くの人の信仰を博して柴又の縁日には臨時汽車まで出させるほどの勢いを持って居るのは、日蓮のえらいことを現わして居る。

鼠骨《そこつ》より贈ってくれた玩器《がんき》は、小さい丸い薄いガラスの玉の中に、五分《ぶ》くらいな人形が三つはいって居る。その人形の頭は赤と緑と黒とに染分けてある。それでその玉に水を入れて、口を指で塞《ふさ》いで玉を横にすると、人形が上の方に浮き上ったりまた下に沈んだりするようになって居る。しかもその人形は同時に浮き沈みせずして別々に浮沈《うきしず》みする。これは薄いガラスを指で圧《あつ》するために圧せられたる水が人形の空虚に出入《でいり》して、それがために浮沈するのであろう。簡単な物であるけれど、物理を応用して、子供などを喜ばせるように出来て居るところはうまいものである。これに口上《こうじよう》が添うと一層面白くなるので、露店の群がって居る中でも、この玩器を売る店はもっとも賑《にぎ》わう処《ところ》であるそうな。実際の口上は知らぬが、鼠骨の仮声《こわいろ》を聞いてもよほど興《きよう》がある。「赤さんお上り、青さんお上り」「青さんお下り、黒さんお下り」「小隊進めオイ」などとしゃべりながら、片方の手でガラスの外から糸を引くような真似《まね》をするのは、鼠骨得意のところである。今一つの玩器は、日比野藤太郎先生新発明の活動写真というので、これは丁度、トランプほどの大きさの紙が三十枚ほど揃《そろ》えてあって、それには相撲の取組んで居る絵が順を追うて変化するように画いてある。それを指の先で一枚宛《ずつ》ばらばらとはじいて見るので活動写真になるのじゃそうな。人を馬鹿にして居るところがはなはだ面白い。

義郎《ぎろう》が贈ったというよりも実際目の前でこしらえて見せた田面《たのも》の人形というのがある。これは義郎の来る日があたかも新暦の八月一日に当って居ったので、義郎の故郷（伊予小松）でする田面の儀式をして見せたのである。それは糝粉《しんこ》で二、三寸ばかりの粗末な人形を沢山作って、盆のぐるりに並べる。その中央にはやはり糝粉の作り物を何でも思い思いにこしらえて置くのじゃそうな。予の幼き時にわずかに記憶して居るのは、これと少し違って黍殻《きびがら》に赤紙の着物などを着せて人形として、それを板の上に沢山並べるのであった。この田面祭りというのは百姓が五穀を祭る意味であるから、国々の田舎によって多少の違うた儀式が残って居るであろうと思う。しかし人形の行列を作るのは何の意味であるかよくわからぬ。

（八月四日）

八十五

○この頃茂りという題にて俳句二十首ばかり作りて碧虚両子《りょうし》に示す。碧梧桐《へきごとう》は

天狗《てんぐ》住んで斧《おの》入らしめず木の茂り

の句善《よ》しといい虚子《きょし》は

柱にもならで茂りぬ五百年

の句善しという。しかも前者は虚子これを取らず後者は碧梧桐これを取らず。

植木屋は来《きた》らず庭の茂りかな

の句に至りては二子《にし》ともに可なりという。運座《うんざ》の時無造作にして意義浅く分りやすき句が常に多数の選に入るごとく、今二子が植木屋の句において意見合《がっ》したるはこの句の無造作なるによるならん。

その後百合《ゆり》の句を二子に示して評を乞《こ》いしに碧梧桐は

用ありて在所へ行けば百合の花

の句を取り、虚子は

姫百合やあまり短き筒の中

の句を取る。しかして碧梧桐後者を取らず虚子前者を取らず。

畑もあり百合など咲いて島ゆたか

の句は余が苦辛の末に成りたるもの、碧梧桐はこれを百合十句中の第一となす。この句未だ虚子の説を聞かず。賛否を知らず。

（八月五日）

八十六

○このごろはモルヒネを飲んでから写生をやるのが何よりの楽みとなって居る。きょうは相変らずの雨天に頭がもやもやしてたまらん。朝はモルヒネを飲んで蝦夷菊《えぞぎく》を写生した。一つの花は非常な失敗であったが、次に書いた花はやや成功してうれしかった。午後になって頭はいよいよくしゃくしゃとしてたまらぬようになり、ついにはあまりの苦しさに泣き叫ぶほどになって来た。そこで服薬の時間は少くも八時間を隔てるという規定によると、まだ薬を飲む時刻には少し早いのであるが、あまり苦しいからとうとう二度目のモルヒネを飲んだのが三時半であった。それからまた写生をしたくなって忘れ草（萱草《かんぞう》に非ず）という花を写生した。この花は曼珠沙華《まんじゅしゃげ》のように葉がなしに突然と咲く花で、花の形は百合に似たようなのが一本に六つばかりかたまって咲いて居る。それをいきなり書いたところが、大々失敗をやらかしてしきりに紙の破れ尽すまでもと磨《す》り消したがそれでも追付かぬ。はなはだ気合くそがわるくて堪《たま》らんので、また石竹《せきちく》を一輪書いた。これもあまり善い成績ではなかった。とかくこんなことして草花帖がだんだんに書き塞《ふさ》がれて行くのがうれしい。八月四日記。

（八月六日）

八十七

○草花の一枝を枕元《まくらもと》に置いて、それを正直に写生して居ると、造化の秘密がだんだん分って来るような気がする。

（八月七日）

八十八

○八月六日。晴。朝、例によりて苦悶《くもん》す。七時半麻痺剤《まひざい》を服し、新聞を読んでもろうて聞く。牛乳一合。午餐《ごさん》。頭苦しく新聞も読めず画もかけず。されど鳳梨《パインアップル》を求めおきしが気にかかりてならぬゆえ休み休み写生す。これにて菓物帖《くだものちょう》完結す。始めて鳴門《なると》蜜柑《みかん》を食う。液多くして夏橙《なつだいだい》よりも甘し。今日の番にて左千夫《さちおきた》来る。午後四時半また服剤。夕刻は昨日よりやや心地よし。夕刻寒暖計八十三度。

（八月八日）

八十九

○ある絵具とある絵具とを合せて草花を画く、それでもまだ思うような色が出ないとまた他の絵具をなすってみる。同じ赤い色でも少しずつ色の違いで趣きが違って来る。いろいろに工夫して少しくすんだ赤とか、少し黄色味を帯びた赤とかいうものを出すのが写生の一つの楽《たのし》みである。神様が草花を染める時もやはりこんなに工夫して楽んで居るのであろうか。

（八月九日）

九十

○梅も桜も桃も一時に咲いて居る、美しい岡の上をあちこちと立って歩いて、こんな愉快なことはないと、人に話しあった夢を見た。睡眠中といえども暫時《ざんじ》も苦痛を離れることの出来ぬこの頃の容《よう》態《だい》にどうしてこんな夢を見たか知らん。

（八月十日）

九十一

○日本酒がこの後西洋に沢山輸出せられるようになるかどうかは一疑問である。西洋人に日本酒を飲ませてみても、どうしても得《え》飲まんそうじゃ。これは西洋と日本とすべての物がその嗜好《しこう》の違うにつれてその趣味も異っているように単に習慣の上より来て居るものとすれば、日本の名が世界に広まるとともに、日本の正宗《まさむね》の瓶詰《びんづめ》が巴里《パリ》の食卓の上に並べられる日が来ぬとも限らぬ。しかし吾々下戸《げこ》の経験を言うてみると、日本の国に生れて日本酒を嘗《な》めてみる機会はかなり多かったにかかわらず、どうしてもその味が辛いような酸《すっ》ぱいようなヘンナ味がして今にうまく飲むことが出来ぬ。これに反して西洋酒はシャンパンは言うまでもなく葡萄酒《ぶどうしゅ》でもビールでもブランデーでもいくらか飲みやすいところがあって、日本酒のように変テコな味がしない。これはもちろん下戸の説であるからこれでもって酒の優劣を定めるというのではないが、とにかく西洋酒よりも日本酒の方が飲みにくい味を持っているということは多少証明せられて居る。それでも日本酒好《ずき》になると、何酒《なにざけ》よりも日本酒が一番うまいと言うことはほとんど上戸《じょうご》一般に声を揃《そろ》えて言うところを見ると、その辛いような酸ぱいようなところがその人らには甘《うま》く感ぜられるように出来て居るのに違いない。西洋人といえどもだんだん日本趣味に慣れて来る者は、日本酒を好むような好事家《こうずか》もいくらかは出来ぬことはあるまいが、日本の清酒が何百万円というほど輸出せられて、それがために酒の値《ね》と米の値とが非常に騰貴《とうき》して、細民が困るというようなことはまず近い将来においてはないというてよかろう。

（八月十一日）

九十二

○大做《たいさく》小做《しょうさく》五対

（木）大阪の博覧会場内へ植えつけた並木は宮内省から貰《もら》い受けた何やらの木もはなはだ生長が悪く十分に茂りを見せぬそうな。これは初め福羽《ふくば》氏より話があったように銀杏《いちょう》の並木にして欲しかった。銀杏の並木ということを聞いてから意外の考案に驚かされて今にこれを夢想して居るのじゃが、博覧会場などでなく永久に保存すべき地に銀杏の並木を造って五十年百年と経過したならいかに面白きものになるであろうか。夏の青葉の清潔にして涼しき、ことに晩秋より初冬にかけて葉が黄ばんで来た時の風致は楓《かえで》や櫨《はぜ》などの紅葉とも違うて得《え》も言われぬ趣《おもむき》であろう。冬枯《がれ》に落葉して後もまた一種のさびた趣があって他の凡木《ぼんぼく》とは同日の論でない。それに銀杏の葉というものも形の雅《みやび》に色の美しきのみならず虫さえ食わぬほどの清潔なものであるから何かこれを装飾に利用したら雅致のあるものが出来はすまいかと思われる。

去年の夏、毎日毎日暑さに苦《くるし》められて終日病床にもがいた末、日《ひ》脚《あし》が斜めに樹の影を押して、微風が夕顔の白き花を吹き揺《ゆら》かすのを見ると何ともいわれぬ善《よ》い心持になって始めて人間に生き返るのであった。その昼中《ひるなか》の苦とその夕方の愉快さとが忘られんので今年も去年より一倍の苦を感ずるのは知れきって居るから、せめて夕顔の白き花でも見ねばとてもたまるまいと思うて夕顔の苗を買うて病室の前に植えつけたが一本も残らず枯れてしもうた。看病のために庭の掃除も手入も出来ぬ上に、植木屋が来てくれんで松も椎《しい》も枝がはびこって草苗などは下陰になって成長することが出来ぬのであろう。もう今頃は白い花が風に動いて居るだろうと思うと、見ぬ家の夕顔さえ面影に立って羨《うらや》ましくて羨ましくてたまらぬ。（火）福岡の衛戍《えいじゅ》病院は三十余年前に床の下に入れておいた地雷火《じらいか》がこの頃思い出したように爆発して人を焼き殺したそうな。

わが家の炭も木《こ》ッパも連日の雨に濡《ぬ》れていくら燃やしつけても燃えぬ。それがために朝飯がいつも後《おく》れる。（ツヅク）（八月十二日）

九十三

（土）この頃の霖雨《りんう》で処々《しょしょ》に崖《がけ》が崩れて死傷を出した処《ところ》もあるそうだ。その中にも横須賀の海軍経理部に沿うた路傍の崖崩れは最もはなはだしき被害を与えたもので、十ばかりの人命と三台の人力車とを一時に埋め去ったとは気の毒な次第である。

我が草庵の門前は鶯《うぐいす》横町《よこちょう》というて名前こそやさしいが、随分嶮悪《けんあく》な小路で、冬から春へかけては泥濘《でいねい》高下駄《たかげた》を没するほどで、ために来訪の客はおろし立ての白足袋《しろたび》を汚してしもうたと

（大倣小倣のツヅキ）

いうようなことは珍しくもないのである。それがこの頃は夏であるに関らず長雨《ながあめ》のために門前の土が掘取ったようにくぼくなったそうで、知らない人はここで下駄をくねらしてころぶこともあるようすである。まことに気の毒な次第である。

（金）枝光《えだみつ》の製鉄所では鎔鉱炉の作業を中止したそうだ。

草庵の台所ではだんだん暑気に向うて咽喉《のど》のかわきをいやす工夫が必要になったので、大なるブリキの薬缶《やかん》を買うて来て麦湯《むぎゆ》の製造に着手して居る。

（水）梅雨になって降り出して、梅雨があけてまた降り出して、土用に入りて降り出して土用があけてまた降り出したという、のべつ晴れなしの雨天なので、この頃では大川も小川も到る処溢《あふ》れ出して家を浸《ひた》して居る処もあり田畑を浸して居る処もある。泥鰌《どじょう》は喜んで居るだろうが、人間には随分ひどい害をなして居る。

常に枕元《まくらもと》に置いて居る硯《すずり》はその溝が幅が狭くて深さも余り深くないが、今まで水入れの水を入れるのにガブと入れ過ぎたような時でも一度も溢れ出したことはない。それは硯の両側にも浅い溝が掘ってあるので、この溝は平生用《へいぜいよう》をなさぬようであるが、それがために洪水を防ぐように出来て居る。この法をもって治めたらいかなる大河の水も治まらぬことはあるまい。（オワリ）

（八月十三日）

九十四

○上総《かずさ》にて山林を持つ人の話

一、この頃の杉の繁殖法は実生《みしよう》によらずして多くさし穂を用いること

一、杉の枝は十年三十年六十年の三度くらいに伐り落すこと

一、一丈廻りの杉の木は二百年以上を経たるものと知るべきこと

一、杉の上等なるものは電信電話の柱として東京へ輸出し、そのほか多く上総戸《かずさど》と称する粗末なる雨戸となして東京へ出すこと

一、雨戸は建具屋職人一人にて一日八、九枚より十四、五枚を造る、東京へ持ち出しての相場は今一円に三枚か三枚半とのこと

一、雨戸を東京へ出すまでに左の七人の手を経ること

一、山主《やまぬし》　二、根ぎり（木を伐り倒す人）　三、木《こ》びき　四、建具屋

五、荷馬車　六、停車場運送店　七、東京木材問屋

一、松は二寸に一寸五分角の垂木《たるき》のような棒にして出《いだ》す、これを松わりと呼ぶこと

一、くぬ木《ぎ》は炭となして佐倉へ出す、東京にてサクラ炭というはこのくぬ木炭なるべきこと

一、松の節《ふし》くれ多く木材にならぬものはこれを炭となす、下等の炭なり、しかし東京の鍛冶屋《かじや》は一般にこれを用いること

一、山林養成に最も害をなすものは第一、野火《のび》、第二、馬車の材木を積んで林の間を通る者、第三、小児の悪戯《いたずら》等なること

（八月十四日）

九十五

○「病牀六尺」（七十八）において実感仮感という語の定義について疑《うたがい》を述べておいたが、その後『審美綱領』という書を見たら仮情ということを説明してある、これが大かた前にいうた仮感に当って居るものであろう。しかしこれには「美なる感情を名づけて仮情という」と規定してあるのだから仮情という語の定義については別に論ずべき余地はない。もし論ずるならば「美なる感情」について論ずべきである。そうなると問題が全く別になる。すなわち論理の順序を顚倒《てんとう》せねばならぬ。

この『審美綱領』という書を少し読みてみたるにあまり簡単なるためと訳語の聞き慣れぬためとにて分りにくいところが多いが、かく簡単に、無駄なく順序立ちて書いてある文は世間には少《すくな》い方ではなはだ心持が善《よ》い。今の新聞雑誌の文は反覆して一事を説明するためその一事をすっかり合点《がてん》させるには都合が善いが、その弊は冗長に陥って人を倦《う》ませることが多い。論説は御免を蒙《こうむ》る、などと言って一般に新聞の論説を読まぬが都人士《じんし》の風《ふう》になって居るのも、畢竟《ひっきょう》論説欄の無味なるにもとづくと言うよりも文が冗長になって論旨が繰り返し繰り返し述べられて居るからであろう。新聞と書籍とは同様に論ずべきではないが、どっちにしても同じようなことを同じような言葉で繰り返されるものが多いのに閉口する。

（八月十五日）

九十六

○子供の時幽霊を恐ろしいものであるように教えると、年とってもなお幽霊を恐ろしいと思う感じが止まぬ。子供の時毛虫を恐ろしいものであるように教えると、年とって後もなお毛虫を恐ろしいもののように思う。余が幼き時婆々様《ばばさま》がいたく蟇《ひき》を可愛がられて、毎晩夕飯がすんで座敷の縁側へ煙草盆《たばこぼん》を据えて煙草を吹かしながら涼んで居られると手水鉢《ちょうずばち》の下に茂って居る一ツ葉の水に濡《ぬ》れて居る下からのそのそと蟇が這《は》い出して来る。それがだんだん近づいて来て、そこに落してやった煙草の吸殻《すいがら》を食うてまたあちらの躑躅《つつじ》の後ろの方へ隠れてしまう。それを婆々様がはなはだ喜ばれるのを始終傍《かたわら》に居って見て居たために、今でも蟇に対すると床《ゆか》しい感じが起るので、世の中には蟇を嫌う人が多いのをかえって怪しんで居る。読書すること、労働すること、昼寝すること、酒を飲むこと、何でも子供の時に親しく見聞きしたことは自《おのずか》ら習慣となるようである。家庭教育の大事なる所以《ゆえん》である。

(八月十六日)

九十七

○玉利博士の果物の話の中に、最も善《よ》い味を持って居る西洋梨が何ゆえ流行《はや》らぬかというと永く蓄えることが出来ぬからである、しかしこれから後はだんだん無粒有蔕《ゆうたい》の梨が流行るであろうということであった。しかしこれは他にも原因のあることで、西洋梨には汁の少ないという欠点がある、夏日の果物は誰も清涼の液を渇望する傾向があるので、この点において日本の梨が西洋梨に優って居る間は到底西洋梨が日本梨を圧《あっ》してしまうことは出来ぬであろう。

果物も培養の結果だんだん甘美《うま》いものが出で来るようになったが、その中《うち》堅い果物がだんだん柔かくなって来るというのも一つの傾向である。これも博士の話にあったように、人間が堅いものよりも柔かいものを好むように嗜好《しこう》が変化したこともあるが、果物などは実際柔かいものは昔はなかったのが今になって出て来るようになったのである。しかし他の食物についてみても柔かいものを好むという傾向が一般にはなはだしくなって来たことが分る。現に旅籠屋《はたごや》の飯がだんだん柔かくなったのは近来のことである。始《はじめ》は半《なかば》、衛生のためなどというて居ったものもあったが、だんだん柔かい飯を食いなれると、柔かい方がうま味があるように感じて来たのである。果物でも水蜜桃《すいみつとう》のごときは極端に柔かくなって、しかも多量の液を蓄えて居るから善いが、林檎《りんご》のごとく肉が柔かでも液の少《すくな》いものは（甘味と酸味とともにあって美味なるもののほかは）咽喉《のど》を通りにくいようであまり旨《うま》くもなく従って沢山は食われぬ。バナナのごときも液はないけれど善く熟したものは濡《うるお》いがあって食いやすいところがある。柔かなものには濡いが多いというが通則である。（八月十七日）

九十八

○天台《てんだい》のある和尚《おしよう》さんが来られてわが病室にかけてある支那の曼陀羅《まんだら》を見て言われるには、曼陀羅というものはもと婆羅門《ばらもん》のもので仏教ではこれを貴《とうと》ぶべき謂《いわ》れはないものである、これは子供が仏様の形などをこしらえて並べて遊んで居るのと同じ意味のものである、と言うて聞かされた。（八月十八日）

九十九

○おくられものくさぐさ

一、史料大観（台記《たいき》、槐記《かいき》、扶桑名画伝《ふそうめいがでん》）

このふみを、あまし し人、このふみを、よめとたばりぬ、そをよむと、ふみあけみれば、もじのへに、なみだしながる、なさけしぬびて

一、やまべ（川魚）やまと芋《いも》は節《たかし》より

しもふさの、ゆふきごほりの、きぬ川の、やまべのいをは、はしきやし、見てもよきいを、やきてにて、うまらにをせと、あたらしも、かれの心を、おくりくる、みちにあざれぬ、そをやきて、うまらにくひぬ、うじははへども

そらみつ、やまとのいもは、鳶《とび》のねの、とろろにすなる、つくいもなるらし

一、やまめ（川魚）三尾は甲州の一五坊より

なまよみの、かひのやまめは、ぬばたまの、夜ぶりのあみに、三つ入りぬ、その三つみなを、わにおくりこし

一、仮面二つ某より

わざをぎの、にぬりのおもて、ひよとこの、まがぐちおもて、世の中の、おもなき人に、かさんこのおもて

一、草花の盆栽一つはふもとより
　秋くさの、七くさ八くさ、一はちに、あつめてうゑぬ、きちかうは、まづさきいでつ、をみなへしいまだ
一、松島のつとくさぐさは左千夫、蕨真《けつしん》より
　まつしまの、をしまのうらに、うちよする、波のしらたま、そのたまを、ふくろにいれて、かへりこし、うたのきみふたり
（八月十九日）

百

○「病牀六尺」が百に満ちた。一日に一つとすれば百日過ぎたわけで、百日の日月は極めて短かいものに相違ないが、それが予にとっては十年も過ぎたような感じがするのである。ほかの人にはないことであろうが、予のすることはこの頃では少し時間を要するものを思いつくと、これがいつまでつづくであろうかということが初めから気になる。些細《ささい》な話であるが、「病牀六尺」を書いて、それを新聞社へ毎日送るのに状袋に入れて送るその状袋の上書《うわがき》をかくのが面倒なので、新聞社に頼んで状袋に活字で刷って貰《もろ》うた。そのこれを頼む時でさえ病人としてはあまり先《さ》きの長いことをやるというて笑われはすまいかと窃《ひそか》に心配して居ったくらいであるのに、社の方では何と思うたか、百枚注文した状袋を三百枚刷ってくれた。三百枚という大数《たいすう》には驚いた。毎日一枚ずつ書くとして十カ月分の状袋である。十カ月先きのことはどうなるかはなはだ覚束《おぼつか》ないものであるのにと窃に心

配して居った。それが思いのほか五、六月頃よりは容体もよくなって、ついに百枚の状袋を費したということは予にとってはむしろ意外のことで、この百日という長い月日を経過した嬉《うれ》しさは人にはわからんことであろう。しかしあとにまだ二百枚の状袋がある。二百枚は二百日である。二百日は半年以上である。半年以上もすれば梅の花が咲いて来る。果して病人の眼中に梅の花が咲くであろうか。

（八月二十日）

百一

○先日西洋梨のことをいうておいたが、その後も経験してみるに西洋梨も熟して来ると液が多量にある、あながち日本梨に劣らない。しかし西洋梨と日本梨と液の種類が違う。

熱い国で出来る菓物《くだもの》はバナナ、パインアップルのごとき皆肉が柔かでかつ熱帯臭いところがある。柑橘《かんきつ》類でも熱い土地の産は肉も袋もすべて柔かでかつ甘味が多い。それからまた寒い国の産もやはり肉の柔かなものが多い。林檎《りんご》の柔かきはいうまでもなく梨でも柔かなものが出来る。しかるにその中間の地（たとえば東海道、南海道など）で出来るものは柑橘類でも比較的堅くしまって居るところがあって、液が多量にあり、しかもその液には酸味が多い。それゆえその液は甘味というよりもむしろ清涼なるために夏時《かじ》の菓物として適して居る。日本梨の液も西洋梨の液に比するとやはり清涼なところがあって、しかもその液は粒の多い梨の方が多量に持って居るようだ。

（八月二十一日）

百二

○『ホトトギス』第五巻第十号にある虚子《きよし》選句の三座は人《じん》が

川狩や刀束《つか》ねて草の上　天《てん》葩《は》

という句である。これは昔の武士の川狩の様であろうが「束ねて」というは人は一人で刀は大小二本であるかあるいは二人三人の刀を束ぬるのであるか疑わしい。それから刀というは大をいうのであるかどうか。昔の武士でも川狩に行く時は大概大小をたばさむようのことはなく脇指《わきざし》一本くらいで行ったろうと思うが、脇指でも刀というであろうか。その上

川狩や地蔵の膝《ひざ》に小脇指　一茶

という古人の句もあるから、どちらにしてもこの句の手柄は少《すくな》いかと思う。地《ち》の句は

鉞《まさかり》をかたげて渡る清水かな　碧空生《へきくうせい》

というのである。清水というは山や野にある泉の類で、その泉の流れを成して居る辺をいうとしてもその水の幅は半間《げん》か一間くらいに過ぎない、その幅の狭い清水を「渡る」というたところが一歩か二歩で渡ってしまえる、その一歩か二歩で渡ってしまえるところをなぜにわざわざつかまえて俳句の趣向にしたのであろうか。かようなつまらぬことを趣向にしてことごとしくいうのは月並者流《つきなみもの》のすることである。天《てん》の句は

佐野が宿鉈《なた》ふるふべき藜《あかざ》かな　徴羽郎《ちょううろう》

というのである。佐野が宿は源左衛門の宿なるべく、鉢の木の梅松桜《うめまつさくら》を伐りたる面影を留めて夏季の藜を伐るに転用したるところすでに多少の厭味《いやみ》があるように思う。その上に錆《さ》びたる長刀をふるう武士の面影を見せて、鉈を「ふるふ」と、ことさらにいかめしく言うてみたところは、十分に素人おどしの厭味を帯びて居る。「べき」という語も厭味がある。

（八月二十二日）

百三

○今日は水曜日である。朝から空は霽《は》れたと見えて病床に寝て居っても暑さを感ずる。例によって草花の写生をしたいと思うのであるが、今一つで草花帖を完結するところであるから何か力のあるものを書きたい、それには朝顔の花がよかろうと思うたが、あいにく今年は朝顔を庭に植えなかったというので仕方がないから隣の朝顔の盆栽を借りに遣《や》った。ところが何と間違えたか朝顔の花を二輪ばかりちぎって貰《もろ》うて来た。それでは何の役にも立たぬので独り腹立てて居ると隣の主人が来られてしばらくぶりの面会であるので、予は麻痺剤《まひざい》を服してから色々の話をした。正午頃に主人は帰られたが、その命令と見えて幼き娘達は朝顔の鉢を持って来てくれられた。未《ま》だ一つだけ咲いて居ますと眼の前に置かれるのを見ると紫の花が一輪萎《しお》れもしないで残って居る。そこで昼餉《ひるげ》を終えて後《のち》写生に取り懸《かか》ったが大略の輪廓《りんかく》を定めるだけにかなりに骨が折れて容易には出来上らない。幼き娘達はいくらか写生を見たいという野心があるので、遊びながら画の出来るのを待って居た。時々画帖を覗《のぞ》きに来て、まだよと小さな声で失望的にいうのは今年七つになる児《こ》である。その中内《うち》の者がほかに余って居る絵の具を出して遣ったのでこの七つになる児と、すぐその姉に当る十になる児と二人で画を画き初めた。年かさの大姉《おおねえ》さんというのが傍《かたわら》に居て監督して居る。二人の子は予が写生した果物帖を広げてそれを手本にして画いて居る様子である。林檎にしましょう、これがいいでしょうなどというのは七つになる児で、いえそれはむずかしくて画けませぬ、桜んぼにしましょうというのは十になる児である。それから、この色が出ないとか絵の具が足りないとかしきりに騒いで居たが、ついにその結果を予の前に持ち出した。見ると七つの児の桜んぼの画はチャンと出来て居る、十になる方のを見ると、これも桜んぼが更に確かに写されて居る。原図よりはかえって手際よく出来て居るので予は驚いた。やがてこれにも飽いたと見えて朝顔の画の出来上るのも待たずに皆帰ってしもうた。予はたった一輪の花を画いたのが成績がよくなかったので、やや困りながら、大きな葉の白い斑《ぶち》入りのやつを画いてみたが、これは紙が絵の具をはじくために全く出来ぬのもありまた自《おのずか》ら斑入りのように出来上るのもあっておかしかった。蔓《つる》の糾《もつ》れて居る工合《ぐあい》を見るのも何となく面白かった。この時どやどやと人の足音がして客が来たらしい。やがて刺《し》を通じて来たのは孫生《そんせい》、快生《かいせい》の二人であった。（つづく）

（八月二十三日）

百四

（ツヅキ）二人とも二年ばかり遇《あ》わなかったのでことに快生などはこの前見た時にはまことに小供小供した、いつその小僧さんのように思うて居たが今度遇ってみると、折節髭《ひげ》も少しばかり伸びて居るので、いたく大人びたような感じがした。余は写生の画き残りをなお書き続けながら話をしていたが、そのうち絵はほぼ出来上ったので写生帳を傍《かたわら》に置き、絵具を向《むこう》の方へ突きやってしもうた頃、孫生がいうには、実は渡辺さんのお嬢さんがあなたにお目にかかりたいというのですがと意外な話の糸口をほどいた。そうですか、それはお目にかかりたいものですが、というと、実は今来て待っておいでになるのです、といわれたので、余はいよいよ意外のことに驚いた。そのうち孫生は玄関の方へ出て行《い》って何か呼ぶようだと思うとすぐその渡辺のお嬢さんというのを連れて這入《はい》って来た。前からうすうす噂《うわさ》に聞かぬでもなかったが、もとより今遇おうとは少しも予期しなかったので、その風采なども一目見るとかねて想像して居ったよりは遥《はるか》に品の善《よ》い、それで何となく気の利《き》いて居る、いわば余の理想に近いところの趣きを備えて居た。余はこれを見るとから半ば夢中のようになって動悸《どうき》が打ったのやら、脈が高くなったのやらすべて覚えなかった。お嬢さんはごく真面目《まじめ》に無駄のない挨拶《あいさつ》をしてそれで何となく愛嬌《あいきょう》のある顔であった。こういう顔はどちらかというと世の中の人は一般にあまり善くいわない、もちろん悪くいうものは一人もないが、さてそれだからというて、これを第一流に置くものもない、それで世人からはそれほどの尊敬は受けないのであるが、余から見るとこれほどの美人=美人というとどうしても俗に聞こえるが余がいう美人の美の字は美術の美の字、審美学の美の字と同じ意味の美の字の美人である=はまずいくらもないと思う。ただ十分なことをいうと少し余の意に満たないところはつくりが、じみ過ぎるのである。もちろん極端にじみなのではない、相当の飾りもあってその調和の工合は何ともいわれん味があるが、それにもかかわらず余は今少しはでに修飾したならば一層も二層も引き立って見えるであろうと思う。けれどもそれはあまり贅沢《ぜいたく》過ぎた注文で、否《いな》むしろ無理な注文かも知れぬ。これだけでも余の心をして恍惚《こうこつ》となるまでにするには充分であった。話はそれからそれと移って快生が今まで居た下総《しもうさ》のお寺は六畳一間の庵室で岡の高みにある、眺望は極めて善し、泥棒の這入《はい》る気遣《きづかい》はなし、それで檀家《だんか》は十二軒、まことに気楽な処《ところ》であったなどという話にやや涼しくなるような心持もした。しばらくして三人は暇乞《いとまごい》して帰りかけたので余は病床に寝て居ながら何となく気がいらって来て、どうとも仕方のないようになったので、今帰りかけて居る孫生を呼び戻して私《ひそか》に余の意中を明《あか》してしもうた。あまり突然なぶしつけなこととは思うたけれども余は生れてから今日のように心をなやましたことはないので、従ってまた今日のように英断を施したのも初めてであった。孫生は快く承諾してとにかくお嬢さんだけは置いて行きましょうという。それから玄関の方へ行て何かささやいた末にお嬢さんだけは元の室《へや》へ帰って来て今夜はここに泊ることとなった。そのうち日が暮れる、飯を食う、今は夜になると例のごとくに半ば苦しく半ば草臥《くたび》れてしまう。お嬢さんと話をしようと思うて居る内に、もう九時頃になった。九時になると、少し眠気がさすのが例であるが、とにかく自分だけは蚊帳《かや》を釣ってもろうて、それからゆっくりと話でもしようと思うて居るところへ郵便が来た。それは先刻孫生に約束しておいた『百人豪』とかいう本をよこしてくれたので、蚊帳の中でそれを読み始めたが、ついに眠くなって寝てしもうた。

翌朝起きてみると二通の郵便が来て居る。その一通を開いてみると、古生からよこしたので葉書《はがき》大の洋紙に草花を写生したのが二枚あった。一つはグロキシアという花、今一つは何ピーとかいって豌豆《えんどう》のような花である。これはきのう自分で写生したのだというてよこしたのであるが、あまり美しいので始《はじめ》のうちは印刷したものとしか思えなかった。今一通の郵便を手に取ってみると孫生、快生連名の手紙であったので、動悸ははげしく打ち始めた。手紙を開けて読んでみると昨日あれから話をしてみたがまことによんどころないわけがあるので、貴兄の思うようにはならぬということであった。しかしお嬢さんは当分の内貴兄の内《うち》に泊って居られても差支《さしつかえ》ないというのである。失望といおうか、落胆といおうか、余はしきりに煩悶《はんもん》を始めた。到底わが掌中《しょうちゅう》の物でないとすればお嬢さんにもいっそ今帰って貰った方がよかろう。一度でも二度でも見合ったり話し合ったりするほど、いよいよ未練の種である。もはや顔も見たくない。などと思いながら孫生、快生へ当てて一通の返事を書いてやった。その返事は極めて尋常に極めておとなしく書いたのであったが何分《なにぶん》それでは物足りないように思うてまた終りに恨《うら》みの言葉を書きて

断腸花つれなき文《ふみ》の返事かな

と一句を添えてやった。それから何をするともなく、新聞も読まずにうつらうつらとして居ったが何分にも煩悶に堪《た》えぬので、再び手紙を書いた。いうまでもなく孫生、快生へ当てた第二便なので今度は恨みを陳《の》べた後に更に何か別に良《よい》手段はあるまいか、もし余の身にかなうことならどんなことでもするが、とこまごまと書いて

草の花つれなきものに思ひけり

という一句を添えてやった。それでその日は時候のためか何のためかとにかく煩悶の中《うち》に一日送ってしもうた。

その次の日、小さな紙人形を写生してしもうた頃丁度午後の三時頃であったろう、隣のうちの電話は一つの快報を齎《もた》らして来た。それは孫生、快生より発したので、貴兄の望み通りかのうた委細は郵便で出す、ということであった。嬉《うれ》しいのなんのとて今更いうまでもない。お嬢さんの名は『南岳草花画巻《なんがくそうかがかん》』。（オワリ）

（八月二十四日）

百五

○略画俳画などと言って筆数の少ない画を画くのはむしろ日本画の長所というてもよいくらいであるが、その略画というのは複雑した画を簡単に画いて見せるのを本領と思うて居る人が多い。しかしそれには限らぬ。極めて簡単なるものの簡単なる趣味を発揮するのももとより略画の長所である。『公長略画』という本を見ると、非常に簡単なる趣向をもって、手軽い心持のよい趣味をあらわしているのが多い。例えば三、四寸角《かく》の中へ稲の苗でもあろうかと言うような青い草を大きく一ぱいに書いて、その中に蛙《かえる》が一匹坐《すわ》って居る、何でもないようであるが、青い色の中に黒い蛙が一匹、何となくよい感じがする。あるいは水をただ青く塗ってその中へ蛙が今飛び込んだというところが画いてある、蛙の足は三本だけ明瞭《めいりよう》に見えるが一本の足と頭のところは見えて居らん、これも平凡な趣向であるけれど、青い水と黒い蛙とばかりを書いたところはやはり前の画と同じように極めて小さい心持のよい趣味に富んで居る。そのほか、蓮《はす》の葉を一枚緑に書いて、傍らに仰いで居る鷺《さぎ》と俯《うつむ》いて居る鷺と二つ書いてあるがごときは、複雑なものを簡単にあらわした手段がうまいのであるが、簡単に書いたために、色の配合、線の配合など直接に見えて、密画よりはかえってその趣味がよくあらわれて居る。そのほかこの本にある画は今まで見た画の内の、最も簡単なる画であって、しかもその簡単な内に一々趣味を含んでいるところはけだし一種の伎倆《ぎりよう》と言わねばならぬ。

（八月二十五日）

百六

○雑誌『ホトトギス』第五巻第十号に載せてある蕪村《ぶそん》句集講義の中

探題雁字《たんだいがんじ》

一《いっ》行《こう》の雁や端《は》山《やま》に月を印す

という句の解釈は当を得ない。これは誰もこの雁字という題に気がつかなかったためで、余も輪講の当時書物を見ずに傍聴して居たのでこの題を聞き遁《のが》してしもうた。雁字というのは雁の群れて列をなして居るところを文字に喩《たと》えたのであって、もと支那で言い出しそれが日本の文学にも伝わって和歌にて雁という題にはしばしばこの字の喩《たとえ》を詠《よ》みこんであるのを見る。この俳句の趣向は雁を文字に喩えたから月を「印」に喩えたのだ。赤い丸い月が出て居る有様を朱肉で丸印が捺《お》してあるものとして、一行の雁字とともに一幅《いっぷく》をなして居るかのようにしゃれてみたのであろう。「一行の雁」とは普通の語であるけれどこの句で特に一行というたのは一行の文字というように利《き》かせたことは言うまでもない。また端山《はやま》というのに意味があるかないかは分らぬが、これを意味あるものとして、端山も一幅画中の景色の一部分であるというように解するのは穏当でないかと思う。むしろ端山は全く意味のないもので、上と下とを結ぶための連鎖になって居るばかりのものと見たい。しかしこの光景を空中高き処《ところ》と見て、雁も月も縹渺《ひょうびょう》たる大空の真中、しかも首を十分に挙げて仰ぎ望むべき場合にありとすればこの比喩が適切でなくなる。端山辺の低い処に赤い月があるのでいくらか印のような感が強くなるのである。ちなみにいう、丸印《いん》は昔から時々用いられる、尾形光琳《おがたこうりん》のごときは丸印の方を普通に用いたようだ。

（八月二十六日）

百七

○『ホトトギス』第五巻第十号の募集句に追加したる虚子《きよし》の選者吟のうちに

本陣の槍《やり》に鴉《からす》や明《あけ》易《やす》き

とあるは鴉が槍にとまって居るという景色であるか、また槍の辺を飛んで居るという景色であるか、よく分からないので作者に聞いてみたところが、作者の意はそんな景色などはわからないでも善《よ》いのだというので、烏《からす》は飛んで居ようと、とまって居ようと、鳴いて居ようと、そんなことはどうでもよい、ただ本陣の槍と鴉というものとをもって来たところに趣《おもむき》があるのであるということであった。その説明を聞いても予はなお漠然たる光景に趣味を感ずることは出来ない。本陣の槍に鴉やという句を見れば、どうしても客観的にその景色を目に浮べてみたくなる。従って鴉の位置を明瞭《めいりょう》にしなくては気がすまんのである。

松を伐《き》る鉈《なた》や誤って土を蘭《らん》を

とあるのは、ちょっとわかりかねるところがあってこれも作者に質《ただ》してみたところが、松を伐るというのはやはり松の立木《たちき》を伐ることじゃそうな。しかし立木を伐るとなれば、大抵は鋸《のこぎり》を用いるので鉈を用いることはほとんどない。鉈で伐れるような木ならば、極めて小さい立木と見ねばならぬ。そんなことはどうでもよいとして、さて結句の「土を蘭を」という言いかたは、あまり詞《ことば》を働かせようとして句法が奇に過ぎるようになり、随《したが》って厭味《いやみ》に感ずるのである。こういうきわどい趣向は一般の場合においてどうしても厭味が勝《まさ》って初心臭くなる傾きがある。

石に腰百合《ゆり》の中なる鐺《こじり》かな

とあるのは、これもその意味を解しかねて作者に尋ねたところが、百合の中なる鐺というのは、百合の花の中に鐺がはいったというのではなく、百合が沢山生えて居る中へ鐺がはいったというわけじゃそうな。けれどもその意味がこの句で現われて居るであろうかどうであろうか、鐺が百合の生えて居る中にあるというのもちょっと変な趣向である上に、それを「中なる鐺かな」というような句法にしたために、いよいよ変に感じられて、何のことだかわからなくなってしまう。作者はわざと「鐺かな」というような句法にしたのでそれがために句が活動して来るように思うということであった。それからこれは作者自身のことかまたは作者は傍《かたわら》にあって他人のことを見て作ったのかというて尋ねてみたらば、傍らから見たのだという答えであった。しかし「石に腰」という言いかたも、「百合の中なる鐺かな」という言いかたも、すべて作者自身からいうたような詞つきであって、他の武士の腰かけて居る有様を傍らから見たような詞つきでないと思う。要するに作者は鐺が百合の中にあるという光景がひどく嬉《うれ》しくて堪《たま》らんのでそれを現わしたのであるそうなが、どうも他から見ると無理なように思う。

採《さい》蓮《れん》を見て居る武士や旅刀

とあるのは、これは採蓮という支那の遊びについて作者も誤解して居ったので、到底日本的の武士を持って来たので調和しないのである。

以上の句をひっくるめて作者と評者との衝突点が何処《どこ》にあるかというと、つづまるところ虚子はしきりに句を活動させようとするためにその句法が言わば活動的句法とでもいうようになって居る。その活動的句法が厭味《いやみ》になってまた無理になってどうも俳句として十分でないように予には感じられるのである。予もあながち活動をわるいというのでないが、活動に伴なうところの弊害すなわち厭味とか無理とかいうものを脱することがはなはだむつかしいと思うのである。その厭味その無理と予がいうところのものを虚子はむしろ得意として居るのであるから、これらの句が極端に衝突を起したわけである。

（八月二十七日）

百八

○『ホトトギス』第五巻第十号にある碧梧桐《へきごとう》の獺祭書屋《だっさいしょおく》俳句帖抄評の中に

砂浜に足跡長き春日かな

を評して自分の足跡だか、人の足跡だかわからぬということであったが、余の考《かんがえ》はむろん自分の足跡というわけではなく、ただそこについて居る足跡を見た時の感じをいうたのである。

日一日同じ処《ところ》に畑打つ

という句を評して作者自身が畑打つ場合であるかわからぬというてある。これは余の考えは人の畑打《うち》を他から見た場合を詠《よ》んだつもりであったのじゃけれど、作者自身が畑打つ場合と見られるかも知れん。

一銭の釣《つり》鐘《がね》撞《つ》くや昼《ひる》霞《がすみ》

これを評して、賽銭《さいせん》を投げて鐘を撞くことであるというてあるが、余の趣向はそうでない。一銭出すと釣鐘を一つ撞かすという処がある。その釣鐘を撞いたつもりなのである。

一桶《おけ》の藍《あい》流しけり春の川

この句を評して「一桶の」というのは実際桶に入れて藍を棄《す》てたというのでなくて染物を洗うため水の染《そ》んでいる具合を云々《うんぬん》というてある。しかし余の趣向はそうでない。実際一桶の藍を流したので、これは東京では知らぬが田舎の紺屋《こうや》にはよくあることである。

観音で雨に遇《あ》ひけり花盛り

この句について余は「観音で」と俗語を持《もっ》て来たところが少し得意であったのだ。

碧梧桐評の中にこの句は乙二《おつに》調だとか、この句は蓼太《りょうた》調だとか、いうことが、しかも二十句ばかり列挙してあったのには驚いた。これは随分大胆な評で、ことに碧梧桐の短所ではあるまいか。随分杜撰《ずさん》なやつもある。英雄人《ひと》を欺《あざむ》くの手段であろう。

長き夜や人灯《ひ》を取って庭を行く

この句を評して、上五字《かみ》を「夜寒さや」としては陳腐になるのであろうか、というて居る。しかし余の考は夜寒《よざむ》のつもりではなかったのである。これは長い夜の単調を破ったある一事件をひっつかまえたので、詳しくいわば長い夜の何も変ったことはなく、ただ長い長いと思うて居る時に、誰か知らぬが灯を持て庭先を横ぎった者があったという一事件があって、さてその後はまた何事もなく同じように長い長い夜であったのである。（ツヅク）

（八月二十八日）

百九

（つづき）

秋風や侍町は塀ばかり

右の句につきての碧梧桐の攻撃は、この句を維新前の光景を詠《よ》みたるものとし従って「塀ばかり」というを沢山あって目立って居る趣《おもむき》と解したために起ったのである。しかし余の趣向はそうではない。これは郷里に帰って城北の侍町を過ぎた時の所感を述べたものでむろん維新後に頽廃《たいはい》した侍町のつもりである。塀ばかりは昔のままのが大方《おおかた》は頽《くず》れながらなお残って居るが、その内を見ると家はなくて竹藪《たけやぶ》が物凄《ものすご》きまで生い茂って居る処《ところ》もあり、あるいは畑になって茄子《なす》玉蜀黍《とうもろこし》などつくってある傍《かたわら》に柿の木が四、五本まだ青き実を結んで居る処もあるというような光景を詠んだつもりであったが、これは前書をつけておかなかったのが悪かった。

山門を出て下りけり秋の山

「いで下りけり」と読むのは無理ではあるまいか。余は「でて下りけり」と読ませるつもりであった。もっとも俳句としての句法上では「でて」と二字で切る方が無理なのであろう。

仏壇の柑《こう》子《じ》を落す鼠《ねずみ》かな

これはむろん枝の柑子などではない。御華足《おけそく》か何かに盛ってあったのをころがしたつもりであったのじゃが、今考えてみると不完全な句である。余は柑子のころげた音を聞いてその光景を想像して居たのをこう作ったのであるが、それは無理じゃ。かつて蕪村《ぶそん》の「樒《しきみ》はみこぼす鼠かな」につきて同じような論があったと思う。（つづく）

（八月二十九日）

百十

（つづき）

柿食へば鐘が鳴るなり法隆寺

この句を評して「柿食ふて居れば鐘鳴る法隆寺」とは何ゆえいわれなかったであろうと書いてある。これはもっともの説である。しかしこうなるとやや句法が弱くなるかと思う。

菊 の 花 天《てん》 長《ちよう》 節《せつ》 は 過 ぎ に け り

季のことについてはしばしばいったのであるが、ここにもまた誤解がある。予は立冬以後を冬とするのであるから、従って天長節は秋季に這入《はい》って居るのである。十一月五、六日もまだ秋の中である。それから予は十月という題の句はここに入れてはない。

木 枯《こがら》 し や 鐘 曳《ひ》 き 捨 て し 道 の は た

これは予の趣向は大きな釣鐘《つりがね》を寺へ曳っぱって行く道で日が暮れたものであるから、その釣鐘はその夜一夜《ひとよ》は道のはたに曳き捨てておく、その時の光景を詠《よ》んだつもりなので、従って時は日の暮かもしくは夜のつもり、そうして講中の人数などはむろん家に帰ってしもうて、ここには居らぬのである。いわば道のはたで大釣鐘が独り立って居るというような物凄《ものすご》い淋《さび》しい場合を趣向に取ったつもりであるから、木枯を配合したのである。

下 駄 穿《は》 い て 行 く や 焼《やけ》 野《の》 の 薄《うす》 月《づく》 夜《よ》

この句の下駄穿いて行くということについて、疑問を起してあるが、予が特に下駄を持って来たのは、下駄ならば茨《いばら》の焼けた跡なども平気で踏んでゆけるというような心持からいうたのである。しかし必ずしも茨を踏むというのではない。とにかく面白くない趣向である。

出 る 時 の 傘 に 落 ち た る 菖《しよう》 蒲《ぶ》 か な

この句を評して、きわどい場合の句であるというてあるのは異論はない。しかし傘が菖蒲の端に障《さわ》ってそれで落ちたのだと思うと、それほどきわどくなくなるように思う。

鳴きやめて飛ぶ時蟬《せみ》の見ゆるなり

この句を評して趣味に乏しいとあるのはもっともな説である。しかし予自身にはちょっと捨てがたいところがある。

聾《つんぼ》なり秋の夕《ゆうべ》の渡し守

この句を評して、下手な小説を読むような感じがあると書いてある。なお評者に尋ねてみたるにある人が渡し守に話しかけてみたらばその渡し守が聾であったというような場合と想像したのじゃそうな。予はこちらの岸から、向岸の渡守を呼んでも呼《よん》でも出て来ぬので、そこで聾なりといったのである。（オワリ）

（八月三十日）

百十一

○予が所望したる南岳《なんがく》の『草花画巻《そうかがかん》』は今は予の物となって、枕元《まくらもと》に置かれて居る。朝に夕に、日に幾度となくあけては、見るのが何よりの楽しみで、ために命の延びるような心地がする。その筆つきの軽妙にして自在なることは、ほとんど古今独歩というてもよかろう。これが人物画であったならば、いかによく出来て居っても、予は所望もしなかったろう、また朝夕あけて見ることもないであろう。それが予の命の次に置いて居る草花の画であったために、一見して惚《ほ》れてしもうたのである。とにかく、この大事な画巻を特に予のために割愛せられたる澄道和尚《ちようどうおしよう》の好意を謝するのである。

（八月三十一日）

百十二

○いよいよ暑い天気になって来たので、この頃は新聞も読むこと出来ず、話もすること出来ず、頭の中がマルデ空虚になったような心持で、眼をあけて居ることさえ出来にくくなった。去年の今頃はフランクリンの自叙伝を日課のように読んだ。横文字の小さい字はことに読みなれんので三枚読んではやめ、五枚読んではやめ、苦しみながら読んだのであるが、得たところの愉快は非常に大《だい》なるものであった。費府《フィラデルフィア》の建設者とも言うべきフランクリンが、その地方のために経営して行くことと、かつ極めて貧乏なる植字職工のフランクリンが一身を経営して行くことと、それが逆流と失敗との中に立ちながら、着々として成功して行くところは、何とも言われぬ面白さであった。この書物は有名な書物であるから、日本にもこれを読んだ人は多いであろうが、余のごとく深く感じた人は恐らくほかにあるまいと思う。去年はこの日課を読んでしまうと、夕貌《ゆうがお》の白い花に風が戦《そよ》いで初めて人心地《ひとごこち》がつくのであったが、今年は夕貌の花がないので暑くるしくて仕方がない。

（九月一日）

百十三

○いわゆる詩人という漢詩を作る仲間で、送別の詩などを大勢の人から貰《もろ》うてその行色《こうしょく》を壮《さかん》にするとかいうて喜んで居る。それはわるいことでもないけれどあまり言うにも足らぬほどの旅行に不相応な送別の詩などを、しかも無理やりに請求して次韻《じいん》などさすことはよくないこととかねてより思うて居た。ところが近来は俳句仲間にもその弊風《へいふう》が盛んになって送別じゃの留別《りゅうべつ》じゃの子が出来たの寿賀《じゅが》をするのと、その時々につけて交際のある限りはその句を請求する、それが何のためかと思うと、やはり名聞《みょうもん》のためなので、その沢山の句を並べて新聞雑誌などに出して得意がって居るというに至っては、あまり見識のないしようではないか、その癖この種の句に限ってろくでもないのが多いのに。

（九月二日）

百十四

○日本青年会のことについて何か意見はないかという話であったが、予の意見として発表するほどの特別な意見は持たぬ。何にせよ一つの団体がある以上は何か事業でも起さねばはなはだ薄弱な会合になってしまうような傾きはあるが、しかし日本青年会は事業的の団結でないのであるからどこまでも精神的団結でやって貰《もら》いたいのである。雑誌『日本青年』もはなはだつまらぬ（世間的意味において）雑誌であるけれど、そのつまらぬところが会員にとってはかえって面白いところであると思う。こんな雑誌を出してその地方へ往《い》った時に会員を尋ねて話するくらいの交際をしてそれだけで日本青年会の値打は十分にあると思う。いたずらに大きなことをいうて身分不相応な事業または雑誌などをやることはよくあるまい。予は日本青年会のどこまでも実着《じっちゃく》に真面目にあることを願うばかりである。

（九月三日）

百十五

○漢語で風声《ふうせい》鶴唳《かくれい》・・というが鶴唳を知って居るものは少い。鶴《つる》の鳴くのはしわがれたようなはげしき声を出すから夜などはよほど遠くまで聞える。声聞于天《こえてんにきこゆ》というも理屈がないではない。もし四、五羽も同時に鳴いたならば恐らくは落人《おちうど》を驚かすであろう。

（九月四日）

百十六

○暑き苦しき気のふさぎたる一日もようやく暮れて、隣の普請《ふしん》にかしましき大工左官の声もいつしかに聞えず、茄子《なす》の漬物に舌を打ち鳴らしたる夕餉《ゆうげ》の膳《ぜん》おしやりあえぬほどに、向島《むこうじま》より一鉢の草花持ち来ぬ。緑の広葉うち並びし間より七、八寸もあるべき真白の花ふとらかに咲き出《い》でて物いわまほしゅうゆらめきたる涼しさいわんかたなし。蔓《つる》に紙ぎれを結びて夜会草と書いつけしは口おしき花の名なめりと見るにその傍《かたわら》に細き字して一名夕顔とぞしるしける。彼方《かなた》の床の間の鴨居《かもい》には天津《てんしん》の肋骨《ろっこつ》が万年傘に代えてところの紳董《しんとう》どもより贈られたりという樺《かば》色の旗二流《ふたながれ》おくり来《こ》しを掛垂したる、そのもとにくだりの鉢植《はちうえ》置き直してながむればまた異《こと》なる花の趣なり。この帛《はく》にこの花ぬいたらばと思わる。

くれなゐの、旗うごかして、夕風の、吹き入るなへに、白きもの、ゆらゆらゆらく、立つは誰、ゆらくは何ぞ、かぐはしみ、人か花かも、花の夕顔

（九月五日）

百十七

○いかに俗世間に出て働く人間でも、碁を打つくらいな余裕がなくてはいかんよ、などと豪傑《ごうけつ》を気取って居るのはよいが、さてその人が碁を打つ有様を見て居ると、一番勝てばすぐに鼻を高くし、二、三番も続いて負けると熱火《ねっか》のごとくせき込んで、モー一番、モー一番と、呼吸もつかずに考えもしない碁を夜通しにパチパチと打って居る。側から見て居るとマルで気違いのようじゃ。これでは余裕も何もありはしない。

（九月六日）

百十八

○きょうある雑誌を見て居たらば、新刊書籍のうちに、鳴雪翁《めいせつおう》の選評にかかる俳句選というものの抜萃《ばっすい》が出て居った。その中から更に抜萃してみると

白酒に酔ふも三日や草の宿

評　貴嬢紳士は終年宴楽

菜の花のあなたに見ゆる妹が家

評　黄雲千頃《せんけい》、またこれ天の川

よき衣によき帯しめて暑いなり

評　白粉《おしろい》も汗にとくらん

田舎人のつき飛されし祭かな
評　ヒャア、うったまげ申した

役人の札立てて去る青田かな
評　アリャ何だんべー

などいう類である。この俳句の巧拙などはここで論じるのでないが、この評の厭味《いやみ》多くして気のきかぬことについて予は少し驚いたのである。鳴雪翁は短評をもって人を揶揄《やゆ》したり、寸言隻語《すんげんせきご》を加えて他《ひと》の詩文を翻弄《ほんろう》したりすることはむしろ大得意であったのであるが、今この俳句選の評を見るといかにも乳臭《にゅうしゅう》が多くて、翁の評とは思われぬほどである。もっとも抜萃のしようがわるいため、たまたま不手際なやつが揃《そろ》うて居るのかも知れぬが、とにかくこれらを標準として翁の技倆《ぎりょう》を評する人があるならば大《おおい》なる冤罪《えんざい》を翁に加えるものである。

（九月七日）

百十九

○近頃は少しも滋養分の取れぬので、体の弱ったためか、見るもの聞くものことごとく癪《しゃく》にさわるので政治といわず実業といわず新聞雑誌に見るほどのこと皆我をじらすの種である。露月《ろげつ》が『俳星』に出して居る文章などは一々に読まぬからよくはわからぬが、自分が今始めて元禄《げんろく》の俳書などを読んで今更事《こと》珍し気《げ》に吹聴《ふいちょう》するのはなお感ずべき点があるとしても、自分が好きな十句を作って東京諸俳友の評を乞《こ》いその各評の悪口《あっこう》を臆面《おくめん》もなく雑誌へ出したところは虚心平気といえば善《よ》いようであるが、あの標準で恥じぬところは少し一方の大将としては覚束《おぼつか》ないところがある。今一工夫《ひとくふう》欲しいものである。青々《せいせい》の達吟《たつぎん》に至っては実に驚くべきものであるが、さりとて杜鵑《ほととぎす》二百句というに至ってはさすがの先生、無邪気に遣《や》ってのけたところは善いが、これで俳句になって居るつもりでは全く経験の足らぬ科《とが》であろう。二百羽の杜鵑をひっつかまえたというのは一羽もひっつかまえないということであるとは題見てもわかって居ることであるのに。

（九月八日）

百二十

○雑誌『ホトトギス』第五巻第十号東京俳句界の中に

茂山《しげやま》の雫《しずく》や凝《こ》りて鮎《あゆ》となり　耕村《こうそん》

という句を碧梧桐《へきごとう》が評したる末に「かつ茂山《もざん》をシゲヤマと読ますことといかにも窮せずや」とあり。されどこは杜撰《ずさん》なる評なり。

筑波山《つくばやま》は山しげ山しげけれど思ひ入るにはさはらざりけり

とかいう名高き古歌もあり、俳句にも

茂山やさては家ある柿若葉　蕪村《ぶそん》

という蕪村の句さえあるにあらずや。

（九月九日）

百二十一

○碁《ご》の手将棋《しょうぎ》の手というものに汚ないと汚なくないとの別がある。それがまたその人の性質の汚ないのと汚なくないのと必ずしも一致して居ないから不思議だ。平生《へいぜい》はまことに温順で君子と言われるような人が、碁将棋となるとイヤに人をいじめるような汚ない手をやって喜んで居る。そうかと思うと、平生は泥棒でも詐欺《さぎ》でもしそうな奴が、碁盤将棋盤に向くと、まるで人が変ってしもうて、君子かと思うようなことをやる。少しも汚ない手をしないのみならず、まことに正々堂々と立派な打方《うちかた》をするのがある。このほかによくその人の性質を現わしたような碁打ち将棋さしももとより沢山ある。これには種々な原因があって、もし心理的に解剖してみたらばよほど面白い結果を現わすであろうと思うが、その中の一原因をいうと、碁将棋の道に浅いものはいかなる人によらず汚ない手を打つのが多くて、だんだん道に深く入って、正式に碁将棋を学んだものには、その人のいかんに関らずあまり汚ない手は打たないのである。

（九月十日）

百二十二

○一日のうちにわが瘦足《やせあし》の先俄《にわか》に腫《は》れ上りてブクブクとふくらみたるそのさま火箸《ひばし》のさきに徳利《とくり》をつけたるがごとし。医者に問えば病人にはありがちの現象にて血の通いの悪《わろ》きなりという。とにかくに心持よきものには非ず。

四方太《しほうだ》は『八笑人《はっしょうじん》』の愛読者なりという。大《おおい》にわが心を得たり。恋愛小説のみ持囃《もてはや》さるる中に鯉《り》丈《じょう》崇拝とは珍し。

四方太品川に船《ふね》して一網にマルタ十二尾を獲《え》、しかも網を外れて船に飛び込みたるマルタのみも三尾あり、すべてにて一人の分前《わけまえ》四十尾に及びたりという。非常の大漁なり。昨《さく》また隅田の下流に釣《つり》して沙魚《はぜ》五十尾を獲、同伴のもの皆十尾前後を釣り得たるのみと。その言《げん》にいう釣は敏捷《びんしょう》なる針を択《えら》ぶことと餌《え》を惜《おし》まぬことにありと。

左千夫《さちお》いう。性《しょう》の悪き牛、乳を搾《しぼ》らるる時人を蹴《け》ることあり。人これを怒って大に鞭撻《べんたつ》を加えたる上、足を縛り付け、無理に乳を搾らんとすれば、その牛、乳を出さぬものなり。人間も性《せい》悪しとてむやみに鞭撻を加えて教育すればますますその性を害《そこの》うて悪くするに相違なしと思う。云々《うんぬん》。

節《たかし》いう。かずらはう雑木林を開いて濃き紫の葡萄圃《ぶどうほ》となさんか。

（九月十一日）

百二十三

○支那や朝鮮では今でも拷問をするそうだが、自分はきのう以来昼夜の別なく、五体すきなしという拷問を受けた。まことに話にならぬ苦しさである。

（九月十二日）

百二十四

○人間の苦痛はよほど極度へまで想像せられるが、しかしそんなに極度にまで想像したような苦痛が自分のこの身の上に来るとはちょっと想像せられぬことである。

（九月十三日）

百二十五

○足あり、仁王の足のごとし。足あり、他人の足のごとし。足あり、大磐石《だいばんじゃく》のごとし。わずかに指頭《しとう》をもってこの脚頭《きゃくとう》に触《ふ》るれば天地震動、草木号叫、女媧氏《じょかし》未《いま》だこの足を断じ去って、五色《ごしき》の石を作らず。

（九月十四日）

百二十六

○芭蕉《ばしょう》が奥羽行脚《あんぎゃ》の時に、尾花沢《おばなざわ》という出羽《でわ》の山奥に宿を乞《こ》うて馬小屋の隣にようよう一夜の夢を結んだことがあるそうだ。ころしも夏であったので、

蚤《のみ》 虱《しらみ》 馬 の し と す る 枕《まくら》 許《もと》

という一句を得て形見とした。しかし芭蕉はそれほど臭気に辟易《へきえき》はしなかったろうと覚える。

○上野の動物園にいって見ると（今は知らぬが）前には虎の檻《おり》の前などに来ると、もの珍し気に江《え》戸児《どっこ》のちゃきちゃきなどが立留《たちどま》って居て鼻をつまみながら、くせえくせえなどと悪口をいって居る。その後へ来た青毛布のじいさんなどは一向匂《いっこうにお》いなにかには平気な様子でただ虎のでけえのに驚いて居る。

（九月十五日）

百二十七

○芳菲《ほうひ》山人《さんじん》より来書。

拝啓昨今御病牀六尺の記二、三寸に過《すぎ》ず頗《すこぶ》る不穏に存候間《ぞんじそうろうあいだ》御見舞申上候達磨《だるま》儀《ぎ》も盆頃より引《ひき》籠《こも》り縄鉢巻《なわはちまき》にて筧《かけひ》の滝に荒行中御無音致候《あらぎょうちゅうごぶいんいたしそうろう》

俳病の夢みるならんほとゝぎす拷問などに誰がかけたか　（九月十七日）

「病牀六尺」未定稿

○この頃東京の新聞に職業案内という一項を設けたのは至極《しごく》便利なことであるが、さてその実際はどこまで信用すべきものであろうか、とは誰も疑うところである。今この広告を見て実際を探りし人の話を聞くに

蠣殻町《かきがらちょう》辺に事務員を求めるという広告があったので、出掛けて往ってみると、九尺二間《けん》くらいな小さき家に怪しい者が住んで居る。主人がいうには、私のうちの用事は貸金《かしきん》の集めかた、または催促方に廻って貰《もら》うのであるから、まず身元金の三十円を納めて貰いたい。給金は腕次第である。こういうことであった。とにかく三十円の身元金などは貧《ひん》書生に思いもよらんので、そこを出てしもうた。

それからまたある処《ところ》に事務員が欲しいというのがあって往ってみると、小さな家に新しい看板がかけてある。聞いてみると、そこでは保険会社の事務員を募るので、その保険金の募り高《だか》に応じて口銭《こうせん》をくれるというのである。その口銭は百円につき十銭である。もし会社員にしてはくれまいか

と聞いたら、それはだんだん募集金を集めなどした上で、その腕前を見て社員にせぬこともないと言った。

○独逸《ドイツ》の伯林《ベルリン》の傍《かたわら》にある皇室付属の森林で、独逸皇帝が露国皇太子と共に猟をせられたところが、たった一時間半に七百三十九頭の鹿がとれたそうだ。その中で皇帝自らが三十九頭、露国皇太子が二十七頭撃たれたそうな。また某伯爵が自分の猟区へ独逸皇帝を招いて猟をせられた時には、一日の獲物が雉《きじ》六千二百五十六羽、兎《うさぎ》百五十九頭、ラビット十三頭であったそうな。富士の裾野《すその》を何百人が二日間狩立《かりた》てて、たった鹿二頭を得たというのとは雲泥の差である。

○犬はほかの犬を見るとすぐに肛門《こうもん》をなめる。あるいは道傍《みちばた》に糞《ふん》があると、すぐにそれを嗅《か》いでみる。それがために犬の病気はただちに他に伝染するのじゃそうな。

（明治三十五年）

子規という奇跡

長谷川　櫂

I

子規は、はっきりものをいう人である。文章であれ俳句、短歌であれ子規の書いたものを読むとき、爽快な驚きを感じるのは子規の書く言葉の率直さ、そこに表われる子規という人の生き方の率直さである。それはまず誰もが信じて疑わない既成の権威に疑問を抱き、ときには破壊も辞さないことであり、一方で自分の感じ方、考え方、最終的には自分の志に忠実であることだろう。

子規が生きた明治時代には、日本の社会全体にこうした気風があふれ、政治、経済、文化の分野にも普通の人々の間にも数多くの率直な人がいた。福沢諭吉がまだ少年のころ、神社のお札を踏みつけて何のたたりもないことを確かめたという話はこの時代の空を流れていた空気を物語っている し、坂本龍馬は明治を迎える前に暗殺されたけれども、この率直な時代の先触れとなった人物である。権威にへつらわず、志に忠実な人々が巻き起こしたのが明治維新であり、そうした人々が造り出したのが明治という時代だった。

その一人に子規がいた。そして、子規の場合、病によって命の残り時間がわずかしかないという切迫した思いが率直さに拍車をかけた。俳句の旧派を「月並《つきなみ》」という言葉のつぶてで追い落としたのも、紀貫之を「下手な歌よみにて古今集はくだらぬ集にこれあり候」とこき下ろしたのも、すでにこの病から逃れられないと観念した後のことである。悠長に生きてゆくほど子規には時間がなかった。ここに子規の言葉と生き方の切実さが生まれる。

子規は明治三十五年九月十九日、わずか三十五歳で結核のためになくなる。結核菌はまず若い子規の肺にとりつき、やがて肉体のさらに深部へと侵入していった。二十代の終わりにはカリエスと診断される。これは菌が骨にまで感染して患部を溶かし、化膿させる結核の末期的な症状である。そして、最後の二年間に『墨汁一滴』『仰臥漫録』『病牀六尺』という三つの随筆を書いたときには、病状はただならぬ状態に陥っていた。腰周辺にはカリエスの病巣が蜂の巣のようにいくつも口を開き、布団の上に起き上がって座るどころか寝返りさえも自力では出来なくなっていた。病巣からは膿《うみ》があふれ、毎朝、包帯を取り替えるたびにうめき声をあげて泣いた。

この日始めて腹部の穴を見て驚く　穴というは小《ちい》さき穴と思いしにがらんどなり　心持悪くなりて泣く

（『仰臥漫録』明治三十五年三月十日）

左横腹の新しい穴をこの日初めて自分の目で見た。穴はすでにいくつもあいていたが、どれも背中側だったので見えなかったのである。「がらんどなり」。この一語が如実に物語るとおり子規の肉体はまさに生きたまま腐ってゆくありさまだった。さらに、この時期、病原菌が神経系統を冒し始めたことを疑わせる徴候が出始める。

五日は衰弱を覚えしが午後ふと精神激昂《げきこう》夜に入りてにわかに烈《はげ》しく乱叫乱罵《らんきょうらんば》するほどに頭いよいよ苦しく狂《きょう》せんとして狂するあたわず独りもがきてますます苦《くるし》む　ついに陸翁《くがおう》に来てもらいしに精神やや静まる　陸翁つとめて余を慰めかつ話す　余もつとめて話す　九時頃就寝　しかもうまく眠られず

（『仰臥漫録』明治三十四年十月五日）

子規はこのころから、自分で「逆上」と呼ぶ精神的な発作にしばしば襲われる。逆上がどうにか静まった後は目が痛んで新聞も読めない。鼻血がでる。こうした症状が暗示している事態を子規はひそかに恐れたにちがいない。この記述の数日後、子規は自殺しようとする。その日、十月には珍しい大雨が降り、午後になってあがった。妹も母も留守。枕もとには小刀と千枚通しがある。寝たままでも手を伸ばせば届く。

古《こ》白《はくいわ》曰く来《きた》れ

（『仰臥漫録』明治三十四年十月十三日）

沸きたつ意識のなかで子規は懐かしい藤野古白の幻に出会う。古白は子規と仲のよい四歳年下の従弟だったが、数年前に二十三歳でピストル自殺した。その古白が「早くこっちへ来いよ」と子規を誘っている。

2

逆上に襲われながらも子規の精神は死のぎりぎりの際まで覚めていたといわなければならない。その証に生涯の傑作となる『病牀六尺』はこの翌年に書かれた。子規はそこでこう記す。

余は今まで禅宗のいわゆる悟りということを誤解して居た。悟りということはいかなる場合にも平気で死ぬることかと思って居たのは間違いで、悟りということはいかなる場合にも平気で生きて居ることであった。

（『病牀六尺』明治三十五年六月二日）

壮絶としかいいようのないことを淡々と書いている。このくだりは『病牀六尺』の白眉であるばかりか、子規という人を最もよく表わす一節だろう。子規三十五年の生涯がこのわずか数行に凝縮されている。この言葉通り子規は生き腐れの責め苦にさいなまれながら平気で生きた人であった。狂気の恐怖にさらされながら自分をいつでもやや離れたところから眺めていた人だった。

それができた理由の一つは子規が言葉を使える人であったからだろう。言葉は苦しみもがく自分とは別に、そうした自分を冷静に観察するもう一人の自分を造りだす。ヴェルギリウスに導かれて地獄を巡ったダンテのように、子規は言葉を携えて静かに病床のかたわらに立ち、自分自身の地獄を眺めるのである。

子規の冷静な精神は無気味な姿になりはてた肉体、さらに逆上の恐るべき行く末をはっきりと映し出していただろう。それは子規の苦痛と恐怖をいっそう掻き立てたにちがいない。しかし、同時にそうした辛酸を含んであまりある救いをもたらした。

あるとき、一人のキリスト教信者が病床を訪れて子規に入信を勧めたことがあった。

耶蘇《ヤソ》信者某《なにがし》一日余の枕辺《まくらべ》に来《きた》り説いて曰《いわ》く、この世は短いです、次の世は永いです、あなたはキリストのおよみ返りを信ずることによって幸福でありますと。余は某の好意に対して深く感謝の意を表する者なれども、いかんせん余が現在の苦痛あまり劇《はげ》しくして未だ永遠の幸福を謀《はか》るに暇《いとま》あらず。願《ねが》わくは神まず余に一日の間《ひま》を与えて二十四時の間《あいだ》自由に身を動かしたらふく食を貪《むさぼ》らしめよ。しこうして後におもむろに永遠の幸福を考えみんか。

（『墨汁一滴』明治三十四年三月十五日）

身も心も病に蝕《むしば》まれつつある人の言葉としてはユーモアさえ漂わせる余裕が印象に残る。ここで子規は病床に臥《ふ》せる自分自身を間においてキリスト教信者と問答しているのである。ご覧のとおりこの哀れな男は病が苦し過ぎて永遠の幸福など考える暇がないんですよ、といった口ぶりである。

子規は最後まで神仏に救いを求めなかった。だからといって、ただ苦しみとあきらめの日々を送ったというのでもない。では子規に救いをもたらしたのは何だったか。「二十四時の間自由に身を動かしたらふく食を貪らしめよ」。たとえば、この一文には永遠の幸福より一日の楽しみこそ救いであるという子規の思想が海底の岩盤のように横たわっている。

やがて、この岩盤を浮上させるできごとが起こる。ルソーの『社会契約論』の漢訳者として知られる中江兆民は明治三十四年、咽喉癌のために余命一年半の宣告を受ける。九月、兆民は身辺雑記や政治、文芸批評などを集めた随筆集『一年有半』を出版する。死を目前にした文士の本は売れに売れて、その年の内に十八版を重ねたというから当時の大ベストセラーである。

『一年有半』が発売されたとき、子規は『仰臥漫録』を書き始めたばかりだった。新聞の書評を読んでさっそく感想を記す。

居士はまだ美ということ少しも分らずそれだけ吾らに劣り可申候《もうすべく》　理が分ればあきらめつき可申《もうすべく》美が分れば楽《たのし》み出来可申候　杏《あんず》を買うて来て細君とともに食うは楽みに相違なけれどもどこかに一点の理がひそみ居《お》り候　焼くがごとき昼の暑さ去りて夕顔の花の白きに夕風そよぐところ何の理屈か候べき

（『仰臥漫録』明治三十四年十月十五日）

子規はあきらめの境地を涙ぐましく演じる兆民が気に食わない。この文章には『一年有半』の書評を読んでこみあげてきた憤懣《ふんまん》を一気に書きつけてしまったかのような気迫がこもっている。その数日前まで子規はあの激しい逆上に襲われていた。つい一昨日は自殺を図ろうとした。さらに、『仰臥漫録』は、新聞のために書かれた『墨汁一滴』や『病牀六尺』とは違って子規の日記である。もともと発表するつもりはない。そうしたことも作用していたのだろう。

このとき、子規は自分自身を発見したのである。書評に触発されて一挙に自分の核心を掘り出してしまった。これまで俳句や短歌の権威に向かって率直にものをいってきた子規は、ついに自分自身に対して率直に向かい合った。ここには裸の子規がいる。こうして病は子規の肉体を削《そ》いだばかりではなく、精神の贅肉を剝《は》ぎ取っていった。

『墨汁一滴』『仰臥漫録』『病牀六尺』は「子規の三大随筆」と呼ばれる。それは最晩年の子規が病によって壊れてゆく自分の肉体と精神から目をそらすことなく平気で眺めて書いている、そこが偉大だからである。兆民の『一年有半』は、子規が自分自身を見出すための触媒の役割を果した。

3

兆民は猶予された一年半を待たず、明治三十四年の暮に没した。しかし、その後も子規の憤りは収まらなかった。

兆民居士が『一年有半』を著《あらわ》したところなどは死生の問題についてはあきらめがついて居ったように見えるが、あきらめがついた上でその天命を楽《たのし》んでというような楽むという域には至らなかったかと思う。（中略）病気の境涯に処しては、病気を楽むということにならなければ生きて居ても何の面白味もない。

（『病牀六尺』明治三十五年七月二十六日）

「病気を楽む」。体が蜂の巣になっている人の言葉である。そして、この「病気を楽む」ということこそ二か月ほど前に「いかなる場合にも平気で生きていること」と書いた「悟り」の実体だったろう。

悲惨な人生を楽しむか否か。これは子規だけの、重病の人だけの問題ではない。すべての人生は多かれ少なかれ悲惨である。だれもが六尺の病床に横たわっている。それに気づくかどうかだけの違いだ。そうした人生を楽しむか否か、それを分かつのは「美」が分るかどうかだと子規はいう。

子規のいう「美」は通常の意味よりもはるかに広い概念である。「美しいもの」だけでなく「美しくないもの」も含んでいる。むしろ子規の周辺や心の中で起こる一切の現象をさす言葉だろう。

病床から見える糸瓜《へちま》の棚、小鳥の小屋、庭の草花、そこを訪れる鳥や虫や風や日差し。室内に目を転じれば、寝床のまわりに置かれている本やノート。病室を訪ねてくるさまざまな人々。親しい友人もいれば見ず知らずの人もいる。その人々がもたらす手土産。新聞や雑誌で読む世間のできごと。自分の書いたものを新聞で読むこと。国内や外国から届く手紙や葉書。日々、膳にのぼる食事、果物、お菓子、そして、薬。夜見る夢。はたまた便通から、ほかならぬ病気による肉体の変容にいたるまで、健康な人なら気にもしない、たとえ気がついても面白いとは思わない、場合によっては嫌がるにちがいないものまですべて、子規にとっては「美」であり「楽しみ」であった。

これらのものは横たわり呻吟《しんぎん》する子規のほとりを折々に訪れて病床を荘厳《しょうごん》した。阿鼻叫喚地獄《あびきょうかんじごく》がそのまま極楽浄土に変じるのである。こうした奇跡が現われる聖なる場所として六尺の病床と晩年の子規は存在する。

そして、子規には言葉があった。

いくたびも雪の深さを尋ねけり　（『寒山落木』明治二十九年）

鶏頭の十四五本もありぬべし　（『俳句稿』明治三十三年）

瓶《かめ》にさす藤の花ぶさみじかければたたみの上にとどかざりけり
（『墨汁一滴』明治三十四年四月二十八日）

いちはつの花咲きいでて我目《わが》には今年ばかりの春行かんとす
（『墨汁一滴』明治三十四年五月四日）

子規の言葉とは俳句、短歌、それに文章である。これらの言葉は病床を訪れて子規を荘厳するものたちをたたえ、その姿をこの世に留めるものとしてあった。そして、死の直前まで子規はその歓ばしい仕事にいそしんだのである。

日本人は古くから唯一絶対の神を認めず、この世のさまざまな現象そのものに八百万《やおよろず》の神々の姿を見てきた。唯一神の約束する永遠の幸福よりも一輪の花に救いを見出した。たとえ絶対を名乗る神が現われても曖昧模糊《あいまいもこ》たる霞のなかに溶かしこんだ。子規の思想は山川草木に神を認め、鳥獣虫魚に救いを見出す日本人のこうした宇宙観の現われの一つだったろう。

子規の死から三十年近くたった昭和の初め、高浜虚子は「花鳥諷詠」を唱える。それは、俳句とは季節の移り変わりに伴う自然界や、自然に抱かれる人間界の現象を諷詠する文学であるという俳句の定義である。この「花鳥諷詠」という考え方は、その昔、病床の子規がみずから体現していたものだった。子規を看病した虚子は、それを目の当たりにしていた。

病床六尺、これがわが世界である。

（『病牀六尺』明治三十五年五月五日）

『病牀六尺』の書き出しの一文である。何と晴れやかな宣言だろうか。これを記したとき、子規の心には、わが身を蹂躙《じゆうりん》する病さえも楽しもうとする気概があった。近代の俳句も短歌も文章も、子規の苦痛と歓喜にまみれたこの聖なる六尺の病床で生まれ、ここから巣立っていった。

人物一覧

あ行

靄厓（あいがい） 高久靄厓（たかく 一七九六〜一八四三）江戸後期の南画家。谷文晁・池大雅に学び、明・清画法を研究した。

青木月斗（あおきげっと 一八七九〜一九四九）俳人・薬種商。本名、新護。初号、月兎。子規門。大阪に住み、「俳諧の西の奉行」といわれた。

赤木格堂（あかぎかくどう 一八七九〜一九四八）俳人・歌人・衆議院議員・新聞主筆。岡山県生れ。子規門。

秋成（あきなり） 上田秋成（うえだ 一七三四〜一八〇九）江戸後期の国学者、浮世草子・読本の作者、俳諧師。俳号、無腸。著書『雨月物語』『俳調義論』。

陽光（あきみつ）↓寒川鼠骨（さむかわそこつ）

曙覧（あけみ） 井手・橘（いで・たちばな 一八一二〜六八）歌人・国学者。万葉調の大胆で清新な作風。

浅井忠（あさいちゅう 一八五六〜一九〇七）洋画家。東京生れ。号、木魚・黙語（もくぎょ）。フランスに留学、写実的作風をしめす。京都に住み、後進の指導に尽力。子規と交遊。

朝比奈義秀（あさひなよしひで）生没年未詳。鎌倉初期の武将。和田義盛の子。豪勇で知られる。

天田愚庵（あまたぐあん 一八五四〜一九〇四）歌人・僧侶。福島県生れ。万葉調の歌を詠んだ。子規と交遊。

荒岩（あらいわ ?〜一九一九）力士。明治末期の名大関。大横綱常陸山を二度も破った。

荒川同楽（あらかわどうらく 一八六三〜一九五七）俳人、医師。愛知県生れ。『ホトトギス』に投句、日本派三老の一人。

飯島魁（いいじまいさお 一八六一〜一九二一）動物学者。静岡県生れ。寄生虫を研究。モースの大森貝塚発掘にも協力。

五百木飄亭（いおきひょうてい 一八七八〜一九六三）俳人・ジャーナリスト。松山生れ。子規らと新派俳句の基礎を築いた。後年は国事に奔走した。

池西言水（いけにしごんすい）↓言水

池内氏（いけのうち） 池内信嘉（いけのうちのぶよし）。虚子の次兄。池内正夫は虚子の三兄。長兄は政忠。

為山（いざん）↓下村為山（しもむら）

石井露月（いしいろげつ 一八七三〜一九二八）俳人・医師。南瓜道人。秋田県生れ。子規門。秋田で日本派俳句の普及につとめた。

石川雅望（いしかわまさもち）↓雅望

惟然（いぜん　?〜一七一一）蕉門の俳人。晩年の芭蕉に随従し、後に諸国を行脚した。

板垣退助（いたがきたいすけ　一八三七〜一九一九）政治家。自由民権運動を指導。大隈重信と日本最初の政党内閣を組織。

市川左団次・初世（いちかわさだんじ　一六四二〜一九〇四）歌舞伎役者。明治座を創設し、ここを中心に活躍。

市川団十郎・九代（いちかわだんじゅうろう　一八三八〜一九〇三）歌舞伎役者。すべての役をこなした。近代歌舞伎の基礎を築いた。

移竹（いちく）田河移竹（たがわ　一七一〇?〜六〇）俳人。去来に傾倒。

一五坊（いちごぼう）→新免（藤木）一五坊（しんめんいちごほう）

一念（いちねん）→古島一雄（こじまかずお）

一九（いっく）十返舎一九（じっぺんしゃ　一七六五〜一八三一）。戯作者。滑稽本『東海道中膝栗毛』で人気を得た。

一茶（いっさ）小林一茶（こばやし　一七六三〜一八二七）俳人。信濃の人。方言・俗語を交え、特異な作風を示した。

井手曙覧（いであけみ）→曙覧

伊東快順（いとうかいじゅん　一八七八〜一九四二）俳人・僧侶。東京生れ。号、快生、牛歩。子規門。後に自由律俳句に転じた。

伊藤圭介（いとうけいすけ　一八〇三〜一九〇一）幕末・明治の植物学者。シーボルトに師事、日本の近代植物学の先駆者。

伊藤（いとう）侯＝伊藤博文（ひろぶみ　一八四一〜一九〇九）政治家。初代総理大臣。

伊藤左千夫（いとうさちお　一八六四〜一九一三）歌人・小説家。千葉県生れ。茅堂。子規門。根岸派を継承。小説『野菊の墓』。

伊藤松宇（いとうしょうう　一八五九〜一九四三）俳人。長野県生れ。父・洗耳に俳句を学び、子規と『俳諧』を創刊。

井上馨（いのうえかおる　一八三五〜一九一五）政治家。日清戦争時、朝鮮公使。

伊庭想太郎（いばそうたろう　一八五一〜一九〇三）剣客。星亭を暗殺。

井原西鶴（いはらさいかく）→西鶴

今成無事庵（いまなりぶじあん　一八六六〜一九〇三）俳人。新潟県生れ。『ホトトギス』、満月会に投句。木公は子。

岩倉具視（いわくらともみ　一八二五〜八三）公卿・政治家。公武合体、王政復古の実現に参画。明治憲法の制定に尽力。
岩田鳴球（いわためいきゅう　一八七四〜一九三六）俳人。石川県生れ。子規門。台湾で『想思樹』を主宰。
上島鬼貫（うえしま〈じま〉おにつら）↓鬼貫
上杉謙信（うえすぎけんしん）↓謙信
上田秋成（うえだあきなり）↓秋成
梅ケ谷藤太郎・二代（うめがたにとうたろう　一八七八〜一九二七）力士。二十代横綱。
遠州（えんしゅう）　小堀遠州（こぼり　一五七九〜一六四七）江戸初期の茶人・造園家。遠州流茶道の祖。
王羲之（おうぎし　三〇七〜三六五）中国、東晋の文人。書は古今第一、書聖と称される。
応挙（おうきょ）　円山応挙（まるやま　一七三三〜九五）江戸中期の画家。円山派の祖。写実性に富む新様式を確立。
鶯村〈邨〉（おうそん）↓抱一（ほういつ）
大江丸（おおえまる　一七二二〜一八〇五）俳人。旧室・良能・蓼太門。著書『俳懺悔』。
大田南岳（おおたなんがく）↓南岳
大田南畝（おおたなんぽ）↓蜀山人（しょくさんじん）
大塚保治（おおつかやすじ　一八六八〜一九三一）美学者。日本における美学を確立。
大槻文彦（おおつきふみひこ　一八四七〜一九二八）国語学者。東京生れ。国語辞書の先駆『言海』『広日本文典』を完成。
大原観山（おおはらかんざん　一八一八〜七五）松山生れ。子規の母方の祖父。本名、有恒。儒学者で幼い子規に漢学を教えた。
大原恒徳（おおはらつねのり）松山生れ。大原観山の長男。子規の母方の叔父。
尾形光琳（おがたこうりん）↓光琳
岡麓（おかふもと　一八七七〜一九五一）歌人・書家。東京生れ。歌誌『馬酔木《あしび》』を創刊、その編集同人となった。
落合直文（おちあいなおぶみ　一八六一〜一九〇三）歌人・国文学者。宮城県生れ。和歌革新を唱えて近代短歌の基盤をつくった。子規の第一高等中学校の師。
乙二（おつに　一七五五〜一八二三）俳人。芭蕉・蕪村を畏敬。句集『乙二七部集』。
乙州（おとくに）　川井乙州（かわい）生没年未詳。江戸初期の俳人。蕉門。姉の智月とともに、『猿蓑《さるみの》』期の芭蕉を経済的に支えた。
鬼貫（おにつら）　上島鬼貫（うえしま〈じま〉　一六六一〜一七三八）俳人。宗旦・宗因に師事。俳風は伊丹風と称された。俳論『独ごと』、句文集『仏兄《さとえ》七久留万《ななくるま》』。
尾上菊五郎・五代（おのえきくごろう　一八四四〜一九〇三）歌舞伎役者。世話物ことに生世話に長ず。九代目市川団十郎とともに団菊と併称された。

か行

快生（かいせい）→伊東快順（いとうかいじゅん）

柿本人麻呂（かきのもとのひとまろ）『万葉集』の代表的歌人。長歌の形式を完成するとともに短歌も数多くのこす。歌聖。

角田竹冷（かくたちくれい　一八五六〈七〉～一九一九）俳人。静岡県生れ。尾崎紅葉、巌谷小波らと秋声会を興し、『秋の声』を発刊。新派俳壇の巨匠と目された。子規と交遊。

格堂（かくどう）→赤木格堂（あかぎ）

崋山（かざん）　渡辺崋山（わたなべ　一七九三～一八四一）江戸後期の蘭学者・画家。西洋画の技法を取り入れ写実的画風を確立。幕政を批判したため蛮社の獄に連座して自刃。

花山天皇（かざんてんのう　九六八～一〇〇八）第六十五代天皇。歌人として有名。歌集に『花山院集』。

可全（かぜん）→河東可全（かわひがし）

羯翁（かつおう）→陸羯南（くがかつなん）

桂湖村〈邨〉（かつらこそん　一八六八～一九三八）漢学者・漢詩人。新潟県生れ。和歌は万葉・記紀にも造詣が深い。子規と交遊。

加藤暁台（かとうきょうたい）→暁台

加藤拓川（かとうたくせん　一八五九～一九二三）外交官・政治家。松山生れ。大原有恒（観山）の三男、恒忠。子規の母方の叔父。子規を陸羯南に紹介。

香取秀真（かとりほつま　一八七四～一九五四）金工家。千葉県生れ。根岸短歌会の創立に参加したアララギ派の歌人。

金森匏瓜（かなもりほうか　一八七六～一九三二）俳人。宮城県生れ。子規・鳴雪に俳句を学ぶ。『ひこぼり』を主宰。

狩野元信（かのうもとのぶ）→元信

賀茂真淵（かものまぶち　一六九七～一七六九）江戸中期の国学者・歌人。広く古典を研究し復古主義を唱えた。

加舎白雄（かやしらお）→白雄

花笠（かりゅう）→山口花笠（やまぐち）

川井乙州（かわいおとくに）→乙州

川上音二郎（かわかみおとじろう　一八六四～一九一一）俳優。自由民権思想を鼓吹したオッペケペー節が人気を得た。後に書生芝居で新派劇の基礎をつくった。

河東可全（かわひがしかぜん　一八七〇～一九四七）俳人・新聞記者。碧梧桐の兄。松山生れ。子規と交遊。子規の墓碑銘を郵送された。

河東繁〈茂〉枝子（かわひがししげえこ）碧梧桐の妻。

青木月斗の妹。

河東静渓（かわひがしせいけい）松山藩の儒者。竹村黄塔、碧梧桐、可全の父。子規の師。

河東碧梧桐（かわひがしへきごとう　一八七三〜一九三七）俳人。松山生れ。本名、秉五郎。子規の高弟。定型・季語を離れた新傾向俳句を提唱、後に自由律俳句に進む。

川村文鳳（かわむらぶんぽう　?〜一八四三）江戸後期の画家。

関羽（かんう　?〜二一九）中国、三国時代、蜀漢の武将。劉備を助けて功があった。武神として関帝廟に祀られた。

元三大師（がんざんだいし）良源（りょうげん　九一二〜九八五）平安中期の天台宗の僧。比叡山を復興し、天台宗中興の祖といわれる。

韓退之（かんたいし）韓愈（かんゆ　七六八〜八二四）中唐の文学者。唐宋八大家の筆頭。

寒楼（かんろう）→田中寒楼（たなか）

其角（きかく）宝井其角（たからい　一六六一〜一七〇七）俳人。蕉門の十哲の一人。初め榎本を名乗る。『虚栗《みなしぐり》』を編集。句集に『五元集』、句文集『類柑子』。

菊五（きくご）→尾上菊五郎・五代（おのえ）

菊池仙湖（きくちせんこ　一八六七〜一九四五）本名謙二郎。共立学校にて子規と同窓。国史学専攻。文部省を経て仙台第二高等学校校長。水戸中学校校長。水戸学の研究に従事。

鬼史（きし）→松村鬼史（まつむら）

羲之（ぎし）→王羲之（おう）

几董（きとう）高井几董（たかい　一七四一〜八九）俳人。蕪村門の中心的俳人。中興俳壇の最隆盛期を実現。蕪村との両吟『ももすもも』を行う。

木村蒹葭堂（きむらけんかどう）→蒹葭堂

木村芳雨（きむらほうう　一八七七〜一九一七）歌人。鋳物師。根岸短歌会に参加。子規門。篆刻《てんこく》も巧み。

牛伴（ぎゅうはん）→下村為山（しもむらいざん）

暁台（きょうたい　一七三二〜九二）俳人。蕉風復興のさきがけをなす。蕪村一派と親しんだ。

虚子（きょし）→高浜虚子（たかはま）

漁村（ぎょそん）倉知漁村（くらち）。

虚明（きょめい）→塚本虚明（つかもと）

去来（きょらい）向井去来（むかい　一六五一〜一七〇四）俳人。蕉門の十哲の一人。別号、落柿舎《らくししゃ》。俳論書『旅寝論』『去来抄』。

許六（きょりく）森川許六（もりかわ　一六五六〜一七一五）俳人。蕉門の十哲の一人。編著『本朝文選』。

義郎（ぎろう）→森田義郎（もりた）

愚庵（ぐあん）→天田愚庵（あまた）

陸羯南（くがかつなん　一八五七～一九〇七）青森県生れ。新聞人・評論家。新聞『日本』を創刊し、日本主義、国民主義の立場から政治批判。子規と交遊、支援。

草間時福（くさまときよし）　松山中学校初代校長。慶應で福沢諭吉の自由民権主義教育を受け、松山に招聘された。号、天葩。

熊沢蕃山（くまざわばんざん）→蕃山

隈本有尚（くまもとありひさ）第一高校中学校教授。

久良伎（くらき）→阪井久良伎（さかい）

呉秀三（くれしゅうぞう　一八六五～一九三二）精神病学者。東京帝国大学教授・松沢病院長。

黒田如水（くろだじょすい）→如水

黒田清輝（くろだせいき　一八六六～一九二四）洋画家。渡仏し、ラファエル・コランに学ぶ。洋画界の発展に寄与した。

黒柳召波（くろやなぎしょうは）→召波

鍬形蕙斎（くわがたけいさい）→蕙斎

蕙斎（けいさい）　鍬形蕙斎（くわがた　一七六四～一八二四）江戸後期の浮世絵師。画名、北尾政美も。肉筆画代表作「近世職人尽絵詞」。

桂舟（けいしゅう）→武内桂舟（たけうち）

景文（けいぶん）　松村景文（まつむら　一七七九～一八四三）江戸後期の四条派の画家。花鳥画にすぐれる。

呉春（松村月渓）の弟。

月樵（げっしょう）　張月樵（ちょう　一七六五～一八三二）名古屋の画家。呉春の門下。花鳥人物画を好んで描いた。

蕨真（けっしん　一八七六～一九二二）歌人。本名、蕨真一郎。根岸短歌会に参加。のち『馬酔木』に移り、自ら『阿羅々木《あららぎ》』を創刊。

月兎（げっと）→青木月斗（あおき）

蒹葭堂（けんかどう）　木村蒹葭堂（きむら　一七三六～一八〇二）江戸中期の文人。本草学・絵画・詩文を学び、書画典籍標本類を収集し、善本を多く復刻した。

源左衛門（げんざえもん）　佐野（さの）源左衛門。生没年未詳。鎌倉中期の武将。北条時頼が行脚僧となって諸国を巡ったとき秘蔵の松・梅・桜を焚いてもてなした逸話で有名。

玄札（げんさつ）　高島玄札（たかしま　一五九四～一六七六〈一説一六〇七～一六九八〉）俳人・医者。江戸俳壇の中心人物。

源氏山大五郎（げんじやまだいごろう　一八九〇～一九三三）力士。第三十代横綱。

謙信（けんしん）　上杉謙信（うえすぎ　一五三〇～七八）戦国時代の武将。

勾玉（こうぎょく）　伊勢山田の商人。

虹原（こうげん）→鈴木虹原（すずき）

耕村（こうそん）→田山耕村（たやま）

幸田露伴（こうだろはん　一八六七〜一九四七）小説家・随筆家・考証家。東京生れ。小説『五重塔』、評釈『芭蕉七部集』。

公長（こうちょう）　上田公長（うえだ）幕末の画家。

黄塔（こうとう）→竹村黄塔（たけむら）

幸堂独知〈得知〉（こうどうとくち　一八四三〜一九一三）小説家・劇作家・劇評家。東京生れ。劇評は、伝統を尊重した考証風。

弘法（こうぼう）　空海（くうかい　七七四〜八三五）平安初期の僧。真言宗の開祖。弘法大師は諡号《しごう》。

光琳（こうりん）　尾形光琳（おがた　一六五八〜一七一六）江戸中期の画家。光悦・宗達に私淑。大胆華麗な装飾画風を大成。

紅緑（こうろく）→佐藤紅緑（さとう）

国分青厓（こくぶせいがい　一八五七〜一九四四）漢詩人。宮城県生れ。『日本』で新聞記者。詩社星社を復興。子規の詩を批評。

古島一雄（こじまかずお　一八六五〜一九五二）新聞記者・政治家。兵庫県生れ。号、一念。『日本人』『日本』の記者を経て、政界裏面の存在として活動。子規と交遊。

古洲（こしゅう）　古島古洲（こじまこしゅう）子規の友人。

児島備後三郎（こじまびんごさぶろう）　児島高徳（たかのり）。南北朝時代の武将。後醍醐天皇を励ましたことが、『太平記』にある。実在不詳。

呉春（ごしゅん　一七五二〜一八一一）画家・俳人。別号、松村月渓。蕪村に南画を、応挙に写生画を学んだ。四条派の祖。

五城（ごじょう）→数藤五城（すどう）

巨勢金岡（こせのかなおか）平安前期の宮廷画家。巨勢派の祖。

湖村〈邨〉（こそん）→桂湖村（かつら）

古竹（こちく）→新海竹太郎（しんかいたけたろう）

小西来山（こにしらいざん）→来山

近衛篤麿（このえあつまろ　一八六三〜一九〇四）政治家。公爵。嗣子は近衛文麿。

古白（こはく）→藤野古白（ふじの）

小堀遠州（こぼりえんしゅう）→遠州

言水（ごんすい）　池西言水（いけにし　一六五〇〜一七二二）俳人。貞門風から談林風、蕉門への接近と時流にのった作風をみせた。

さ行

西鶴（さいかく）　井原西鶴（いはら　一六四二〜九三）

江戸前期の浮世草子作者・俳人。矢数俳諧を得意とした。著『好色一代男』など。

西行（さいぎょう　一一一八～九〇）平安後期の歌人・僧侶。草庵に住み、諸国を行脚して歌を詠んだ。家集『山家集』。

阪井久良伎（さかいくらき　一八六九～一九四五）川柳作家。横浜生れ。古川柳の研究と江戸趣味を唱導した。川柳中興の祖。子規門。

坂本四方太（さかもとしほうだ　一八七三～一九一七）俳人・国文学者。鳥取県生れ。子規門。写生文を開拓。

桜井梅室（さくらいばいしつ）→梅室

佐倉宗〈惣〉五郎（さくらそうごろう）江戸前期の下総佐倉領の義民。江戸後期の実録本・講釈で広く知られるようになった。

左団（さだん）→市川左団次・初世（いちかわ）

左千夫（さちお）→伊藤左千夫（いとう）

佐藤紅緑（さとうこうろく　一八七四～一九四九）小説家・俳人。青森県生れ。子規に俳句を学び、のちに劇作、小説に転じた。小説『ああ玉杯に花うけて』。

佐藤肋骨（さとうろっこつ　一八七一～一九四四）陸軍少将。本名安之助。子規門。

実朝（さねとも）　源実朝（みなもと　一一九二～一二一九）鎌倉幕府第三代将軍。万葉調の歌をよくし、家集『金槐和歌集』がある。

寒川鼠骨（さむかわそこつ　一八七四～一九五四）俳人。松山生れ。本名、陽光。子規門の古参。子規の遺業編纂に従事。子規庵の保存、再建に尽力。

山三（さんざ）　名古屋山三郎（なごやさんざぶろう　？～一六〇三）出雲の阿国《おくに》とともに歌舞伎役者の祖に擬されている安土・桃山時代の武士。

山隣（さんりん）　生没年未詳。宝永～享保（一七〇四～三六）頃。俳人。支考門下。

紫影（しえい）→藤井紫影（ふじい）

重野安繹（しげのやすつぐ　一八二七～一九一〇）幕末・明治期の歴史学者。実証主義に基づく史学の基礎を築く。

茂枝子（しげえこ）→河東繁枝子（かわひがししげえこ）

十返舎一九（じっぺんしゃいっく）→一九

斯波園女（しばそのじょ）→園女

之房（しぼう）　岩永ライ斎（いわながらいさい　一八〇二〈一七九七〉～一八六六）本草学を学び、物産会を開いた。

四方太（しほうだ）→坂本四方太（さかもと）

島田三郎（しまださぶろう　一八五二～一九二三）ジャーナリスト・政治家。雄弁家として有名。

下村為山（しもむらいざん　一八六五～一九四九）俳人・画家。松山生れ。俳号、牛伴。子規門。俳画で一家をなす。

秋水（しゅうすい）→安江不空（やすえふくう）

秋竹（しゅうちく）→竹村秋竹（たけむら）

種竹山人（しゅちくさんじん）→本田種竹（ほんだ）

春嶽（しゅんがく）　松平慶永（まつだいらよしなが　一八二八〜九〇）幕末の大名。越前福井藩主。将軍継承問題で井伊直弼と対立、後に公武合体に尽力。

春水（しゅんすい）　為永春水（ためなが　一七九〇〜一八四三）江戸後期の人情本作者。著書『春色梅児誉美』。

松宇（しょうう）→伊藤松宇（いとう）

嘯山（しょうざん）　三宅嘯山（みやけ　一七一八〜一八〇一）俳人・漢詩人・読本作者。蕉風復興機運に指針を与えた。

丈草（じょうそう）　内藤丈草（ないとう　一六六二〜一七〇四）俳人。蕉門の十哲の一人。著書に『寝ころび草』。

召波（しょうは）　黒柳召波（くろやなぎ　一七二七〜七一）江戸中期の俳人。蕪村の弟子。著書に『春泥句集』。

紹巴（じょうは）　里村紹巴（さとむら　一五二五頃〜一六〇二）連歌師。里村昌休に師事、連歌の第一人者となり、織田信長、豊臣秀吉らと交渉があった。

蜀山人（しょくさんじん）　大田南畝（おおたなんぽ　一七四九〜一八二三）別号、四方赤良（よものあから）など。江戸中期の狂歌師・戯作者。

如水（じょすい）　黒田如水（くろだ　一五四六〜一六〇四）戦国・安土桃山時代の武将・軍師。本名孝高、通称官兵衛。

白雄（しらお）　加舎白雄（かや　一七三八〜九一）俳人。諸国を遊歴し、江戸で月次《つきなみ》俳句を開催、江戸に一大勢力を築いた。

新海竹太郎（しんかいたけたろう　一八六八〜一九二七）彫刻家。古竹とも。太平洋画会研究所彫刻部を主宰。代表作「ゆあみ」。

信玄（しんげん）　武田信玄（たけだ　一五二一〜七三）戦国大名。

新甫（しんぽ　?〜一八六四）俳人・妓楼主人。編著『文久五百題』。

新免〈藤木〉一五坊（しんめんいちごぼう　一八七九〜一九四二）岡山県生まれ。本名睦之介。子規門。

親鸞（しんらん　一一七三〜一二六二）鎌倉初期の僧。浄土真宗の開祖。

佐殿（すけどの）→頼朝（よりとも）

鈴木虹原（すずきこうげん　一八七八〜一九七〇）俳人。山形県生まれ。子規門。

鈴木豹軒（すずきひょうけん　一八七八〜一九六三）中国文学者・漢詩人・歌人。新潟県生れ。本名、虎雄。中国文学の研究に功績を残した。子規と交遊。

数藤五城（すどうごじょう　一八七一～一九一五）一高教授、俳人・歌人。松江生れ。子規門。『五城句集』。
青厓（せいがい）→国分青厓（こくぶ）
臍斎（せいさい）小林臍斎（こばやし）子規の友人。
井々（せいせい）→竹添進一郎（たけぞえしんいちろう）
青々（せいせい）→松瀬青々（まつせ）
雪舟（せっしゅう　一四二〇～一五〇六）室町後期の画僧。個性豊かな水墨山水画様式を完成。
雪嶺（せつれい）→三宅雪嶺（みやけ）
洗耳（せんじ）生没年未詳。享保十四年（一七二九）諸国を遊歴し、『伽陀箱』を著す。
千宗佐〈左〉（せんそうさ　一六一九～七二）江戸前期の茶人。表千家の祖。以後、表千家の宗家は宗左を名乗る。
千利休（せんのりきゅう）→利休
宗因（そういん）西山宗因（にしやま　一六〇五～八二）連歌師・俳人。談林派の祖。俳諧の号は梅翁など。
挿雲（そううん）→矢田挿雲（やだ）
宗佐（そうさ）→千宗佐〈左〉（せん）
蒼虬（そうきゅう）→成田蒼虬（なりた）
藻洲（そしゅう）牧野藻洲（まきの）子規の友人。
漱石（そうせき）→夏目漱石（なつめ）
蒼苔（そうたい）歌原蒼苔（うたはら　一八七五～一九四二）俳人。松山生れ。俳誌『かつぎ』主宰。子規門。
宗達（そうたつ）俵屋宗達（たわらや）桃山から江戸初期にかけての画家。斬新な装飾画法を示す琳派の祖。
宗長（そうちょう　一四四八～一五三二）連歌師。宗祇に和歌・連歌を学んだ。著『雨夜記』。
鼠骨（そこつ）→寒川鼠骨（さむかわ）
蘇山人（そさんじん）→羅蘇山人（ら）
園女（そのじょ）斯波園女（しば　一六六四～一七二六）女流俳人。句集『菊の塵』。
孫生（そんせい）子規の友人。

た行

太祇（たいぎ）炭太祇（たん　一七〇九～七一）俳人。江戸から京都に江戸風俳句をもちこみ、蕪村と親交。
太公望（たいこうぼう）中国、周代の政治家。本名、呂尚。釣りをしていて周の文王に見いだされた。
大魯（たいろ　一七〇三～七八）江戸中期の俳人。別号、蘆陰舎。蕪村門下。
高井几董（たかいきとう）→几董
高久靄厓（たかくあいがい）→靄厓（あいがい）
高桑闌更（たかくわらんこう）→闌更
節（たかし）→長塚節（ながつか）
高島玄札（たかしまげんさつ）→玄札
高橋是清（たかはしこれきよ　一八五四～一九三六）財

政家・政治家。東京生れ。日本銀行総裁、蔵相・首相をつとめた。二・二六事件で暗殺された。
高橋自恃居士（たかはしじじこじ）建三（けんぞう　一八五五〜九八）官吏・ジャーナリスト。東京生れ。新聞『日本』の創業を助け、美術雑誌『国華』を発行。子規と交遊。
高浜虚子（たかはまきょし　一八七四〜一九五九）俳人。松山生れ。本名、清。子規の高弟。俳誌『ホトトギス』の発行人。
宝井其角（たからいきかく）↓其角
田河移竹（たがわいちく）↓移竹
滝沢馬琴（たきざわばきん）↓馬琴
滝精一（たきせいいち　一八七三〜一九四五）美術史家。東京生れ。『国華』の編集を通し、日本美術史学の発展に寄与した。
武内桂舟（たけうちけいしゅう　一八六一〜一九四三）画家。硯友社作家の挿絵を多く描いた。子規と交遊。
武右衛門（たけえもん）↓大原観山（おおはらかんざん）
竹添進一郎（たけぞえしんいちろう　一八四二〜一九一七）外交官・漢学者。熊本生れ。号、井々。『春秋左氏伝』に通じていた。
武田信玄（たけだしんげん）↓信玄
竹村黄塔（たけむらこうとう　一八六五〜一九〇一）国文学者・俳人。本名、鍛。別号、松窓。松山生れ。河東静渓の三男で、碧梧桐の兄。国語辞書を編集。子規と交遊。
竹村秋竹（たけむらしゅうちく　一八七五〜一九一五）俳人。松山生れ。虚子・碧梧桐の影響で句作。子規派の北声会を金沢に創立。
伊達政宗（だてまさむね　一五六七〜一六三六）安土桃山時代から江戸初期の大名。奥州を制覇。仙台藩の基礎を築いた。
橘曙覧（たちばなあけみ）↓曙覧
田中寒楼（たなかかんろう　一八七七〜一九七〇）鳥取県の人。子規門。
谷文晁（たにぶんちょう）↓文晁
玉利喜造（たまりきぞう　一八五六〜一九三一）農学者。鹿児島県生れ。わが国農業教育の先覚者。
田山耕村（たやまこうそん　一八七九〜一九五六）俳人。茨城県生れ。『ホトトギス』の初期からの作者。家集『柿の蔕《へた》』。
俵屋宗達（たわらやそうたつ）↓宗達
団十郎（だんじゅうろう）↓市川団十郎（いちかわ）
炭太祇（たんたいぎ）↓太祇
淡々（たんたん　?〜一七六一）俳人。其角門下。編著『にはくなぶり』。
近松門左衛門（ちかまつもんざえもん　一六五三〜一七

二四）江戸前期の浄瑠璃・歌舞伎作者。代表作「曾根崎心中」「心中天網島」。

竹冷（ちくれい）→角田竹冷（かくた）

智月尼（ちげつに）生没年未詳。江戸前期の俳人。蕉門の代表的女流。

潮音（ちょうおん）→柘植潮音（つげ）

張月樵（ちょうげっしょう）→月樵

澄道〈丁堂〉和尚（ちょうどうおしょう）　皆川丁堂（みながわ）

張飛（ちょうひ　一六六？～二二一）中国、三国時代の蜀の武将。関羽とともに劉備を助けて、魏・呉と戦った。

兆民（ちょうみん）→中江兆民（なかえ）

張良（ちょうりょう　？～前一六八）前漢創業の功臣。鴻門《こうもん》の会で項羽が殺そうとした劉邦を助けた。

塚本虚明（つかもときょめい　一八八〇～一九三九）俳人。青々門下。『倦鳥』の経営に尽力。

柘植潮音（つげちょうおん　一八七七～一九三五）東京生れ。本名、惟一。子規門。

坪内雄蔵（つぼうちゆうぞう　一八五九～一九三五）評論家・小説家・劇作家。岐阜県生れ。号、逍遥。写実主義を提唱、近代文学の先駆者。子規の進文学舎の師。

鉄幹〈寛〉（てっかん）→与謝野鉄幹（よさの）

伝教（でんぎょう）　最澄（さいちょう　七六六〈七〉～八二二）平安初期の僧。日本天台宗の開祖。伝教大師は勅諡《ちょくじ》号。

天葩（てんぱ）→草間時福（くさまときよし）

道入（どうにゅう　一五九九～一六五六）江戸初期の陶工。楽家三代目。俗称のんこう。楽焼に新生面を拓いた。

同楽（どうらく）→荒川同楽（あらかわ）

徳川宗武（とくがわむねたけ）　田安宗武（たやす　一七一五～七一）江戸中期の国学者・歌人。万葉調の歌人として有名。

俊頼（としより）　源俊頼（みなもと　一〇五五～一一二九）平安後期の歌人。自由清新な和歌によって高く評価され、保守派と対立した。『金葉和歌集』を撰進。

鳥羽僧正（とばそうじょう）　覚猷（かくゆう　一〇五三～一一四〇）平安後期の画僧。「鳥獣戯画」「信貴山縁起」などの作者とする説もある。

杜甫（とほ　七一二～七七〇）中国、盛唐の詩人。社会を直視し、誠実雄渾な詩を作った。詩聖。

な行

内藤丈草（ないとうじょうそう）→丈草

内藤鳴雪（ないとうめいせつ　一八四七～一九二六）俳人。東京生れ。本名、素行。子規の影響で俳句を始める。日本派の長老と仰がれた。子規を支援。

永井破笛（ながいはてき　一八五六～一九三八）福島県生れ。俳人。子規門。福島に俳句を広めた。

中江兆民（なかえちょうみん　一八四七～一九〇一）思想家。フランスに留学。自由民権運動の理論的指導者。

長沢蘆雪（ながさわろせつ　一七五四～九九）江戸中期の画家。円山応挙門下。奇抜な構図と奔放な筆致で多くの障壁画を残した。

長塚節（ながつかたかし　一八七九～一九一五）歌人、小説家。茨城県生れ。子規門。「アララギ」の代表的歌人。小説『土』。

中村不折（なかむらふせつ　一八六六～一九四三）洋画家・書家。東京生れ。歴史画を多く描いた。書道博物館を設立した。子規と交遊。

中村楽天（なかむららくてん　一八六五～一九三九）俳人。兵庫県生れ。子規門。著書『徒歩旅行』『明治の俳風』。

半井卜養（なからいぼくよう）→卜養

夏目漱石（なつめそうせき　一八六七～一九一六）小説家・英文学者。小説に『坊ちゃん』『吾輩は猫である』『明暗』。子規と交遊。

業合大枝（なりあいおおえ　一七九二～一八五一）国学者・医者・神官。本居宣長に私淑し、『古事記新釈』を著した。

成田蒼虬（なりたそうきゅう　一七六一～一八四二）俳人。闌更に師事。芭蕉の炭俵調を指向した。

南岳（なんがく）　大田南岳（おおたなんがく　一八七三～一九一七）俳人、画家。蜀山人大田南畝の裔で、趣味広く、超然と人生を送った。

南瓜道人（なんかどうじん）→石井露月（いしいろげつ）

西芳菲（にしほうひ　一八五五～一九〇九）狂歌作者。達磨収集家。本名、松二郎。長崎桜町生れ。子規と交遊。

日南（にちなん）→福本日南（ふくもと）

日蓮（にちれん　一二二二～八二）鎌倉時代の僧。日蓮宗の開祖。

寧斎（ねいさい）→野口寧斎（のぐち）

野口寧斎（のぐちねいさい　一八六七～一九〇五）漢詩人。長崎県生れ。詩誌『百花欄』を創刊し、漢詩の流行に影響を与えた。子規と交遊。

は行

梅影（ばいえい）　宮崎梅影（みやざき）

梅室（ばいしつ）　桜井梅室（さくらい　一七六九～一八五二）江戸後期の俳人。闌更門下。著に『梅室附合集』『梅林茶談』。

馬琴（ばきん）　滝沢馬琴（たきざわ　一七六七～一八四八）戯作者。作品に『南総里見八犬伝』『椿説弓張月』。

麦人（ばくじん）→星野麦人（ほしの）

芭蕉（ばしょう）　松尾芭蕉（まつお　一六四四～九四）俳人。談林俳諧を脱却して蕉風を確立した。
服部嵐雪（はっとりらんせつ）→嵐雪
破笛（はてき）→永井破笛（ながい）
鳩山和夫（はとやまかずお　一八五六～一九一一）法学者・政治家。
原抱琴（はらほうきん　一八八三～一九一二）俳人。岩手県生れ。子規の最も若い弟子の一人。原敬の甥。
原安民（はらやすたみ　一八七〇～一九二九）鋳金家。雑誌『日本美術』を経営。
把栗（はりつ）→福田把栗（ふくだ）
半残（はんざん　一六五四～一七三六）俳人。蕉門。
蕃山（ばんざん）　熊沢蕃山（くまざわ　一六一九～九一）江戸前期の儒学者。陽明学を学び、池田光政に仕えた。政治批判で幕府に疎まれ、獄死。
久松老公（ひさまつろうこう）　旧姓松平、久松勝成（ひさまつかつしげ　一八三二～一九一二）伊予松山藩主。松山藩知事。
ビスマルク（一八一五～九八）ドイツの政治家。ドイツ統一を達成、帝国初代宰相となる。鉄血宰相。
常陸山谷右衛門（ひたちやまたにえもん　一八七四～一九二二）力士。十九代横綱。梅ケ谷と同時に横綱となり、梅・常陸時代をつくった。
人丸（ひとまろ）→柿本人麻呂（かきのもとのひとまろ）
美妙斎（びみょうさい）→山田美妙（やまだ）
豹軒（ひょうけん）→鈴木豹軒（すずき）
飄亭（ひょうてい）→五百木飄亭（いおき）
平賀元義（ひらがもとよし　一八〇〇～六五）国語学者・歌人。賀茂真淵に私淑して、万葉調の歌を詠んだ。
広江八重桜（ひろえやえざくら　一八七九～一九四五）俳人。島根県生れ。『日本』などに投句。子規門。のち、新傾向風に転向。
広重（ひろしげ）　歌川広重（うたがわ　一七九七～一八五八）江戸後期の浮世絵師。本姓安藤、号に一立斎。代表作「東海道五十三次」。
福田把栗（ふくだはりつ　一八六五～一九四四）俳人・僧侶・漢詩人。和歌山県生れ。子規門。
福堂（ふくどう）→陸奥宗光（むつむねみつ）
福本日南（ふくもとにちなん　一八五七～一九二一）新聞記者・史論家。『九州日報』社長兼主筆、『新潟新聞』主筆。子規と交遊。
無事庵（ぶじあん）→今成無事庵（いまなり）
藤井紫影（ふじいしえい　一八六八～一九四五）国文学者・俳人。兵庫県生れ。子規の俳句革新運動を助けた。江戸文学に造詣が深い。
藤井高尚（ふじいたかなお　一七六四～一八四〇）国学

者・歌人・神官。本居宣長門下のすぐれた文章家。

藤野古白（ふじのこはく　一八七一〜九五）俳人。愛媛県生まれ。本名、潔。子規の従弟で子規とともに俳句を志したが、自殺した。

不折（ふせつ）→中村不折（なかむら）

蕪村（ぶそん）与謝蕪村（よさ　一七一六〜八三）江戸中期の俳人・画家。中興俳諧の中心的役割をはたした。文人画を大成。

麓（ふもと）→岡麓（おか）

フランクリン、ベンジャミン（一七〇六〜九〇）米国の政治家・科学者。避雷針を発明。独立宣言起草委員。

文晁（ぶんちょう）谷文晁（たに　一七六三〜一八四〇）江戸後期の画家。和漢洋の画法を学び、独自の南画で一家を成した。

文鳳（ぶんぽう）→川村文鳳（かわむら）

碧梧桐（へきごとう）→河東碧梧桐（かわひがし）

ペルリ（ペリー　一七九四〜一八五八）米国の海軍軍人。嘉永六年（一八五三）、浦賀に来航し、開国をせまった。

抱一（ほういつ）酒井抱一（さかい　一七六一〜一八二八）江戸後期の画家。号、鶯村〈邨〉。琳派の画風に繊細な抒情性を加味した。

芳雨（ほうう）→木村芳雨（きむら）

飽翁（ほうおう）磯野飽翁（いその）子規の友人。

匏瓜（ほうか）→金森匏瓜（かなもり）

抱琴（ほうきん）→原抱琴（はら）

方公（ほうこう）本名玉井徹三。秋田県生れ。写真師として活躍。

望東（ぼうとう）→牧野望東（まきの）

茅堂（ぼうどう）→伊藤左千夫（いとうさちお）

法　然（ほうねん）源　空（げんくう　一一三三〜一二一二）鎌倉初期の僧。浄土宗の開祖。

芳菲山人（ほうひさんじん）→西芳菲（にし）

木外（ぼくがい）岩本本外（いわもと　一八七二〜一九一〇）俳人。本名、永正。長野県生れ。子規門。

卜養（ぼくよう）半井卜養（なからい　一六〇七〜一六七八）俳人・狂歌師・医者。俳諧を松永貞徳に学ぶ。江戸俳壇の草分けの一人。

星亨（ほしとおる　一八五〇〜一九〇一）政治家。東京市議会議長在職中に暗殺された。

星野麦人（ほしのばくじん　一八七七〜一九六五）俳人。東京生れ。子規門。『木太刀』を主宰。古典俳句研究に力を注ぐ。

秀真（ほつま）→香取秀真（かとり）

本田種竹（ほんだしゅちく　一八六二〜一九〇七）漢詩人・官吏。徳島県生れ。自然吟社を創立。子規と交遊。著書『戊戌遊草』。

ま行

牧野望東（まきのぼうとう　一八七五〜一九一三）俳人。東京生れ。竹冷に俳句を学ぶ。子規門。編著『俳諧年代記』。

正岡八重（まさおかやえ　一八四四〜一九二七）子規の母。

正岡律（まさおかりつ　一八七〇〜一九四一）子規の妹。

雅望（まさもち）石川雅望（いしかわ　一七五三〜一八三〇）国学者・狂歌師。号、宿屋飯盛。著書『しみのすみか物語』。

松尾芭蕉（まつおばしょう）↓芭蕉

マッキンレー、ウィリアム（一八四三〜一九〇一）米国第二十五代大統領。ハワイ併合、中国の門戸開放政策を行った。在任中に暗殺された。

松瀬青々（まつせせいせい　一八六九〜一九三七）俳人。大阪生れ。子規門。大阪で『宝船』を創刊主宰した。

松村鬼史（まつむらきし　一八八〇〜一九一九）俳人・川柳作家。子規門。大阪満月会に参加。句集『春夏秋冬』。

松村景文（まつむらけいぶん）↓景文

真淵（まぶち）↓賀茂真淵（かも）

円山応挙（まるやまおうきょ）↓応挙

幹雄（みきお）三森幹雄（みつもり　一八二九〜一九一〇）幕末明治の俳人。

水落露石（みずおちろせき　一八七二〜一九一九）俳人。大阪生れ。子規門。京阪俳壇の先駆者。

満谷国四郎（みつたにくにしろう　一八七四〜一九三六）洋画家。太平洋画会の設立に参加。

源実朝（みなもとのさねとも）↓実朝

源俊頼（みなもとのとしより）↓俊頼

三宅嘯山（みやけしょうざん）↓嘯山

三宅雪嶺（みやけせつれい　一八六〇〜一九四五）思想家。『日本人』を創刊。アジア的視点からの言論を展開。

宮本国手（みやもとこくしゅ）宮本仲。内科小児科医。陸羯南の紹介で子規を診察し、主治医となる。

向井去来（むかいきょらい）↓去来

無腸（むちょう）↓秋成（あきなり）

陸奥宗光（むつむねみつ　一八四四〜九七）外交官・政治家。条約改正や下関条約の締結に手腕を発揮した。福堂とも。

鳴球（めいきゅう）↓岩田鳴球（いわた）

鳴雪（めいせつ）↓内藤鳴雪（ないとう）

木魚（もくぎょ）↓浅井忠（あさいちゅう）

牧渓〈谿〉（もっけい）中国、宋末から元初の画僧。その画法は日本で鎌倉末期以来珍重され、室町期の水墨画に多大な影響を与えた。

茂春（もしゅん）→桃沢茂春（ももざわ）

元信（もとのぶ）　狩野元信（かのう　一四七六〜一五五九）室町後期、幕府御用絵師として活躍。桃山障壁画の基礎を確立。

桃沢茂春（ももざわもしゅん　一八七三〜一九〇六）日本画家。長野県生まれ。本名重治。如水と号す。子規門。

森川許六（もりかわきょりく）→許六

森田義郎（もりたぎろう　一八七八〜一九四〇）歌人。愛媛県生まれ。根岸短歌会に参加した。後に日本主義歌人として活動。

文覚（もんがく）生没年未詳。平安末期・鎌倉初期の僧。頼朝の挙兵を助け、神護寺を復興した。

や行

八重桜（やえざくら）→広江八重桜（ひろえ）

安江不空（やすえふくう　一八八〇〜一九六〇）歌人・画家。別号、秋水（初期）。奈良県生まれ。根岸短歌会に加わり、関西同人根岸短歌会を結成。画を岡倉天心に学び、孤高の画家としても一家をなした。

保昌（やすまさ）　藤原保昌（ふじわら　九五八〜一〇三六）公家・歌人。武勇に秀で、香道にも優れていた。

矢田挿雲（やだそううん　一八八二〜一九六一）俳人・小説家。石川県生まれ。晩年に子規に師事。著書『江戸から東京へ』。

山口花笠（やまぐちかりゅう　一八七八〜一九四四）俳人。富山県生まれ。子規に師事、子規没後は碧梧桐の新傾向俳句に転じた。

山田美妙（やまだびみょう　一八六八〜一九一〇）小説家・詩人・評論家。東京生まれ。尾崎紅葉らと硯友社を結成。『我楽多文庫』を編集。

也有（やゆう）　横井也有（よこい　一七〇二〜八三）俳人。尾張藩の重臣。俳文集『鶉衣《うずらごろも》』。

陽和（ようわ　?〜一七一九）江戸中期の俳人。蕉門。半残の父。

与謝蕪村（よさぶそん）→蕪村

与謝野鉄幹〈寛〉（よさのてっかん 一八七三〜一九三五）詩人・歌人。京都生まれ。『明星』を創刊し、晶子とともに浪漫主義運動を推進。

頼朝（よりとも）源頼朝（みなもとのよりとも　一一四七〜九九）鎌倉幕府最初の将軍。

ら行

来山（らいざん）　小西来山（こにし　一六五四〜一七一六）俳人。宗因に師事。西鶴らの一日千句などに参加。雑俳点者としても活躍。

楽天（らくてん）→中村楽天（なかむら）

羅蘇山人（らそさんじん　一八八一～一九〇二）俳人。子規門。父は清国公使館の通訳官。

蘭更（らんこう）　高桑蘭更（たかくわ　一七二六～九八）俳人。蕉門俳人の句文を集めて刊行し、天明の俳諧復興に寄与。

嵐雪（らんせつ）　服部嵐雪（はっとり　一六五四～一七〇七）俳人。蕉門の十哲の一人。編著『其袋』。

利休（りきゅう）　千利休（せん　一五二二～九一）安土桃山時代の茶人。侘茶の大成者。

李鴻章（りこうしょう　一八二三～一九〇一）中国、清末の政治家。日清戦争、義和団事件などの外交案件にかかわった。清国の近代化に尽力。

鯉丈（りじょう）　滝亭鯉丈（りゅうてい　？～一八四一）江戸時代後期の滑稽本作者。著書『花暦八笑人』。

律（りつ）→正岡律（まさおか）

李由（りゆう　一六六二～一七〇五）俳人・近江の真宗寺院住職。『韻塞』『篇突』を許六と共編。

立斎（りゅうさい）→広重（ひろしげ）

蓼太（りょうた）大島蓼太（おおしま　一七一八～八七）俳人。江戸俳壇の実力者で芭蕉への復帰を唱えた。編著『雪おろし』。

李流（りりゅう）　三宅李流（みやけ）生没年未詳。俳人。父の嘯山著『葎亭画讃集』『葎亭句集』を出版。

露月（ろげつ）→石井露月（いしい）

露子（ろし）　岩動露子（いするぎ　一八八三～一九一八）子規門。

露石（ろせき）→水落露石（みずおち）

蘆雪（ろせつ）→長沢蘆雪（ながさわ）

肋骨（ろっこつ）→佐藤肋骨（さとう）

露伴（ろはん）→幸田露伴（こうだ）

わ行

和田英作（わだえいさく　一八七四～一九五九）洋画家。白馬会の設立に参加。

渡辺崋山（わたなべかざん）→崋山

正岡子規（まさおか しき）

慶応３年９月17日（1867年10月14日）、伊予国温泉郡藤原新町（愛媛県松山市花園町）生まれ。父、常尚（つねなお）は松山藩御馬廻加番、母、八重は松山藩の儒学者大原観山の娘。幼名は升（のぼる）、処之助（ところのすけ）、本名は常規（つねのり）。子規、獺祭書屋主人（だっさいしょおくしゅじん）、竹の里人などの号がある。律は妹。松山中学中退後、大学予備門（第一高等中学校）、東大哲学科、後に国文学科に転科、中退。東大国文学科在学中の明治25年（1892年）、日本新聞社に入社、記者となる。20代の初め、結核にかかり、晩年は病床にあって俳句、短歌、文章の多分野にまたがる旺盛な活動を行なった。明治35年（1902年）９月19日午前１時ごろ、35歳で死去。

〈編者略歴〉

長谷川 櫂（はせがわ かい）

1954年、熊本県生まれ。俳人、俳句雑誌「古志」主宰、朝日俳壇選者。句集『古志』『天球』『果実』『蓬萊』、評論集『俳句の宇宙』（サントリー学芸賞）、『現代俳句の鑑賞101』、随筆集『一度は使ってみたい季節の言葉』（正続）がある。

子規選集　第一巻

子規の三大随筆

初版第一刷発行　二〇〇一年十月十二日

著者　正岡子規
編者　長谷川　櫂
発行人　藤井史昭
発行　株式会社増進会出版社　〒四一一-〇九四三
静岡県駿東郡長泉町下土狩一〇五-一七
ホームページ　http://www.zkai.co.jp
編集人　石原　明
編集　株式会社ゼット会出版　〒四一一-〇九四四
静岡県駿東郡長泉町竹原三八三-九
電話　〇五五九-七三-七一一七（販売）
〇五五九-七六-八三二四（編集）
印刷・製本　図書印刷株式会社
ISBN 4-87915-770-8　C0395
定価はカバーに表示してあります。

子規選集　全15巻

❶子規の**三大随筆**　長谷川 櫂 編
②子規の**青春**　長谷川櫂 編
③子規と**日本語**　長谷川櫂 編
④子規の**俳句**　大岡 信 選
⑤子規の**短歌**　佐佐木幸綱 選
⑥子規の**俳句革新**　坪内稔典 編
⑦子規の**短歌革新**　島田修二 編
⑧子規と**絵画**　粟津則雄 編
⑨子規と**漱石**　大岡 信 編
⑩子規の**手紙**　和田克司 編
⑪子規の**俳句分類**　長谷川 櫂 編
⑫子規の**思い出1**　粟津則雄 編
⑬子規の**思い出2**　粟津則雄 編
⑭子規の**一生**　和田克司 編
⑮子規と**静岡**　和田克司 編

（白抜き数字は既刊）